第八届"中国少年作家杯"全国征文大赛获奖作品

「初中卷」

冰是睡着的水

毕淑敏　肖复兴　曹文轩
孙云晓等作家精彩评点

中国少年作家班 选编

图书在版编目 (CIP) 数据

冰是睡着的水/中国少年作家班选编. —桂林：漓江出

版社，2007.8

（第八届"中国少年作家杯"全国征文大赛获奖作品·初中卷）

ISBN 978-7-5407-3972-0

Ⅰ. 冰… Ⅱ. 中… Ⅲ. 作文—初中—选集 Ⅳ. H194.5

中国版本图书馆CIP数据核字（2007）第131116号

冰是睡着的水

（第八届"中国少年作家杯"全国征文大赛获奖作品·初中卷）

选 编 者	中国少年作家班
责任编辑	庞俭克　郭金珠
美术编辑	罗　云
责任校对	田　芳　徐　明
责任监印	唐慧群

出 版 人	李元君
出版发行	漓江出版社
社　　址	广西桂林市安新南区356号
邮　　编	541002
发行电话	0773-3896171　010-85893190
传　　真	0773-3896172　010-85800274
邮购热线	0773-3896171
电子信箱	ljcbs@163.com
	http://www.Lijiang-pub.com
印　　制	中国农业出版社印刷厂
开　　本	720×980　1/16
印　　张	22.25
字　　数	352千字
版　　次	2007年9月第1版
印　　次	2007年9月第1次印刷
印　　数	1—12000册
书　　号	ISBN 978-7-5407-3972-0
定　　价	24.80元

四叶草的寂寞

校园里疯长的青春痘

葡萄藤下的天空

亲爱的四月，请让我离开

这个季节，我们成长

一起走过的日子

冰是睡着的水

自然的温柔

前　言

　　"中国少年作家杯"全国征文大赛已成功举办七届，以严格正统的赛风和认真负责的信誉取得了良好的社会反响，中央电视台、北京电视台、中国教育台、《人民日报》、《中国少年报》、中国作家协会《文艺报》、《中华读书报》等20多家媒体报道了相关情况，30多名获奖作者分别被推荐到北京大学、复旦大学、上海戏剧学院、中国传媒大学、南京大学等高校深造。

　　第四届、第五届、第六届、第七届大赛颁奖大会分别于2003年10月3日、2004年7月28日、2005年7月27日、2006年7月28日在北京人民大会堂隆重举行。

　　中央电视台新闻频道报道中说："'中国少年作家杯'已经成为权威的中国文学少年'诺贝尔文学奖'项，它必将对推动中国少年文学事业，发现文学人才产生深远的影响。"

　　"中国少年作家杯"全国征文大赛由最开始面向中国少年作家班学员征文的赛事发展成数十万人次参赛的全国性权威赛事，这不仅是中国少年作家班10年发展的见证，更体现出了中国少年作家的蓬勃创作态势。

　　本届大赛于2006年9月启动，历时9个月，共收到全国各地和部分海外地区有效参赛稿件38700余份，经过评选有1100余篇（首）作品获奖。大赛评委由中国少年作家班顾问、编委担任。大赛活动坚持不收参赛费，免费寄发获奖证书，继续其良好的社会信誉和严肃的赛风。作品以质量定奖级充分体现了权威、认真、公正的评委评选过程。受到了教育界、文学界和社会各界的关注和好评。

　　第八届"中国少年作家杯"评奖主要程序如下：

　　一、所有来稿统一登记，分高中、初中、小学组，再按作品分文学类、作文类、个人作品集类。

二、由中国少年作家班编辑部编辑进行初评，确定作品奖级提名。

三、将作品交大赛评委会常委会二审，讨论确定作品奖级。

四、将作品交大赛评委会常务副主任、主任终审，由部分作家对获奖作品进行评点。参与评点获奖作品的作家有：雷抒雁、孙云晓、汤吉夫、关登瀛、邓友梅、石英、白描、毕淑敏、束沛德、陈忠实、金波、周明、秦文君、贾平凹、曹文轩、梁晓声、韩作荣、肖复兴、樊发稼、孟翔勇、张天芒。整个评奖过程保证了获奖结果的公正性、公平性，也浸含了评委会所有评委、大赛组联部所有工作人员的汗水和对获奖作者及所有参赛作者的希望和期盼。

"中国少年作家杯"全国征文大赛以"培养中国少年作家队伍，提倡以自己的观察和理解完成真情自由的写作"为宗旨，对参赛的文学类作品题材、体裁均不限，给了参赛作者很大的自由创作发挥空间。很多作文类作品以新的思维方式摆脱传统模式的束缚，不说空话、套话、假话，以真情实感来诠释美。个人作品集类参赛作品再一次成为本次大赛的又一个亮点，其中不乏优秀的畅销书，如"90后"小作家代表中国少年作家班1997届学员楼屹的《怡人花园》，2000届学员陈励子的《鸽子血》，2001届学员孙筱粲的《那时》，2002届学员刘殷实的《灵魂深处的柏林墙》，2003届学员王宇超的《沙漠里的冰凌》、尹鹏的《一梦三四年》，2004届学员吴祥宇的《一夜成城》、白云飞的《叛逆》、顾文艳的《一个世界上最快乐的精灵》、李现的《在水之湄》，2005届学员王立衡的《年少》、左传的《左思右想》，2006届学员周雨婷的《愿天空等我的寂寞城市》、周丽晶的《烟花祭》、赵宇婧的《掌心的花》，2007届学员成诚的《友情若只如初见》等优秀书籍一致获得了评委会的好评。

本次大赛的获奖作者中，集中了诸多中国少年文学界优秀的少年作家，蒋方舟、刘冬阳、陈励子、楼屹、顾文艳、苏苏以及"全国十佳少先队员"周芃、电影《一个都不能少》主演魏敏芝、"80末"写手茹梓文、新加坡四德女子中学的吴雪芹、加拿大温哥华职业高级中学的陈宋怡等，这些写作新秀必定会给文坛注入新的活力与生机。

可以肯定，少年作者的写作，早已跳出了传统作文的写作模式，有了更为宽广的创作空间，他们用写作这种方式来发出他们心底最真实也最真诚的声音。看他们的作品会体会到他们敏感的触须已经伸入到成人世界，他们深邃的眼睛里其实已经藏着世间万象。这时候，我们需要做一个倾听者。

在少年文学、青春文学日益市场化、利益化、浮躁化、金钱化的今天，《"中国少年作家杯"全国征文大赛获奖作品》书系摒弃了喧嚣与浮华，回归文学的本真。不把少年文学、青春文学作为一种炒作，作为一顿图书快餐，而是作为一项文学的"希望工程"，打造中国少年作家可持续发展的队伍，可以说，《"中国少年作家杯"全国征文大赛获奖作品》书系的编选单位中国少年作家班与出版单位漓江出版社功不可没。

第八届"中国少年作家杯"全国征文大赛颁奖大会将在祖国首都的人民大会堂举行，这是对中国少年作家队伍的一次全面检阅。

每年一届的"中国少年作家杯"全国征文大赛，都是中国少年文学界的一个新的里程碑。

打造中国少年诺贝尔文学奖，培养中国少年作家队伍，不仅仅是我们为之奋斗的目标，也是中国文学的希望。

第八届"中国少年作家杯"全国征文大赛评委会

2007年6月28日

四叶草的寂寞

见习恋人

[一等奖]

浙江省杭州市外国语学校　顾文艳

我无力地站在凯旋门的下面，背抵着凯旋门，眼泪无声地滑落，落在了PSP的屏幕上。这一切，都是你给我制造的么？可是，你在哪里？你又在哪里呢？

他跟我长得一模一样

皮坏坏，16岁，生日是美国国庆日，妈妈是小店的服装设计师，继父是彪马连锁店经理，妹妹是全优生，拥有幸福的家庭，最喜欢的颜色是粉色但是只穿黑色的衣服，最爱黑色彪马衣服。每天睡觉的生物钟精确到分秒。最喜欢的故事人物是卫斯里。

妈妈终于发起火来了。

"皮坏坏，你究竟想给我带来什么麻烦？你已经换过23所学校了，这所中学你只呆了1年，你为什么又要给我们添麻烦？现在香港是没有你可以呆的学校了。"

"你妹妹什么时候给我们添过乱？她总是班里的第一名。"

"这次是最后一次了。"

"你自己去吧，新加坡，会有一个叫做皮好的人接应你。"

"他是你的侄子。"

"这一次你是不能犯一点错误了，违纪两次就会让你退学的。"

"好运一点吧。"

其实妈妈说的一点也没错，这真的是最后一次啦。

小胖来送我，当然，每次违纪她都跟着我，只是考虑到她次次考试都是年级第一，而且她是次谋。因而她总是免于处罚。

"高音中学又少了一道风景线。"小胖说，放心，她是不会讽刺我的。

"好拍档，以后再见了。"我拍拍她厚实的肩膀，便头也不回地上了飞机。

我下飞机看到的第一个人就是皮好，他穿着全套的阿玛尼西装，偏偏是全套粉色系，显得特别有个性。

最显眼的还是皮好的那副粉红色的香奈儿的墨镜，亮得好像要把所有人的目光都聚集到这里来。

最可恶的是那块比他人还要高的大牌子，粉红色的三个字：皮坏坏。还有一张我的照片，仿佛不让每个人都知道有个变态叫做皮坏坏就誓不罢休。

"皮坏坏！"他叫了一声，我也就应声过去，便立即感到了全机场的目光都集中在了我的脸上。"你不是喜欢粉红色吗？妈咪叫我穿全套粉色的。"皮好高兴地对我说。

天哪，就是那个古灵精怪的老顽童姐姐出的主意，让我一下子鹤立鸡群。

皮好好像性格超级开朗，一路开车一路说笑，从来没有停过10秒以上，我都感到很累了，他还是津津有味地说笑着。

"到了，这就是你将来5年要住的地方，新加坡最严的女校，也是亚洲最严的女校。"

我探出头来看，天啊，这简直就是困住睡美人的那座阴惨的城堡，阴森的一片黑色，有那种很阴森的树林，可怖的楼房，天哪，居然会没有一点粉色！

"我……真的要在这里一个人待5年？"我颤栗着问。

"没错，你一个月才能够出去一次，而且你每天在学校的时间不少于24个小时，也就是说，你必须每天都在这个学校。除了这一条还有七十八条规法，违反一条就是违纪，违纪了你就会被开除了。"

我突然感觉到以前的那些学校是那么值得怀念。

"不过呢，听妈咪说你以前是一个逃学专家？"他说。

"嗯。"我盘算着怎么度过这该死的5年。

"那么，你身手，体能，攀岩运动应该都还好。"

"是啊，"我抬起头，"你会有办法让我逃学？"

"那是当然。这所学校的保安是超强无比的，围墙平均一平方分米就会有一个鸣叫器，而且这种鸣叫器是看不见的，深嵌在墙内壁，所以如果要翻墙是不可能的。但是他们忘了一个很重要的地方，那就是学生宿舍。妈咪早就预料到你不可能坚持5年，她把当时她挖出来的密道房间留给了你，你只要连续不断地爬两个小时，就可以爬到校外去了。"

我突然间兴奋了起来，人生就是应该有挑战才精彩嘛。

"今天晚上9：00，皮好就会在通道出口接应你，很简单的，只是你不要在里面呆太久，如果你在一个位置停了很久，保安是会有感觉的，所以千万要一刻不停地爬。"

"明白。"

"对了，说了这么久，我都忘记自我介绍了……"

"你刚才不是说了你叫皮好么？"我说。

"你不会把我当作皮好了吧，我是皮好的哥哥，同父异母的哥哥，我后妈咪是你姐姐，我叫玻利，我跟我爸爸姓，皮好跟他妈妈姓。"他笑着说。

我一生最搞不清楚血亲的事情了，只好点点头和他一起把东西搬进宿舍——监狱一样的宿舍。

同宿舍的女生请了病假住到学校住院区去了，于是我就自己安心地找起通道来，我在7：00准时找到了我床底下的密道，便准时出发。

我一点也没有停，这并不是一件很简单的事情，我用了两个半小时还没有看到终点，我打着手电突然感觉到有什么东西正在向我爬来，我害怕得想逃走，可是好奇心让我用手电照着那张脸——他长得跟我一模一样。

那个恨我恨到骨子里的家教在这里当老师

我无奈地阅读着那些条条框框，里面用三条就包含了我们以前学校所有的，还有另外75条是令我完全费解的。

其实昨天那张脸就是皮好的脸,也就是一张跟我长得一模一样的脸,连姑妈都不敢相信原来我们长得一模一样。昨天我偷偷躲在被子里发短信,跟他聊了几句就被舍监发现了,没收了手机。因为学校规定不能在晚上10:00以后有任何带信号的东西,看我刚刚来才不算我违纪。

昨天我才知道对面有一所男校,是新加坡最严的男校,也是亚洲最严的男校,而皮好就是那所男校的学生,也正是男校唯一一个与外界联络的通道的拥有者。也就是说,这两条管道是可以连在一起的,但是各自有通往外界的通道,所以在两个通道的连点隔了一道板,让人以为这已经是死的了,其实只要仔细看就可以看出有一扇很小的门,小到只能让刚出生的兔子穿过。

而这扇小门也恰恰能够通过一个PSP,我的PSP被妈妈封锁在家里,所以我就只能分享皮好的,通过这扇门,每天夜里12点放在对方的隔板里面,轮流玩,如果没有升一级那么对方就可以玩两天,如果两天之后还是没有升一级,那么第一次那个没有升一级的人就可以玩2+2=4天,以此类推。虽然说这样玩游戏是很不爽的,但是这样公平。

这所学校几乎所有地方都有监视器,浴室和厕所有窃听器,所以要玩PSP只可能在浴室或者厕所里面戴着耳机玩,或者在寝室大大方方地玩(PSP没有强信号)。这是一件很不方便的事情。

昨天晚上我们的策划游戏已经完成了,我想我们的5年生活会因为这而不再无聊。当然我们还说了一些其他事情。我们还说到精神状态。皮好就告诉我他生物钟是精确到分秒的,我告诉他我也是。

没错,从我有记忆起,我的生物钟就是雷打不动的,谁也无法调整——晚上10:00整就会感到浓浓的睡意,什么也不可能打消这种睡意。如果不是用我的意念操控自己,不论是在厕所还是什么地方我都会当场睡着,然后在第二天5:30分准时醒来,比闹钟还要准确,这简直就是人类历史上的奇迹。

皮好说他会在晚上10:00准时哈欠连天,第二天又在5:30分准时起来,雷打不动。

天哪,那不是和我一模一样?我叫起来,姑妈与侄子能相像到这种程度也不容易啊。

今天的第一节课是数学课,由于我昨天晚上生物钟被打乱,我可能会用一天的睡眠来弥补了。这里的所有人包括保安都是女人,数学老师都是很可怕的，这一点是我在两三年前就意识到了。有一次妈妈给我请了一个数学家教胡老师，她皮肤很白，远看感觉很好的，近看才发现她的下巴上有很长的两三根胡子。而且我对她开不了一点玩笑，她很容易发怒，结束的时候，她是用恨到骨子里的眼光看着我的，因为她的男朋友已经是我现在的继父。

来不及从梦中出来，一个穿着黑色的LV职业服的女人走进来，凶神恶煞，那种目光正是那种恨到骨子里的目光，她狠狠地盯着我看。

我不禁倒抽一口冷气，鸡皮疙瘩霎时布满全身。

数学课好像是一场噩梦，仿佛又回到了两三年前，让我全身颤抖，什么都没有听进去。一下课我就打算开溜，没有想到被她叫住了。

"皮坏坏同学。"她说，"你今天上课好像有一点走神啊。"

"呃，是，是啊，是有一点，还没有完全适应。"我赔着笑脸说。

"那要赶快适应起来啊。"她走到我旁边，"你愿意跟我赌一场吗？"

"你说什么老师？数学考试么？"我装单纯说。

"你当然明白我在说什么，我不是那么快就会认输的人，我现在的经济实力已经超过了你们家的了，告诉你继父，我可不是好惹的。"她恶狠狠地说。

"噢。"我懒散无比地说，"我对这些又没有兴趣，我才不想参与，不要占用我玩PSP的时间啊，拜托啦。"

"我们就来赌一下吧。"她说。

"是不是要赌魅力？"我问。

"你怎么知道的？"她很惊讶地说。

"你这种人，现在有了经济实力就会开始显摆，穿DIOR，LOUIS VUIT-TON，CHANEL，ARMANI，你以为你的魅力真的有提升吗？那只是物质上的，你必须付出你的真心才能够得到你想要的。"我越说越有词，最终还是被她打断了。

"那你就跟我比吧，参加见习恋人大赛，我可不相信你这种小孩子都会比我强。"她带着那种狡诈的笑容说。

鸡皮疙瘩又霎时布满全身。

我决定和皮好一起去参加见习恋人大赛

"拜托啦，帮一下你又聪明又漂亮的姑妈吧。"我躺在床上和皮好通电话。

"你有没有搞错啊？小姐，你想一下，如果没有赢，你就是输给她了，但如果赢了呢，你就会以早恋的名义被学校开除，她是在激你啊！"皮好说。

同宿舍的女生胡文文已经回来了，她是一个很漂亮但是很古板的女孩子，本来第一眼看见她我还觉得她很难看，留着一个蘑菇头，戴着一副眼镜，回宿舍以后她用毛巾包住湿发，取下眼镜还真的很好看，只是她从来都不会跟我讲话。

"不行啊，我都已经同意和她比赛啦。"我说。

"不要那么任性了，姑妈，这次真的不行，你要找人帮忙找别人啦，我们老师来了，先挂一下。"

皮好那边没有了声音，我靠在床上，不禁叹起气来，见习恋人大赛是一个很老的比赛了，但是也是恋人界最高比赛，每一对恋人如果想知道自己的爱情高度，就必须要玩这个新加坡最有名的游戏。每年的一等奖就会是人们的焦点，关注程度会升高，他们的感情也会受保护，得到最高的升华。

皮好说得不是没有道理的，如果我们赢了，胡老师肯定会把我们交给校方，最后被开除。但是我又不想就这样轻易认输，难道说还要冒名顶替？如果我放弃了，胡老师是誓不罢休的。

怎么办？怎么办？我可不想把这个决定彻底打消掉，我要做的事就是去赢得比赛。

我发了一个留言过去："皮好，我已经决定要和她比赛了，如果你帮我我让你玩一个星期PSP，反之，你就在我16岁生日那天在法国凯旋门陪我站一天。我会告诉姐姐的。"

那么优越的条件，皮好没有理由拒绝的，就要到10：00了，我要尽快把PSP送到密道里面去，我怀疑我会在密道里睡着。我每天都这样打乱生物钟肯定会把身体搞坏，还有我每天这样爬爬爬，注定要把身材爬坏，还会把小腿，腹部练出可怕的肌肉。

第二天我收到了消息："我选择前者。"

果然，我的战役就要开始了。

我每天撑着浓浓的睡意打手电阅读见习恋人宝典，阅读那些拿奖秘诀，完全熟悉了比赛的三个挑战过程。

第一个挑战：因为参加组数超过一万，第一轮是肯定要排掉一大部分的，所以第一轮的项目是面试，不会让太多人过关，评委是看长相是否般配来选的。

第二个挑战：高楼相救。男士拉住女士的手，看可以坚持多少时间——在一座高楼的阳台上，取坚持时间最长的两组。这其实并不是臂力的问题，是人的意念操控一切的。

第三个挑战：心电感应。给两位女士服一种一样的药水，时效是一个小时昏迷，但如果有人呼喊，会醒得更快一些。男士只能用声音唤醒，看哪一组醒得更快就是胜利。

真是搞不懂这么老掉牙的游戏会有那么多人去参加，我无聊地想，不过应该还是蛮好玩的。

皮好的日子不好过，天天都要练臂力，练微笑，他是一个不会笑的人，笑起来总是大大咧咧，不会给人留下太好的印象。

所以我们每每通电话的时候都是一起打哈欠。

这种生活持续了四五个月，每个月我们都会出去练一下"默契"，默契除了上天给的外，更多的是要靠练习。与此同时，我们每天还要把PSP通过那隔板的小门互相传递，这并不会是一件无聊的事情。

比赛很快就要开始了，胡老师答应我绝对不会被开除，她会领我们出去比赛，因为她就是教导主任，有权力决定这些特殊事件是否发生。

"你要出去几天吗？"我的室友胡文文居然第一次和我说话了，真是不可思议。

"是啊。"我整理着东西说，"我叫皮坏坏。"

"我叫胡文文。"她笑着说，"教导主任答应你出去了？"

"嗯。"我回答，"她也是很勉强的。"

"我爸爸会调查清楚的，他可不相信你们是参加作文活动的。"她狡诈地说。

"你爸爸？谁？"我问，真是不敢相信。

"我们学校的校长，教导主任胡老师的先生。"她说。

"也就是说，"我抬起头来，"也就是说……"

"教导主任是我妈妈，放心，是继母，我怀疑她出去偷情，你不用掩护她，我爸爸一定会查清楚的。"胡文文狡诈地说，真的有点可怖。

我看着她，真不知道该怎么办。

"你慢慢调查吧，我无所谓。"我说，然后就拖着箱子走了。

皮好已经在外面等了，他穿着我最喜欢的粉红色衣服，我一如既往地穿黑色衣服。他和姐姐还有胡老师站在一起，于是我们一起向见习恋人的会场走去。

我们注定要在一起

第一轮的通过是很简单的。

我们长得一模一样，无疑看起来像兄妹或者姐弟。但是皮好很能说，把我们俩说成了心有灵犀，上帝注定在一起的人。这张能说会道的宛如济公的嘴我是真的敬佩不已，这个时代已经很少有这样的男辩手了。

第二轮是一个挑战，剩下的选手最多只有100多名了，我们是最后比赛的一组，所以我们已经知道进入前两名需要达到的数字了：5分08秒。第一是胡老师他们：5分46秒，我也不知道这个有老公的女人是怎样选择另外一个男人与自己培养默契的。无论如何，他们是做到了，我们如果做不到就太不匹配姑妈与侄子的默契了。

我终于做好了一切准备，深吸一口气，沿着阳台外的扶梯爬下去，在20多层的高楼上，我就靠皮好的一只手拉着。其实刚开始我是超级轻松的，还在想着如果是超过110斤的女人来参加不是很吃亏吗。

但随着时间一点一点地过去，三分钟的时候我就已经忍不住了，到四分钟时，我更想跳下去。

"姑妈，你怎么这么重？我的手要脱臼了，我们放弃吧。"

"我都不抱怨，你……抱怨什么？"

"你只不过给我玩一个礼拜PSP，这算什么？我想放弃了。"

"有没有一点人性，你怎么连收人钱财替人消灾的道理都不懂？"

"道理？PSP是我的好不好？"

"还有45秒，一定要撑住，拜托啦。"我已经耗尽体力了，手臂真的有脱臼的感觉。

"有什么好处？"皮好居然在这个时候讲条件。

"我不用你在我16岁生日的时候陪我在凯旋门站一天了。"

"我要去的，你只要以后再别叫我干这种事情就可以。"

"绝对不会了。"

"不过我真的想放手了。"

我感觉到他的手松开了一点点，却又握紧了。

我突然意识到，其实男的要更痛苦一点，他可以选择不再救那个女人，放手跟他的利益并没有直接关系，只是没有人愿意放手。

"还有30秒！"有人高喊。

天哪，时间怎么会过得那么慢？

"姑妈，我真的不行了，你不要那么任性了，胡老师的见习恋人是练举重的，拜托我只是一个未满17周岁的男生，我的骨头没有那么硬的。"

皮好的汗水已经滴落在我的头上，和我的汗融在了一起，滚落了下去，在这100米的高空中降落。

手开始松了，我也抓不住了，想放开，但突然，我又握紧了。

"如果我是真的快死了，你会放手吗？"

"你会把你的姑妈推向火海吗？"

"你真的会放手吗？"

"那么你现在还会坚持吗？"

于是，在离地100米的高空中，我们选择了坚持。一模一样的坚持。

"女士们先生们，我们最终剩下了两组恋人，他们，究竟谁会是具有最坚固感情的见习恋人呢？让我们快一些揭晓答案吧。"

我走进了灯光亮得刺眼的决赛场，拜托现在是夜晚，感觉要比白天还亮很多。

我和皮好很有默契地打了一个哈欠，看上去简直就是一对俏皮的姐弟，哈哈。

我已经觉得眼前有点晕眩了，我怀疑如果我服了那药水，我会整个晚上都醒不来。

我们很吃亏的，我们的生物钟都是晚上十点睡觉。现在已经是1点了，我撑了三个小时，再也撑不下去了，我知道皮好也撑不下去了，我甚至连站的力气都没有了，皮好又怎么会有那种鬼哭狼嚎的力气把喝下药水的我叫醒。

我喝下了药水，昏昏沉沉地很快就没有感觉了。

我似乎做了一个梦，梦见有一大批人围着我看，我坐在凯旋门上面，打着PSP，然后纵身跳下来，突然有人走到我面前把我的PSP抢走，然后对我说："这是皮好的PSP吧，皮好已经死了！"

死了！

死了？

死了！！

我从来没有那么清醒过，我一跃而起，大声地叫："皮好！"

皮好那张脸出现在我面前，那张跟我一模一样的脸。

我哇地哭出来了，我们拥抱在一起，我们是见习恋人。来这里见习，虽然只是见习，但是我们不能失去对方，我们是注定要一起打哈欠，一起清醒，一起失眠，还有在一起打游戏的生物。

我想这一点应该是我们在黑暗中看到对方的第一眼和迸射出的光明的时候就意识到的了。

每一秒都是不同的，但是，为什么我们没有珍惜这一秒

我居然只用了15分钟就醒来了。

我想这要归功于我每天打乱我的生物钟吧，那么多次忍住浓浓的睡意，这一点药效又怎么可能拼得住我每天的睡意呢？

后来我才知道，皮好当时已经精疲力竭了，他不知道要说什么才能把我叫醒。旁边胡老师的恋人在大声地唱着难听的山歌，对他来说像催眠曲。于是皮好突然想到我会不会梦见他，就说了一句皮好死了，没有想到真的让我

那么激动起来了。

是啊，见习恋人可以像我们这样也是很少了。

也是之后我才知道，那个胡老师的见习爱人就是校长。胡文文和她爸爸，包括胡老师，都是早已策划好想让我为这些事情烦心而不能正常比赛，而他们偏偏没有想到的是，我根本就不会为这种事烦心，因为我根本就不在乎。

经过这些事情的人本来不会太单纯，但是他们的心已经被这次见习恋人比赛净化了。

在我的建议下，女校终于把所有的墙壁都粉刷成了粉色，男校没有太大的改变，只是用了一些暖色调的东西，仿佛世界上都是温暖的。

我16岁的生日马上就要到了，我决定回家一个星期，而我却忘记了我每天晚上要去领PSP，我没有跟皮好说任何事情就回香港了。

也许我是不应该来这所学校的，我不应该出现在他的生命当中。

我策划着一切去法国的准备，小胖要跟我一起去，我关闭一切通讯方式，和小胖玩了一个礼拜，直到我突然想起在新加坡还有一个见习恋人，还有一个PSP。

我捧着我的粉色的PSP，乐颠颠地给皮好打电话，可是打了几十个都没有回音，我开手机准备给他发短信，可是一开手机就收到了几十条短信。

你在哪里？

……

我累死了，你快点来拿PSP。

我每天爬密道，身材都变差了，我在隔板后面，你不要玩捉迷藏了，你就在隔板后面吧？

……

我每天都来给你送PSP，你给我一点面子好不好？

快点接电话。

你生气了吗？姑妈？你怎么了？

……

别玩了！姑妈，不好玩啊！你不会死吧。

4天了，姑妈，妈咪说你肯定回家了，为什么我有不好的感觉？

你是不是在隔板后面？不要以为你躲着我就感觉不到了。

……

我已经听到你的呼吸声了。

姑妈，不要玩了。

……

对不起，我不能去凯……

凯什么？凯旋门吗？为什么？就因为我没有回你短信吗？

太任性了！我立即飞到新加坡，带着生日邀请函，来到他们舍监那里。

"麻烦你帮我送给皮好。"

"皮好？是不是昨天死的那个？"

"死？"我感觉到我的大脑一片空白，"对不起，我没有听清楚。"

"就是死掉了嘛，谁叫这种小孩子不听话，挖了一条密道在自己床底下，很长的一条，可以通往校外的，然后偏偏昨天晚上他拿锯子锯那个密道尽头，让密道正上方本来就不坚固的女校的围墙砖倒塌，砸进了地下，哈哈，正巧砸在这个倒霉的人身上，发现的时候他已经失血过多而死了。现在的年轻人啊！唉……"舍监又开始叹息起来。

我呆若木鸡地伫立在那里，然后发疯一般地奔回自己的宿舍，疯狂地在密道里爬行，速度快得把汗滴在这空洞的管道里，我不愿意停下，直奔那块隔板。

黑暗中，我轻易地摸到了一个很小的东西，小到可以从隔板上的那个小门通过的东西：PSP。我打开它，光明霎时填充了我的眼球，我眼前渐渐模糊了，眼泪滴在液晶屏上，慢慢地化开……

每一秒都可以不同，可以好可以坏，但是，我们为什么没有珍惜那些存在着的每一秒？

尾声

没法前看/回望一样难/蝴蝶在微笑/比眼泪还短暂——《彩虹交汇处》

凯旋门在任何人眼里都是那么庄严。我突然明白了，原来世间所有的爱都不会是永远的，每一秒就是一瞬，没有人能够改变时间，但是总会有帮助你改变生活的人。

我的见习生活结束了，我就要进入生活的正轨了，我要感谢帮助我进入的人，感谢我深爱着的人，那个我一直爱着的人。

我想他会一直在我左右，一直为我默默祈祷。但愿每一秒都能够封印在阳光里，微笑。

【简评】　　顾文艳近来写的几篇小说，都有独特的构思，流畅的描绘，选取的题材也高人一筹。但在写作中，人物的出现常常没有必要的交代，人物形象缺少必要的勾画，有些句与句间缺少有机的联系。如开头中的"我"与"你"，"我"伤心是"你"造成的，"你又在哪里呢？"这"我"是谁，是中学生还是调皮生？这"你"又是谁，为什么让"我"落泪？都应当指明，以便把读者引入其中。第1节中"生物钟精确到分秒，喜欢卫斯里"，谁喜欢卫斯里？卫斯里是什么？一般读者不见得全知道。妈妈发火说的话，让人知道是妈妈发火说的，之后的对话应当写明是谁说的。

"次谋"是什么意思？我把第1节中的字句改了一下。

而第2节写得流畅了，可能是进入了角色。把"我"与皮好的关系（玩PSP）和"我"与女老师的交谈描绘得理直气壮。刻画出胡老师的形象。

第3节写去参加比赛之前，思路清晰，语言到位。第4节写见习恋人比赛也很动人。第5节写皮好的死和"我"的悲伤及感慨。我把其中含混的不明确的句子画了出来，我相信作者是有能力把它们写明白的。我相信作者会找到自己写作上的语句上的毛病。

（关登瀛）

盛夏之夏

[一等奖]

浙江省湖州市第五实验中学 郑芊蕙

乔小麦常常想,许多年以后,当年华都在鲜艳的裙子上剥落了,她回过头去看从前,那些故事哗哗地流淌过去,发出悦耳的叮咚声,她是不是还会记得,在她的中学时代,在生命最纯真的那一段年华里,曾经这样喜欢过一个女孩。

我说:"等等。等我一下啊你。"

她头也不回,双手插在口袋里,踢踢踏踏往前走。

我急急忙忙系了鞋带。冲上去在她肩头上狠狠拍了一下。"丧尽天良。"我说。

我侧过脸去望着她。我常常这样目不转睛地看,看到她也不得不转过头来。有时候她对我说"白痴"。有时候她会露出很恶心的笑容。然后向我招招手,软绵绵地说"嗨"。

期末考试终于结束了,我和盛夏,这样无所事事地走在大街上。

"时间要用来浪费才有意思。"她说。

我们的刑罚终于暂时结束。可我再也没有理由天天见到你。

我第一次看到盛夏是在新生报到的日子。

天下雨,她骑自行车哗的一下掠过。我眼前一晃,仿佛掠过一只白色的飞鸟。后来我看到她跟我进了同一个教室。她在窗口坐下。我在不远处望着她,她白色汗衫的肩头变得潮湿而透明,额角不断有水顺着脸颊滑下来。

我走过去对她说:"喂,下雨天要撑伞啊。"

她抬头撇了撇嘴对我说："没关系。"

我想递纸巾给她，但终于还是没有，我害怕她若无其事地拒绝。我回过头的时候看到她安静地在座位上转笔，瘦削的影子，分明是在颤抖。我突然没有来由地为这个陌生的倔强女孩心疼起来。

我跟她的第二次对话，缘于一个满脸痘痘的女生问我护肤的秘方。我说："我都老了，你看人家，细嫩柔滑，如牛奶般白皙。"

我问盛夏："小姑娘，你用什么洗脸的?"

她面无表情地说："洁厕灵。"

盛夏的座位被安排在我后面，于是我一刻不停地转过去跟她讲话。有时候在课堂上都会张牙舞爪地笑出声来。

一天放学的时候淅淅沥沥地下起了雨。我撑伞下楼时看到盛夏已经拿好了自行车，一只脚支在地上等着我们。

我问她："你没有带伞?"

"带了，带了雨披。"

"那你干吗不穿啊?"

"麻烦。懒得穿。"

我气得翻白眼，把伞给她撑过去。

到了十字路口，我说："你要不要伞? 我快到了。"

她朝我甩甩手："不要不要。拜拜了。"

以后每次下雨我都只能无力地一遍又一遍告诉她不要淋雨会生病的。她一开始还嫌我烦，后来干脆理都不理。这个傻瓜，根本不懂照顾自己。我看着她线条温顺的侧脸，终于不说话。

那天晚上，下了晚自习之后回家，我走到楼梯上的时候忽然转身跑了出去，跳上一辆公交车，车上没有什么人，空调开得很冷。我一直望着窗外自己恍恍惚惚的脸。后来我就到了她家的楼下，我也不知道自己来做什么。我不停地抬头望向她窗口明黄色的灯光，踩着香樟树的叶子走了一圈又一圈。再后来我仰起脸的时候，有水掉进我的眼睛里。是下雨了。

女孩，我好像是想告诉你，明天也会下雨的。不要忘记带伞，别再淋雨回家。

路灯下面我的影子被拉得很长，我走近的时候它又缩成一团。我好像踏碎了它，发出喀嚓喀嚓的细碎声响，我不知道我是怎么了，这些牵挂是哪里来的，这些失落和寂寞是哪里来的。

期中考试刚结束的那段时间日子很好过。我和盛夏跟唐一晚出去玩，天很热，我们穿梭在商场的空调下。唐一晚说："我们玩捉迷藏吧?"我皱了皱眉头，觉得有点荒唐。可是盛夏突然露出小孩子一样的笑容，我看着她，于是我说："好。"

唐一晚说："我来藏。"我说："那我们来找吧。"可是盛夏走过去，她说："我也藏啊。"然后她拉着唐一晚快乐地跑开了。我听到盛夏悄悄对她说："我带你去一个好地方。"我望着她们的背影，我这样地后悔，后悔在她身边的为什么不是我。她们是在一起，而我，瞬间成为对立的那个人。

我实在无力玩这个游戏，我在商场高大的货架之间奔跑，我突然感到那么无助。觉得自己像是被禁锢在玻璃罩子里的一只昆虫，我焦急地四处乱撞。因为我追随的那朵花儿，忽然离我远去。

我终于看到她们，在几步远的地方，我没有走过去，我以为她们会回来，盛夏一扭头望见我，她对唐一晚说："唐一晚，快跑。"我多么希望她停下来，说"好了别玩了，乔小麦她一个人"，然后朝我走过来，对我笑，在我面前飞扬起白衬衫的衣角。可是她没有，她对唐一晚说："一晚，快跑。"她的眼睛里有灿烂的光华，她兴奋得满脸通红连声音里都是无法掩盖的神色。她甚至牵起唐一晚的手，她的话这样清晰："一晚，快跑。"

这一切。我从来不曾拥有。

我在楼梯边坐下。我低头看见鞋带散了，被自己踩得很脏。我眼睛里涨得满满的水，终于在我俯下身时不可遏制地流淌下来。

我一次次地对自己说，她是无心，她根本没有感觉到那么多。她还小，那么过分地年轻。对，她们都是孩子，她们都还不懂事。

不要那么敏感和自私。

乔小麦，不要想把一切都占为己有。

我跑出商场，太阳明晃晃地格外刺眼。我觉得我的脑袋那么拥挤和繁杂，像熙熙攘攘的火车站，那些模糊却熟悉的脸庞，一批一批地掠过。我站在马路中央。我想就这样坐下来，我觉得累。真的累。可我终于还是在震怒的车鸣声中软弱地跑到了对面。我感到一辈子都不会再像这样难过，这样难过。我没有力气走动，我不停地用手臂去擦眼睛。我觉得我像是一个被抛弃的小孩，却没有人可怜。那些疼痛的颜色，铺天盖地地遮蔽了我的天空。

然后我绝望地看见唐一晚和盛夏一起走出来，她们脸上都是花朵开过的痕迹。盛夏向前走，唐一晚跟在她的身后。那个位置，不是应该是我的吗。唐一晚在张望间忽然看见我，我那样看着她。真的，几乎是哀求。她的表情在阳光下扭曲，让我迷惑不解，我不懂她为什么不走过来，为什么不来拉我的手，为什么不对我说，小麦，不要生气，我们回家。

唐一晚，我忽然那么地嫉妒她，那么地恨她。

星期一上学的时候，盛夏和往常一样跟我讲话，她什么都不会发觉。她的心那么简单，她怎么会明白我的那些感受。

可是一晚明显感到了我的冷漠。我努力不去看她。我怕我望着她美丽眼睛的时候会不由自主地哭出来，我不喜欢我的敌人看到我的懦弱。一晚，唐一晚，可她是怎样一个温柔细腻的人，她跟我讲过那么多的话，陪我走过一条又一条没有人的小巷。她用手抚我的肩膀，她用很轻很轻的声音对我说起她的哥哥。她说喜欢我，也喜欢盛夏。可是，我却这样恨她。我是那么贪心和苛刻，卑劣地要求所有东西都属于我。

放学的路上我再没有走到唐一晚的身边，我倔强地昂起头大声跟几个男孩子讲话。我在余光里看见她低着头，双手搭着书包带的样子。喉咙口好像被人扼住，我发现自己竟是这样恶毒，我一下子沉默了。

大家都相互说再见，分道扬镳。我听到我的身后有小心翼翼的脚步声，我终于停下，我听到她轻轻地说："小麦。"我搭建起来的那座对立的围墙一瞬间全部崩塌，我回过头，我望着她模糊不清的脸。然后她走上来，用冰凉的手指轻轻触我的眼泪。

她说："小麦，对不起。"

"小麦，我其实都懂。"

"你懂什么，你懂什么？你根本什么都不明白。"

她的手无力地滑落，她说："我怎么会不明白。你是那么喜欢她。"

她的眼睛弥漫起白色的大雾："我也是这样地喜欢我哥哥啊。明明知道自己不可以做什么，我只是希望他快乐。"

我觉得僵硬的肩头突然松开。我笑道："一晚。我以为我是恨你。我突然发现其实当她对你露出那样我从来没有见过的笑容，我已经不那么嫉妒你。真的。"

"一晚，那么请你努力地，让她一直微笑。"

"好么?"

"请你，代我!"

"好么?"

我在上学路上，走过那条小路，那条曾经铺满落叶我踩碎自己影子的小路，我想起盛夏奔跑的样子，清晰得纤毫毕见。我觉得那么疼痛，阳光像破裂的玻璃一样散落下来。

在校门口我听到有人在后面按车铃，叮叮当当。我回过头，盛夏骑着自行车在我面前划下一道好看的弧线，停下来。她说："嘿。"

她和我一起走上楼梯，我走在她的右边。我想说话又不敢说话。我侧过脸望着她，然后她莫名其妙地回过头来。我还来不及收回目光，来不及擦掉里面那些无奈和忧伤。她朝我皱皱眉，嘴里嘟囔说："白痴。"

我从讲台和黑板之间窄窄的夹缝挤过去，重重放下书包。盛夏正在把作业一本一本掏出来。她从我身边走过，忽然停下。她的手微微举起，顿了顿，然后轻轻掸了掸我肩膀上的粉笔灰。

那一瞬间我是怎样地动容，不知所措。我慌忙地低下头去，眼泪用力地掉在地上。盛夏喊我："喂，你干吗?"我看到唐一晚跑过来，她的温柔的声音覆盖在盛夏耳边。然后，我看到盛夏纤细的指尖，突兀地握住了我的手。

2006年的6月1日是我们初一生的最后一个儿童节。老师让大家来唱歌，很多女生都上来唱，歌都唱完了。后来，盛夏说："来，我们唱《童年》。"

我们唱《童年》。

"池塘边的榕树下，知了在声声叫着夏天，操场边的秋千上，只有蝴蝶停在上面。"

我第一次听她唱歌，歌声就像她的眼睛一样清澈和淡泊。她的声线幻化成一道蜿蜒的小溪从我面前流淌过去，氤氲了窗外的雨，被雨打湿的树，泥泞的操场，和那张孩子气的面容。我突然不知所措地慌张起来，我感到如此的孤独和空虚。

女孩，我多么希望，你不要长大。

"喂，"盛夏说，"几点了？"

"两点半。"

"我们逛了两个小时了。"

"我会算！"

"到底干什么去啊？"

"什么也不干。这才叫浪费时间。"

我问她："你暑假干什么？"

"不知道。"

"你回不回家？"

盛夏说她的老家在一个安静的小镇上。

"……回吧。"

"小姑娘，我也要去。"

盛夏没有回头。她跳起来去碰一棵香樟颜色嫩黄的叶子。衣角扬起，细细的脚踝露在空气里。她穿球鞋，从不穿袜子。

盛夏一边后退一边转过身来，目光落在笔直公路的尽头。

她点头说："好。"

盛夏匆匆忙忙地跑进那个老房子里去，她嘴里喊着："奶奶，奶奶，我回来了。奶奶。"

我跟着她走进去，推开旧旧的木头门，我的手搭在潮湿的门闩上，我看到盛夏站在空空的房间里。她笑得那样美丽，她对墙上黑白的照片说："奶奶，我回来了呀。"她的指尖轻轻从上面抚过去，留下两道分明的痕迹。

我忽然不知道该怎么办。这个女孩，对谁都冷漠的女孩，偶尔幼稚犯犯傻的女孩，粗心和不懂事的女孩，从来不曾哭泣的女孩，那么让我心疼。

盛夏带着我穿行在水乡小镇那些迷宫一样的弄堂里。辗转无尽的道路，她在前面走，我在后面跟着。走出弄堂，前面是一条小河，河面在阳光下闪烁着微微刺目的光芒。我用手遮住眼睛，我看到盛夏快乐地沿河奔跑。她脱下球鞋，漫不经心地揉揉发红的踝骨，光着脚踩在青石板柔软潮湿的苔藓上。她把双臂伸展开，鞋子提在右手上。我听到她的歌唱，是这样：

"当我还是小孩子，门前有许多的茉莉花，散发着淡淡的清香。当我渐渐地长大，门前的那些茉莉花，已经慢慢地枯萎，不再萌芽……"

我望她的背影，那么单薄和瘦弱。

这个女孩。

"哎，你到哪里去啊?"

我跟着盛夏跑到外面，她踩着露天阳台上的围栏，手攀住屋檐，脚一跨便上了屋顶。我走过去，试着站上围栏可是不行。我很无辜地望着她。盛夏朝我白了一眼，说："自己爬。"我还是一动不动地朝她傻笑。盛夏说："笨死了。"然后向我伸出一只手。我有些惊愕，甚至忘了去拉。她向我伸出手，那么温柔和亲昵。

七月的傍晚，六点多钟的时候天还很亮。这是我喜欢夏天的理由，因为我害怕冗长的黑夜。屋顶上的风很大。我站在盛夏的后面，我看到她长长的头发扬起来，衣角飞舞，袖口猎猎鼓动。她不说话。她安静地坐下来，手臂环住膝盖。

我没有走上前去。只是望着盛夏的背影。

我还记得去年8月去新学校报到，脱了漆的大门上贴着名单。我一个一个看过去。在我的名字后面跟了你的名字。

盛夏。

那时候微微动容，这样美好的名字。

我总是想要问你，盛夏，你喜欢我么。就像我喜欢你一样。可我没有，我是那么沉默和怯弱，而你，是自由的飞鸟。你的家在天空里，在那片最清澈的白色里。

　　我不知道从什么时候开始告诉自己，女孩，如果你一辈子都这样，这样单纯，这样不懂事，这样善良，这样傻，那么，让我一辈子在你身边，好不好？好不好？我多么多么想为你做什么，我多么希望你快乐，可是我知道，能够这样做的那个人不是我。

　　如果哪一天，你的王子到来。他英俊，温柔，他迁就你疼爱你，他心思细腻而宽容，他懂得如何保护你如何照顾你，他理解你。

　　他比我爱你。

　　那么，我才能放下。

　　女孩，你是不是永远都不会知道。在我们都还年少的时候，曾经有一个人，那么那么地喜欢你。

　　女孩，你听，如果时光忽然停下了，一千年一万年。

　　我们就这样苍老了。

　　【简评】　　这篇小说的文字质感非常出色。尽管，人物关系、情节脉络是那么简单、明晰，但无法掩饰小作者在文章中所表现的才华。

　　我读郑芊蕙《盛夏之夏》感觉到一种力透纸背的东西。

　　比如：人物对话，那么干净，那么利落。对文字的控制体现在一个句子又一个句子里。这样电报式的短句，可以说有点海明威的滴水不漏。

　　而人物关系简单之极，只以第一人称"我"来打量少女盛夏。而"我"也是一个叫乔小麦的女生，所以这种喜欢与异性之间的情感驿动大不一样了。

　　一个女生真心喜欢另一个女生，而且纯而又纯，烂漫之至。比如："女孩，如果你一辈子都这样，这样单纯，这样不懂事，这样善良，这样傻，那么，让我一辈子在你身边，好不好？好不好？"以及后来，"他（你的王子）比我爱你"，"那么，我才能放手"，这类句子，让人感动。作者所抒写的一切，只是在具象化的抒写之中。

　　尤其结尾一句千年万年的话，地老天荒的话，使小说的意义在这一刻又一次得到了延展。

（李迎兵）

向　葵

[一等奖]

浙江省诸暨市暨阳街道浣江中学　陈　充

白驹过隙，葵，你在我家院子里沐浴着阳光，一寸一寸成长。你是否知道，有个和你同样名字，同样年龄，同样喜欢在阳光下成长的我，想把我的阴阳两界——快乐烦恼，一半一半告诉你。

日光明媚——我是葵花城堡中的小公主

葵，妈妈说，我出生的那一刻，我亲爱的父亲正朝着阳光的方向播下你们的种子，可爱的你和我初降人世的那天，天空的阳光明媚得不像话，一片金色绵延万里，看不到界限，好像天上宫阙也有什么喜事似的。用妈妈的话说："我家葵注定是个快乐明媚的孩子，这是上帝的旨意啊。"

头顶阳光落地的我，看到这一切呀呀地笑着诉说着，葵，你听到了吗？你看到了吗？我和你一同出生在阳光之下呢。自作聪明的我以为，我们都会是膜拜太阳的快乐天使。

父亲为我和你播下了快乐的种子，我们向着阳光天天向上。

上天作证，我和你快乐地天天向上。每天虔诚地接受阳光的洗礼。

葵，葵，你还记得吗？

那是个怎样的季节，有多少微风，无数年少温柔。

我们的眼眸，在风起风落中相互认识，从此牵连，仿佛咒语的魔力，如此迅速而又丰实甜美。

那个季节，你的花开，风吹花起，花瓣撒落一地，美得要死。

在那个风吹花落知多少的季节，我喜欢搬起妈妈抱着我坐在上面讲过童话的凳子，小心翼翼地跳过你落下的花瓣，踮起脚尖，一点一点绕过你的花瓣。气喘吁吁地把凳子放在你们中间。偷偷地从怀里拿出有些温热的童话书，稚嫩的小手像你新生的花瓣，翻过妈妈已讲过的那一页，书上新鲜的字在阳光底下跳跃。

我满心欢喜地盘腿向着阳光坐着，阳光赐予我一些朦胧的快乐。

小小的我觉得，葵，你们是我的金色城堡。我就是在围墙高高的花朵中安详沉睡的公主，闻到你们花粉的芳香，又把在风中摇摆着想进入我金色城堡的你，想象成童话书上那个为救沉睡的公主，而越过巫婆毒恶的魔法的魁梧的王子。幻想王子走近时，犹豫着，大风过来，一切完美无比，葵，你们深刻柔情地浅吻我的额头，我甜甜地笑了，双颊粉嘟嘟一片，花粉从你的脸颊和睫毛上落下来，落在我的脸上，我像那位公主那样格格地笑，肌肤上有痒痒的感觉。

我知道，这是快乐的感觉。

这种感觉留下了，依然有醇醇的香。

某天，我打开电脑。发现我的桌面是童年时候的金色城堡，惊讶中，我找到了童年时把自己幻想成公主的我。我的嘴角幸福地微微向上翘，黑色的长发在风中飞扬起来，一只手托着下巴。眼睛里是一潭金色的湖水。

我的身边是一片烂漫的葵花瓣，模糊的金色和天空在一起显得很柔和，像只有在调色盘上出现的颜色。照片中的我有和葵花很相称的新鲜笑容。我想起了《金粉世家》里金燕西和冷清秋躺在葵花中的浪漫场景，美得一塌糊涂。葵，那种感觉是物是人非后那么多年，也可以感受出来的，你不知道你陪我走过了一个多么甜美无忧的童年。

那些写在你花瓣上的时光啊。

夜未央——我是在友情迷宫中找不到出口的小孩

葵，不懂世事的我以为走出你为我锻造的童话世界，我还会那么快乐的。可是，公主走出了那座城堡，就迷失了快乐的方向。

葵，我的记忆中有这样一天。

是春天下过小雨的午后。

我记得若儿。她趴在学校花坛前的窗栏上，窗栏湿漉漉的。金灿灿的迎春花绽亮了她安静的容颜，她的长发在空气中弹奏着友情的伤痛，仿佛在宣告一个忧伤的开端。

其实，我一开始就有不祥的预感，一开始就感觉到我的友情会遭受挫折。我的烦恼从我的预感开始。

抬头，看见天空那么蓝，那么干净，没有云的痕迹。菀菀，自从那天，你说绝交以后。我发誓我从来没有这样笑过。

带着菀菀给我留下的忧伤，抬头，看见天，低头，瞧见她。风吹乱了她的长发，我跑过去，帮她重新梳理。

天空中驶过一只飞鸟，带来呼啦啦的忧伤。

葵，那时我和若儿都是那么难过，我最好的朋友对我说了绝交，若儿的知己对她不理不睬。

葵，我无法用言语告诉你我的感觉。但那天的谈话我一直记得，即使是在若儿和我不相见的今天，也念念不忘若儿在言语中，受伤的眼眸。

我还记得我俩在那儿静默了多久了吗？不记得了，在风都不流动的时候，我说：

若儿，现在没有菀菀，我不会难过了，真的，我不会哭了。

我感觉到有一条小溪从心里流淌出来，潺潺流动的是溪水还是泪，春日的阳光并不怎么温暖。我在乎的菀菀到哪里去了？

风被春光撕成的碎片，小心翼翼地落入若儿的眼睛。

她用双手捧着脸，黑发下垂，我闻到了眼泪咸咸的味道。

那一刻，我们是爱装坚强的，我是在友情迷宫里受了伤，找不到出口的孩子。

那一刻，我明白，生生不息的幸福，是不可触及的远。

那一年，迎春花开放，我的烦恼落地生根。

那一年，我们十岁。葵，那时女孩子间的友情是不是这样若即若离，也这样水晶般脆弱？

最脆弱的不是水晶，是你的心。十岁时有个声音这样说。葵，是你在告诉我吗？

日光明媚——我是热望那个城市的动物

葵，永远伫立在一个地方的你，不会知道外面的城市有多好。

十四岁的时候我去一个城市，她是我迄今见过最华丽，最苍凉，最有时光的厚重感的都市。也许，你已经猜到了，是的，它是上海。

我一直对这个城市有着好感，虽然我听过很多对它的描述，在去之前，满眼都是在讲述这个城市，好的坏的。

葵，你知道，上海外滩是可以一直看到天荒地老的地方。

我喜欢外滩对面的旧洋楼，像是欧式的建筑，这些矗立年代久远的大楼，华丽颓败的异国风情在时间抚摩之后，更加沉郁经典。它们古老，有历尽沧桑的感觉和典雅的气质。走在楼下面，能看见这些用石头做成的建筑上，贴着有关的介绍。两旁的旧楼造得太高大了，挡住了阳光，只有凉爽的风吹过，那些斑驳的黑色雕花铁栅栏，玻璃窗后面的白色布幔是这样的美。抬头看它们的时候，心里泛起快乐的涟漪。

我喜欢上海，也许是因为我喜欢繁华，我喜欢它的繁美像流水一样占据我的每一个细胞，用它的气味，色彩，触觉，抵达我的内心深处，发出欣悦的回响。

我最最贪恋这儿天黑后的景色，天黑后的上海是一个贵妇人，经过时光历史的洗礼，风韵犹存。我喜欢明珠塔和一些高楼大厦，旧洋楼和江上的灯火以及黄浦江远处明明灭灭的光。

这座城市像一棵华丽的大树通向天空，我在上面忘情地自由舞蹈，我站在树上浅浅呼吸，低低吟唱。愉悦和满足占据了我的身心。

那一刻，我想我是爱上那个城市了，我记得我说："我要记住今晚的华丽，我长大后会回来的，等我。"我在潮湿的风中说出我的决心，像鱼吐出的泡泡，缥缈而坚决。

上苍让我来到这个城市，是多么喜悦的事啊。在离开的时候。我看着头顶的高楼，我对这座城市说："我爱你，再见。"

再次相见，应该是在若干年后了吧。火车启动的时候，我想象自己提着行李再次来到这里的样子，我想象自己在这里的某个角落能够实现成长中的梦想与快乐。

夜未央——我是数学世界里笨笨的小丑

葵，告诉我花儿的世界是不是也要学繁杂的数学，是不是也要面对一大片数学题目头痛欲裂。

我在一边一手遮天地做着语文世界的贵族时，我在数学世界里的地位是处于直角坐标系的第三象限，周围都是负的点，惨淡得可想而知。

我是在15岁的时候碰到了这个问题。

那一年我走了冗长的台阶来到庞大的数学马戏团里。喝彩声从此像糨糊一样黏住了我。我看见自己通红的鼻子上开出了悲凉的秋天。

从我成为数学世界里的小丑时，一切都变细了。

我头顶着花皮球在直角坐标系上走铁丝。像走一条魔鬼道。我不明白，同样走一条铁丝，为什么马戏团的团长就能像走一条铁路那样，走得四平八稳，脚下生风。那铁丝对于他是宽广的，磨得发亮的阳光大道。

葵，你也许永远都无法了解我与数学世界的格格不入。同样是一场表演，我在上面表演，下面有观众嘲笑，喝倒彩。为什么这样，我不甘心，于是我开始了刻苦的练习。

某天，我在刻苦练习的时候，看见一位数学贵族在一边啃着什么东西，一边单手轻松举起三百千克的重物，于是我就毕恭毕敬问数学贵族："大人，您啃的是什么东西呢？"他说是水果，于是，我就从葡萄啃到西瓜，可我还是走不了铁丝，耍不了鸡蛋，更别提举重了。他又说，我啃苹果，我开始从富士苹果啃起，啃遍天下的苹果。啃到牙齿都落光了。

结果是，团长说要数学考试，考试卷出来，我小心地从发试卷的助理手中拿出我的试卷，我的试卷被压在最底层，压得透不过气。死党愁眉苦脸地对我说："怎么办，我的数学只考了84分。"我望着她，只听见我胸腔里有一颗小东西碎裂的声音，哗啦啦，扎得很痛，我笑着说："那你试试把分数倒过来的滋味。"

数学世界里的小丑依然在马戏团里笨笨地练习，团长不知道，有个笨小丑想练好数学。上帝不知道，有个数学小丑虔诚地希望主可以帮她学好数学。葵，也许只有你知道。

葵，你的声音一直在我心里绵绵不绝地唱着，你知道，我这十五年的低吟浅唱都在你的花茎里回响，时光一侧身，我们都长大了，我知道，这成长的十五个春秋里，对于你有明媚的白昼，阴冷的黑夜。对于我有白昼的快乐，黑夜的烦恼。但无论如何，我们都是出生在阳光下的孩子，努力向有阳光的方向成长。

【简评】　　在这种清澈、明朗的色调里，又有几绪忧郁。

陈充《向葵》里所表达的文字是属于特有的青春花季。

从"葵花城堡中的小公主"到"迷宫中找不到出口的小孩"，再到"数学世界里笨笨的小丑"，足以体现作者的生长轨迹。

文中的"葵"是一个真实而又被虚化的符号。作者在寻找一种认知和理解。尤其，由梦幻中回到现实，就有了更多的烦恼。

"葵"是"我"的好友，也可以说是"我"的另一个对应物。

陈充所追求的正是一种心与心之间的碰撞和呼应。

文字里的痕迹和味道，能够突现一种作者个性化的存在。"努力向有阳光的方向成长。"这正是向日葵的天性和本能反应。

（李迎兵）

四叶草的寂寞

[一等奖]

江苏省南京师范大学附属中学江宁分校　陈未未

　　有些人，只在生命中停留一次，匆匆来，匆匆去，倘若离去，后会无期。

——青寒日记

　　我寂寞地走在街道上，晚自习后已入夜，但是耳边的叫嚣声越发地大，但是我的心和神经却是寂寞的，我听不见耳边的吵闹。三年了，他的影子却依旧在脑海中刻着，哥哥，你还好吧？

　　那个夏天，我还是我的乖乖女，没有谈过恋爱，不知道什么是叛逆。我只消好好学习，按照父母为我铺好的轨道一直走下去。没有任何颜色和风波的青春，索然无味。同学离我很远，他们对我很鄙夷，唯一觉得我的存在有一定价值的时候就是他们要抄作业的时候，仅此而已。我从来不属于他们的世界，他们也从来没有承认过我，初三的我脑子中只有一个词，学习。所以我让人觉得很乖很乖，所有家长都羡慕我的父母，父母也以我为傲，在我看来是可耻的骄傲。如果没有哥哥的再次闯入，我的生活会一直这样平静下去。

　　空气里的燥热让班里所有的人都按捺不住地有种想往外冲的欲望。我却正襟危坐，用心地记笔记。身后有刺耳的重金属音乐的声音，是全校闻名的痞子——秦轩余。他，无心学习，却打架一流。他，轻轻一挥手，便有几个连的女生在后面吧嗒吧嗒流口水。这样的人也只有安排在我后面，因为就算是后面坐着一只怪物，我也会学习，何况是秦轩余。突然后背被什么东西捅了一下，我没有反应，又是一下，我回过头，对那个全校女生的偶像怒目而视。他无所谓地递给我一张纸条，我接了，却塞进了抽屉。下课了，大家你推我挤，骂骂咧咧地挤出了教室，我收拾着，也走了出去。这时，忽然听见叫声："那个叫什么青的，你等一下。"是秦轩余，不知道是不是叫我，我没有回头。

4月底，阳光已然强烈，我走在街道的边缘，洒落在梧桐树叶缝隙中的细碎阳光照在脸上，带着黄昏的倦意。这样的日子，我已经持续了15年了，这样在阳光与平静中度过的青春并不灿烂美好，但是我却习惯了这种寂寞的日子，因为我的心从来没有起伏，它甚至比这样的日子更加寂寞，或者更确切地说是无助。信步回了家，家里没人，他们通常不在家，他们要应酬，要工作，经常说："寒寒，爸妈事很多，你一个人在家要好好学习知不知道？"这句话是我从7岁到15岁听的最多的话，我一直是一个人，一直都是这样。我的路只有我一个人来走，这个信念是我从哥哥离开后就记在心里的。

对付了晚饭，我回校上晚自习。初三，空气也有着燥热，他们却还是可以找到很多乐子来娱乐。我走到位子上，静静地翻开书，但是前面的说笑声还是不断钻入耳中。身后的重金属摇滚依然刺耳，这样极度吵闹的环境下，我却依旧静静地学习，这是我唯一引以为傲的地方。"喂，喂。"是秦轩余的声音。我又感觉身后被戳了一下，我忍住，接下来戳了好几下，我忍不住了，气呼呼地回过头说："你有完吗？"他愣了一下，又回过神："没事，你今天晚上留下来一下，我有很重要的话要说。"我回过了头，根本不准备理他。

空气里有汗水的腥咸味，黏稠。离放学时间还有几秒钟，有人蓄势待发准备冲，有人开始倒计时，我开始慢慢收拾书包。铃声一响，大家向外冲，我也走，秦轩余竟然没有纠缠我，我顺利地走了。走在路上，我总是感觉有人在身后跟着我，我加快了步伐，忽然从身后蹦出来了一个人，我一看，心惊了一下，是流氓。

他冲我吼："小丫头，拿点钱花花。"我往后退了一点："没，没有。"他又向前逼了一步。嘴里有酒气："什么，你找死啊，他妈的！"我步步后退，他步步紧逼。"你别过来，我真没有啊，不然，不然我把表给你。"我急得要命，手也沁出了汗。他停住，接过表，看了看，随手丢了。接着，他盯着我的项链，伸手一扯，我心疼得不行，竟大胆地反抗："不准拿，那个绝对不可以。"那是哥哥离开之前留给我的唯一礼物，不可以，绝对不可以。我想去抢，他轻轻一推："去你妈的。"我就倒在地上，不堪一击。我努力站起来，他研究了一会儿，就扔了。我冲过去捡起来，小心翼翼地摸着，还好没有坏。

看着看着，我就想起了哥哥渝。他和我是同母异父，但是我们从小一起长大。他1岁的时候，父亲就死了，是先天性心脏病，他和妈妈一起过来了，然后就有了我，他长我两岁。他从小不爱说话，不爱笑，可是自我生下之后，他就一直喜欢围着我，我大一些就带我去玩，谁要是欺负我，他就会像小猛兽一样冲过去，一次邻居的轩拽我辫子，哥哥冲过去就是一拳，结果轩的父母就过来找爸妈，然后哥就被爸爸打了，我一边帮哥哥揉，一边难过："都是我害你的。"哥哥却笑笑："没事的，我自己过去打他的。"

哥哥大了后，依然不爱说话，不爱笑，更加不爱学习，总是打架。可他对我却是永远那么细心，那么好。爸爸越来越不喜欢他，总是在妈妈面前说哥哥的不是，甚至说："果然不是我亲生的，小流氓。"妈妈总是沉默，却总是十分悲伤地看着哥哥，哥哥却倔强地扬着头，从不理会。哥哥的身体不好，总会晕倒，爸爸也因此更加烦他，烦他花家里的钱。六年级的时候，他来我们班找我，轻轻地说："小寒，你要乖乖的，不要像我一样，一定要好好保护自己哦。"笑着把一条很漂亮的链子给我，是四叶草，中间有一颗绿色的水钻，很精致。我迫不及待地把链子戴上了，笑着问哥哥："好看吗？"哥哥也笑着说："好看，小寒真好看。"他说："好好听爸妈话啊。"说完走了，我却分明看见哥哥的眼角有泪光。心中有从未有过的慌张，感觉有什么过去了，永远地擦肩而过。

之后，哥哥再也没有回来过，妈妈找了他两年，却一点音讯也没有。从此，我也变得沉默，悲伤孤寂时就会摸着这条链子，想哥哥，这成了支撑我的唯一支柱。哥哥，你现在在哪里，你还好吗？

我被那个流氓推了一下，思绪回了过来。"你还有什么值钱的，拿出来，别给自己找不自在。"可这时，却又跳出来一个人，对着那流氓兜头就是一拳，像当初哥哥打轩一样，恍惚间我好像又看见了哥哥。我喃喃地说："哥哥。"可这时，却又被叫了一下："喂，干什么发呆？"我回过神来，竟然是秦轩余！他望着我瞪大眼睛，说："很惊讶吗，我叫你等等为什么跑了？不是我，你今天就完了。"我礼貌地说："谢谢你。"他说："你知道我今天叫你留下来干什么吗？"我说："不知道，也不想知道。"虽然他救了我，可是我不想和这种人扯上，转身就走。他似乎急了，大喊："你还记得你哥哥渝吗？"我惊住了，哥哥，他认识哥哥吗？我慢慢转身，眼里闪着泪花，说："哥哥，你认识我的哥哥吗？"他笑了，竟然很像哥哥："认识，我是初三才转过来的，之前我一直认识你哥哥。你想知道为什么我会转过来吗，还有你哥哥的事情，明天去'忆殇'咖啡厅。"

我回到家，神不守舍。躺在床上，手里攥着四叶草链，在那颗绿色的水钻里，我依稀看见哥哥温暖的笑容，眼角有泪划过，哥哥，你还会保护我吗？

第二天是周末，我撒了谎，说："爸妈，今天有加课，我走了。"很容易地溜出来了，走进"忆殇"，秦轩余已经在等待了，我急急地跑过去，坐下就问："你可以告诉我了吗？"他脸上没有了平时的痞气，安静而平和，那么那么像哥哥。他开口了："我初三转过来就是为了来帮助他完成遗愿。"遗愿？难道哥哥已经……不会的，不会的。"你应该已经知道了，你哥哥走了，就在去年，因为先天性心脏病。他们家庭是遗传的，他爸爸也是死于这个病，他在离开前最放不下的就是你，所以叫我好好照顾你。"

这时我的泪已经满脸都是，哥哥，你真的不想再保护我了吗？你说过你会一直保护我的，我很乖，一直都很乖，你不要离开我好不好？秦轩余递过来一张纸巾，继续说："其实我是在打架的时候认识你哥的，那时候就知道你了，他打架前有一个习惯动作，就是摸摸胸前的四叶草链，你应该也有吧。"我下意识摸摸链子。"他帮我打过那次架后，我们就做了朋友，他告诉我你一直是他最想保护的人，他说他唯一活下去的理由就是你，他送你这条链子就是希望你有四叶草的守护，永远幸福。所以，你一定要很幸福，那是你哥哥最大的心愿，他死之前，告诉我：'把这个给小寒，她从小就想要，一定要好好保护她，让她很幸福。'"

他给了我一个玻璃瓶，里面是幸运星，我从小就喜欢这个，可是不会折，所以很喜欢看着别人满满一瓶的幸运星发呆。他又说："还有这条四叶草链是他的那条，他说你拿着就好像他在保护你一样，这封信也给你。我快要走了，也不能保护你，你要好好保护自己，要很乖。"

然后，他走了。我拆开了信，是这样的：小寒，你看见这封信的时候，我在天上看着你。其实我也恨过你，恨你抢走了父母对我的爱，抢走了妈妈，我原来一直喜欢看你只是因为想欺负你。真正想要保护你，是因为轩扯你的辫子，看着你哭得那么可怜，那么可爱，泪水糊在脸上，第一次觉得十分心疼，觉得你真的是我的妹妹，我要保护你。于是我为你打了那个臭小子，可能他没有告诉你，轩余就是那个轩，他也很想保护你，可他还是决定离开，因为他觉得不会为你带来幸福。看见你每次那么羡慕地看着那些幸运星，都好想给你，可是我也不会折呀，所以我在走之前决定给你同样代表幸福的四叶草，而我学会折之后，就为你折了这个瓶子里的星星，还好在我离开之前我折完了这些。在折它们的时候我都有许愿，我一定要让你幸福。不知道会不会实现，小寒你答应我一定要好好照顾自己。

信很短，看完，没有想象中的悲伤和泪水，只有寂寞和难过。其实这样很好，何必哭得那么的假，欲哭无泪。我很镇定地回了家，从来都没有这么安静过，我轻轻地说："爸妈，哥哥，哥哥死了，改天去上坟，可以吗？"父母一起瞪着我，说不出话，忽然，妈妈回过神来，开始大哭，我转身回屋了。

我把哥哥的链子拿出来和我的放在一起看，好像可以拼起来，我试着一拼，掉出来一小卷的纸，我连忙打开看：小寒，要幸福。字迹稚嫩，我看着，眼泪终于下来了，哥哥，我会好好的，会幸福的。

秦轩余带我们去上过坟之后，告诉我他要去美国了，他走的时候，我叫住了他："我们可以是朋友的啊。"他惊喜地笑笑，然后走了。

我的生活恢复了正轨，只不过多了每年的上坟。我摸着他的照片，依然有温暖的感觉，但是我却依然寂寞，从哥哥离开的时候，我就很寂寞，至今也是这样。我想一个人走完我的旅程。不过，我不会再害怕寂寞，因为，我还有四叶草。

后记

高三的夏天，我去哥哥那儿上坟，我要出国了。在走的时候，我不小心滑倒了，被一个男生扶起，我恍惚听见了哥哥的声音："小心点啊。"我抬头一看，那么温暖的笑容，是哥哥吗？我礼貌地说："哦，没关系。"我站起来，但是那种寂寞的感觉少了几分。

哥哥，是你吗？四叶草，在那一刹那悄悄地绽放……

【简评】　　本文里面有一个惊心动魄的故事，那就是与流氓的战斗。该文有一种特别的伤感，那就是上坟，那是一个哥哥用爱和热血对妹妹的祝福。

陈未未敢于写冲突和矛盾，敢于正视成长中的人生。对于生活在复杂家庭中的孩子来说，成长要面对更多的问题。成长当然不是一件轻松的事情，而现实正是成长无法避开的敌人。

四叶草是一个象征，它告诉文中的"我"和读者，人世间的亲情都无比重要。作为长辈，都会为孩子感动，因为孩子在成长的历程中，已经慢慢懂得生命的宝贵意义。

文章篇幅不太长，却容量大，给人的感觉是有深度，特别是揭示了人性中最为美好的部分。

陈未未的写作技巧有着不错的功底，语言叙述有条不紊，能充分把握文字，这对创作来说，大有益处。

（毕淑敏）

我在等待张开翅膀的时刻

[一等奖]

浙江省杭州市第十三中学 吕方伊

在这无名的地方/绽开了一朵名为冲动的花/诉说着静默的开始/幼小的憧憬，追求着真正的光热/向天空发出信号/不再回顾重复的每一天/寻找展翅的那一瞬间/即使这只是一个孤独的愿望/我想要跨越界限，去看看未知的世界/身体里的这个梦想不断满溢/我的希望就像是映照着新时代的朝阳一般

九幢高高的，有着纯白色墙面的教学楼很古典很气派地站在晨风中，在白色和红色混合成的特殊晨曦中散发着微妙的气息，高大挺拔的法国梧桐很招摇地扇动着树叶，"呼啦啦"地作响，空气里多了一丝雾气，幽幽的，就像深谷里落进了一片绿叶。

盛开着冲动之花的无名之地

最后一丝黑夜被黎明取代后，我到达了这个陌生的城市。身旁跟着咋咋呼呼喜欢朝四处看的夏言。新的环境里，希望可以更好地生活、学习。透过大块大块的落地玻璃窗，越一在另一边用熟悉的手势向我宣告他的到来。依旧是充满信心的脸颊和朝气蓬勃的笑容。看来，新一轮的挑战即将开始。彬彬有礼的笑回复给他，你的挑战，我接受，这儿的生活，将会一样新鲜和令人期待。

未成型的梦想之歌

夏言是和我一起长大的，有着洋娃娃一样白白的圆圆的脸，很大的一闪一闪看人却很谨慎的双眼，干净的天蓝色T恤，柔软的棉布九分裤。视线停留在她的身上，最先注意到的是银白色的耳麦，顺着方向一直连到白色的背包里。小时候直到现在，最喜欢做的事就是听她唱歌。坐在冰凉的晨风中，满目是浓浓的雾，淡淡的歌声一直远去，在空气中散开来，飘得很远，最后，给远处的雾涂上一层淡淡的颜色，纯洁的蓝，明快的橙，妖艳的红，神秘的紫或者更浓的白。

有一次我去找她，找遍了半个城市最后看到她正和一个流浪歌手在一起灰头土脸地蹲在地铁站。她只是目光迷茫地望着远处，流浪歌手正静静地拨弄着吉他，一圈圈音符如同水上的涟漪一样荡漾开来，孤独的歌声远去，又无声地游荡回来，在远远的黑黑的地铁深处回荡。回去的路上，夏言看着我，轻轻地说，其实，最纯粹的音乐有时恰好是流浪。我从未看到过这么深沉的夏言，很失落，但很茫然，也很深沉。这让我想起了西班牙巴塞罗那的流浪者大街，那儿不分西班牙人和外国人，有一种浑然一体却又互不相识的气息，是艺术，是流浪，有纯粹的音乐人，还有笔法玄妙的画家。

"我只知道，流浪是一种告别，告别的原因，有的可付诸言表，有的则难以言表，真正的流浪，大多属于后者，被迫言表，只是搪塞；不想搪塞，当然沉默；牵牵嘴角，已是礼貌。"

幼小的憧憬

我认识越一是在两年前，在网球场上，一群人高马大的青年中，只有他瘦小而纤细，跟在他们的后面，竟没有一丝胆怯的神色，依旧把头仰得高高的，背着一副网球拍趾高气扬地行走，我眯起眼睛，看见黑色球拍套上有两个字：越一。白色的字体在阳光下闪闪发亮。切，还学别人，你又不是"网球王子"。我在心里暗暗地想。他幼稚的脸上露出一丝霸气，那时候他还不到球网高，打球的技术却让我不能小看。伸手，抬头，再伸手，发球，一串连贯的动作后，金黄色的球便划出一道优美的弧线，"嗖"地飞向蓝天。抬一抬帽子，乌黑的眼眸中露出一丝不屑。

后来我才知道，这个打网球很棒的小子就是和我同一所学校的，在隔壁班很优秀的他。他经常带着很淡然，很酷的无所谓的表情，穿着一贯白色的网球服走到主席台上接受表彰，然后开始他出色的演说："我还会爬得更高的。"那时，我就知道他很不好对付了，自命不凡的小子，等着，我会爬到你的上面的。

这个城市的街道旁，有树叶很阔、泛着黄绿色的梧桐树，也有树叶是深深墨绿色密密麻麻的树叶长满一树的香樟树。阳光就从这里倾泻下来，把我们两个的影子拉得很长很长。在校外，我们从来都不谈关于学校里的事情，我们要公平地竞争。

悄悄上演的故事

我喜欢猜测他或者她的名字，越一，夏言。

我曾经用手托着脑袋想过他们的名字。我不知道为什么现在的人，名字都起得很抽象。我问过夏言，她总是用空洞洞的很干涩的声音回答我："大概是没有意思的意思吧。"我为了这句话，曾经以为自己有点儿弱智，或者迟钝，总是听不懂她的意思。只是不知道夏言所喜欢的音乐，是不是也是似有似无的。越一，总是一反他无所谓的表情，变得很认真，目光很深邃很深邃。"那艾飞呢？喜欢飞呗。"

就这么简单。

新学校分班的时候，我看到老师把一大串学生的名字加上编号，再由电脑哗啦啦地把几十个人分成一组。我眯起眼，静静地在表格中寻找自己的名字。夏言也挤上前去，兴奋地告诉我，我们在一个班。还记得七年以前，雨下得很大，噼噼啪啪的雨滴打在伞上，静静的教室里，雨声显得很清晰，一个个上去作自我介绍，一张张因紧张而涨得通红的小脸，很清晰很清晰，出现在眼前。那年的她，短短的头发，很大的眼睛，那时就已显现出音乐的天赋了。回忆，想试着找回过去，只有长大了，才知道，那些风起云涌，岁月的尘埃，是多么舍不得。年复一年，漂泊不定的，是我们永远的青春，欢笑，泪水，缘。

孤独的愿望

有一次，太阳很大，我到图书馆去查资料，路过操场的时候，传来一声声掷地有声的打球声，果然是他。

"你准备以后成为一个全才吗？"

"什么意思？"越一带着淡淡的笑容。

"那，你准备以后再精通几门'艺术'呢？"

"没有，只不过随便玩玩儿。"

我用不信任的眼光望着他。

"真的，随便一点才会发现真的自我。"他把目光投向远处。

随便一点。

小的时候，我总是不喜欢跟着爸爸妈妈出去旅游，推说只是不习惯火车的隆隆声和黑洞洞的车厢罢了。是的，我不想看着许多人上来又走了，最后消失在火车站的人群中，怎么找都不再回来，蓦然回首，是陌生的气息，手上，是淡淡的熟悉的气息。最后，那些熔岩就会消失在生命中。看着车窗外的风景，很美，但那么一瞬间，就消失了。很像有些城市，气息中充满了凄凉，让人支离破碎。然而，和同学们在一起，背起背包，参加的每一次短小的旅行想起来都会让我流泪，看着泛黄的墙壁，心里总是空洞洞的失落。直到现在，很多年过去了。我一直都很期盼高级旅店里的水晶吊灯，每一间卧室里的雪白的墙壁，柔软的床。我以为会享受孤独的人就是有品位的人，原来，我怕的是寂寞，渴望的是自由。和朋友们在一起。就像现在，在一个陌生的城市里，有从小一起长大的好朋友，哪怕再加上一个竞争对手，熟悉就会在身边，不会再害怕。

我想要去看看未知世界

夏言：

你现在还好吗？我们都喜欢四处旅行。可惜我没有去西班牙巴塞罗那，不过，我去了巴黎。

有时我觉得这个世界的伟大太多了，上帝给谁的都不会太多，但是他给这个世界的似乎有点儿太多了。罗马似乎只是一座空城，但满城的废墟却能让你倘佯在古剧场中，看到所有的大城小城都站起来了，只有罗马还静静地卧着，转头，是惊人的容颜，能让你高呼："伟大属于罗马！"但巴黎的感觉却不同于罗马。那么闲散却又那么轩昂，它不像罗马，对伟大持有一种近乎凛冽的情感，它只是在忙碌而魂不守舍和悠闲中显得很有个性，让自己变得像一幕戏。

当埃菲尔铁塔刚刚建成时被人们认为这个高高的家伙有损巴黎的市容；当蓬皮杜艺术中心像一座未建成的化工厂出现在巴黎市中心时，曾被一度认为是巴黎的灾难……

然而，拉上这一幕，下一幕的金色灯光照亮舞台时，第一个照亮的就是那个瘦瘦高高的伶仃的铁架子；巴黎的艺术沙龙最不可缺席的就是蓬皮杜艺术中心和玻璃金字塔了。巴黎的香榭丽舍大街，是把华丽藏在深处的，面子上只露出一排浪漫的梧桐树。那些名品店里，都是有人文历史的老派贵族的样子，在巴黎待过的那些非凡人士，不管多少年以后，巴黎都不会让他们轻易地消失，还有那些善解人意的聪颖的店员，总会想方设法让他们真真实实地活在人们的心里。难怪，戴安娜要选择死在巴黎。就这样，巴黎的每一寸空气中都有浓郁的人文气息，不管是时尚还是诗意。因为，巴黎让每一个人的灵魂做到了永恒。

暮色苍茫的时候屹立在桥上石砌的围栏上，塞纳河缓缓流过，看无数传奇故事发生的场景，每个人都会真正感受到巴黎的搏动。

言，西班牙是个好地方，有空，我一定要去看看。

艾飞

我在等待张开翅膀的时刻

我看到过越一打网球赛的样子。眼神很专注，也很用功。在赛场上，他有的是无尽的骄傲和冷酷，也许是希望。我几乎每时每刻都能在他的眼睛里看到金色的飞翔的网球。当球飞来的时候，我在他的脸上发现了一种东西，那是他眼里从未有过的坚强的执著，充满热情的眼神却刚毅冰冷，我看到他的目光扫遍整个球场，风把他的网球衫吹得鼓了起来，我看到他的影子飞满了整个球场。柔软的黑色发丝在空气中飞扬。我有点怀疑了，我有点明白了，眼中的金色，似乎不止是纯纯粹粹的网球，是年少时热切真诚对梦想的探求。

在年少时热切真诚对梦想的探求，

将在天空中留下绚烂的一笔。

随着日子一天天的流逝，

I am looking for the moment to spread my wings.

我在等待张开翅膀的时刻。

I want to go to an unknown world, passing all my limits.

我想要去看看未知的世界，超越我的极限。

寻找展翅的那一瞬间

那是一个很凉爽的傍晚，天边的云彩把他和她的脸映得很红，我看到我们的希望在蔚蓝的天空中飞翔，他的网球，她的音乐。真的，有了他们，三个人在一起，便是顶天立地。可以安心起飞了，永恒的时刻，是起飞。

啊，闭上你的眼/喔，去感觉穿过指尖的冷风/每个人都怀抱一首/看不见的心里的歌/现在就从这里起飞/让这一刻变成永远/You Got Game？/无论任何速度中/时间都刻画着不变的韵律/让我们可以无数次展翅飞翔/那片蓝天一直在这里

【简评】 本文具有一些现代意识，从行文到内容都有现代的特征，以若干小标题把文章串为一个整体，不失为一个好结构。

文章中有"我"，"越一"，"夏言"三个主要人物，在城市与校园的生活中，有着成长的梦想、憧憬。用生活来展示人的心灵，读者在文章中能体味到几个主要人物在干什么，想什么。成长的过程中，生活的历程便是内心的历程，而内心对当下的时代和世界有更多的相遇、认识、认知。但世界的真相对于成长来说，没有那么浪漫。为什么允许成长的浪漫呢？因为适当浪

漫可以提高生命质量。

　　"那是一个很凉爽的傍晚，天边的云彩把他和她的脸映得很红，我看到我们的希望在蔚蓝的天空中飞翔，他的网球，她的音乐。真的，有了他们，三个人在一起，便是顶天立地。可以安心起飞了，永恒的时刻，是起飞。"

　　从这段文字读者应该领悟到，年轻成长的心灵、网球、音乐……成长的生活、爱好，聚在一起的缘分组成了生活的亮色，也提升了心灵的翅膀，联想到《逍遥游》那种飞翔多么令人心旷神怡，从而使精神无比饱满。

（张绍民）

悠篱的孤单

[一等奖]

黑龙江省大庆市第三十六中学　庞悠杨

> 我想要天空是透明的，翅膀不是用来飞，我一直想，后来却把什么都忘了。

> ——题记

我叫悠篱，14岁。喜欢每天戴着近视镜冒充"有知青年"，在初四的哥哥姐姐面前装乖；在初一小孩面前耍横。一直以为自己很没心没肺，却经常因为一点小事感动得一塌糊涂。天生的矛盾体，却和双子座没有半点关系。

前几天，我淘到一本书叫《左手倒影，右手年华》，好像是郭敬明写的。好多年前的书了，而我到现在才找了N家书店才找到，还是盗版的，虽然我很支持盗版书刊（因为它便宜方便消费者），但是想一想还是觉得很郁闷。言归正传，我很喜欢那本书，尤其是第一篇忘了名字的小说写得很……怎么说呢……就算是很能让人产生共鸣吧。故事中的主人翁很像我，或者说我很像故事中的主人翁。不过，我比他要成熟得早，孤单得多。他19岁的悲伤我在14岁已经深刻地感受到了。

从小我就觉得我是个简单而快乐的人，我有一群一起轧马路的朋友，有一群可以一起装乖的姐妹。直到某个暑假的某一天的某个下午。我很喜欢"某"这个字，因为它不真实，我不记得是谁说过"无知的人最快乐"了，但是我觉得它很对，当我们把一切都变得真实了，我们就没有活着的意义了。童话都是不真实的，王子和公主总是两个世界的人；巫婆的智力和心计永远都比国王更胜一筹；灰姑娘不会把表对得分秒不差；公主永远不会甘心去吻一只青蛙的，哪怕它就是王子。但是我依然喜欢童话，因为它们不真实，不真实的东西是最善良的，因为原本就不真实的东西是不会再骗人的。

我不是个会讲故事的人，因为我总是喜欢"跑题"。继续回到"某个下午"，我坐在阳台上多出来的那块窗台上。那块窗台很宽很大，像个小小的平台，上面铺着白色的瓷砖。我很喜欢白色的瓷砖，因为它们会把一切都真实地表现出来，不会撒谎。又扯远了。白色的瓷砖在阳光的直射下，有温温的温度。我蜷着双腿躺在那淡淡的温暖上。望着对面已经长到三楼高的老榆树上那片片相依的叶子，一下子觉得自己很孤单，拿起电话却不知道应该按下哪几个号码。于是，点起一根烟。我看见灰白色的烟雾和翠绿翠绿的叶子在视线里不断地交融不断地分离，接着就发现我活得其实特失败：每天写一些让自己和别人看着都恶心的文章，从老师那得到高分和表扬，然后把那些强烈爱国或热爱生命的文章当作范文读出来，开始自我欣赏。无聊的时候就开始拼命地读英语课文或者做最最复杂无意义的算术，直到嗓子和头开始以剧烈的疼痛向我抗议之后，叫上一大群朋友在小区里瞎转悠。当我无限苍茫地把烟挪到唇边打算吸一口时，却发现指间只有一个带着长长烟灰的烟蒂了，手指开始微微发烫，于是我毫不犹豫地捏灭了它。然后满屋子的烟味让我感到就要窒息了一般。虽然灰蒙蒙的烟，让人看了很舒服，但是它们会让眼睛变得酸酸胀胀的。于是，我在电话发疯似的咆哮中逃出了家门，我实在已经没有耐心听我妈在电话那头一本正经、毫无意义地啰唆了。

在街上百无聊赖地走着，一边走一边数着"十"字或"丁"字路口，双数就向右拐，单数就向左拐。我就这么漫无目的地走着，看见一对对情侣，他们搂脖抱腰、旁若无人地从我身边经过，我感到恶心可笑，嘴里故意地念叨着："分开，分开，分开……"结果遭来一对对白眼。走啊，走啊，看见一群孩子在踢一只小小的皮球，忽然觉得那个皮球很可怜，不论滚到谁的脚下都会被一脚踢开，就觉得很不忍心，扭头就走。很不巧，撞到了一个帅哥。我称所有男生为帅哥，这其中的主要成分是缅怀。我怎么总是往偏里扯呢，现在回到故事中。我撞到帅哥之后，条件反射似的说了句："没关系。"就头也不回地走了。只听见后面传来了一句低低的"神经病"。

从十四点四十三分一直走到十六点二十八分之后，我开始疲惫，双腿感到麻木，但我仍然不愿意回到那个被叫做家的房子里去。直到我看见手表的时针指向七而分针也指向七时，我才发现已经十九点半了，我的表一向是时针走得慢分针走得快，其中的原因修表的老头说了很久我也没听明白，不过我知道他的大意是：这表修不了了你换个新的吧，反正也没多少钱。不过，我很喜欢这块旧表，因为它的走法太有个性，而别人又无法修理它，我羡慕它的无拘无束。我开始往回走，可是在我走了二十分钟以后，我发现我已经在绕来绕去中丢了方向。便拦了辆出租车，下车后我发现刚才的车费花掉了我所有的零钱。

打开家门，看见妈妈正生气地坐在沙发上。见我回来，就开始质问我死哪去了，为什么不接电话。我突然感到很疲倦，不是身体而是心，心好累。所以，我望着她感到没有力气答话。结果，我的沉默却激怒了她。她开始数落我的种种不是：从小时打碎的一只花瓶列举到一个星期以前在她面前说的第一句脏话。平时，我心里会想：去你妈的，真他妈的能磨叨。但是，今天我却觉得她很可怜，有那么好的记忆力不去当活电脑真是可惜了，像现在这样开个小商店就更可惜了，总之，她现在应该是更年期加怀才不遇综合征，都这样了还要为我操心，我都于心不忍了，于是关心地说："妈妈，你要不要喝口水再继续呢？"结果却惹来了她的歇斯底里，她指着我的鼻尖叫道："滚！"

我很听话地回了自己的房间，任她在门外怎样拍打，怎么恐吓。我坐在床上，把耳机里A-DO的歌开到音量最大，我喜欢在深夜里听A-DO的歌，感受他歌声里面赤裸裸的悲伤，明晃晃的忧愁，然后悄悄地哭泣。抱着我的玩具熊，我叫它温暖，因为它的绒毛可以挂住温暖的带着阳光的灰尘。扫视一周才发现，原来我只剩下这么一个毛绒玩具了。其他的都被妈妈顺手丢了出去。我不记得她丢它们出去时我有没有阻止，我想可能没有吧。我很少会保护我的东西，因为夺走它们的人往往不可侵犯。

不知过了多久我听见窗外孩子的笑声，在我向窗外看时，我发现我也犯了那个错误，我把那些和我同龄甚至比我大的快乐的孩子称为"孩子"。想起一篇文章叫《心比身先老》。我现在就属于心老得都快没弹性了，估计等我身老了的时候，我的心就撒手走了。

我钻进粉红色的被子里，那床被子也是妈妈挑的，而我选的那套黑灰相间的则被她不容置疑地扔回了货架。那天回来，她以一种胜利者的姿态把它铺到了我的床上。在任何一次战争中母亲都会胜利，因为我不能太嚣张，因为我还要她做我妈妈，所以我每次都会选择无条件投降。就像那时我"毫无怨言"地蜷缩在粉色的被子里。但是其实我一直很想躺在那床黑色的被子里。因为，我喜欢黑色，它可以淹没一切也可以守护它淹没的一切。也许，有一天我可以在一个黑色的角落里，以死神的身份看这个世界。没准儿在某个阳光灿烂的午后，会有个一袭白衣的孩子轻轻走到我跟前摊开手掌，指着手心里那个银色的鱼刺问我，它是不是你的？然后，在我面无表情的注视下接过勾魂镰刀和黑色的隐身斗篷，接替我的工作成为下一个死神。当我走出黑色的角落时，我一定会流泪，那眼泪定然是黑色的。因为，我已经爱上了那个黑暗的不受干扰的角落，我注定与黑暗为伍，注定是死神。我可能就是从那开始寻找鱼刺的吧?！

我一直相信鱼刺是取得死神那把镰刀的信物，很病态的想法。我本身就是个很病态的人。我可能在看电视的时候突然把遥控器摔向屏幕开始痛哭，也可能在站队的时候忽然对着天空大笑不止。我听说这个世界上有两种人会这样，一种是哲学家另一种是疯子。我想我可能是后者，因为前者一般都有一个崇高的理想，不会像我这样胸无大志。

我目前最崇高最美好的理想就是在一所学校的附近的某个角落里开一个小店。不会卖食品或文具。我会把一面墙漆成黑色的，在上面钉上最普通的钉子，再挂上从世界各地的犄角旮旯里淘来的基本独一无二的项饰。然后，在背光和向阳的两面墙上各开一扇落地窗。窗边挂上各式各样的风铃，在有风的时候叮咚作响。最后一面墙，我要把它分成两半，一半摆着各种饰品，它们都独一无二，另一半当然是放我写的书啦，呵呵。对了，还要一台CD机和一张书桌。我会在没有客人的时候听着A-DO的歌，写我的带着淡淡忧伤的小说。我不需要店员，因为那时我已习惯孤单。

在幻想中，我睡在A-DO的歌声里了。第二天醒来妈妈已经出去了，早餐像往常一样摆在桌上。似乎昨天的一切都是梦一样。可是，疼痛的双腿不断地提醒我：你已经孤单。

我对自己说："悠篱，你已经发现自己是孤单的了。可惜，用了14年才发现。"

在最后一缕阳光消失之后

当第一片月光出现之前

我开始收拾行李

却发现没有什么属于我

于是

丢下背包

我把孤单揣进口袋

打开门

和我的孤独一同流浪

不离不弃

却发现最后

我们又绕回到门口

原来

我早已无处可去

被孤单锁住

我们都是这样吧……

【简评】 这又是一篇成长小说。而且，主人公"我"很喜欢那个什么郭敬明（他在"我是流氓我怕谁"的王朔眼里是个"盗窃犯"）。没有办法，郭敬明是"抄"又外带"炒"出来的偶像，注定了"速朽"，但一帮粉丝仍是如痴如醉地喜欢他。

据说，80 后乃至 90 后们喜欢一个人从不问理由。在庞悠杨的《悠篱的孤单》里折射了自己的孤单。她在小说里写的不是别人，而正是她自己。

这样的叙述虽不像准意识流小说里的那种洋洋洒洒，但也确能体现新一代人内在心灵深处的迷茫和忧伤。

青春都是这样过来的，但又不是简单的重复。生活里的"虽然"标志一种雷同。但这个"但是"里又蕴涵了诸多的变数。生活有时超乎我们每一个人的想象。

正因此，"我"的形象有了一种不同的味道。

（李迎兵）

校园里
疯长的
青春痘

鸽子血 (节选)

[一等奖]

北京市三帆中学　陈励子

　　她紧紧抱着手中那只雪白的信鸽，看一点点，一滴滴的鲜血从鸽子清亮的眸子中像断了线的珠子一般流淌下来，带着温暖，滴在了她胸前的衣襟上。

　　很少有人能在火车上睡得安稳，再困再累也不例外。

　　曲荷风躺在18号车厢左手边的中铺上，头枕着一只胳膊，雪白的被子掖在另一只肘弯下面，似睡非睡地撑着樱桃一样涨红的眼睛。她累了，眼皮也抬不起来，却翻来覆去怎么也睡不着。床铺像得了肺痨的病人的前胸，嶙峋着的肋骨压在她身子底下，让她不能安然入梦。

　　曲荷风的上铺是陆芳沫。芳沫是个很典型的前卫少女，有着略带野性的眼睛和随意削成的一头乱发。此刻在黑暗中，她正百无聊赖地听着音乐。耳机里金属的碰撞和那个沙哑狂热的声音摩擦着她的耳膜。芳沫拨开床头猩红色的窗帘。外面一片漆黑。冷风从窄窄的窗缝里吹进来。她盯着漆黑的夜色发了一会儿呆，回过神来时，一片连绵的原野已渐渐从漆黑的背景上凸现了出来。火车开得很快，路旁的景物发了疯似的带着风声往后退——好像刚过了一个什么站，可是站牌却没看清。耳机里的爵士乐到了高潮，声嘶力竭的吼声震得她眉骨隐隐作痛。

　　陆芳沫往下探了探头。"荷风？"她轻声叫道。直觉告诉她曲荷风也没睡。黑暗中荷风的长发章鱼一样铺在枕头上，面目全然看不清，只看出她深色的滋润的嘴唇和琥珀色的眼睛。荷风的嘴唇微微一动，薄薄的唇上立刻洒满了酒红色湿润的光泽，天使一样安详。

　　"大家是不是都没睡啊？"一个人影轻捷地从曲荷风右边的铺位上跳下

来，晃了晃脑袋，伸了伸懒腰，东瞧瞧西看看，好像一静下来就会变成石头。

"六猴儿，你吓死我了！"陆芳沫嗔怪地叫道。她的声音本来就高，兼之这么一个万籁俱寂的时候，其效果不亚于劣质粉笔在黑板上面打滑的声音。

"妖怪！妖怪！妖怪！妖怪！妖怪！"一个肉球一样身材的胖子被陆芳沫吓着了，大吼一声，扑通一声从六猴儿下面的铺位滚到了地上，六猴儿下意识地一步跳开，那胖子就像装满水的气球一般砸在了地上。"妖怪，哪里逃！"胖子手舞足蹈地扑腾着，像只被人掐住了脖子的肥鸭子。

"胖子，醒醒，别做梦了……"六猴儿用脚尖踢了踢那胖子的屁股，身子却不住地向后闪着，生怕他稀里糊涂一拳抡过来把自己打变了形。

"大家是不是都没睡啊?!"陆芳沫模仿着六猴儿的口气，"还是有例外嘛，六猴儿……"说着，得意地瞥了一眼六猴儿，"扑哧"一声笑了出来。

曲荷风也抿了抿嘴，满脸淡淡的兴奋。

"六猴儿，你给咱们讲个笑话吧。"陆芳沫甩了甩头，一头枯黄的头发显得更加蓬松了，像骄阳下堆放着的一摞稻草。

"干吗让我讲？我幽默对不对？"六猴儿捻了捻手指，毫不掩饰地流露出得意的神色。

"胡扯！没看大家都睡不着觉嘛，你这么无聊，一讲笑话大家就都睡着了。"芳沫伶牙俐齿地回击道。

"真的？那不听算了。"六猴儿气鼓鼓地转过头去。

"听吧听吧！"胖子恳求地眨着眼睛。

芳沫心里早就痒痒地想听六猴儿讲个笑话，只是面子上不大好办，胖子这一开口，自己也就顺理成章地应和上了："算了算了，真扫兴，要讲快讲！"

六猴儿嘻嘻一笑："我没真生气，你们不让我讲，我还不干呢！"于是端坐着，清了清嗓子，开始讲他的笑话了：

"从前有一个屠夫……"

"杀猪的？"

"不是，他是杀鸟的。"

"杀什么鸟？"

"鸽子。"

"为什么要杀鸽子？"

"瞧你土的，烤乳鸽听说过吗？"

"哦，原来是这样。他是饭馆的厨师吗？"

"哦……大概是吧……关系很重大吗？"

芳沫耸了耸肩。

"有一天晚上，他从屠宰场下班回家，走了一半路了，突然发现自己忘了锁屠宰场的门了，于是赶快往回走。"

"然后呢？"

"他走到屠宰场时，天已经黑透了，到处都安静极了。他一看，没有人进来的痕迹，于是放心地把门一带就走了。走了两步，他突然觉得有点不放心，就又回来，趴在锁孔上往里一看，结果里面血红一片。他害怕了，赶快往家跑。"

"半路，一个疯疯癫癫的老太太拦住了他，她问：'年轻人，你有没有杀死我的鸽子——我那死去的鸽子……'屠户说：'我天天杀鸽子，哪知道是不是杀了你的鸽子？'老太太接着说：'我的鸽子死后变成了鬼，什么都没变，就是眼睛变成了血红色的。'"

"啊！"陆芳沫和曲荷风都失声叫了起来，"锁孔里……他和一个鬼对视！"

"第二天，屠户再去屠宰场，发现所有鸽子的眼睛都变成了血红色的。"

"然后呢？"

"然后就没了。"

荷风激灵灵地打了个寒颤。

"六猴儿！我要听的是笑话！你讲的这是什么东西啊？"陆芳沫气鼓鼓地质问。

"我讲的笑话不是太无聊了吗？"六猴儿斜着狭长的眼睛，笑眯眯地说。

芳沫脸红了，一路笑着骂着上了床。

"六猴儿，为什么偏要是鸽子呢？那屠户如果是个杀猪的，不也一样吗？"荷风神情有点恍惚了，星斗一般璀璨的双眸渐渐黯淡了下去，眼帘轻轻地垂着。

六猴儿"扑哧"一声笑了出来:"你怎么心事就这么多呢,我是看芳沫她惹我生气才现编了一个鬼故事吓吓她,自己心里还没谱呢,顺口一说就出来了,管他什么鸽子、鸭子的呢!"

"六猴儿!这就是你的不对了!你明明知道我们荷风姐姐喜欢小动物嘛,你编点什么猪呀驴呀就算了……你偏编了一个什么杀鸽子的屠夫,人家能乐意吗?"芳沫靠在枕头上,"嘎嘣"一声撬开了汽水瓶盖,咕嘟嘟地喝了一口,一双大眼睛忽闪忽闪地瞟着六猴儿。

"芳沫……你的汽水……"胖子一看汽水,立刻满脸红光,伸出了两只胖乎乎的拳头,在空中挥舞着。

哐啷!

"哎哟!"曲荷风低低地惊叫了一声。

"馋猫胖子,你又干什么啦?"芳沫舔了舔嘴唇,幸灾乐祸地问道。

"是荷风的东西吧?好像是个小盒子……"胖子眯着眼睛在地上寻觅着。

"没什么,是……是我的眼镜盒……胖子,你不用找了,我已经捡起来了。"荷风语无伦次地说。

"噢,找到了就好。"胖子傻笑着挠了挠头,转身缩进了被子,"天,还挺冷的。"

"大家都睡吧,我是困得不行了。"芳沫心满意足地打了个响亮的饱嗝,把汽水瓶放下,盖上被子睡了。

六猴儿很绅士地跟大家道了晚安,也睡下了。

六猴儿这么一折腾,本来就无心睡觉的曲荷风硬是睁着眼睛撑到了半夜,满脑子都是红眼睛的鸽子,啄食着她的神经,纷乱的脚步践踏着她的视线,挥之不去,纷纷杂杂,大概到了天蒙蒙亮时,才轻飘飘地入梦了。

"咱是做买卖的,祖籍好像还是犹太人啥玩艺儿的,指不定跟爱因斯坦有点儿啥血缘关系。"一个满嘴东北大茬子味儿的彪形大汉咕嘟咕嘟地喝了一口啤酒,拍着大腿,眉飞色舞地跟六猴儿聊着天儿。他是后半夜上的火车,铺位就在曲荷风下面。

现在是早上,满车厢里都是刷牙洗脸泡方便面的声音。

"哦,我祖上也是犹太人,马密古尔沁牛牙儿屼那块儿的,爱因斯坦他姑姑就在我们家养马。"六猴儿狡黠地笑着，满脸轻蔑，对待这种天花乱坠胡吹乱侃的，就得动点儿真格的，不见识见识本大爷是谁，他枉过此生。

"呀，你说说，还真巧喽！我也是马牛没牙啥那儿的。"

"马密古尔沁牛牙儿忒！"六猴儿一本正经地重复着，还掺和上了点儿阿拉伯口音，听着挺像卖羊肉串儿的新疆大叔。

曲荷风和陆芳沫强忍着笑，时不时地瞥六猴儿一眼。旁边的那个胖子还鼾声如雷地睡着，满头大汗，四脚朝天，他准是梦见自己被妖精放在火上烤呢。

"你们是干啥来的？"大汉一张口，满车厢立即混杂着一股发酵过了头的酒精味儿。

"我们是同学，到大西北去。"陆芳沫忍不住了，插了一句嘴。

"跑那么老远，干啥？"大汉夸张地蹭了蹭鼻子，粗黑的鼻毛从浑圆的鼻孔里探出了几根。

"体验生活呗。"陆芳沫眼睛一白。

"生活有啥可体验的，扯淡。"大汉挥了挥手。

"你……"陆芳沫急了，眼睛瞪得浑圆。

"你们是哪个学校的？"大汉没察觉到陆芳沫的不痛快，自顾自地往下说。

陆芳沫不理他。

"洪门二中。"六猴儿接着说。

"巧了去了，我也是那儿毕业的！咱那个校长叫什么来着……你瞧……咋的还真想不太起来……"

六猴儿提示："陆……"

"对……陆……陆校长，叫陆啥玩意儿……"

"陆芳沫！"六猴儿拍了拍大汉的肩膀。

"没错！就是她，陆芳沫！老太太，白头发，话挺多，是呵？"大汉拍着大腿，满脸红光，"以前她还教过我们课，我还是她的课代表呢。"

"没错！就是那个老太太，小眼睛，唠唠叨叨，总爱说'纯属胡说八道'的那个！"六猴儿一脸坏笑。

陆芳沫死死地盯着大汉，得意地微笑，刚想张口揭穿他，却被六猴儿挡住了。

——心知肚明地微笑是比大喊一声"陛下，光着身子哪"更大的讽刺。

"还有那个教导主任，曲荷风！满脸横肉，走起路来敲鼓似的，六十多岁还抹红嘴唇的那个！"六猴儿兴奋得手舞足蹈。

"没错！就是她！曲荷风！德性……当年我们都叫她肥膘大汉奸。真他妈——"大汉狠狠地啐了一口，隐去了末尾那两个浊臭的字眼儿。

曲荷风脸红了，翻身轻轻一跃，从床铺上跳了下来，一只手勾住了陆芳沫的手腕儿。

"闺女，你得多吃点，瞧瘦得跟柴似的。"大汉拽过曲荷风的一条胳膊，借着光端详上面叶脉一样分明的青筋，"多吃肉，不吃肉不行。"

"什么呀！你不知道她是越吃越瘦，每顿一斤二两米饭还得要四个菜，天天吃东坡肉，不吃就抓心挠肝犯了毒瘾似的，每次吃得跟猪似的回宿舍里还买饼干蛋糕巧克力，我们那点儿不要的零食都被她和那几只耗子分了。有一次我亲眼看见她拦路抢劫两个小学生的钱买冰棍儿，所以说人不可貌相嘛，你还别看她长得瘦了吧唧的，那俩戴小黄帽的小学生还真打不过她……对吧，荷风？"六猴儿话一出口立刻明白自己露馅了，马上红着脸纠正："你说……你说这巧不巧，她叫'王荷风'，都叫'荷风'，咋王荷风和曲荷风身材就差那么多呢？！"六猴儿脸红到了脖子根，喉结一上一下地动，他恨不得把自己的舌头咬下来。

东北大汉满脸狐疑，愣是没吭声。

这时，昏睡了一个晚上的胖子扑通一声坐了起来，"呀！六猴儿，让人给煮啦，咋脸红成那样呢？曲荷风，是不是你又欺负我们六猴儿啦？！"

六猴儿恶狠狠地盯着胖子，恨不得把他的脑袋咬下来。曲荷风也微微蹙了蹙眉，示意胖子闭嘴。

胖子连忙改口："哎呀，我说着玩的，你们别生气嘛……曲荷风是个好姑娘。陆芳沫，你这个小悍妇，我们六猴儿平时怎么亏待你啦……"

听到这儿，东北大汉什么都明白了。他冷笑道："把大爷我当猴儿耍，你小子还嫩了点！"扬长而去。

六猴儿伸出细长的胳膊朝着胖子凭空挥了一拳。

"失败。真失败。"六猴儿痛苦地抱住头。

"胖子你一身臭肉卖不到一只死鸽子的价儿！"想起了昨晚的那个恐怖故事，六猴儿仰天长啸，话一出口立刻后悔了，对小动物特别敏感的荷风的眼神已经变了。

"卖不到一只死鸽子的价儿。"一个苍老的声音干笑着重复。

陆芳沫、曲荷风、六猴儿、胖子都不由睁大了眼睛，探头到处看——一个身穿猩红色唐装的老头儿正慢慢地从车厢另一头走过来，怀里抱着只雪白雪白的鸽子。他走得很慢，很肃静，像从地下走出来似的，浑身散发着阴间的气息，银色的头发挥舞在额前。

所有人心里都暗暗祈祷：他可千万别走过来，从哪儿来就从哪儿回去吧。

"卖不到一只死鸽子的价儿。"老头儿的声音近了，四个人的头皮都麻得不行了。

"刚才的话是谁说的？小小年纪，话可不能乱说。"老头儿伸长了火鸡似的脖子，低低地笑着。

六猴儿下意识地指了指胖子："他……他说的。"

"他说的？！还我说的呢！"老头儿的声音忽然尖厉起来，音节在喉咙里痛苦地摩擦着，让人想起用一根锯条来锯另外一根锯条的声音。

"我……我……"六猴儿的舌头打了个结，脸憋得发黑。

"卖不到一只死鸽子的价儿，卖不到一只死鸽子的价儿……胡说八道。"老头儿淡淡地撇下一句，飘然走过了18号车厢，消失了。

老头儿一走，几个人都吓得瘫软在地上了，只有曲荷风哆嗦着扶着床沿坐下了。

曲荷风挣扎着站起来，面无表情地说："咱们可能遇见鬼了。"

芳沫和六猴儿都笑了："真是的。吓死人了。"

曲荷风咬着嘴唇摇了摇头："我是认真的。你们有没有注意到，那老头说话的时候，嘴皮子在动，可是喉咙却一点儿没动。"

陆芳沫尖叫了一声："没错！要不我怎么觉得他说话半男不女那么别扭呢！"

六猴儿歪着头想了一会儿："这老头儿穿得挺体面，打扮得倒像个妖精，还抱着只鸽子。说话也怪里怪气的，该不会是个精神病吧！"

旁边的车厢里探过来了几个头："我看也像。找列车员问问去就知道了。"

"鬼呀……"一声杀猪般的哭嚎，迎面扑过来了一个黑影，把刚刚从地上爬起来的陆芳沫整个撞翻了。

"疯子！"陆芳沫狠狠地啐了一口，刚想骂两句，定睛一看，撞她的人不是别人，正是那个被六猴儿耍了的彪形大汉。

"那儿有个鬼，穿红衣服，抱着只鸽子……我盯着他看了一会儿，忽然发现……"彪形大汉呼哧呼哧地喘着气。

"发现什么？"六猴儿急了。

"发现他……发现他……不是人。"彪形大汉已有了哭腔。

"为什么？"

"他的嘴唇是贴上去的……他根本……他根本没有嘴……还有，他的眼睛不是人的眼睛……"

大汉的脸色忽然僵了，好像突然看见了什么，他"腾"的一声站了起来，又直挺挺地歪了下去，"咕咚"一声，头碰地了。黏稠的血缓缓地从他头发间渗了出来。

"血！"曲荷风转过头去，哇哇地吐了。

陆芳沫一只手捂着胸口，脸色铁青，另一只手拽着六猴儿的袖子："快快！快叫人去！"

六猴儿哪里还有迈步的劲儿，两腿一软，咕咚一声跪在了地上。

"快，快来人啊！"陆芳沫歇斯底里地叫着。

"情况就是这样。"陆芳沫啜嚅着。

"谢谢你。"一个高大英俊的警官合上了手中的笔记本，正了正警帽，站起身来和陆芳沫握了握手。他紧锁眉头，掏出白手套戴上，又仔细地看了看车厢过道残留着血迹的夹缝，轻轻地叹了口气，迈着漂亮的方步走了。

"芳沫，你没事吧！"六猴儿望着警官渐渐远去的身影，用胳膊肘碰了碰陆芳沫。

　　"没事儿。"陆芳沫漫不经心地回答。

　　"我越想越奇怪，"胖子凑过来坐在陆芳沫身旁，"好好的一个人，怎么说没影儿就没影儿了呢？"

　　六猴儿来回踱着步子："幸亏有旁人作证，否则人家警察死也不会相信有一个穿红色唐装抱着只鸽子的瘦小老头儿杀了一个人还莫名其妙地失踪了。"

　　"他们真的找遍了整个火车么？"曲荷风不太放心。

　　"肯定的，连行李架都翻了。"陆芳沫坚定地点了点头。

　　空气里冰冻的死一样的静寂。

　　"那个胖子怎么样了？"胖子突然插了一句嘴。

　　大家心想，你胖子不就在这儿嘛，莫名其妙地看着他："哪个胖子？"

　　"那个流了血的胖子。"胖子比画着。

　　"你是说那个东北老骗子啊——不知道。"六猴儿鄙夷地摇了摇头。

　　"出那么多血，还……还能活得成吗？"曲荷风吞吞吐吐地问道。

　　"他刚刚死。"一个洪钟般的声音。——是那个警官，刚刚把笔录交了，摘了白手套，换了套便服，又回到了四个孩子所在的车厢。

　　所有人都齐刷刷地抽了一口冷气。

　　"那么一撞……人就死啦？"胖子拼命地摇着头，好像要把这段痛苦的记忆扔铅球一样扔到外星系去。

　　"他不是撞死的。"警官平静地说。

　　"什么？！"四双眼睛迸发出了大小不一，形态各异的惊恐万状。

　　"那……那是怎么死的？"

　　"法医鉴定，他是被吓死的。你们不要惊慌，我只是来向你们了解了解情况。看我，把警服都脱了，怕吓着你们。"警官轻轻地扶着床沿坐下，微笑着。

　　"凭你们的直觉，死者是不是有精神脆弱或其他疾病——比如，易慌张，或者说……胆子特别小？"

　　"绝对没有！"六猴儿拍案而起，把其他人都吓了一激灵。

　　"为什么？"

六猴儿慷慨激昂地把那个彪形大汉如何厚颜无耻地撒弥天大谎，如何站着说话不腰疼的事儿统统倒了个精光，结尾还恨恨地骂了一句："这样的人如果胆子算小，脸皮算薄，那林黛玉十张脸皮摞起来折三折也还透明呢！"

陆芳沫轻轻地干笑了一声，想舒缓一下气氛，反而像在清水里滴了一滴油星儿，散不开溶不进去，把气氛弄得更尴尬了。

警官眉头紧锁："真的有那么吓人么？"

"什么吓人？那个流了血的胖子？"胖子问。

"不，我是说死者死前看到的那个东西。"

"反正挺吓人的。"六猴儿点了点头。

"照你们的意思……"

"应该就是那个穿唐装的老头儿。"

"人不人鬼不鬼的那个。"

"对，他还抱了只鸽子！"荷风倔强地睁大了眼睛，用力地比画着老人胸前的那只鸽子。"是只雪白的信鸽，眼睛……眼睛像墨汁那样黑！"

大家立刻轻轻笑了起来："荷风准是被六猴儿的那个鬼故事吓着了！"

荷风自己也不好意思地低下了头。

警官陪着四个人轻笑了两声，眉头却锁得更紧了——

"火车上居然死了人，这事太少见了。"

四个孩子的脸上立刻笼罩上了一层阴云。

【简评】 这部中篇小说《鸽子血》，描绘的是曲荷风与陆芳沫在火车上发生的一件件奇怪的事，妖怪——鬼的出现，随身听丢失、陆芳沫在火车的厕所中窒息及六猴的鬼故事、抱鸽子的神秘老人及瑞儿与鸽子的故事……这一连串的故事和事件的发生，均在作者的娓娓叙述夜的火车的运行中。也许这篇作品是作者长篇小说中的一篇或一章，但作品中的人物的出现是随故事的进展而出现的。包括侦破、调查这些事件的警察。但总体感觉，鸽子血与作品中的事件还没有形成有机的结构，使作品的情节迭起。

（关登瀛）

株连九族

[一等奖]

江苏省南京市第十三中学　左　传

"死惨了，要迟到了！"林高飞望了望手表，还差3分钟，暗叹好险，接着整了整衣服，把发型又仔细检查了一下，心想自己如今已是初二年级的帅哥了，再也不能不修边幅了，自信地一笑，匆匆忙忙向学校门口进军，却见校门口挤满了人，大多是高年级的。

阿飞搓了搓手，向人群大喊："我来也！"接着朝人群中间挤去，阿飞被挤得透不过气来，刚松了一口气，又被挤回去了。他不得不重理了一下被破坏的发型叹道："今天石山中的风水真好，下次我得抱着李非我往里头冲了！"

说着，救星就来了，李非我神气十足地向校门口走来，嘴里还含着一块巧克力。"一大早的，就吃巧克力，难怪这家伙会发福呢！"林高飞心想。

李非我看了看阿飞，笑道："来，抱着我，冲进去吧！"

阿飞比画了一下乐道："你腰真粗！"

话音刚落，就被李非我拖进人堆了，李非我拉着阿飞拼命地往前挤，林高飞正好被卡在人堆里了，而李非我似乎一点都没有察觉："快！快，要迟到了！"阿飞暗骂：快什么快，我快被卡死，这家伙再拉的话，我的手就要断了。当真后悔起当初的决定。这时，校门外又杀进了一个程咬金，一阵横冲直撞，阿飞终于被挤进去了，阿飞悟出：国家级的选手就是不同啊！

李非我还以为是自己的功劳，正沾沾自喜。

"什么事情，今天门口这么多人呀？"李非我问。

"石山中的食堂事件被曝光了！"一个高年级的学生说。

"就是前一段时间，食堂的饭菜价突然暴涨，饮料加水再卖，面包、方便面等都高于市场价很多的事!"另一个女生补充说。

"一个资深主持人就把这件事报道出来了,还和我们学校的一个老师大吵一架,因为这个老师说主持人是光头,形象不好!"

阿飞刚才被挤晕了,这时才清醒过来,插嘴道:"这也是嘛,想当年老蒋(蒋介石)就是因为光头形象不好,被打败的。"

"胡说!!!"

"本来就是嘛!"

"那鸡鸣寺的尼姑不也没头发嘛,那怎么……"

"人家天天戴帽子,你怎么知道有没有头发!"

……

"同学们,最近学校发生了一件不好的事件,具体的内容我就不细说了,希望不要影响大家的心态,还有一个月就要期中考试了,这个星期还有广播操比赛,大家要为班级争光,每个人都应该有集体荣誉感。这件事件发生后,学校决定严肃整顿校风,大家应该严格遵守各项规章制度。同时,我们班也该提高班风,经我班班委讨论提出了这样一个方案,以便更好地做到共同进步,共同成长。下面,杨帆具体说明!"颜老师哗啦哗啦讲了一大堆。

"我们打算把班上的同学分成6个人一组,一共八组,大家不可以自由组合,就按座位,前后6个人!下午各个小组把自己的组名以及每个成员的职位告诉我并推选出组长,最好按小组活动目标做成一张海报贴在墙上,不要忘记写格言或组训……"杨帆不愧是颜老师的继承人,长篇大论正是她的特长,连颜老师也稍有不及。

"祖训?"林高飞故作歪曲,"俺家老祖宗的祖训是'展翅高飞'。"

"所以你取名'林高飞'?"杨帆反问。全班同学哄堂大笑,林高飞自知失言,只好憨笑了事。

苏安伦心想:"杨帆果真适合当居委会主任!"

颜老师又补充道:"如果这个小组的某一个成员违反纪律了,那么这个小组的每一个成员的平时分都要跟着扣,如果被表扬了,那么他的小组全体成员也跟着加分,绝对公平。"

"绝对要命呀!这分明是株连九族。"安淇望了望林高飞又低声道,"如果你使我们组扣分了,我就天天折磨你……"

那边与李非我一组的方文正恶狠狠地盯着李非我，李非我直冒冷汗，而池轩正用乞求的眼光望着季清姚，请求他少违反纪律，蓝飞扬和同桌的夏末，两个人的腿已在桌子下交战了不下十个来回，古乐川和马凌一组，心里慌得很，对马凌说："为了你不再违反纪律，我明天就去鸡鸣寺烧香。"

"为什么不烧鸡腿？"马凌仍然忘不了吃喝。

古乐川气得晕倒。

下课后。

安淇拍拍萧竹清道："我们小组的海报就交给你了！"

"我们组叫什么名字？"萧竹清问。

"帅气阁！"米雪薇道。

萧竹清自恋道："帅气哥，没错，我是很帅，我终于遇到伯乐啦。兄弟，我要恭喜你，你真是慧眼识英雄啊！"

米雪薇摇摇头道："幸好，我还没喝水，要不然肯定会被呛出个肺病来，险啊……"

体育课。

"咦，'唐僧'（体育老师）今天怎么没来？"支天辰说。

"我有不好的预感。"古乐川说。

这时两个新来的实习教师向他们走来道："我们是实习教师，以后的几节体育课由我们代上！"女的说："我姓黄，他姓鲁，今天，练广播操，男女生合并！"语气威严一点都不客气。

"你预言得真准！下次可以拿一把扫把在天上飞喽。"支天辰实在佩服至极。

伊嫣然也开始打量这两位实习教师，黄教练穿得跟国家队一样，领子还是立起来的，嘴唇上翘，有些不高兴，而鲁教练看起来更不像好人，头发染得黄黄的，脸上一堆麻雀（雀斑也太多了），红色的上衣，蓝色的裤子，但是脸上总是挂着笑容，更像是一种不怀好意的笑容。

"准备活动，先到操场跑两圈热身，女生在前，男生在后，开始……"黄老师说。

"哦，I don't believe it！"古乐川学英语学疯了。

刚开始，还是女生在前跑，当一群高年级的帅哥跑过来时，女生便开始狂奔了，林高飞大呼："等等我们，后面也有帅哥！"

蓝飞扬道："一群花痴！兄弟们，不管她们女生，我们也冲！"

于是男生与女生的角逐开始了，最后一圈时，男生终于奔到了女生前面，但都累得气喘吁吁，黄老师嘴翘得更高了，怒道："那么狂奔干什么？我说过女生在前，男生在后，给我重跑，你们班怎么回事，看看其他班跑得多好！"

蓝飞扬看见六班的男生正在操场上踢足球，还记得上次跟六班足球主力约定要在球场上一决"生死"，而现在眼前的这个梅超风二代彻底把他美好的幻想粉碎了，不由得怒由心生。

大家抱着君子报仇十年不晚的心态又跑了两圈，感觉就像坐着时光机回到了当初的军训，但是总不能和黄教练吵架吧。因为食堂事件，如今各种校规如同最严厉的法令，谁也不敢触及，只好忍气吞声，不能再给颜老师添麻烦了。

黄老师也没让大家休息多久，就又带着大家做操，而鲁教练一直都没说话，保持着不变的造型，甚至连位置都没移动过，神态类似弥勒，阿飞说："这是达·芬奇的新作《鲁教练的微笑》！"

第一节操，大家还算马马虎虎地混过去了，但做第二节时，大家动作都不到位，尤其是一个金鸡独立的动作，黄老师没有耐心了，忍无可忍，大喝一声："定！！"

大家的腿就悬在空中，动也不敢动。

"看，我们被钉在十字架上了！"支天辰说。

萧竹清说："是啊，我们成了耶稣！"

这时六班的男生不小心把足球踢了过来，蓝飞扬心想：找死，黄教练不把你球压扁就不姓黄。

果然，黄老师拿起足球看了看六班的男生，正在气头上，随手用一根手指头顶着足球玩旋转技术，球过了好一会儿才掉下来，男生们看得头晕目眩，大感佩服。蓝飞扬看到人家如此般球技怎么会不流口水呢！球掉下来后，黄老师又捡起，继续旋转，六班男生看取球是没希望了，只好从女生手中抢来一个排球当足球，可还没踢几脚就被体育老师发现了并给予处分，训了半节课。

眼前的球转来转去，大家感到一条腿实在支撑不住了，刚要倒，黄老师的球完成了最后一圈的旋转掉下来，大家也一齐倒下。

这时鲁教练也终于开口了："大家一定要认真做好广播操，这代表着一个班的整体形象，更重要的是，由于食堂事件已经给学校造成了不良影响，我们不能再有其他方面的过失。教育局的人将微服私访我们学校以及看你们的广播操的情况，据说还会有电视台的人来。"

大家都吃了一惊：这不是株连九族么。

苏安伦说："我觉得鲁教练的形象就不怎么好！"

"我怀疑教育局的人突然私访石山中学和食堂事件有关！"蓝飞扬推理道。

"不管怎么样，我们学校的名誉就捏在我们手上了！"阿飞忽然有一种自己将成为救世主的预感，而且非常自豪。

"大白天的，你做什么梦哩？"米雪薇说。

……

中午，食堂依然是人员丰富，那些负面报道并没有影响多少大家的食欲，食堂饮料自是不卖了，想喝也买不到。李非我表示只要有饮料喝，他才不管有没有加水呢。可怜，在食堂，现在连一滴水也没有了，食物的价格降了一些，每样都降了5角，岳超群更是吃得油光满面："一次曝光，就降了5角，是不是多报道几次我们就可以免费吃喽，想想，真的好幸福呀！"

"又是一个白吃的家伙！"安淇说。

"不，那只是我们的业余爱好！"岳超群道。

安淇又说："你这只耗子，我记得今天你的数学作业还没交吧，颜老师说过这种情况是要株连九族全组扣分的！不仅如此，还要罚抄的……"

岳超群大感头痛，颜老师的政策是十分严厉且周密的。

下午，颜老师说了一下关于各个小组的介绍以及成员和工作分配："'鸭仔队'的队长是程仔安……"

"颜老师，我们不同意做鸭子！"鸭仔队的成员说，"程仔安，你居然真把这个'鸭仔队'的名字报上去，太没有水准了！"鸭仔队员怨声载道。

颜老师清了清嗓子道："'土豆派'的掌门人是古乐川……"

话音刚落，古乐川就很绅士地站起来，向观众报以一贯迷人的微笑，像明星一样说:"谢谢,谢谢大家的支持!"

"下面,'帅气阁'的楼主是蓝飞扬,'魔兽会'的会长是……"颜老师顿了顿。

"岳超群,你这个耗子,太不够意思,怎么可以这么取名字!""魔兽会"立刻有人反对。

颜老师问:"你们组有哪些魔兽呀?"

耗子说:"徐阳是晴天小猪,林高飞是野狼,卡波是肥猫,吾笑寒是……"

"那你们小组有什么活动计划?"颜老师又问。

"老师,不公平,你也没问程仔安!"耗子说。

"不可以吗?我只是担心耗子你会去生产老鼠药,更担心这帮魔兽到处兴风作浪,弄得民不聊生——"

程仔安笑疯了。

颜老师又说:"咦,'李老会'?李非我是会长!"

"对,李老会就是李非我,我们以他的名字命名的,精神上的鼓励是无穷的。"杨帆说。

"我不要!"李非我道。

方文伸出"钳子"道:"不要也得要!"

林高飞看了看岳冰,心想如果岳冰是会长,那岂不成"月(岳)老"了。

"Go on,苏安伦是'防盗门'的掌门人……啊……很好……武林门派辈出哇……还有'棉花堂(糖)'堂主是叶天信……好像所有的掌门人,堂主,会长都是男生啊……"颜老师说。

"我们是被逼的!"几个男生异口同声。

蓝飞扬又道:"因为我们心地太善良了,所以被人欺呀!"

女生狂呕。男生脸皮厚得装作没看见,好像真以为自己很善良,无辜。

下午班会课(在会议厅举行,召开全校会议)。

学校又详细地分析了一下食堂事件,接着表示会改进不足之处以完善大家的伙食,希望那位主持人可以到学校来交流,并强调上级领导会私访我校,请大家做好心理准备,如果看到什么可疑人物,报告检举加分。同时,还要求每个同学自我检查自己的缺点和不足，努力改正和提高。最后说："下面有请东南大学××教授为大家上一节心理教育课……"

"心理学家是最要命的！"蓝飞扬说。

"废话很多！而且就喜欢拿一块破表在你面前晃来晃去，好像他很发达一样。"支天辰道。

"你看！"萧竹清指了指教授，只见他拿了三瓶矿泉水上台，神态自若地就座。

"死惨哩，有的讲了，人家都准备好三瓶水了，讨厌，我今天还有好多作业没写呢，却要听一个心理医生的自白，然后为他找出病因……"苏安伦说。

"Stop！你好像说反啦！"萧竹清道。

……

最近几天，学校常规抓得更严了，每天校门口都有人把守，大概除了蚂蚁、麻雀可以进出自如，连耗子、乌龟也得钻洞出去。校园内因为基建多出了几个窟窿，后来这些窟窿就发展成学生与小摊贩的交易处，反正用途多多。

晨会上，颜老师汇报了昨天的情况："昨天大家的情况基本良好，但李非我迟到，支天辰少交作业……"

蓝飞扬眉毛立刻竖起来，对支天辰摆了一个"咸蛋"超人的造型，杨帆无奈地摇摇头又从书包里抽出一张扣分表，开始给他们所在小组的成员扣分，方文仰天长叹："唉……"大有壮士一去不复返的气势。

古乐川没听到马凌的名字，终于放心了，刚要感激老天爷时，又听到颜老师说："还有一件很严重的事：马凌昨天在报告厅偷吃巧克力而且不把垃圾带走，因而被管理人员发现并向我举报……"

阿飞大骂："阴天猪也太笨了，吃完了垃圾也不带走，还准备留给后人考古么！我吃完牛肉干也知道把袋子带走……"

"哦……哦……哦……"颜老师瞪大了眼睛，"原来牛肉干是你吃的，难怪昨天我的衣领子里有一颗没有包装纸的牛肉干，原来是你的牛肉干，怪不得昨天你坐在我身后鬼鬼祟祟！"

"可恶，我还以为那粒牛肉干'自己跑到'米雪薇的衣襟里去了，谁知它'高攀'了颜老师!"阿飞暗自后悔。

"扣分!"米雪薇怒道。

古乐川的土豆派现在成土豆泥了,古乐川不停地用餐巾纸擦汗,他心想:我命好苦哇……这个门神要我命。

下课后。

"颜老师,太不公平了,我们组有李非我,不怕没分扣,啊……凭什么……"方文一下课就唠叨没完。

"我感觉自己的命运好像掌握在别人手里。"徐扬说。

"同志们,让我们反革命吧!"阿飞笑说。

"Cut it out(省省吧)!我们可不希望看到你去革谁的命,然后被担架抬回来!"苏安伦道。

杨帆衣袖一挥道:"啊,这个问题不能这么解决,我们应该有集体意识,我们都要互相帮助……"杨帆还没说完,台下的观众差不多全部撤走了。

"哦,怎么可以这么对我!"杨帆开玩笑说。

苏安伦从桌子下爬出来说:"求求你了别再演说了,我将付你稿费,够你开一个演唱会了!"

"你给她多少钱呀?"蓝飞扬道。

苏安伦没直接回答:"我是指一个人的演唱会,别搞错了……"

……

以后的日子里,各位组长每天都要检查自己成员的学习情况和生活情况,就连季清姚也开始同情池轩对他的畏惧了,李非我也学聪明了,天天都计算好几点几分几秒到校最迟且不会被扣分。林高飞和苏安伦天天举报一些校门口出现的可疑人物,以便给自己小组加分,最后校长不耐烦了,就取消了这个"寻人启事"。再后来,大家都很认真地做操,黄老师的态度也好了一点,鲁老师常带着男生踢足球和其他班男生PK,体育课的日子似乎并不像以前那么难熬了。

最近一次英语考试95分以上的就有33个,英语冯老师自是笑得合不拢嘴,颜老师也连夸杨帆的"九族"政策好,并给每个小组的组员加分。

耗子说:"来,今天我请客!"

徐阳笑说:"这次轮到我们白吃了,我们要把你的油水榨干。"

阿飞说:"这次我们吃耗子肉干!"

安淇破口大骂:"上次的事还没完呢,颜老师说要秋后处置,你还吃鼠(薯)片么?"

"李非我,你这次考几分啊?"杨帆问。

"还差2分……"李非我低下头说。

杨帆大喜:"你98分么?"

"不是……"李非我说,"是还差2分就90分了!"

"你,今天下午放学留下来,我们给你补!"杨帆说。

李非我犹豫了一下:"可……可是……我答应……"

"嘿!"阿飞和苏安伦从背后拍了一下李非我,"没关系啦,今天我们留下来陪你好了!"

李非我欲哭无泪,阿飞却为自己的仗义以及终于做了一件好事而高兴。

放学时,颜老师要求大家回家好好练操,明天就要比赛了,我们一定要重振五班雄风。

放学后,阿飞和苏安伦真的留下来帮李非我补课,其间杨帆被团委叫去开会,于是安淇和吾笑寒就顶替杨帆协助苏安伦和阿飞,可实质上阿飞和苏安伦却只是跑腿的,例如去食堂为大家买一些吃的,安淇盯着李非我背英语课文,李非我背得跟念经一般。

吾笑寒笑道:"没有必要一副看破红尘的样子么。"

阿飞捧回一大堆食品,还带了10串北海翅,李非我扑过去抢了两串,如狼似虎地吃起来。

"你看过哪个和尚吃荤的吗?"安淇无奈地说。

"拜托,这是素食,我们特地为非我买的!"阿飞说,语气好像已经决定要让李非我出家了。

苏安伦看着李非我的吃相乐道:"别忘还钱!"

李非我听了差点吐出刚才吃的东西,大骂苏安伦不厚道。

安淇眼看李非我沉浸于美食中,再提不起一点学习兴趣,怒视着阿飞和苏安伦:"这两个家伙成事不足,败事有余!"

阿飞耸耸肩一副很可怜的样子,好像事不关己,苏安伦则对李非我的吃相非常感兴趣，因为他的理想是当一名画家，像达·芬奇那种世界级的，阿飞则认为那是幻想，因为苏安伦至今还画不好鸡蛋。

"算了！今天的补课就到此为止吧！"吾笑寒说。

李非我终于听到了这个世纪他最期待的声音，安淇觉得时间也不早了，默认了，阿飞和安伦更是激情万丈，去学校停车库的路上口水乱喷。

车库。

苏安伦发现一个穿黑色衣服，戴黑帽子的人在他的自行车旁摸索着什么。"谁！"苏安伦大叫一声，不但那个黑衣人吓了一跳，安淇、吾笑寒、阿飞和李非我也闻声跟来。

"兄弟，我还以为你被宰了！"阿飞说。

"咦，他是谁？"吾笑寒指了指黑衣人。

"唉，我就知道，领导终于微服私访了！"阿飞道，"但也不至于蹲在自行车库里吧！"

这时，那个黑衣人终于忍无可忍，转过身。

"啊！！！"双方都吃了一惊，此人正是那个光头主持，只是今天戴了个帽子而已。

"光……光……光头叔叔……你……"李非我结结巴巴。

安淇暗骂李非我该死：难道不知老虎的屁股摸不得吗？

谁知，那个光头叔叔也没动怒，只是继续在地上摸索着。

苏安伦尝试着问："叔叔你找什么？"

光头叔叔说："一个金属外壳的U盘，有很多重要文件在里面，要是找不到，我的麻烦就大了！"

"叔叔，我们帮你找吧！"安淇说。

"你们忙，我自己慢慢找吧，没关系！"说着，他站起身来，拍了拍衣服，打量着这几个学生，用近乎教育的口吻说，"人要对自己负责，对做过的错事承担后果。"这句话其实含沙射影学校的食堂事件。说话间，却没留意一个金属外壳的U盘从他身上掉了下来。

阿飞趁机说："看，你的U盘！"

光头叔叔大喜过望，捡起地上的U盘说："太好了，终于找到它了！谢谢你们！"

苏安伦心想：这家伙真有意思，很可爱，也很亲近。

阿飞开始向光头叔叔套近乎："叔叔，你今天怎么到石山中来了，此地不宜久留！"

那位叔叔便说："我是来找你们校长的。"

"吵过了么？"李非我又问了一个不该问的问题。

"还没，不过，快了！"叔叔说，"石山中的教师怎么可以那样对主持人说话呢，还是名校呢……"

阿飞道："但那只是他个人的想法，并不能代表整个学校，而且这种事情，叔叔最好跟他私下解决，把这件并没有调查清楚的食堂事件曝光会对整个学校造成很大的负面名誉影响！"

"那也不应该用那样的语言对主持人进行人身攻击呀！"光头叔叔显然难以接受。

"他只是在电话里用了过激的语言，而叔叔您不也动用了强大的电视媒体工具，在几百万南京人面前严厉地批评了我们的老师吗？就好比他拿着步枪，而您使用着大炮，他怎么是您的对手呢？"阿飞不知哪里来的勇气，接着又说："您在电视里说您今年刚刚当选'南京市十大杰出青年'，可是您知道吧，我们校的东阳同学，今年也是'南京市十大杰出青年'之一，您不会不认识吧？他比您年轻许多哟，不正是我们的老师教育出来的吗？还有，您称自己是资深的主持人，我们的东阳同学可是著名少年作家，他的小说还被拍成了电视连续剧……"林高飞似乎准备了几年的腹稿，滔滔不绝。

光头叔叔愣愣地看着林高飞，许久，僵硬的表情才转换过来："呵呵，看不出来，你口才不错嘛。不过我这次过来是打算与你们老师沟通的，不是吵架的，顺便了解食堂事件的处理结果，以便于对你们学校全面地报道。"

"那太好了！我们欢迎您！"阿飞一副主人模样，"因为这件事，学校严厉地整顿了校风，不知牵扯了多少人，就连我们也提心吊胆地过日子，生怕一不小心撞在你们记者的'枪口'上，再给我们学校增添麻烦。"

安淇说："林高飞，我发现你第一次说人话！更没想到你的人话说得这么好！"

吾笑寒说："这个老师这个月的工资奖金都被扣下来了，而且，学校食堂的人都写了道歉书啦，过去的事就过去嘛，你看，北海翅的口味还是一点都没变，依然很好吃，对吧，李非我！"

"对，对……"李非我连连点头，"真的，香喷喷的……"

"大家以和为贵对谁都好！"苏安伦说，"叔叔，我们几个到食堂撮一顿吧，阿飞请客！"

"你！！！"林高飞"恨死"苏安伦了。

"好！北海翅，再来10根！"李非我自是不亦乐乎。

"美死你呢！"安淇说。

"不用了！"叔叔语气和缓了许多，"谢谢你们的热情，我还要去找你们校长呢。"不等阿飞等人说完就走人了。

"白吃都不要啊，你，哦，天啊！"阿飞说。

"刚才说的都白说了，你看，他最后还不是去找校长啦！"安淇垂头丧气地说。

"没见过这么固执的人！"吾笑寒道。

"说明他工作负责，面对这么大的压力他还能到学校来全面了解情况并与我们校长沟通，果然是个著名的主持人。"苏安伦有些佩服。

"那今天还请客么？"李非我问。

"好哇，你付钱。"苏安伦道。

……

第二天，领导终于来了，不过，并不像学校说的微服私访，而是当着众生的面，开着一辆奥迪冲了进来，还压死了几只小蚂蚁，如此招摇过市，哪里有一点私访的样子，至于微服倒是穿了，头上还抹了摩丝，校长总算松了一口气，又立刻派人从花园里搬几盆花到校长室，然后邀请领导先去校长室蹲蹲。

过了一会儿，电视台的记者也来了。

"阿飞，你看，光头叔叔也来了！"李非我说。

"哦，他昨天肯定是'受益匪浅'，所以今天又来了！"阿飞说。

却见校长微笑着向光头叔叔走来，两个人十分友好地握了握手，丝毫没有敌意，倒像几十年的老朋友。

"开国际玩笑！"蓝飞扬吃了一惊。

"阿飞，你看，我们功不可没啊！"苏安伦说，"一定是我们昨天说服了那位主持人。"

"我们可以去申请诺贝尔和平奖了。"吾笑寒说。

"为什么这个时候还没有香槟和鲜花呢?"阿飞说道。

操场上,大家站好队进行广播操比赛,光头叔叔扛了个旧摄像机对着大家的造型猛拍,阿飞正好做一节蹲马桶式的造型也被光头叔叔抓拍下来了,阿飞说:"光头叔叔审美有问题,我这么矬的形象都被拍下来,我以后怎么再见人,啊……"

"又不是第一次了!"萧竹清说,"你一向都很矬!"

后来,初二(5)班获了一等奖,颜老师还上主席台发表了感言,光头叔叔特地采访了阿飞,阿飞乐得口齿不清,终于找到了一个施展自己才华的机会。

领导的"微服私访"对石山中的整体环境给予了肯定,记者的后续报道全面赞扬了石山中的积极纠错态度。不久,石山中便恢复了往日的平静,食堂没有关闭,反而人更多了,株连九族的政策依然实施着,世界变化着,在这里,每一个人每一天都在进步……

【简评】　十四岁的女学生左传写的这篇小说,读了以后,觉得有意思,尤其是叙述构思上,有独特的情趣,有黑色幽默的味道,使我想起《二十二条军规》这部著名的外国小说。

《株连九族》的构思独到,题材新颖,语言表达明快、风趣、夸张、反讽、幽默,读起来感受到一种张扬的个性,这种个性是自然的,放纵的,因此显得顺畅、逼真。学校的食堂事件被电视台曝光后,学校为了严肃校风,采取了一系列补救措施,将班级里的学生分成几个小组,强化教育,通过广播操比赛,扭转学校的形象。因此,产生了一系列的"连锁反应"。"株连九族"也自然地产生了,作为一种惩罚方式,也因此牵引出更多的事情,牵一发而动全身。"株连九族"是古代的刑罚方式,但是用到现代的学校教育上,似乎也顺理成章了。"株连九族",看起来是很夸张,但是批判很深刻。

尽管如此,饱受个性压抑的学生照样彰显自己的个性,许多怪异的名堂也出来了,鸭仔队、魔兽会、棉花堂,以及层层送出的调侃,充斥在故事的始终。作者别出心裁地安排情节。比如颜老师的扣分,英语考试的加分,看似闲笔，但是别开生面，尤其是阿飞与电视台光头叔叔的巧遇和对话，与领导与校长的握手言和等等，都是一个绝妙的反衬。最后，广播操比赛被光头叔叔摄录进镜头，并得到了叔叔的采访，学校也如愿以偿地扬名，所有这一切，都很有戏剧性。可见，作者在写作这篇小说的时候，在故事编排和结构的把握上，是花了一番心思的。

这篇作品的另一个好处，就是叙述的语言，除了风趣幽默之外，富有浓郁的生活气息，很有节奏和弹性，相当传神。尤其是人物的语言对话方面，很注重个人的性格和情感的张扬，人物之间的情绪交流和沟通很融洽和谐，倘若在语言表述上精练一些，可以避免叙述的过于拖沓和冗长，同样也能使小说的结构更加紧密一些。

（王慧勤）

一场游戏一场梦

[一等奖]

浙江省临安市锦城第一中学　陈义婧

（一）

在我终于知道网络是充满诡计和阴霾的时候，距离那天已经很久了。真的是很久了。记得那个时候是3月。而现在，已经是第二年的2月了。

跨度了不到一年的旅行。

一年里，我们哭过，笑过，吵过，闹过。几乎什么都有过。但是一年后，一切都改变了。悄悄地改变了。终无声息。

这就是长大吧。

我终于在政治书上看到"网络是充满诱惑的虚拟世界，网络交往对象具有虚拟性、间接性和隐蔽性，会使人们的阴暗心理借助电脑屏幕得以无所顾忌的宣泄，使交往环境被污染"的时候，已经到了2006年的冬天了。

从相遇，到相识再到最后的散落在人海茫茫，流程真的很快，不是么。

365天。

我们的365天。还不到。那时是3月，而现在是2月。

（二）

么么最初在新浪里建了个圈子的时候，谁都不知道。然后她一个个地把我们都链进去了，开始谁都不知道圈主是谁。

大家凑齐了以后，她说，她是么么。

然后大家都喝水压惊。那个时候我们都小，只听爸爸妈妈天天唠叨："上网不能上太迟，网上有坏人要把你抓去的。"

大家都笑，隔了个屏幕还隔了堵墙，怎么会抓去呢。

直到么么后来传了份资料给我们每个人，说一个高中女生去会网友，被人用刀砍了，死相猥琐。我们才知道，网上真的有坏人。

只是那时候不知道猥琐什么意思。

现在，终于有些懂了。

可是懂了又有什么用？只是好奇罢了。

（三）

在QQ很风行的年代里，么么又别有用心地给每个人都申了一个号，然后又别有用心地给每个人设定密码，还很有创意地建了一个群，叫做"某某同学，某某班"，用繁体打的。

我问么么，你哪学来那么多啊？

么么说，我表哥是计算机专业的，暑假回来教了我好多。

然后班里的好多同学就把么么围得水泄不通，问这个怎么弄啊那个怎么弄啊，俨然把么么当成了师傅。么么幸福死了。么么说，她最大的乐趣就是能像明星一样被一群人围着。

就算是狗仔队问很卑鄙的问题也不要紧。我笑了，真到你成名的时候就不这么想了。

么么很郑重其事地想，足足有半分钟。然后笑，是啊。

在班里，QQ的流行从那时到现在。只不过，班级在变，同学在变。么么的群也一直在增加，她说，她到一个新班级就会做一个新群。她给我的号我一直没有用。我问她，你们在群里聊什么？她说，多了。不过只是发发脾气，骂骂老师。

"网络是个很好的宣泄感情的地方。你会喜欢的。"么么留给我这么一句。

（四）

我真的会喜欢么？那个时候，傻傻地问自己，半天想不清楚，只好看天空中飘来飘去的云。现在想想倒是有些傻了。

当初如果不做那个决定，当初如果不听么么的劝，我就不会认识那么多天南海北的朋友了，也不会发生那么多的事了。

现在想来，缘分，真的触手可及。只是，又那么浅浅地流淌在生活之中，那么近，又那么远。看不到，又摸不到。

"网络里面还有一个世界，在那个世界里，每个人都是公主或者王子，你会幸福的。"么么打电话来告诉我。

然后我同意了，翻出很早以前她告诉我的号码和密码，按了确定。

（五）

有的事情可以后悔，有的事情却永远都没有办法后悔了。我开始迷恋于网络的时候，么么又了解到一个新的名词，叫作博客。

么么说："你既然那么喜欢写字，干吗不去申请一个博呢？"

"我哪会。"我笑笑，"我又没有像你一样，有一个学计算机的表哥。"

"我可以教你嘛。我表哥教我，我教你。你是不是既合算又得便宜，还不用交学费呢！"么么煞有绅士风度地说。

"那好吧。"我答应她。

然后么么给我申请了一个博客的号，是搜狐的。得知我钟情于新浪时又不厌其烦地重新申请了一个新浪的。然后手把手地告诉我，怎样链接，怎样保存，怎样发文章，怎样加图片。

我就很安静地听着，看着，么么那笑容洋溢的笑脸。

为什么世界上会有人这么开心，又有人这么悲哀呢？

我看着她的脸，突然冒出这样的问题。

(六)

2005年的夏天。天气很热。毕业考以后我翻出了么么的电话，几乎是用带着哭腔的语调告诉她："么么，我忘记了密码。"

"喔，天哪……"么么简直要晕厥，可还是装着笑脸回答我，"不哭哦，我再帮你申一个。"然后我笑了，像孩子一样天真地笑了。

么么一直对我那么好，像姐姐呵护妹妹一样，对我好。么么说，你一直像个孩子一样，那么天真那么幼稚。这样在网上可不好呀，要学着成熟。

没有成熟，成熟得起来么。我暗暗地笑。

其实，我应该是蛮成熟的人。我想。不成熟，怎么能写出那么多黑色幽默的东西呢？我在第二个博上发了一些真实的东西。

包括我的心事、心情和感想。我的生活。改了密码，连么么都不知道。这才叫我的世界。一个人的世界。

终于领悟到么么那句话说得有多么真。"在那个世界里，每个人都是公主或者王子，你会幸福的。"是呀，在我一个人的城堡里，我不知道有多幸福。

(七)

到2006年的时候，我突然变得冷漠。一切都不像原来那么顺心了。我开始高傲起来，并不是因为成绩。我装作对什么都漠不关心，也只不过是伪装自己而已。成绩在年级里的排名已经很落后了，所有的老师都为我急。

还有同学。不知道他们是真急还是假急。现实其实和网络并没有多大的区别，依然存在着阴霾和灰暗。甚至有的时候，不动声色的暴风雨更是可怕。

而我，只是在淡然中默默地接受了一些残酷的东西，然后逐渐变得自私。

么么说："你是怎么了？"我说："中毒了。"她说："什么毒。"我说："网毒。"

么么面有难色："看来你真是个不适合网络的孩子。我当初真不该把这些告诉你。"

"呵呵，没事。我是自愿的。"我朝么么笑。这是最真实的笑。

这样的笑，大概我只对么么有过吧。自愿?！谎话说给谁听呢。

然而，我一点都不恨么么。反而更喜欢她了。喜欢她的真诚，她的开朗。

（八）

2006年夏至以后，一切都变得急骤而单调了。考试，讲义，作业。来的了的来不了的通通地来了。我终于抵挡不了，生了场大病。病了以后，成绩奇迹般地好起来了。

所有人都说不可思议。连我自己都感到奇怪。

老师自然是高兴的，摸摸我的头，说原来的好孩子终于又回来了。

真的回来了么。我看不是。老师有的时候往往比孩子更单纯，他们往往都是以成绩来划分好和坏的。在坏孩子的圈子里，你就算表现得再好，老师看你的眼光，总是冷漠的。

除非你突然干一件惊天动地的大事出来。

我突然很悲哀自己的处境，为什么老师会说"原来的好孩子终于又回来了"？

难道，在我成绩下滑的这段时间，他们的眼中已经完全消失了我的优点了么。

我感到无比的痛心。然后去找么么，任何时候，她都是我最好的听众。

么么说："相信自己，你永远是好孩子。只不过，老师还没有真正了解你。"

么么的话永远都是这么暖心的，无论是阳光还是暴风雨下，她总是可以笑得很灿烂。而我，面对直射的阳光，也总是被刺得张不开眼睛。

(九)

"你告诉我，成绩下滑的那段时间，是经常泡在网上么？"么么突然很严肃地问我。

我对她笑，避开她怀疑的眼光。我讨厌别人总是用这种怀疑的目光在我身上扫射。就好像我在考70多分后又猛冲一个90分，老师对我的怀疑一样。

为什么人们总是那么不相信奇迹呢！

"么么，你要相信我。我没有，真的没有。"我突然很害怕么么用这样的眼光看我，别人怎么看我，我都不在乎。可是我在乎么么。我怕突然有一天，她会不要我。

"嗯，我相信你。"么么爱抚地摸着我的头。

"告诉我，发生了什么事。我会帮你，我们都会帮你。"么么拉起我的手，她温暖的手拉住了我冰凉的手。我惊愕。

原来，什么事情都逃脱不了么么的眼睛。她那扑闪着的亮亮的大眼睛。

"我新交了一个网友。"我看着那平静如镜的湖面，突然很恶作剧地往湖里扔了一块大石头。于是湖面不再平静，泛着涟漪。

这不正像我的心情么。有了波澜，虽然过很久才会平静，但是永远都会留下痕迹，除非有人跳入湖底，把那块石头拾起。

往往，这样的经历会很少。存在过，就有了封印，永远消失不了了。

(十)

那是一个很不寻常的网友，除了么么以外，没有人比他更了解我了。我保证。从很早以前他就开始关注我，应该是关注我博客上面那些妖里妖气的文字。

第一次留言，他说："我喜欢你的黑色幽默。"

起先我没有注意他，直到我发现每一次发的文章都有他的留言，我才关注到有这样一个人的存在。那天，我写了么么。以小说的形式。把么么对我的好体现得淋漓尽致。

那应该是我最喜欢的文了。所以我加了花边，还加了很好看的图。很快他就给我留了言："拥有一个如此贴切关心的朋友是一辈子的幸福，丫头，你真的很幸福。"

他习惯叫我丫头。我乐呵呵地回应他，他说的话，我很喜欢。

再一次，我依然以小说的形式描绘了我和一个男生的非爱情故事。依然是他，很快地留了言："不要客观地去承认一个真实或虚拟的故事，很有可能，此时的无意会变成后来的真心。丫头，要留心你身边的每一个人，包括我。"

（十一）

他给我留了个大大的感叹号以后，离开了。从此消失在我的博客上。我哑然于他给我留的最后一句话。惊叹，简直是惊叹。他为什么会这么说呢？

我开始孤独，无助，然后害怕，偷偷地哭泣。为什么他会那么地了解我，为什么他把我看得那么透彻，为什么隔着互联网，他能展现给我看最真实的自己。

我突然有一种预感，他就在我身边。我的第六感告诉我，到我原来的博客上去看看。那是一个很多人都知道的博客，我身边的人都知道。

我登录，上面显示：密码错误。我才发现，原来它早已不属于我。然后以陌生人的身份进入，里面是花里胡哨的粉色，告白着小时候的快乐。

现在的呢，是灰暗的黑色。还有一张大大的蜘蛛网，上面有红色的血，还有红色的蜘蛛。像是很张狂的样子。有网友留言问我多大，我说读初二。他说，给我猜着了。正是寂寞的季节。等着吧，快要开花了。开花了就是灿烂的粉红色了。

花早开了。只是，在初二以前。我呵呵地笑。看着这片粉色，我突然找到一个一模一样的地址，血终于在指尖凝固了。呼吸，似乎也凝固了。

周围一片寂寥。我发现了那个消失的足迹。在我原来的博上。原来，他早认识我。

原来，呵呵。多么可笑。于是我开始慌张，开始寂寞，开始不知所措。

于是开始堕落，于是成绩开始下降。

（十二）

听到这里的时候，么么的脸色有些黯然，然后轻言："可怜的孩子。"我继续说。那个网友，那个那么吃准我的网友，原来他就生活在我的世界里，真实的世界里。

哦天哪，谁能告诉我，是谁开了这么大的一个玩笑……

我没有去调查他是谁。在我心中，已有了候选人。我不想自己真正地调查出那个人是谁。我怕到时候，我会真的堕落。

我只是安静地用华美的谎言欺骗自己，这是个可耻的冷笑话呢。

他，闪现在我的真实生活里，每天关注着我的喜怒哀乐。但是又进入了我的虚拟世界，点点滴滴倾听我诉说的心事。

哪怕我用再好的演技来掩饰，都不可能瞒住他的眼睛，毕竟，这每一个动作，他都经历着。难怪，他那么懂我。难怪，他总能说到我心里。

我突然想起了很久以前爸爸妈妈说的话："上网不能上太迟，网上有坏人要把你抓去的。"

果真没错。不仅会抓肉体，还会抓灵魂。最后，搞得人支离破碎。

（十三）

2006年9月来临的时候，我终于战胜了自己，遗忘了网络中和现实中都存在的那个，把我看得很清楚的那个人。然后我换了新博。

又写了很多不切实际的东西。我忘记了我以前的高调冷漠。成绩又回到当初。同学们又都对我笑。老师们又都把我当成了好孩子。

原来伪装，是这么容易的东西。我笑。我不会再去轻易地相信网络。网络不过是个大坑，我们就在边缘走，不小心的，就掉下去了。小心翼翼的，总该没事。

么么就开玩笑："那要是瞎子呢？"然后强烈地鄙视我。我总是说不过么么，我承认。

我又把新博换成了原来的粉红色，又写些很小女生的很张扬的小文字。

来访的人越来越多，我渐渐开始担心。他会不会又突然地出现在我的世界。

然而。呵呵，还好。没有。于是我很单纯地没心没肺地笑了。

突然搞了个恶作剧。我把我，和他的事情完整地，通通地写到我的新博上。注明："这是一个本人和一个大骗子的斗争。"

看的人很多，支持我的更多，鄙视他的自然不在少数。我终于得意洋洋。

（十四）

博客被我弄得很漂亮，人气很高的时候，已经是11月下旬了。么么要我去帮她做空间，她的QQ已经挂到3个太阳级别的了。这应该是个很大的数字了。

我同意了，准备让我的博休息一阵。然后最后一次到博上，告诉大家，我要从人间蒸发几天，告诉大家千万别想我。

虽然这是很臭屁的字眼，但在网络上就要这样。呵呵，做自己的小公主。

忍不住偷偷去看那个"恶作剧"的结果，看的人越来越多。一个叫"tomorrow is another day"的人留了很有意思的一段话。她说，要不要，一起去打倒那个坏蛋报仇？

我笑着点开了她的链接，原来是个女生。空间上挂了很多娃娃的图，看起来还稚气未脱。她告诉我，她也上过相同的当。我乐呵呵地回应，网络骗子就是多。

我对她产生了兴趣，毕竟是志同道合的。我详细地和她说了关于他是怎样怎样地把我当猴耍，又是怎样怎样地一次一次欺瞒我。那个女生听了连连点头，说我说得对。然后谢谢我，说我告诉她了这么多，她以后不会再上当了。

我笑："你不可以轻易地相信任何人哦！要留心周围的每个人，包括我。"

说完这句话后，指尖突然停留在键盘上不动了。这句话，怎么听着那么耳熟呢。

我又想起了那个人，心中一阵悲凉。2006年的3月。上天和我开的大玩笑。

（十五）

我帮么么做空间的时候，惯用了很多我做博客的时候用到的图片，都是些灰暗的图，上面配着孤寂的文字。现在，我的电脑水平高到不用么么教了。

么么还是单纯的孩子，像以前的我一样喜欢绚丽的粉红色，不喜欢这么孤寂的图。

于是大把大把地删除。过往的记忆，若是能用一个Delete键就可以删除了，那该多好。我给她配了很适合她小女生文章的娃娃图，就像偶然碰到的那个女孩子的博客一样。

么么终于开心地咧嘴笑了。我呆呆地看她，原来和她，还是有了一定的距离。

我想起了那个女孩子，不知在天涯海角哪个角落里藏着的女孩子。突然又很想回到我的博上，再看看她，看看她漫天的粉红色的娃娃。

一个月以后的圣诞节，漫天都是欢天喜地的红绿格子的气球和一切跟圣诞有关的事物。康威出了一款圣诞特别版的帆布情侣鞋，还赠送一个粉红色的娃娃。

我看到娃娃的时候又想起那个孩子了。于是迫不及待地想要看看她。

回家，上了网。很快地上了博，长久没来了。很多网友留言抱怨着："你不是说蒸发几天么，真蒸发了么？"其中也有那个女孩子的。

她说了一句让我惊恐的话，和一句"圣诞快乐"。

她说："网络上，什么人都可以伪装的。最善良的人都有可能是巫婆。我终于看清这点。"

（十六）

我竟然又一次害怕了。因为她的留言。总有些幽幽恐怖的感觉，好像时间返回到9个月以前一样，那个似有似无的阴森恐怖的冷笑话始终在我心里留下阴影了，毁灭不了了。

我打电话给么么。么么微笑着叫我喝杯牛奶，早点睡觉。她说："睡一觉，一切噩梦都会结束的。"我乖乖地听她的话。

没有主见的时候，我向来都听她的话。真的，很快就遗忘了。

第二天梦醒，满耳还是昨天外面热闹的吵闹声。睁开眼睛，桌子上放着一双红绿格子的帆布鞋，我认得它，是康威的那双。我知道那是妈妈送给我的圣诞礼物。

妈妈推门进来："喜欢么，昨天晚上买的。"

"那个赠送的娃娃呢？"我答非所问，突然觉得这个娃娃对于我来说太重要了。

"没拿，送给小阿姨了。妹妹应该会喜欢的，你都这么大了，还玩娃娃呀。乖，给妹妹。"妈妈笑眯眯地关上门出去了。

我的心里突然一阵空白，留下长久的遗憾。

我看着窗边的一束快要凋谢的花，突然惆怅时间过得这么快。

电话铃很急地响了起来，我瞥一眼号码，是么么的。赶紧接起来。

"出事了。亲爱的，你过来吧……"么么带着哭腔。

我赶紧赶过去，听她的语调，我感觉到紧张。

（十七）

等我赶到么么家的时候，她已经哭成了一个泪人。她抱着一个比我们稍小的孩子，那孩子有姣好的面容，我见过她，是么么的表妹。她看起来好像在熟睡。

"怎么了？"我突然意识到是那孩子出了事。

"她一直有个很欣赏她的网友，就住在我们这个城市。他们很谈得来，成了无话不说的朋友。她就把所有的一切都告诉了她，包括自己的心事和生活。那个网友就好像是神仙一样，每次都能把她的心事猜得很准很准，然后安慰到她心里。她很喜欢那个网友。昨天，她们约好在广场见面，她很开心地去赴了约，回来却傻愣愣地变了一个人。"

"她怎么了?"我急急地问。心里像撒上了一层灰蒙蒙的雾。

"回来的时候,她告诉我,今后再也不相信网络。我问她怎么回事。她也不说。你说,她到底是怎么了呢?"么么一心急,哭得更凶了。

我突然意识到,那孩子的处境和9个月前的我很像。会不会,遭遇到和我一样的事情呢?

网络食人。看来,老师说的没错。

(十八)

孩子醒的时候,已经快到中午,么么赶紧到厨房去给她弄吃的。房间里只有我和她两个人了。看她的眼睛很肿,像是哭过。

我都为这可怜的孩子心疼。"妹妹,你怎么了呢?"

"姐姐,我再也不相信网络了。你也要当心。网络上,有很多坏人的!"小妹妹神经又突然敏感起来,抓着我的手,紧紧地不放开。

我知道她受到很大的打击,于是假装很轻松地说:"和姐姐说说好么,也许,姐姐可以解决你的困难啊!"

她澄澈的眼睛突然黯淡下来:"姐姐,你被骗过么,被人耍得团团转过么?"

我呆呆地看着她。抚摸着她的手的手一下子滑了下来。我承认,那一秒,好像世界崩塌了。我木讷地看着她灰暗的眼睛,半天不说话。

我想,我知道她经历了什么事。有多么痛苦。

大概,她经历了和9个月前的我同样的事。为什么,同样不幸的事情会发生到两个同样不幸的孩子身上呢!我们,毕竟还是孩子啊。

(十九)

我给她讲了很多很多事,有些是我亲身经历的,有些是我编出来的。我实在不忍心,看到那么一双闪烁漂亮的眼睛从此灰暗下去。

么么也讲了很多网络有益有害的故事。她说,她曾经写过一篇比较阴暗的文章,那是她最失落的时候写的。她最好的网友这个时候给了她一段温暖人心的话："为什么我每次看到你，你都如此忧伤和不快乐。看到你不快乐，我也很伤心。'请你一定要幸福，才不枉费我对自己残酷。'你要快乐起来，好不好？"

么么回忆道："当时看到这样的文字，我也觉得自己是很幸福的人了。隔着互联网，竟然有人能在千里之外这样关心我，我也很快乐。"

"但是——但是当我后来，在别人的博客上看到他对她一模一样的评论的时候，我才发现，原来这个社会充满欺骗。我原以为，他是被我的真情所打动，才会发如此动情的文字。没想到，只不过是复制粘贴的把戏。从此，我再也不相信网络。"

"但是——妹妹你要知道，网络不一定都是消极的。因为有网络，我们才能更好地了解世界的发展，探索外面的世界，也能交到更多的好朋友，进行资源共享。你说是不是呢？"

我很欣赏么么的这段话，很努力地点头。她妹妹似乎也动心了，拉着我和么么的手，脸上终于露出了笑容。

久久驻留在我心中的一块乌云仿佛散去了，看到了久违的阳光。

（二十）

2007年。匆匆中，我们都来不及顾虑步伐的快慢，竟然就这样踏入了2007。2007的第一个月，有太多的事情等着我去面对。么么也是。

我们要准备考试，有永远做不完的作业。么么说，她的Q宝宝也不知是活着还是死了，毕竟有1个多月没有去照料她了。

我冲她笑："呵呵，我的博不是也很久没去了么，上面肯定铺满灰尘了呢。"

"那有什么。"么么依然高兴不起来，"我的Q宝宝是活的，你的博是死的，你说是活的重要还是死的重要呢？"

……么么就是么么。总能说得我无语。这才是么么。经过了这么多风风雨雨之后，我突然觉得自己好像成熟了很多，也成长了很多。

很多事情，处理起来不是那么棘手了。比如，我想若是再遇到一年前那样的网友的话。

至少，我不会像一年前那么害怕和莽撞了。就算真实的心情曝光于世界，那又怎样呢？不是还有人想要曝光私生活的么？

呵呵。看开一点，也许对大家都好。

终于挨到2月份，放假的时候，我和么么不约而同地在网上相遇，她是照料她的Q宝宝，我是打扫我的博。她很开心地给我发笑脸，说万幸万幸，她的Q宝宝还活着。

我也给她回复了个笑脸，说还好还好，我的博没有闹伊拉克战争。

皆大欢喜，不是么？

又有很多人给我留了言，一些网友依然很无聊地在等待着我的归来。说："这丫头不仅是从地球蒸发了，该不是从宇宙也蒸发了吧。"

我笑了。一条条看过去，看到最后一条时我愣了。

是那个熟悉的链接。他只发了一句话。让我铭记一辈子的话。

"丫头，你终于长大了。我是么么。要知道，一场游戏一场梦。"

看完这一句。我的泪突然又下来了……

【简评】 初二学生陈义婧的纪实文学《一场游戏一场梦》，把"我"从2005年3月到2006年2月学习网络、熟悉网络、利用网络和认清网络的过程写得一清二楚，写得荡气回肠，写出了真情实感，写出了喜怒哀乐，写出了学习与网络的矛盾关系，也刻画出么么、老师、网友的不同形象，更展现出"我"一年来成长、成熟中的心态。

不少语句如："老师单纯得像个孩子，只认分数"，"我们的好孩子又回来了"，"丫头，你终于长大了，我是么么"等，都很直率，诙谐。

值得赞赏的是，作者把网络当作一个世界，把文学作品发表在网络供别人评说，把学会网络当作成长成熟的标志，展现出当代青少年与以往只在课堂读书的老一辈人生活、成长的异同。

这么小的年龄就能在这一世界如鱼得水，实为时代变化所至。

（关登瀛）

路 灯 下

[一等奖]

广东省广州市花都区邝维煜纪念中学　卢　丹

灯又亮了，她仍在那儿站着，目光凝视着远方的公路，她是多么地渴望一个身影在那里走出。可是路上静悄悄的，没有车辆驶过，更别提人了。

她仍在那儿等着、等着……

王枫的 BLOG

那天，张柔黑着眼圈上学，一夜未睡，睡意在大清早就向她袭来。她低着头，跨着小小的步伐向学校迈进。

路上满是评论的声音："我说这孩子也够辛苦的，一夜未睡……"

"可不是，都5年了还是老样子，真叫人为她操心，唉……"

她仍迈着步子前进，似乎丝毫没听到这些评论。

"哟，怎么又是这样子——大熊猫！也是，失去爸爸的孩子就是没人疼，可怜啊可怜。妹妹，拿两块钱去买吃的吧，姐姐可怜你……"她身旁的高蕾一边说一边从身上掏出两块钱，还装作不小心把钱掉到地上，她装可怜道："哎哟，不好意思啊柔妹，钱不小心掉地上了，你捡一下吧。"

可那时刚下完雨，地上湿漉漉的满是泥浆，那么脏，可张柔她捡了，她居然捡了，还好声好气地说道："还给你。"脸上略带笑容，一丝装出来的笑容，她那看似饱经风雨的脸是多么令人产生怜悯之情……

我再也忍不住了，走上前一把抓住高蕾的手："请你对她客气点。"紧接着，我再次作了一个令自己意想不到的决定：我拉着张柔往校园里走。

她的手是如此纤细，手是冰冷的，以至于我不得不收回了手。

我找了一个地方坐下。望着她那令人怜惜的面孔，我说出了第一句话："张柔，你为什么总是被别人欺负而又不做声？"

沉默。

"张柔，你为什么总是不做声呢？告诉我行吗？"

再次的沉默。

也许她喜欢沉默，那就沉默着吧，最起码我可以这样近距离地看她：高高的鼻梁，樱桃般的小嘴（只可惜被寒风吹得发紫了），大大的眼睛（遗憾的是被黑眼圈包围着），白皙的脸庞（却过早地出现了一丝岁月的痕迹）……可怜的女孩。不知道为什么，我突然很想去接近她，她的身后隐藏了多少不可告人的秘密呢？

许静春的语录

今天又是一个不愉快的日子，皆因看到了她——那个可恨的东西——张柔！！每次她总是这样：坐得直直的，眼睛总是盯得死死的，嘴巴从来都是紧紧的，不敢说一句话、发一次言。张柔啊张柔，你干吗那么——就像你的名字——没出息的家伙。

真想不明白为什么一个这么不善沟通的女孩，竟会是全年级第一的优等生，可谓"天方夜谭"哪！

谁叫自己是老师，应级长的通知今天要见一下张柔的家长。真想不到她妈竟是这个样子的：天使的容貌，魔鬼的身材——这是人吗？不过一想也是，张柔那般模样，除去黑眼圈，长大以后肯定也差不多。

"您好，我是张柔的班主任许静春，今天邀您来就是想与您谈谈张柔的情况。"

"您好。张柔这孩子又闯祸了？"

"不不，她没闯祸，只是想请教一下您对张柔的教育方法，她在去年的期末考中拿了全年级第一，这您是知道的……"

"什么？全年级第一？她怎么也不跟我说一声啊？这丫头，沟通有问题啊……"

正当她怒火中烧的时候，她的手机突然响了："喂，啥嘛，现在就过来，烦死了……"

过后便连个招呼也不打就走了——没教养的家伙。

事实证明，人光有长相是不够的，就如那个死丫头。母女俩真是母女俩，天使般的长相，魔鬼般的心灵。

李柠的私人空间

今天去见了那臭美的班主任：样子朴素得很，话语虚伪得要死，谁不知道那丫头讨人厌啊，你就直说不就得了呗，干吗还要兜那么大个圈子呀，谁看不出呀，真怀疑她那智商。

今天那丫头回来得挺早的，吃过晚饭后，我便问她：

"你是不是拿了全年级第一啊？"沉默了一阵，丫头淡淡地说了一句："是。""你怎么也不告诉我呀，我是你妈呀……"她没回答我便出去了——没良心的家伙，怎么总是去等那人啊，那人也不会回来的啦，真笨，看她这么沉静，终有一天会被人骗，真怀疑她是不是我亲生的。

"妈，姐又出去了？""是啊。""真是犯贱。""对呀，总之，别理她就是了，她那种人，不值得可怜！""对！！"

自嫁入王家开始我就和那死丫头翻了脸——有大好的前途等着我呀，我干吗要去管和那男人生的杂种呢？况且，王家是一个大金库，进了豪门就要借机拿钱，不拿钱的真是个大傻瓜。

晚了，明天再写……

清洁工的口述

每天，那女孩总会在路上出现，幽暗的灯光下，她的眼睛总是望着远方，炯炯的目光中充满了希望的火花，她总是盼望着一个人的到来，但我不知道那是谁，也许是她的男朋友吧。但我可以确定的是每当我值夜班的时候我总能看到这个女孩，风雨无阻，真的。

今天，又轮到我值夜班了。冷清的街道上，只有一个人影在晃动，那个女孩，她应该来了很久了——她的身旁还有一个吃完的饭盒，现在已经九点多了……我有时真想不明白，一个好端端的女孩干吗要在灯下等人呢，也许这是一个很重要的约定。

王枫的 BLOG

自那天在校园的沉默相处后，我对张柔的身世仍存好奇，于是今天，我跟踪了张柔。

一放学，我便跟在张柔的后面，可能是她睡眠不够的缘故吧，她一直没发现我就跟在她身后。她走过马路，绕到一条小路上，然后又拐了几个弯，最后在一幢别墅前停下了脚步。真不敢相信张柔平时那么节俭，穿着那么朴素，住的房子竟然是那么豪华！

过了大概一个小时，她出来了，依然是倦意浓浓、疲惫不堪。她在路上走了好一会儿，最后在路旁的灯下停了下来。

就这样，她开始了漫长的等待，一边等，一边吃带来的盒饭……突然下起了倾盆大雨，雨水朦胧了我的双眼，依稀中，我看到她仍在冒雨等待。张柔啊，你知道吗？我是多么地心痛啊！你到底在等谁啊？情急之下我快步走到便利店买了把伞。看到雨中的张柔，我，我心里真的不好受啊，一个女孩孤身一人在冒雨等人，难道她就不怕着凉、发烧吗？撑着伞，我跑到张柔身边，她那满是雨水的脸，就像她流了很多泪水似的……突然间我很想冲上去抱住她——她多么像我的小妹妹，她是多么需要照顾啊。我走上前，紧紧地拥抱着她，她的身体是那么冰冷，但我愿意拥抱她，她太需要关怀了。无言，还是无言……

终于，她说出了心中话……

柔 之 物 语

一个下雨天，当我如常在路灯下等待的时候突然下起了雨，雨下得很大，但我没心思理会这一切，我只希望他能出现，我已经等得他够久的了。这时，一个人影出现了，他撑着伞，向我跑来，是他吗？渐渐地，我发现我错了——一个男孩走进了我的视野——王枫。也许他只是路过吧，但不是，他走过来拥抱了我，这是前所未有的，我，我第一次受到了他人的关怀——温暖、幸福……

自那年起，我就忍气吞声，遇事不敢发表自己的意见，我不敢说出心中的想法，唯恐人们嘲笑……太多太多。

还记得每当别人说我坏话的时候，我总是低着头不敢说话；每当别人与我谈话的时候（特别是那些我所不熟悉的人），我总是以沉默应对；每当人们以耻笑的眼光看我的时候，我总是一笑而过或者逃避人们的眼睛……你以为我想吗？我不想，我很想说不，但很难，我无法说出来，为此我时常憎恨自己，我恨自己干吗不说出来，干吗不呢？"她是一个没人管的孩子，她的父母离婚了！""她干吗老是沉默呢？""真受不了她！""她是不是哑巴啊？"够了，够了，父母离异又怎么样，你就可以凭此来耻笑我了吗，不！没错，我是很沉默，因为我不想和人们说话，他们卑鄙、无耻，只会耻笑别人，有时我真想他们能全死在我的手心里，也许你会说我的心怎么那么恶毒，对，我是恶毒那又怎么样，我已经受够了！每日低着头的感觉好受吗？每日忍着不说话的感觉好受吗？每日以非发自内心的笑来应对流言飞语的感觉好受吗？真的，我受够了，我好想哭……每日，我坚守着那个信念，我只想等到他回来接我，也许这听起来很傻。每天到路灯下等某人，但我愿意，没人听我哭诉，没人爱惜我……我只想有一个人能听我哭诉罢了，而他是我最亲的人，没有什么比他更重要，即使他做错了很多，我也愿意等他一辈子……

我知道，唯一可以让他们停止对我的人生攻击就只有一个方法——学习。我不断地学习，我不想再看到嘲笑的脸庞、鄙视的眼睛，只有学习才能让我冲出小镇，冲出耻辱。每天的等待花去了我的大半天时间，但耻辱一定要记得，上课我不敢走神，睡意向我袭来，我不敢打盹，成绩好我不敢放松……终于，在期末考试中，我考了全年级第一——这使我首次感到自豪，感觉真好，这使我暂时战胜了人们的耻笑。

说实话，我从来没有感受过关怀是怎么一回事，但自从王枫的出现，我感受到了——温暖与幸福。面对着新家庭，我不敢表现出一丝不愉快，除了忍耐还是忍耐。母亲自离婚后就像变了另一个人似的，我和她好像隔着一堵墙，永远也推不倒；我的继父，虽是个有钱人，但可以肯定的是，他绝不是一个好父亲——每天去嫖、赌，其实母亲是知道的，但为了他的钱，同样要忍；还有弟弟，毕竟不是亲的，他对我就像灰姑娘的姐姐对待灰姑娘似的。每当看到弟弟和爸爸妈妈一起到郊外玩而没有我的份的时候，我是多么难受啊，可是谁能体谅我呢——没有。但我不想流泪，泪水只会让自己变得更像弱者。

直到那个下雨天，我哭了，我忍得太辛苦了……

往 日 札 记

冬天，又是严寒的冬天，她拉着那人的手在路旁漫步。冬风凛冽地吹在两人的脸上，可她觉得一切就如春天般温暖——因为那人在她身边，那人在她心中就如一股春风将她的寒气扫得荡然无存。

漫步了一会儿，那人停了下来，就在路灯下停下了脚步。那人跪下来，一手抚摸着她的头，一手紧握着她的手，沉默了半晌，那人终于开口了："天转凉了，我，我去帮你买件大衣，你在这里等我，记着，千万别走开。"她似乎很不愿意："爸爸……""乖！"

天真的她就这样在寒风中等待着，过了很久……

风越吹越猛，她的脸被刺得通红，瘦小的身子在瑟瑟发抖，口里小声地念着什么，也许这是她在向人求救吧——可不是，她在念着那人给她的命令："记着，千万别走开。"她的目光凝视着公路。

时间一分一秒过去了，她心中的信念迫使她继续等着，继续等一个将永远离开她的人……

暂时的离开

"张柔！张柔！你在这里干吗啊？……"

一位妇女见她便问。她衣着朴素，但相貌出众。美丽的容貌上显现出一夜未睡的疲惫。

"妈妈！"

"哎哟，你搞什么嘛，在这干什么呢？"

"妈妈，我在等爸爸，他说他会来接我的，很快……"

"是他带你过来的？把你抛弃在这里？……没良心的，把这丫头扔给我……"

"您在说什么？爸爸把我扔给您？"

妇女只说了一句："回家吧。"

女孩表现得很坚定："不回去，我要等爸爸回来接我!"

妇女已无心情再与其辩驳，只是淡淡地说了一句："你不回就算了，我不勉强你。"

之后，便走了。

留下来的是无尽的思考与等待。

她决定先去探个究竟再等那人回来。

路　　上

于是，她飞奔回家。

路上她听到了这样的话：

"看，是阿柔，她的命真苦，哎，小小年纪父母就离了婚……"

"对呀，那人也真坏，扔下柔妈就去嫖……"

听到这里，她感到一丝恐慌：父母，离异？

她再也不敢想了，她加快了速度，飞奔回家。

秘　　密

回到家后，家中的景象让她不安起来：家中的东西被翻得很乱，而且，家中空无一人。

她急了，随手翻起家中的东西来。急乱中，她发现了一封信——她明白了一个秘密。

我的爱：

你打算什么时候和你那泼辣的东西离婚啊？要知道，你两年前就已经答应过我说一定会和她离婚，但你以女儿年纪小为由推迟了一年多，现在你总应该给我个交代。你看，你女儿也都 10 岁了，什么事不懂啊，父母离婚有什么大不了的，别再拿这个当理由了，快和她离婚，不能再拖了。

多日未见，我想你了，你呢？

你的紫紫

她的思绪凌乱了：这，这都是什么呀？紫紫？她……是爸爸的情人吗？

她继续翻着屋子，似乎想找到更多的证据以证明这是错的。终于，她找到了一封未开封的信。信封是红色的，上面印有一颗红红的心，还贴了邮票，估计是想在最近将此寄出。这封信将证明一切……

亲爱的紫紫：

放心吧，我会在今天之内甩掉她们母女俩，从此，我们便永远生活在一起了——再也不用偷偷摸摸，怕被那泼辣的东西发现！还有，我们结婚吧，我会给你幸福的，以此据为证。

担保人：张余

事项：爱你一辈子

受益人：紫紫

期限：一生

相信我了吧，我是爱你的。明天下午两点椰树咖啡厅等，不见不散！

永远爱你的余

"不可能，这不可能……"她自言自语道。显然她被吓坏了，脸色的苍白加上因天冷而颤抖的身体，她倍显弱小，让人一望即生慈悲之情。

"没什么是不可能的。事实毕竟是事实，没人能改变。还是靠自己的好……妈今天就去找了一个新男人……"她母亲出现在门口，一点也不惊讶于她的发现。

"不可能，不可能……"她已无法抑制自己的情绪了，转身就跑，冰冷的土地上留有一串残余着体温的泪水……

屋里出奇地寂静，一阵冷笑打破了寂静："呵呵，还是靠自己的好……"

继续的等待

她在路上狂野地奔跑，她剧烈地摆动着双臂，似乎想以此来冲出心中痛苦的圈子，可是这一切都是徒劳的，泪水如涌泉般夺眶而出，泪水模糊了双眼，她看不清方向，但潜意识让她走回了路灯下，她还要继续等待。

寒风刺骨，她的脸被风刮红了，痛得直用双手抚摸着脸；可寒风仿佛有意要刁难她：风把她的手吹得失去了知觉，她的整个身子仿佛已被冰封住了——木然地靠在灯旁，目光呆呆地凝视着远方——那人一天前走远的地方。

等待……一年又一年……等待……

【简评】　卢丹试图在文章中作出新的尝试。她力求把女生张柔的内心世界，以及家庭变故等不测命运，作出复调叙述的处理。

比如用相关人物王枫、许静春、李柠以及清洁工的不同视角，来解读张柔在心灵的灼痛中如何不断挣扎的过程。

其中，王枫跟踪张柔（不排除是一种暗恋），随后他又看到她在雨中一边等待着什么一边在哭泣。

卢丹的控制无所不在。主人公的在场和写作者不在场的引而不发（为了让相关人物充分发言），使这种复调处理达到了自身的目的。

写作揭示生活面貌的真实，既有单向度，又有多样性，这种复调的抒写才有可能"横看成岭侧成峰，远近高低各不同"。

（李迎兵）

校园里疯长的青春痘

[一等奖]

安徽省合肥市第四十五中学 许 也

不长青春痘的校园不能称为真正的校园。

——摘自一中学生日记

顾维嘉乃我班"百官之末"——劳动委员是也。

他个头高，是全年级数一数二的"摩天大楼"，肤色很健康，没有一处不散发着"黝黑的光泽"；他笑起来也极具特色：两个门牙不合，像两个亲兄弟分家，中间有条宽宽的真空地带，让人不由得想到是不是他在哪个旮旯里干了什么见不得人的事，中间的牙给混混们拿块板砖给敲掉了，不过顾维嘉对自己的这个"天窗"似乎还挺得意，跟珍稀动物炫耀自己珍贵的皮毛一样，整天咧着嘴呵呵傻笑。

对于顾维嘉的身世，同学们一直有着浓厚的兴趣，并有一种科学家探索尖端科学的无畏和执著，不断地有人提出假设与猜想。有人说："顾维嘉是来自非洲撒哈拉大沙漠黑奴的后代，不然不会黑得这么耀眼，黑得这么漂亮，黑得这么正宗，黑得这么有品位，黑得这么不管不顾，黑得这么不拘一格。"有人立即表示反对："喊，你用脚指头思考啊，发什么千古幽情，不知道奴隶制早被废除了？一点都不符合我们现代的国情，我看啦，他一定是小时候晒太阳晒多了，一不小心，体温超过100℃，给烤焦了，炭化啦。"

关于顾维嘉的种种议论，这里还有很多很多，不过我们还是暂且打住。

毋庸置疑，顾维嘉是我们班这个集体漂亮光鲜的脸蛋上最不容易治愈的一粒粉刺（校园里流传，治疗粉刺的最好药物是痔疮膏，看来痔疮膏用在顾维嘉这粒粉刺上是失效的）。

学期刚开始，学校为了强化学生的养成教育，在全校开展文明素质评比，顾维嘉连续"栽"在其他班的几个值日女生手里，眼看就要拖全班的后腿，老班（对班主任的昵称）急了，找顾维嘉谈心，叮嘱顾维嘉，后悔已经来不及了，反省也不会起太大的效果，唯一补救的办法，就是找好事做，把好事做漂亮，做得惊天动地，做得让全校的师生都知道，都佩服，都感动，做得让校领导的眼珠子掉出眼眶，让他拍手跺脚地叫好，让他追着值日生给顾维嘉加分。顾维嘉听得一脸茫然。"老师，要是找不到好事怎么办?!""不可能！"老班斩钉截铁，"偌大的一个校园，找几件好事做做，那还不是三个手指头捏粉笔——手到擒来的事！"最后，老班又告诫，顾维嘉如不赶紧去找几件漂亮的好事做了，全校文明素质的小黄旗就会很难堪地插上我们班的滩头。毕竟是老班的千斤嘱托啊，顾维嘉不敢有丝毫怠慢，从此留心不放过一切做好事的机会，可是在这全校开展文明素质评比的当口，找到件好事还真不是件容易的事呢。不用说，果皮、纸屑这些大物件是找不到的，地上的垃圾就差头发丝没被捡掉，窗玻璃都被擦得锃亮，桌椅摆放齐整，都快赶上阅兵式队列的要求，传达室里的信件不用自己找，早有同学屁颠屁颠地送来了，草坪、树木、公告栏都被照顾得精心又精心，周到又周到，哪怕一枚树叶掉下来，也有好几位同学争着去抢呢。总之，在校园里你是很难再找到好事去做，晴天你拿块抹布愣是抹不着灰，雨天你送不出去雨伞，同学们都争着盼着加分呢，谁傻乎乎余下现成的好事等着你来做。一连好几周，顾维嘉愣是一件好事都没做成，有几次差一点儿就做成了，可又实在是抹不开面子，和一帮小女生争，眼睁睁看着到手的好事成了别人碗里的馅饼，他心里急成啥样恐怕只有他自己知道。直到评比结束头一天，老天才向倒霉蛋顾维嘉垂下怜悯的一瞥。几个哥们在站牌下等车，顾维嘉的眼就没敢闲着，这都是连续几周的失利落下的后遗症，已经有了贼眉鼠眼的味道，不过也不能完全责备顾维嘉，他若正眼瞧，还不都暴露了目标，发现好事，还不定谁腿快呢。一瞥中，顾维嘉远远地就发现路边一妙龄女郎一身大包小包肩背手提地踉跄走着，他一下子就颤抖起来了，仿佛那妙龄女郎是他的救星。"哇！美女耶！一定是来等车的。"这是心里话，可没敢说出来，几个箭步"噌噌"

就蹿过去，抓过大包小包往肩上一搭，扭头就跑，一路狂奔到站牌下，放下东东，只见那美女摇着手臂。"等一等——"扭着细腰跑过来，一脸阴沉，"你——"顾维嘉正好跳上一辆戛然停下的班车。"姐姐，助人为乐乃中华民族几千年来的传统美德，不用谢！"美女涨红着脸，又欲张口……只见顾维嘉眼中闪烁着正义的、严肃的光芒，一挥手，大义凛然地说："不要问我为什么！也不要问我叫什么！"（他知道有几个铁哥们作证呢，这次加分已成定局。）得意的他竟变戏法似的从包包里抽出一条红领巾，天哪，上面还有墨水渍、牛奶渍、面包屑。"我的名字叫少先队员！"

完成了这套表演，班车终于缓缓启动，在红领巾的微微拂动下，美女跳脚："可我的轿车还在后面呢，你让我怎么办?!"这句话可是震撼全场啊！连那位"面朝车外，春暖花开"的老爷爷也咧开了少了一颗门牙的漏风大嘴笑将起来，和顾维嘉还颇有异曲同工之处呢！

经历了这次波折，顾维嘉当仁不让地荣登全校公厕新闻人物榜首，他这粒粉刺在校内愈来愈"显"，也愈来愈吸引同学们的眼球。

转眼间就到了校秋季运动会，这可是初中生涯的第一场角逐，爱"显摆"的顾维嘉怎肯错过这一展身手的大好机会呢，这不，下课铃一响，他就直奔老班的办公室，正好是大课间，老师召集班里几个常委班干开会呢，过了好久顾维嘉才摇头晃脑春风得意地从老班办公室晃了出来。

他的同桌搭档"乔爷"抬头笑着问："今天怎么回来得这么晚?"

顾维嘉歪着头很神秘地笑了一下。

"乔爷"看他笑得不像平常："怎么了，你?"

顾维嘉小声地说："明天我就去参加3000米了。"（努力地压制住内心的兴奋）

"乔爷"的手指震动了一下，想是叫圆规戳到了手了，他把食指放到嘴里咂了一下。顾维嘉说："今天老师召集我们开会，假如别的班短跑一获胜，整个年级的斗争形势就全变了，老班决定让班里个儿高的去参加长跑，我第一个举手报了名的——"

"乔爷"低着头说："你总是很积极的！"

二人说完，环顾四周，见我们一个个已笑得前仰后合，东倒西歪，这两个"荷花淀"派还有点不好意思呢。

3000米赛就要开始了！因为这是校运动会的压轴项目，所以全场气氛相当热烈，裁判员、巡视员在场上来回穿梭，广播里反复播放着《运动员进行曲》，校领导占据看台最有利位置，一个个兴高采烈。

运动场上，各班运动员摩拳擦掌，看台上，各班拉拉队剑拔弩张。

校乐队鼓乐齐鸣，震耳欲聋。

顾维嘉的大个头很"显"，我们的眼睛毫不费事便"瞄"上了他。

顾维嘉单手叉腰，举着瓶"红牛"往嘴里灌，"咕咚"几声后，罐子"扑通"一声扔在地上，众人惊呼："哇，第七瓶了！"

顾维嘉牛皮烘烘地昂首挺胸向前跨步，压了压腿，又像亚洲第一飞人刘翔那样在场上绕来绕去向我们挥手，一副很自信的样子。

老班也在挥手给他打气。

我们的心全都提溜到嗓子眼了。

激动，亢奋，像一锅粥煮沸全场。

然而好景不长，突然，顾维嘉的脸色就变了，身体往下一蹲，抱住肚子——

"怎么啦?"我们就近的几个同学冲上去。

"不行了——"他咧着苦瓜脸，"我肚子疼！"

那边预备哨已经吹响……

来不及了！

我们连推带搡地把他赶上了架——不，是赶上了第三跑道，临走前，"乔爷"悄悄地嘱咐了一句："就把终点当厕所！"

"砰！"枪声响起。

运动员们一个个像离弦之箭，射了出去。

顾维嘉也射了出去。

我们这才轻舒了一口气，绷紧的心弦稍稍放松点儿。

顾维嘉抱着肚子勾着腰闭上眼睛像踩着风火轮似的不顾一切地向前冲，冲，冲，冲……这小子，不会真把终点当厕所了吧?

在我们的一片欢呼声中，顾维嘉果然不负众望地脱颖而出，已经把其他队员甩在了身后，可他跑步的姿势一点也没变，依旧抱着肚子勾着腰闭上眼睛像踩着风火轮似的不顾一切地向前冲，冲，冲，冲……以至于其他班的老师认为顾维嘉是我们班在3000米压轴比赛上放出的一匹黑马，这种跑步姿势肯定是偷偷训练出来的。

顾维嘉的一帮铁哥们拿起身边一切能摇的东东在手上拼命地摇，呐喊！

顾维嘉抱着肚子勾着腰像踩着风火轮似的不顾一切地向前冲，冲，冲，冲……

一圈，两圈，三圈。

顾维嘉已经把其他队员远远地甩在了身后。

顾维嘉抱着肚子勾着腰像踩着风火轮似的不顾一切地向前冲，冲，冲，冲……

四圈，五圈……

顾维嘉已经把其他队员远远远远地甩在了身后。

顾维嘉抱着肚子勾着腰像踩着风火轮似的不顾一切地向前冲，冲，冲，冲……

终点近在咫尺。

200米，150米，120米，100米……

其他队员已被他远远远远远远地甩在了身后。

顾维嘉稳操胜券，可他跑步的姿势一点也没变，依然抱着肚子勾着腰像踩着风火轮似的不顾一切地向前冲，冲，冲，冲……

顾维嘉的速度丝毫不减。

顾维嘉稳操胜券。

——稳操胜券啦！

我们班的全体师生都在看台上站了起来，摇臂呐喊！气壮山河！

突然，顾维嘉在我们班全体师生的一片欢呼声中，像中了邪似的，身体一歪，就滚在跑道上，太悲壮了！终点近在咫尺内的咫尺……

我们一下子从看台上蹿了起来，被这突然的变故惊得目瞪口呆！

整个体育场鸦雀无声。

只有运动员匆匆的脚步声。

时间仿佛凝固了！

一切静止！

只有十来个运动员在场上机械地跑动——

跑动……跑动……跑动……

突然，一声细而尖的嗓音在人群中喊了起来（还带着稚嫩的颤音）：

"顾~维~嘉——加~油！顾~维~嘉——加~油！"

声音虽然弱小，仿佛一阵风就能吹断，可它一下子却把人心点燃了，火苗呼呼地往上蹿！

我们都回过神来，觉得应该为顾维嘉做点什么，于是一起用大了十倍的嗓门齐声呐喊：

"顾维嘉——加油！顾维嘉——加油！"

场面气势恢弘，撼人心魄！

校领导也全都站了起来。

有几位女生甚至抹起了眼泪……

顾维嘉果然不负众望地挣扎着爬起来，扭曲着脸，抱着肚子勾着腰跛着脚一步一颠地，仿佛那地面的温度极高，每踩上去一步都被反射似的烫了回来，跑道上只剩下顾维嘉一人了，其他选手均已冲过终点，只有裁判还在拿着小旗耐心地等候着赛场上孤零零的顾维嘉。

有的同学已经声嘶力竭，有的同学已经鼓起掌来，被这难得的久违的场面深深感动——有的同学恍惚中仿佛不知身在何处，这不会是电影里的场景吧？可顾维嘉的一帮铁哥们却像泄了气的皮球瘫倒在椅子上。"完了，完了，没戏了。"顾维嘉也恰是在这时泄了气，单腿一歪，就跌下去了——（尿急也不至于如此吧）他的手臂压在了身体下面，在这场他没能完成的比赛中，"他像一个真正的斗士——英勇的斗士、顽强的斗士、无畏的斗士"。（场上广播评论语），奇怪的是整场比赛他跑步的姿势自始至终都没有变，像战争年代里那个手捏鸡毛信的送信少年。

"顾维嘉——加油！顾维嘉——加油！"

全场的热情不减，似乎还在继续升温。

可此时再大的喊声对他已无济于事了，同学们还盼望着有什么奇迹出现，一个个伸长脖颈，瞪大眼睛，唯恐眨一下眼，奇迹就会消失，可顾维嘉勾着腰闭着眼，痛苦地摇着头，老师们奔过去……

顾维嘉的腿就这么断了。

一件事有好的一面也有坏的一面，中学时代的顾维嘉同学一直不屈不挠地用他的行动向我们充分地证明了这一古老的哲学命题。

一周后，顾维嘉打着绷带架着拐上课，老师经过他身边，总是爱怜地抚摸一下他的头，关切地问："维嘉，腿好点了吗?"他便也很配合地做出一副痛苦的样子，点着头："快了快了!"

【简评】　　幽默感，为顾维嘉这一人物增色不少。

其中，有顾维嘉为美女义务拎包之后不留姓名，却掏出一条沾有墨水渍、牛奶渍、面包屑的红领巾，说："我的名字叫少先队员!"这一情节，把他的幽默感发挥到了极致。

而后来赛场上摔断腿，只是仍然强撑着身体，坚持到终点，已经突出了他性格中刚强的一面。

许也的文字充满了青春校园的特有气息。一些抒写也是作者作为同龄人才能发现的生活内容。

类似顾维嘉这样的人物，因为司空见惯容易被大家忽略。许也能够发现并突出展示出来，就别有一番味道了。

作者没有人为拔高，完全是对身边生活的原声录音，自然就又有了不同的感染力。

（李迎兵）

微笑着长大

[一等奖]

福建省闽清天儒中学　纪明均

一

"报告——"我气喘吁吁地来到班级门口，很狼狈地喊了一声。

班级里空气顿时凝固了，五十几双陌生的目光齐刷刷地集中在我身上，半晌，大家哈哈大笑起来。

我不知道大家笑什么，只感觉脸上火辣辣地烧着，很热很热，一直烧到了耳根。

讲台上的老师转过头来冲我笑，一双本来就小的眼睛更小了，身材么……有点儿像弥勒佛。"同学，你的形象很好，回头率有多高啊?"

我正纳闷。低头一看，天哪，扣子扣错了位儿，裤子……好像穿反了……脸上又是一阵火辣辣地烧着。"百分之百。"我说得很勉强。

"哈哈哈哈……"又是一阵笑声。

"行了，找个位子坐下。"他很慈祥地笑。

哼，还算有良心。我哼哼着，来到一个靠窗的位置，坐下。窗外是一个小小的花园，在一片绿油油的草地上，用暗灰色的鹅卵石铺了一条弯弯曲曲的小道，各种树木都长得很茂盛，围墙下有一棵紫薇树，紫薇花开得很旺，那是一种淡淡的粉色，很美。再往上，是天，很蓝很蓝的天。只是没有小鸟的踪迹。

"我是静，你呢?"我的同桌微笑地望着我。

我从遐想间回过头来，看了看她。她长得很清秀，笑得很纯真。我的心头不禁为之一颤，如此纯洁的笑容真的很少见，在这虚伪的世界里。但她很瘦，有点儿弱不禁风的感觉，一件T恤虽然不算大，但套在她身上却显得很宽松。我也挤出一丝笑。"我叫岚。你哪儿毕业的？"

"Y镇××小学。"她依旧笑，微笑。

"Y镇么？没听说过。"

"呵呵，当然了，那是一个偏僻而又贫穷的山村。"静抬起了头，朝远处的山望去。她那双眸很清澈，很明亮，满装着希望。猛地，她转过头，冲着我笑。

班主任还在讲台上发表着他"伟大"的演说，唾沫星子飞溅。我甩了甩头，想甩掉所有的杂念。然后大口大口地吸着从窗外飘进来的青草气息，嘴里仿佛含了一颗很香很甜的糖，慢慢地融化，融化，一丝丝甜味萦绕在我的心间……

我也笑，微笑。

二

每天的课间，我和静总是站在窗边，闲聊着。

风，轻柔地抚摸着我们的面庞，很是惬意。我歪着头，倚靠在墙上，看着静。风撩起了她那几缕细细的刘海，发丝在风中轻轻地舞动着，舞动着。她微微仰着头，微笑着望着天。在夕阳的映衬下，勾勒出一条条漂亮的轮廓。美丽的阳光中，有一个美丽的静。

静的嘴角微微地往上扬了扬，讲起了她的故乡："Y镇虽然偏僻了点儿，但真的很美，一种很朴实的美。你知道吗？那里没有工厂。放眼望去，是一望无际的稻田，偶尔有几座用砖头砌的矮房……天空很蓝，没有一点杂质，经常可以看见一群鸟儿飞过，留下一阵很婉转的叫声……"

每当说起她的家乡，口气里总带着一股无法抑制的自豪感，笑得也十分灿烂。她的眼睛望着远方。

"是么？"我用一种神往的眼神朝天空望去，可惜远处的烟囱就像一个怪物，大口大口地吐出黑色的烟雾，不由分说地闯进了我的视线。无奈的我，摇了摇头。"哎，可是这里……"

"不也挺好的么？"静对我笑。

"我不懂。"

"你总会懂的。"

初一的学习生活并不是很紧张，但也算不上轻松吧。被埋在作业里的时间一长，也麻木了。静的学习很好，从来都是班里数一数二的，可却没有一丝书呆子的样儿。而我，即使把自己扎进书堆，很卖力地苦读，成绩还是糟糕到了极点，心情也是坏得没法说，常常冲着静发脾气，可她似乎从来没有在意过。

也许每天的课间是我最快乐的时光吧。

静总是告诉我关于她的过去和家乡。我则以一名倾听者的身份在一旁洗耳恭听。她的一切真的很有趣，一点一滴都充盈着快乐和幸福。

我认为静是世界上最最幸福的人。当我把这一想法告诉她时，她只是朝着我笑了笑，说："不，你不懂。"

"可是你为什么总是那么快乐呢？就像一只没有烦恼的小鸟。"

"是么？"她脸上的笑容淡了一点，"没有烦恼的小鸟……"她喃喃着。

"怎么了？"

"其实我的一切都很平凡啊，平凡到了不能再平凡的境界了。每个人都有烦恼，我也不例外。别在乎它们就行了。"静，很平静地说。

……

她见我没说什么，又继续说着："你也很幸福，只是没去认真地品味罢了。我认为，一个人能来到这个世界就是幸福的，他所经历的一切也是快乐的。呵呵，乐观一点。就会觉出很多快乐。"

哦。我听完这一大堆话后，似懂非懂地点点头。

可是静，只是笑啊。"你还是不懂。"

我认真地、慢慢地琢磨着，那段话。

我真的不懂么？我问自己。但没有声音回答我。

三

语文单元考的试卷发下来了。

老师在讲台上唾沫横飞地说我们不争气。而底下，五十几双眼睛瞪她，抱怨她改卷太严。等老师闭上了"话匣子"，五十几双眼睛又瞪着试卷，在把卷子很认真地看上数遍之后，悻悻地停止了抱怨。

我一边喃喃着，一边很不情愿地改错题。

"别哼哼了。"一个很小的声音在我耳边响了。我扭过头，静冲我笑着说。

我很不满地嘟起嘴。"你成绩那么好，当然不在乎了。"

"是么？"她很不谦虚地笑了。

"静……我为什么那么笨，什么都……都不……不会——"好容易把话说完，没让眼泪流出来。

静用责备的眼神盯着我。

"经过了这么多次考试，成绩都那么差……"两行泪还是夺眶而出，滴在我的手背上，热乎乎的。

"你不应该那么不自信。"

我没回答，看着手背上的泪水发呆。

"也许……情况没那么糟……我可以帮你补补功课。"

我用怀疑的目光瞅了瞅她。

静莞尔一笑："要相信自己，坚强点。"

我也回她一个自信的笑容。

和静相处的时间久了，不难发现她是一个乐观，坚强的女孩。

她告诉我，她妈妈得了病，卧床不起，家里还有一个弟弟。养活四口人的担子自然落到了爸爸身上。她们家很穷，爸爸为了他们姐弟能上学，拼了命去干活。从一年级开始，每个假期她都会找一些活儿，赚点学费……

静说这些的时候，没像我所想象的那样掉眼泪，或埋怨命运的不公。脸上带着很美的微笑。

"老天真的很不公平啊，为什么要有穷人！"我为静鸣不平。

"不公平？穷人？"静听后并不高兴，"我不穷。"

"我……我是说，生活太糟了……"

"不！"静从牙缝间挤出了一个字。

四

迷茫间，到了半期考。

临考前，我把自己围在书堆里，捧着书，但什么也没读进去。

考场上，我迷迷糊糊地把空格都填满了，才用颤抖的双手，把试卷递到讲台上。因为一直有静的帮助。结果不算很糟，勉勉强强地进了年段前三百名。而静，居然在年段前十名。

在静的影响下，我学会了微笑地面对生活。

五

又是政治课。老师一站上讲台，就唱起了"独角戏"。

我们实在受不了老师的"催眠曲"，眼皮招架不住，打起了架。有的竟明目张胆地趴在桌上睡了。

我也受不了了，仿佛有千万只瞌睡虫在我耳边飞舞。正当我处于"半昏迷"状态之时，被一阵轻微的呻吟声吵醒了。我转过头，发现静趴在桌上，一只手捂着肚子，脸上的表情很痛苦。

"怎么了？"

"……"静什么都没说。

我忙向老师请了假，扶着静，去了医务室。

吃了药，我陪着静回宿舍休息。可是，没过多久，静又捂着肚子，呻吟着，大滴大滴的泪从她的眼眶中滚出来，顺着她的面颊滑落，滴到了地上。

我顿时紧张了起来。静一直都是一个很坚强的女孩，从没见她流过泪……我真不知道该怎么办，只是轻轻地拍了拍她的肩。

过了好一会儿，她擦了擦脸，说："我没事。"可她的脸色依旧很难看。

"你怎么了？吓死我了。"

"哦——没什么。"她说得很迟疑，目光也是躲躲闪闪的。

"有什么事就说出来吧。"

静望了我一眼后，又很快地收回目光，看着地面。很久很久。

沉默。空气变得异常的压抑，就像一张很薄很薄的纸，一不小心就会被捅破。

我三番五次地想要打破这沉静，却不知道说什么好。只是沉默。

我第一次感觉到我和静之间有了距离。心里很不是滋味。

静上医务室的次数直线上升，而她的各科成绩却直线下降。

静像得了"自闭症"，成天把书摆在桌上。我知道她并没在看书，因为她的目光呆滞，总盯着一个地方，什么都不说。过去的静，荡然无存，而此时展现在我面前的，只是一个冰冷的躯体。

一天的课间，静装模作样地看书。猛地，她转过脸，啊，好憔悴的脸，几乎没有了血色。"岚，我想问你一个问题。"

"说吧！"我为静张嘴感到高兴。

"如果我死了……"静的脸更加阴沉，脸色更加苍白。

"什——什么？你说什么？"我从椅子上跳起来。

"哦——没什么，就当我没说过。"静继续"看书"。

我用胳膊肘顶了顶她，她很迷茫地望着我："有事么？"

"你能不能别装了！"

"你说什么？我装什么？"她的目光又变得躲躲闪闪。

"你为什么瞒着我？难道你连我都不相信了么？"我很愤怒，尽管让语气听起来平和些，但事实告诉我是徒劳。

她看着我，眼睛里闪着泪光。"你是知道……我妈妈得了病，我也被遗传了……"

"那是什么病，严重么？"

"不知道……妈妈没告诉我，只说……最好做个检查；我……从妈妈的情况，知道了我大概的状况，我……我怕，所以……一直说……我很好，没做……检查……"说完后，静已经泣不成声了。

我顿时惊呆了，心也不知被谁揪了一下，很疼，很疼。

沉默。

半晌，我回过神来："别拖延了，你已经很虚弱了。"

"可……可是，我……我怕……"

"你说过，要坚强、乐观，生活不会那么糟。"

"也许吧……"静停止了哭泣，"这个周末我就去做一个检查。"

"你不会有事的。"我安慰道。

六

星期一，天阴沉沉的，很闷，很冷。

我很早就到了学校，等待着从前的静，重新回到身边。

只可惜，天不遂人愿。静依旧很憔悴，甚至比两天以前更憔悴。一双漂亮的眼睛，变得又红又肿，显然哭过了。

尽管答案已经写在了脸上，而我仍傻傻地询问结果。

"水龙头"一旦被开启，就一发不可收拾。"很……很……很糟……"

"也许出了点差错吧……"顿时我感觉五雷轰顶，脑子里嗡嗡地响着，心脏很没规律地跳动。

"不……不可能，我……我不……不想去……去复诊了……"

"你一定得去！"虽然我的语气很坚定，但谁又能明白，我的内心是何等的脆弱呢。

虽然静点了点头，但嘴里不知哼了句什么。

糟糕的检查结果，让静更"自闭"了，不论怎么叫她都不理会，只是很茫然地盯着一个地方。上课开始走神，常被班主任抓去接受"爱的教育"。

我为了让静振作起来，磨破了嘴皮子，却丝毫没有起色。

啊，是我把静弄丢了！我常常会很悲伤地告诉自己，告诉无可奈何的自己。

过了几天，我又一次在座位上等待。

我怕，我怕看到静，看到那个虚弱的静。

静来了，脸上有了些血色，但依旧苍白，眼睛红肿得难看。

我突然感觉心里很空，很凉……

"岚！"她猛地转过来，"检查没出差错。"

"什——什么？哦——哦，那也——没关系啊，其实——"

"其实——没关系的，对不对！"静竟然微笑着说。

"怎么？"

"我想通了。是啊，要乐观，对不对？"

"哦——这个——"

"别想这些了。我打算做些有意义的事……让我想想……"一脸的憧憬。

我很高兴地笑。

七

期末了，很忙啊。

每个老师都丢下一大摞卷子，拂袖而去，留下埋头苦做的我们。

值得庆幸的是，静很快就把落下的功课补上。我们又开始望天，看着太阳急急落下又缓缓升起，听着流年匆匆卷来又向遥远的地方奔去。然后感叹，一天就这么过去了。

八

又一次走进考场，不再迷茫。

成绩也不错，如愿以偿地进了前一百名，而静依旧在年段前十名。

毕学式那天，我很早地来到班级，想把这个好消息告诉静。

可是，我等了很久，很久。最后，等到的是抽屉中的一封信。

我用颤抖的手打开了信封。

岚：

我得回家了，家里拿不出钱让我上学。

现实很残酷啊，真的。可是我们必须去面对。

生活中不可能时时都有太阳。没有阳光的时候，就为自己开一盏灯吧。

我们不再是凡事都无能为力的孩子了。

记着，窗外那片天，永远属于我们。

静

离别来得很仓促，太仓促了。留给我的只是一封很短，短得可怜的信。是啊，该面对的东西，终要面对，时间不会因此改变，也不会停留。

九

冬天了，不经意间就到了冬天。

我独自一人，站在窗边。

紫薇花谢了，原本漂亮的枝头变得很空，空得可怕。原本碧绿的小草，也间杂着黄。好萧条的景象啊。

一片枯黄的叶片被风卷到我的眼前，打着转儿，飘落到课桌上。我拾起它，叶片有些干枯，叶脉清晰地凸起，无力地支起弱不禁风的身体。我很残忍地把它捻碎，用力地朝窗外扔去。星星点点的黄，纷飞。

我抬起头，望了望属于静和我的那片天。啊，天依旧笑得很灿烂，永远也不会改变。

和静在一起的画面，在我脑海里恍惚出现，细细品味，嘴角挂着知足的笑。真的，有静的这段时间，我从一个遇事就哭的孩子，逐渐成熟起来。

静，谢谢你陪我一起长大。

也许，山的那边，有一个微笑的静，微笑地告诉我，我们永远一起长大。

【简评】   文中写了"我（岚）"与静之间的友谊。而静从农村来，一直面对沉重的现实负担。静一直乐观地笑对生活。

纪明均笔下的人物形象有一定的代表性。青春的年龄更需要别人的关心和理解。文中记述的人和事，来自真实的生活，有了作者自己的开挖。

全文分为 9 个小节，内容和结构有了一种明晰的层次感。

当一个人能够诗意地体味生活，亲情、友情、爱情这些人间至情才会被充分感受，也才会被充分地表达。

作者的抒写具有这样的诗意，但又有对静无法改变命运的叹惜。

古人云："人之相知，贵相知心。"作者力求揭示人物内心世界的变化，力求体现真善美的主题，值得褒扬。

（李迎兵）

缘分泡泡

[一等奖]

河北省三河市第九中学　李　长

打开记忆的房门，请让小舟飘进去，去寻找那曾经波起的涟漪……

我最喜欢玩的游戏，吹泡泡；我最喜欢的季节，夏天。可以自由漂浮的，泡泡；可以看到灿烂明媚阳光的，夏天。

阳光下的泡泡通体晶莹，反射着太阳光，折射出美丽的七彩色。

我喜欢看这样的泡泡，更喜欢两个泡泡在空中相聚。天是多么大，相聚是一种难得的缘分。

所以，我叫它们是"缘分泡泡"。

那个夏天，是个被风吹过的夏天。到处可以听到金莎与林俊杰深情对唱《被风吹过的夏天》，来来往往的少男少女们，嘴里面也轻轻地哼唱着这首歌。

我又离开了原来的学校，越听着这首歌，越是怀恋曾经的幸福时光。

由于父母工作的原因，我不知已经走过多少个城市了，也不知换过多少所学校了。应该早就习以为常了，可每次分别，都免不了要下几天雨。

"我叫林陌陌。"我正在新的学校宿舍整理东西时，听到了这个声音。怎样形容这个声音呢？感觉并没有多少热情，而是像水一样冰凉与清澈。

我停下手中的事物，转过身，与她伸过来的手摆在一起。瞬间，冰凉的感觉传遍全身，这是何等冰凉的手，真是难以想象。

"我叫小舟，交个朋友吧。"我并没有让这只手的冰凉冻结住。而是在适当的停顿后，说出这句不知已经说过多少遍的话，然后等待不知听过多少遍的回答。但是，我听到了与众不同的回答："做永远的朋友。"

真的是一个特别的女孩，我却突然有了一种特殊的感觉，好像对她的特别有些不安。但是我没有表现出来，我冲她微笑，点头，并紧紧握住她的手，我希望用我的温度把这冰凉的手变得温暖些。林陌陌的笑容也荡漾开来，她的笑真是漂亮，像夏天里最灿烂的阳光。

林陌陌，自从那次叫了她"陌陌"，她对我说："小舟，以后叫我林陌陌好吗？"我就一直叫她林陌陌。林陌陌永远是个好听的名字，怎么叫都是好听的。

"林陌陌，为什么要用陌生的陌来当作你的名字呢？"当我看到她的本子上写的是"林陌陌"而不是"林默默"或"林沫沫"时，我问了她这个问题。她没有马上回答我，而是选择了同音的一个字，算是对我的回复——默。

我和林陌陌都是彼此的唯一，我只有一个林陌陌，林陌陌也只有一个我。

别人看来，我和林陌陌之间的关系太僵硬了，就像海边的两块石头似的。每天都在一起，好像不可分离，却都深藏不露，互相不了解。

是的，我不十分了解林陌陌。

可是，我们并不僵硬。

与林陌陌交往，我一直以为她是那种感情很细腻的女孩。就像我之前所遇到的女孩，她们就像上天派来的天使一样，在我身边，陪伴着我。我的快乐她能同我分享，我的悲伤她能帮我抚平。她会好好照顾我。见到林陌陌，我也这样以为。

我是个睡觉很轻的人，一些很小的声响就可以把我从睡梦中惊醒。

林陌陌是我的上铺，每晚，我都会被惊醒很多次。因为林陌陌会在半夜突然坐起来很多次，并且伴随着急促的呼吸声，许久才会平静下来。每晚都是这样，我从未向林陌陌提起这件事。她应该不知道，每晚我都同她一起醒来，再同她一起入睡。

生活就像平静的大海一样，没有一丝波澜。从第一次开始，我就喜欢牵着林陌陌的手。只要我们在一起，我的手总是牵着她的手。林陌陌的手像是有很强的磁力，而我的手当然无可抵挡地被吸了过去。

又有的同学说，我和林陌陌像连体婴儿，连在一起，怎么也分不开。体育课上，我们并列第一冲过终点；音乐课上，我们一起进行小合唱；无聊的作业，我们一起不写，第二天，一起挨老师骂。

连体婴儿，真好听的词语，我真的好喜欢。林陌陌。我们可以把内心连在一起吗？我想了解你，却又不忍了解你。

林陌陌，你到底是个什么样的人？

一个星期日的下午，林陌陌给我打来电话说她有些事要去处理，要早一些去上学，不能和我一起去，真的很遗憾。我笑了一下，告诉她这没什么，反正到了学校也是要在一起，还有自己去上学，路上要小心。

放下电话，觉得林陌陌是个认真的孩子。

没过多久，我也动身去上学。虽然比平时早了一个多小时，但心里总觉得不安，还是觉得晚了似的。

以前我们一直是打车去学校的，这次大脑中突然冒出了走路去学校，并且走小路的想法。虽然我知道，小路很偏僻，很少有人走的，路也不好走。可这次，从来都没有过这样的执著。

小路的风景也很不好，两旁的柳树歪歪斜斜，很不像样子，枝条也被折断了许多。路过一条水沟，发出难闻的气味，我捂住鼻子，加快了步伐。

"林陌陌，为什么，为什么你们要这样报复我？"一个女生歇斯底里地狂叫着，我听到了我十分想听到，却又不想在现在听到的三个字——林陌陌。我不知发生了什么事情，立马收回了刚迈出的一步。

林陌陌。我希望我听错了。

"你们对我就公平了吗？我，和你是一样的，不要总觉得自己像条可怜虫。"是林陌陌的声音，如水般的冰凉与清澈。

突然，我听到了重物落地的声音，我的心颤了一下。

"林陌陌！"我站了出来，叫着林陌陌的名字。果然，林陌陌被推倒在地上。那个女生似乎不希望我知道这件事，走了。我想追上去，但是，林陌陌示意了我一下。我看见那个女生的背影一直在抽动，她好像是哭了。

我向林陌陌伸出手来，示意她站起来。她迟疑了一下，眼睛里充满了迷茫。但是，还是很快地把手放在了我的掌心，还是那么冰凉。

一路上，我就这样牵着林陌陌的手。

"林陌陌，告诉我发生了什么好吗?"我很郑重地问她，她的手在我的掌心里抽动了一下，她又沉默了。

我不会因为林陌陌对我的问题的沉默而去疏远她，我总会陪伴在她身旁。林陌陌喜欢沉默，我愿意隐藏我开朗的性格，陪着她，一起沉默。

"做永远的朋友!"

一个学期还没有结束，父母的工作又有变动。我看到桌子上放着三张飞往上海的机票。上海，那是我向往已久的城市。但是，我并没有想到高大的法国梧桐和美丽的夜景。我只想到了林陌陌，以及她曾经对我的回答。

"'陌'这个字和我最熟悉。每一个出现在我生命里的人，都好像陌生人一样，真的，都好陌生啊。所以，不是我选择了'陌'，而是'陌'选择了我。"

"我爸爸是被那个女生的爸爸误诊死的，我妈妈受不了，开车撞死了那个女生的爸爸妈妈后，也去找我爸爸了。所以，我一直觉得我是罪恶的，我无法与其他人生活在一个世界里。我无法，甚至说不可能和其他人相处。甚至每晚，这些都会出现在我的梦境里。你是新来的，你什么都不知道，我也不希望别人说我孤僻。所以，我才去主动和你交朋友。做永远的朋友好吗?"

我不知道该怎样面对林陌陌，所以直到离开的那天，我才和林陌陌通了电话。

"林陌陌，我要去上海了。"

"是吗?"

"是。"

"什么时候?"

"马上。"

嘟嘟嘟……

电话立马被挂断了。林陌陌，你怎么这样平静，你的平静让我感到不安。

当我到达机场时，我看到了林陌陌，她比我来得早。

"林陌陌，我会永远记得你的，你会记得我吗?"我拉着她的手问她。

"小舟，我真的很恨你。"我没有听到我想要的答案，而是听到了这样令我难受的一句话。

我忍着，我不哭。林陌陌的眼泪却刷地滑了下来。"你说过，要和我做永远的朋友的，我是那么地信任你，可是，你为什么要骗我，你为什么要骗我。"

"林陌陌，我没有骗你，我们会是永远的朋友。"我告诉她，顺便用另一只手去擦她的眼泪，但是，被她打开了。

"为什么，我没有友谊吗？"她停了一下，用手擦干脸上的泪水，"是我错了，我不该相信任何人，尤其不该相信你。"说完，她又用力挣脱我的手，却被我紧紧地攥住。

"林陌陌，不是你想的那样的。"我想向她解释。我没有骗她，我也不想离开她。可是，我什么也不会说了，我只会说这一句话了。

"你骗我，所以，请、你、放、开！"一字一顿，就像一根根无形的针，扎进我的心里。我的手再也没有力量了，被林陌陌轻易地挣脱开了，她就这样跑出了机场，留下我在原地茫然。

林陌陌，把生活看得开一些，生活是很美好的。过去的事情都过去了，不要让它来干扰现在。你一定要试着改变自己，你一定要快乐。

林陌陌，虽然我们不能在一起了，但是我们仍然也可以当好朋友的。只要我们彼此挂念，我们一定是永远的朋友的。

林陌陌，不要恨我好吗？恨一个人是需要时间和精力的，我真的不希望你把时间和精力投到这上面。算我求求你，求求你，不要恨我好吗？

林陌陌，真的好后悔呀，你沉默，我就陪你沉默，而不去试着改变你，试着让你快乐。不过，我会天天祈祷，你是个好女孩，你一定会有很多好朋友的。

林陌陌，我有很多话对你说，可是我都不知如何开口。现在我把它写上，这样就好了，你也可以知道了。

好了，那么——

再见，林陌陌。

噗，两个相聚的泡泡爆了。

为什么天涯茫茫，有缘相聚，却给对方造成了如此大的伤害。

我的泡泡，我的陌陌。

缘分泡泡？

【简评】　　情到深处人孤独。李长《缘分泡泡》里写了两个小女生之间的友谊。而原本要天长地久的友谊却因分离导致毁灭。

"我（小舟）"与林陌陌的关系是非常单纯的，没有功利性的，但又是极为脆弱的。这一点，与林陌陌特有的家庭际遇有一定关系。当然，也与她易于受伤害的心理有关。

这样的交往，多半发生在校园里。无疾而终，尤其"我"去上海时，林陌陌的过激反应，展现了其复杂而又变异的性格。

近年来的校园写作，呈现多样化、个性化的特点。这与新概念作文的造星运动和中国少年作家班相关评奖活动有关。

一种迥然不同的写作路径，让李长的文字有了不同的特点。结尾暗含了作者对青春期友谊的思考。

（李迎兵）

海晴与她的同学们

[一等奖]

山东省威海市古寨中学　许若倩

帅哥风波席卷校园

国不可一日无君，家不可一日无主，同样班级不可一日没有班委。

奇怪的是同学们都不愿意担当，竞选当天无一人参加，梁老师有些疑惑不解："前几批学生都争先恐后地竞选班委，你们却没有人想当，当班委既能锻炼自己的管理能力，虽说不能耀武扬威，但也能够大展威风，这真是两全其美，何乐而不为呢？"

同学们面面相觑，仍然纹丝不动，老师有些怒不可遏："好，那你们必须得给我说出个理由。"同学们各抒己见，有的埋怨会得罪人，有的说心理胆小，有的则怕缺乏经验，总之大家胡编乱造各种理由，就是不愿意当班委。

梁老师愁眉不展，最终决定强行定制，她找来这次升学考试的前几名，进行"商讨"。

"你们可都是学习上的尖子生，我希望你们也能够成为班级管理上的尖子，成为老师的得力助手，我考虑再三，也向同学们进行了调查，任好威信高，学习成绩也很优异，就担当班长一职，李雪楠为副班长，吴文玉唱歌不错，就当文艺委员吧，至于海晴，我就不必多说了，当然是学习委员。你们有不同意的吗？""没……有……"大家犹豫了一会儿，但还是异口同声地答应了。

"这心中一百个一千个不愿意也不敢开口，班主任都发话了，不答应，以后日子就不好过呢!"吴文玉小声嘟囔。其实,大家又何尝不是这样想的呢。要是愿意,还用老师吩咐,早就毛遂自荐,自告奋勇了。可是,不答应,以后就等着"品尝"班主任发出的辣椒炮弹吧,说不定还会联合其他老师,来个"双面夹攻,联合轰炸",那时候,别说,你就是惨叫连连,也是无能为力的。

话说语文老师还真是讲求速度,商量过后不过1小时,便宣布了班委名单,语重心长地对大家进行了一番长篇大论,让同学们体验了她那独一无二的盖世啰嗦功:"能共同走进绿色青春就是缘,能一起走进一个班级便是分。在800多名学生中,我们走到一起,共同组成了一个班级,一个新的'小家'。既然缘分已经让我们进入了同一个集体,加入了同一个队伍,我们就要努力在这个集体里凝聚团结,让这个家成为温馨的港湾。本月学校要评选优胜班级,正是检验大家是否团结的时候,班委已经公布,今后大家应配合班委工作,搞好班级工作,班委以班长为核心,本月紧抓纪律,我希望大家会不负众望。"

班长虽是女孩,却有着男孩儿般的豪爽,男子汉的气概,连头型都不缺乏帅男的风度(标准现今流行的"李宇春型")。也许就是这份男孩子气,让任好和班里的男同学相处融洽。故而,虽然新官上任三把火,但是大家都没有故意刁难,而是照例办事,让任好班长做得轻松自如。在任好的管理下,初一八班一步步向"依法治班"的道路迈进。大家听从"领导"的"指挥","领导"说向北没有人敢向南。听话的"孩子们"惟命是从,给梁老师吃了一颗班级管理的定心丸,对"优胜班级"的锦旗取得,稳操胜券。

然而这些都是表面现象,同学们如那披着羊皮的狼,明从暗动,非要闹出件事情,让班主任和任好劳心费神,刺激一番。大家跃跃欲试,有些蠢蠢欲动了,谋划着天下大乱的计划,"起兵"之日已经指日可待,好戏还在后头呢!

法网恢恢,疏而不漏。任好的管理再严格,也不敢说没有漏洞。大家绞尽脑汁,经过一番冥思苦想,终于想出了捅出娄子的办法。

"嘿嘿,现在不都流行炒作吗,而且不少女生对帅哥都感兴趣哦,我们不如……"闹事大王马万与手下们讨论着。

通过大家几天来的交流切磋,班里的第二大笑星兼吹神浮出水面,脱颖而出，他就是自不量力，自称班里头号帅男的孙勋林，如果将他与那人高马大的路小平相提并论，体重充其量不到路小平一半的他，自然有些逊色。即使在笑与吹方面甘败路小平下风，但是凭着那比路小平稍多一点的自认为的"帅气"和苗条，让他成为这次帅哥风波——校园恶作剧的"主演"。

大家一想："嗯，不错，炒作对象就他了，我们要在学校掀起个'帅哥风波'，这惊涛骇浪才爽呢！足以让班主任大惊失色了。"

本来相貌平平的孙勋林，在自夸自炫和众多男生的极力吹捧下，立刻名扬"天下"。仅仅一天，初一八班竟然成了师生皆知的全校"帅哥闻名"班。为此，同学们精心带来了家里所有的化妆品，为"帅哥"化装，一下课，其他班的同学就来大饱眼福，口中不时地喊着"那个是帅哥吗"。但是每一个心存好奇心赶来看帅哥的学生总是嘴一歪，"哼"的一声大失所望，阔步前行。好事不出门，坏事传千里，初一八班在几分钟间，臭名远扬。张校长闻风而来，看了看眼前这个全校闻名的"帅哥班"，唉唉一叹，摇摇头走了。

海晴望着教室门口络绎不绝的学哥学姐们，眼睛瞟瞟孙勋林："哼，看老师知道了会怎样。"孙勋林对于海晴的言语不以为然。

纸包不住火，"咚、咚、咚"，"进来"，校长室的门打开了，梁老师低头走了进来，校长气愤地对着梁老师道："我说小梁啊，你知不知道你们班都干了什么好事，啊？什么帅哥，上学校是来学习的，谁叫孩子们来比美的？小小年纪就评选帅哥，这在学校造成多大的影响？好了，念在现在这帮孩子刚上初中，不太适应环境，我先不批评你，你回去好好教育教育孩子们。""好的，我会的，那校长没事，我先走了。""去吧。"

离开校长室的梁老师心情压抑，脚步无比地沉重，开学没几天同学们就捅了娄子，班主任当然火冒三丈。步入教室面对这些贪玩调皮的学生，梁老师又显得无可奈何。

但为了给大家一个警示，老师还是对这场恶作剧的主角——孙勋林进行了严厉的批评，海晴瞧瞧被批的勋林，暗暗露出了幸灾乐祸的笑容，勋林不甘示弱地回了海晴一个调皮的鬼脸。他们两人还真是一对冤家！

不是冤家不聚头

　　这场风波渐渐平息，太阳拨开了乌云，狂风侵袭的海面终于风平浪静，天空又万里无云。但是，海晴却不知自己的冤家与自己的斗嘴大战即将拉开序幕。

　　梁老师将孙勋林调到了海晴旁边，这对于还幸灾乐祸的海晴无疑是当头一棒，耳畔又传来了梁老师那熟悉的话语："海晴呀，我把孙勋林调到你身边的原因我想你再清楚不过了，以后就多管管他，不要再发生类似事件了，如果他再捅出娄子我可要拿你是问啊。"虽然海晴十分不满意老师的安排，可是面对班主任的命令又不得不服从，只得应声说："老师，我明白了。"

　　自古有句老话："不是冤家不聚头"，海晴和孙勋林真的应了这句话，他们一个口比手快，能说会道，另一个学识渊博，笔风出神入化而又争强好胜。这两个人坐在一起，渴望和平也无济于事。

　　果不出所料，调座位的第一节课勋林和海晴就让周围乌烟瘴气，硝烟与战火弥漫，两人"吵"得不可开交。

　　"这是谁呀，这么没有素质，把纸都扔到本小姐的地盘上了，这张纸是你的吧，这么烂的字我想也只有你这个自不量力的家伙才写得出来，给。"海晴将纸团扔给了旁边那可恶的孙勋林。

　　"我，是我吗？你也大低估我了。虽说我人长得不是太帅，但我的字那叫一个秀气，本少爷的字要是化作有形的人，那肯定是玉树临风，迷倒众生啊。所以，这么难登大雅之堂的字，怎能为我所写，你开的国际玩笑是不是大了点。像这种丑字，我想肯定是我旁边的某个人写的。虽然，你已经尽力了，可是天生的难看字，是改不了的，不要气馁，我真是为你而感到可悲。"勋林露出阴阴的笑，又将纸团扔了回来。

　　"呕吐之极，还不快去找个方便袋，为你的话负责，我可不想吐在地上，这也太影响环境了吧，毕竟这是大家的环境，哎。"海晴一副"痛苦"的样子道。

　　"听你这话，这是集体的地盘啰，刚才某些人不是还说这是她的地盘吗？难道这人得了失忆症，这么快就忘了。哦，对了，我想起来了，这话好像是许海晴小姐你说的，你应该还没有取得学校的土地证噢，这块土地好像还是公共财产吧！"

"你……"海晴火冒三丈，将纸团扔在地上，扭过头去，"我才懒得跟你计较，哼。"

"噢，不跟我计较？不会是生气了吧。我好怕怕啊！"

刚才海晴把纸团扔到地上的那一幕，刚好被正在上课的班主任扫描到，梁老师停了下来，目光死死扫着海晴。

"同学们，想知道我为什么要停下来吗？因为，刚刚我看到我们班上的某个同学，她将一个纸团扔到了地上，在这里我有感而发，环境是大家的，希望同学们能够爱护班级环境。刚才扔纸团的同学，下课主动来找我，我们继续上课。"

话音未落，海晴的脸颊已经泛红，不觉低下头来，心想："都是你，孙勋林，害我如此，你给我等着。"

对面的孙勋林则装出若无其事状，心里早已欣喜若狂。勋林盼星星盼月亮盼的这一刻终于来了，悦耳的铃声响了起来，而这对于海晴来说无疑是恶魔般的不祥征兆。海晴走出教室，微微倚在教室门口的墙脚，等待"暴风"的席卷。在角落的那边，勋林趴在门上，偷偷窥探着。

梁老师走了出来："海晴，不是我说你，我都怀疑我把孙勋林调到你旁边是否是正确的，到底是你为他做榜样约束他，还是他拉着你后退？刚调来的第一节课，你就给我唱了这么一出。近朱者赤，近墨者黑，我希望他近朱者赤。而不是你近墨者黑。不要认为你是这次升学考试的第一名我就会袒护你，你今天上课的行为可给我留下了不好的印象，下不为例，回去吧。"

海晴如霜打的茄子，无精打采，在暗处窥探这一切的勋林早已兴奋得不亦乐乎，海晴与孙勋林的第一次交锋海晴就以失败告终了。

【简评】　　邪不压正，但在海晴的班级里则因帅哥风波引发持续地震。许若倩笔下的校园生活有点另类。由于无人竞选班委，最终由梁老师钦定了。

随后的一些描写，突出了作者所熟悉的人和事。尤其头号帅男的表演，可以说出尽了风头。随后，在"不是冤家不聚头"的抒写里，又融入了幽默感。

　　作者的文字是平实的，直截了当，给人留下较深的印象。

　　全文分为两个小标题，内容各有侧重，但笔墨集中在帅哥的表演上了。这一抒写，以及作者置身物外的视角，让生活内容呈现出别一番景象。

　　作者已经完全脱离了命题作文的窠臼，有了自己的开挖。

（李迎兵）

葡萄藤下
的天空

池塘底部

[一等奖]

安徽省合肥市第一中学　石泽惠

　　皮埃尔终究是老去了，导演客串了这个角色。他年迈的手拼命挥舞着他对音乐还没有燃尽的梦想。不，其实他的梦想，早在马修离开那天就断了。只是他自己还没有觉察。他无力地靠在沙发上，翻动着马修的日记。小不点坐在他旁边，在那个礼拜六，他被马修带走了。

　　池塘底部，原本就是暗黑的地方，长满了杂乱的草和青苔。潮湿。只能从浑浊的死水中去窥视阳光无法射下的痕迹，那片岸在晃动，一层一层地波动，他们抓不住。马修的到来仿佛一缕强烈的阳光终于打破了尘封已久的水面，直射入水中，可那也只是一缕，况且连水底都尚未达到。

　　皮埃尔从始至终贯穿了整部电影，可我从未有弄懂过他。皮埃尔，你可得小心这个孩子，他有着天使的面孔，却是魔鬼的心肠。这一句话注定了出场人物的不平凡，马修第一堂课就对他印象深刻。他看起来是安静的，甚至是安详的，有着金色的头发和瘦削的面庞，可他不屑一顾。

　　这些孩子看起来是顽皮的，他们像开玩笑一样到处乱砸东西，把马修的包从第一排传到最后一排，又从最后一排传到第一排。是的，你不能怕他们，否则以后的日子就难过了。胖胖的马修在孩子中手足无措地东奔西跑着。直到校长的到来，他严厉地训斥了这些孩子，并把为首的孩子乐童亥克罚到墙角去站。马修说，他只是叫亥克回答问题而已。校长狠狠地瞪了他们一眼，走了。这件事证明了马修的不同。

　　第一堂课，每个人都写下了自己的愿望，有的是想当科学家的，想当飞行员的，想当消防队员的，想当警察的，却没有人希望像马修一样，当一个教师。教师这个工作是多么卑微，没有人愿意去做。可是马修却带来了不一样的惊喜。

一开始，孩子们还撬开了马修的房间，把他的乐谱偷了出来，皮埃尔带头，他带着满足的微笑翻着马修的乐谱，带着嘲弄的表情。马修从他们手中抢了回来。他们寝室里响起的是讽刺马修的歌声，马修笑着说，唱得走音啊，并教孩子们应该怎么唱。这两件事促使了马修想办一个合唱班的愿望。

老麦被乐童亥克弄伤了胳膊，伤得很严重，马修知道却没有说穿，只是让亥克去照顾老麦，让他意识到自己的错误。老麦是个好人，他以为亥克是自愿来的，非常高兴。可后来有一天，老麦的病情加重了，被送到外面诊治。那时孩子们才发现他们有多喜欢老麦，老麦是一个多么好的老人。老麦后来健康地回来了，大家都十分高兴。

在他来之前。这个学校一向以严罚而出名。他们一般是轮流关禁闭，取消所有的课外活动，直到犯了错误的孩子站出来承认。孩子们的生活是严格按照时刻表规定的，他们穿着背心匆匆刷牙，然后上课。这样的环境下，心灵重压终于达到了反效果，孩子带着反抗的心制造着种种不断的麻烦事，就算是杂草也会努力抬起头来仰望天空。他们不屑地，甚至是厌恶地看待这个学校。

皮埃尔出逃过两次，都被抓了回来，有时他甚至不上课。可就是这样的孩子也是有爱的，他会偷偷地跑出去看自己妈妈工作时的样子，因为他妈妈工作很忙，没法经常来看他。有人说他妈妈做的是不正当的工作，皮埃尔不相信，他从街边的窗口偷偷看妈妈工作。那时的他，像一个拼命求证的孩子，带着怀疑却充满希望。

他一开始不喜欢马修，就算到了后来也没觉得他有多喜欢马修。他一直是淡漠的，有些僵硬的神情。他到底在想些什么呢，我想连他自己都不一定能明白。

可马修办了一个合唱班，他想用自己对音乐的热情来感化孩子们，因为音乐的力量可以穿透一切。大家也几乎都被这种热情带动起来，将以前细碎的往事抛在一边，大家热烈地歌唱着。即使是作为乐谱架子的学生和不会唱歌的小不点也拥有这种热情。可皮埃尔不，他不愿意加入合唱班，他大跨步地迈出教室，头也不回。皮埃尔天生带有敌意。

可暗地里他却唱歌，他听着大家的歌声会自己轻声地唱。他站在门口，望向里面那些兴高采烈的面孔，却迟迟不肯进去，他消瘦的骨架支撑着他站在那里，那扇门阻挡了他的去路，仿佛有一个世界那么大，他们之间的距离。他没能冲破这距离，转身，走了。

那是一种仿佛是天生的才能，没有人教过他唱歌，他却唱得无比动听。他罚扫走廊的时候唱，空旷的走廊里，那声音撞击在墙壁上，反反复复回响，有着高昂的音调。我想，他是喜欢唱歌的，却不愿意让别人知道，所以他只能默默地在暗处歌唱。

他在晒床单时唱着自己听来的歌曲，一片片白色带着潮湿空气的音乐，上下此起彼伏。却被新来的有暴力倾向接近弱智的高大男孩发现了，那男孩像猛兽一样扑了过去，皮埃尔躲闪着，如同瘦小无助的小鹿，最终还是被扑倒了。"呵，你是想唱歌的吧，可马修他不带你，你还是跟着我混吧，你长得秀气得像小娘们一样。"那男孩按着皮埃尔，皮埃尔并不搭理他，只是兀自推开了他，说着"我才不想唱歌"。那男孩笑了，笑得张狂而讥讽。"哈，你骗人。"

他自我矛盾着，却自得其乐，因为他的灵魂，必将属于音乐。

他的才能终究是被马修听到了。于是他加入了合唱班。有时他又是骄傲而自负的。因为和马修的矛盾，马修去掉了他独唱的部分。皮埃尔觉得不服，他大声质问着，我的独唱呢。马修回答，那个啊，我把它去掉了，要知道，我们不是没你不行的。皮埃尔负气摔门而走，一个决然的背影。他的骄傲和自负不允许他留下。

到了正式演唱的那天，皮埃尔孤身一人站在一旁，他侧着身靠在旁边的柱子上，形销骨立，冷冷地看着这边，他侧脸的曲线划出了一个封闭的唇线，完全没有开启的迹象。马修笑着指挥着，喜气洋洋。但过了一会，到了皮埃尔独唱的时候，他竟然朝皮埃尔招了招手。皮埃尔先是愣了一下，然后棕色的眼睛里竟然露出从未出现过的喜悦的神色，和他平时淡漠封闭的表情截然不同。他小跑着过来，像一只奔驰的小鹿。他极其自信地演唱着，带着欣喜和自得，那高高低低连绵不绝的天籁之音冲破了他的喉腔，在空阔的大厅里飘荡。他毕竟是喜爱音乐的，就算他不承认。

马修是喜欢皮埃尔的母亲的，从他见她第一面开始。皮埃尔很好地遗传了他母亲的美丽。为了见她，马修不惜全身打扮一新，装饰自己，那就像是

《中央车站》里的朵拉爱上了司机，拼命往自己已经衰老的脸庞上的干裂嘴唇上抹口红一样。那像是一种深深的悲哀。马修和她见面的时候，皮埃尔甚至从楼上往他头上扔墨水瓶。墨汁溅了马修一头，母亲严厉批评了皮埃尔，可马修却宽宏大量，也许因为那是他喜欢的人的儿子。那时皮埃尔不喜欢马修和他母亲在一起，他不希望任何人夺走他的母亲。马修却帮着皮埃尔说话。最终满怀希望等来的是泡影，皮埃尔的母亲嫁给了一个有钱人，而马修还在为皮埃尔上音乐学院的事张罗，他早该知道的，就是这样的事也无法掩盖他的微微秃顶和微胖的身材。他眼睛里有掩不住的失落。

合唱班的事情曾经受到校长阻挠，曾经一度被禁止，马修带着他们每晚在寝室里偷偷练。严厉的校长也有温情的一面，有他站在自己的椅子上飞永远也不会飞多高的纸飞机的时候，还有愉快地回踢了一个踢中了他头的皮球的时候。窗外传来阵阵喧闹声，孩子们愉快地玩耍。马修带来了生机与活力。

可一个高大的男孩还没有驯服，马修管不住他，他晚上偷肉，亥克和他在一起。马修训走了亥克，对他说，这当惩罚你的，下次可不许这样做，否则……男孩无所谓地看着他。马修仍是管不了他，他吸烟，并且嚣张地把烟气吐到马修脸上，马修本能地扭过头去，那男孩夸张地笑了，不屑地从他身旁走过。最终马修也没有驯服他，因为他偷了三万元钱逃跑了，校长气得抓狂，他被抓回来以后，口口声声说他不知道钱在哪里，最后他和校长厮打起来。他被送到监狱去的时候，狠狠地回头瞪了一眼，仿佛要把这些人都记住。后来发现钱是亥克偷的，马修把钱还给了校长，没有说是谁偷的，但他极力为高大的男孩辩护。校长却不在意，认为那样的男孩还是受到管教比较好。

终于，那男孩复仇了，在校长出去，马修和老麦带着孩子到丛林里唱歌玩耍的时候，他放火烧了这里。他笑着掐灭了手中的烟头。校长在一片烟雾之中看到了高声唱着歌回来的孩子们。校长的爵位评不上了，他决定辞退马修。

校长不允许学生去送他，可不断有纸飞机从高高的窗口飘下来，最后是孩子们整齐的手掌挥动着，他们以这样的方式告别这样的老师。那些纸片上下翻飞飘荡，以一种弧线源源不断地从窗口上滑下来，像绵延不断的感情。

那些都是他们的祝福。手掌挥舞着，放飞的是希望。他们终究可以抵得过命运。

小不点逃了出来，他总是在礼拜六的下午等着他爸爸来接他，可他爸爸早就死了。他希望马修能带他走。马修不同意，他犹豫着，让小不点回去。等他几乎上了汽车的时候，他回头望了一眼，看到小不点仍站在那头，他突然被一种力量包围了，他让司机等他一会，他跑回去，抱起小不点上了车。事实证明小不点没错，马修就是在礼拜六下午带走他的。

马修在一片雪地中嘎吱嘎吱地走到了这里，却在一片阳光明媚中离开了。

【简评】 　　石泽惠的《池塘底部》是一种新的解读方式。人生的电影每天都在上演，此伏彼起。

文中的皮埃尔和马修，以及相关的故事情节，都有了一种新的梳理和提炼。皮埃尔和马修的视角，乃至所有人物的视角，有相近和重叠的部分，也有迥然不同的部分。

作者的阐述力求简约、概括、准确、到位，但又有新的变化。

实际上，每一个人的生活世界，都差不多是坐井观天。所以，"池塘底部"即暗含了象征，也是对人生命运的一种暗示。

人物自身的命运，在两三千字的篇幅里作了较为完整的抒写。

"手掌挥舞着，放飞的是希望。"因为，命运都在每一个人的手掌中延伸。

（李迎兵）

天国的嫁衣

[一等奖]

河北省东光县第二中学　李　畅

　　雨淅淅沥沥地下，水滴顺着窗檐滑下，落在大理石的地板上，溅起一个又一个水花。我倚在成韵的怀里，深蓝的婚纱衬着他那清秀的脸庞，我知道我是他的新娘，却开心不起来，虽已如愿，但换来的却是他一辈子的孤独。这是通往天国的一场婚礼，我知道。

　　"嫁衣，你的手好冷！"成韵温柔的声音响起。

　　"成韵，你不该娶我，你知道吗？我活不过今天的！"我的声音嘶哑，像喉咙口有东西噎着似的。

　　"不，嫁衣，我相信，你会好起来的，我们会永远在一起的。"成韵紧紧地抱着我，我快透不过气来，胃又剧烈地痛起来。

　　"成韵，谢谢你为我披上天国的嫁衣，我好难受。成韵，你好好地活下去，来生，我再穿上天国的嫁衣，与你相随。"我的头在痛，我觉得我的身子像沉浸在大海里。

　　窗外的雨依旧下着，我似乎听见了成韵的抽噎声，他哭了。

　　……

　　"嫁衣，你怎么在这儿，你爸爸在找你耶！"紫林人行横道的那边歇斯底里地吼着。

　　"紫林，你会不会淑女点，不要整天像个疯丫头似的。"我埋怨着她。

　　"陈嫁衣，我夏紫林没你那么好的教养，我愿意这样，不要以为我是你的好朋友就对我这样说话，我也是被爸爸妈妈宠大的。"紫林真的生气了，她不顾红灯闯到了我的面前，脖子上的红蝴蝶围巾随风飘扬，真的很漂亮。

　　"紫林，我真的很抱歉，我不是故意那么说的，只是在这大街上，我们要注意形象。"我摸了摸她那高挺的鼻梁，不好意思地向她道歉。那湿漉漉的，一定是找我找得又跑了三条街。

"嫁衣，我明白，我本来就没有生你的气，你在干什么？"紫林拽着我长长的头发，撒娇地说道。

"你看，我在看这套漂亮的婚纱。"我指着玻璃窗那边一套蓝色的婚纱。

玻璃窗的那边，是一套深蓝色的婚纱，蓝得让人联想到深秋大海的颜色，忧郁，深情。两肩的钻石在太阳底下闪闪发光，闪着爱情的忠贞光芒，水晶石做的花边，缠在裙沿上，繁多却不失典雅，真是一件很有品位的嫁衣。

"真的很伤感，不过，这应该是你所喜欢的，这就是个这么忧郁的人。"紫林挽着我的胳膊，身上的饰品叮当地响。

"不，我不觉得那很伤感，倒觉得很有品位噢！"

"你是说我没有品位吗？陈大小姐，你和我这么个没有品位的人站在一起，你觉得你很有品位，是不是？"紫林又在和我耍嘴皮子。

"是谁在外面笑呢？"我和紫林怔住了，一个很朴素的妇女出现在我的面前，她推门出来，用温和的眼光看着我们。

"对不起，我们只是觉得这件婚纱很好看，多驻足了一小会儿，请原谅。"紫林躲在我的身后，我拍了拍她的肩膀，对眼前这位很和蔼的阿姨说道。

"你是说这件？很多人说它太伤感。它有一个很好听的名字，是天国的嫁衣。"她笑吟吟地对我说。"小姑娘，进来坐吧。"她招呼着我们，并把那玻璃开得很大。

"谢谢。"我拉着紫林走了进去。

婚纱店里真的很浪漫，几乎每一个角落都有一盆正怒放的玫瑰，房间里充满了香味，淡淡的，让人沉醉。

"快坐，站着干什么。"那位阿姨端来了三杯冒着热气的咖啡。

"嫁衣，坐吧。"紫林拉我坐在一把淡粉色的木椅上。

啪，阿姨手中的咖啡杯意外地落地，碎了。

"你，你叫嫁衣，你姓陈，你是不是叫陈嫁衣，陈方安是不是你的父亲，对不对？"阿姨的声音在发抖，她的手在不停地哆嗦。

"您怎么知道？"我"腾"地站起来，我的胃又在痛。

"你妈妈死于胃癌，你爸爸是律师，你从小体弱多病，一次因为休克，差点死掉。"她用一种费解的目光看着我，全身不停地抖着，抖着。

"您怎么知道？"我木讷了，"爸爸说，说我没有妈妈，我妈妈死于胃癌？"我呆呆地，紫林温暖的手在我的手边滑下。

"我怎么知道？他真的那么对你说，姐没看错他。"她用冰冷的手摸着我的脸。

"姐？你是我妈妈的妹妹，你是我的，我的阿姨？"

"嫁衣，你的妈妈姓林，叫林天国，她从小胃癌，你父亲娶她时，已胃癌晚期，你母亲生下你后，就，就，医生断言你活不过二十岁。我也有一个女儿，她十三岁因为胃癌，死在了这座城市，从那以后，我便一直在找你……"

……

"嫁衣，你信她说的话吗？"紫林对刚才发生的事情半信半疑。

"我信，她能说出这么多关于我的事情，那一定是真的，我去问一下爸爸，就知道是不是真的了。"

"嗯！"紫林点了点头。她的手机响了。"我接个电话。"她掏出了手机，"哥，是你呀，你从马来西亚回来了？好的，好的，我正在陪着我的一个好朋友，明天我去机场接你，你一定要等我。"

"嫁衣，我哥从马来西亚求学回来了，他明天下飞机，我们一起去接他，好不好？"紫林握着我的手撒娇地说。

"好吧，就是你常说的表哥，蓝成韵？"我扭过头来对她说。

"对，我这个表哥，学的是医科胃肠系，所以，你可以让他给你看一看胃，听刚才那个阿姨说，你的妈妈死于胃癌，你这么弱，可别出意外！"紫林打开口袋，把手机放进兜里。

……

"爸爸，对不起，我又害你担心了，我没有事，只是看见了一件很漂亮的婚纱，欣赏了很久，所以回家晚了，我不是故意的。"我看着眼前担心我而误了上班的父亲，心中充满了愧疚。

"嫁衣，你的身体不好，就要在家好好地休息，或者去散散心，不要自己单独在外，叫夏紫林陪你一起去。"爸爸爱抚地摸着我的头。

"那件婚纱真的很好看，叫天国的嫁衣。"

"噢？什么？天国的嫁衣，怎么会，你在哪看到的，你还知道什么？"爸爸的神色突然慌张起来。

"怎么了，我什么也没有遇到，只是听到了一个林天国的名字。"

"什么，谁告诉你这个名字的，你看到谁了？"

"我，姐夫，门没锁，我就进来了。"那位阿姨突然出现在我的眼前。

"天霞，你怎么在这？"爸爸的眼神里充满了疑惑。

"姐夫，谢谢你遵从姐姐的遗愿，没有告诉嫁衣关于她的事情，但是，嫁衣已经长大了，她必须知道这件事。"

"嫁衣，你的妈妈结婚时是胃癌晚期，她爱你的爸爸，你的爸爸就娶了她，她生下你后就去世了，她去世时说，不要告诉你关于她的任何事，你的爸爸真的没有说，竟隐瞒了你二十年。"

爸爸的头倚着沙发，早已泪流满面。

"孩子，别怪爸爸，爸爸爱妈妈，并且一定要替她隐瞒这件事，因为，在她的家族中，胃癌的阴影被缠绕着，她怕，认为你会……"

"爸爸，嫁衣不怪你。"

"你的妈妈就是穿着那件天国的嫁衣嫁给你爸爸的，我把她放在最显眼的地方，是因为我想找到你，把它给你。"阿姨从塑料袋里掏出了那件深蓝色的婚纱，"好好地保管，那是你妈妈的最爱，天国的嫁衣，通往天国的嫁衣。"

"爸爸，如果有来生，你还会娶妈妈吗？"我扭过头对着悲伤欲绝的爸爸。

"嗯，下辈子，下下辈子，我依然会娶你妈妈。"

"好，爸爸，你不后悔，我也无悔，哪怕我真的会活不过二十岁，我也会感激你和妈妈生下了我，给了我生命。"

"姐夫，嫁衣，我的任务完成了，尽管我的女儿也死了，我也无悔，给你，嫁衣，记住，这是通往天国的嫁衣，天国的嫁衣。"阿姨递给我那深蓝色的婚纱，深情，忧郁。

"爸爸，明天我和紫林去机场接她的表哥，后天回来，请不要为我担心。"

"好，你出去散散心也好。"

……

"哥，你总算来了，我和嫁衣都等急了。"紫林抱着一个男孩的头，甜甜地笑着。

"噢，我的傻妹妹，你可长高了呢！"

"你也长帅了，哥，来介绍一下，我的好朋友，陈嫁衣。"紫林指着我说。

"你好，我叫蓝成韵，是与夏紫林从小一起长大的表哥。"他笑着伸出他的手。

他真的很帅，高高的个头，挺拔的身姿，浓浓的眉毛，明亮的眸子，微笑的嘴唇，清俊率真的脸，很像爸爸年轻时的样子。他说话磁性的声音，让我想起父亲那雄浑的声音。

"你好，我是陈嫁衣，紫林的好朋友，我们是从小学一年级到大学的同班同学，我现在在市医院做医生。"我也很热情地对他说话。

他闪着那双有神的大眼睛，微微一笑。"你有遗传的胃癌吗？你的身体显得很弱，你应该好好保护身体，万不可太劳累了。"他的话很令人心暖。

"谢谢。"我伸回了被他握住的手。

"你很漂亮。"他又对我笑了一下，我有些不安起来。

"当然，我的好朋友怎么会不漂亮，如果她会是我的嫂嫂的话，那一定会更漂亮，对不对？"

"臭丫头，你在说些什么？"成韵的脸红了。

"我是说如果，哥，又不是真的，你脸红什么？"

"紫林，你少说句话，我们是来接你哥的，不是来让你调侃我们两个人的。"我竟对紫林说的话有些窃喜。

……

也许是上帝曾偷听过我们的话，真的让我爱上了成韵，当成韵为我披上天国的嫁衣时，我知道，那真的是通往天国的嫁衣，因为，我像妈妈一样，已是胃癌晚期，而他竟像爸爸一样，无悔于娶一个即将消逝的他最爱的女人，我知道，那是缘分。我知道，那是命运。

教堂是爸爸娶妈妈时的教堂，神父应该也是那时的神父，当成韵喊出"我愿意"的时候，我知道，那是我们今生的诀别。

"成韵，好好活下去，像爸爸一样，不，不要孤独地过一生，我不怪你。"

"嫁衣，我不允许你死，还有，我无悔。"

我淡淡地笑了一下，我知道，我面色苍白，而他也是，却依旧清秀。

窗外细雨一直在下，如果有来生，我也一定要披上那天国的嫁衣，完成今生未了的心愿，做成韵的完美的新娘。

天国的嫁衣，今生通往天国的嫁衣。

不，那是我的梦吧。深情，忧郁。

【简评】　　　李畅笔下的男女主人公一出场就注定了生离死别。尽管这样，尽管"我（陈嫁衣）"有胃癌，但成韵仍爱着"我"，义无反顾地给"我"披上了天国的嫁衣。

作者通过这篇小说来突出自己的价值观和审美观。男女主人公的相遇，然后相爱，皆因为一个"缘"字。

由于作者还是一个中学生，所以对爱情的理解就有了几许完美主义的倾向。当现实与爱情有了冲突时，作者让男主人公仍然选择了爱情。

在当今物欲横流、信仰缺失、道德沦丧的时代，作者所提倡爱的唯一性、单向度，乃至忠贞不渝、不屈不挠、坚持到底的理念，无疑是让人感动的。

结局虽然是悲剧性的，但人的精神境界升华了。

（李迎兵）

十五岁的天空
——I Believe I Can Fly

[一等奖]

浙江省黄岩实验中学　叶涵潇

　　曾经以为你就是我的天空，不管怎样，我都是你天空中飞翔的那只风筝。如今我的天空已经破碎，你再也不能为我撑起那片天空，再也不能陪我飞翔……十五岁的天空，我只能独自飞翔……

——题记

风　筝

　　记忆里，你的手总是大大的，我的手总是小小的。你的手总是灵活地把风筝放到天空中，而我呢，拍着手，只能笑着，嚷着，跟在你身边跑。把头仰得高高的，看你放的风筝是那样的高。还记得吗，我曾问过你，为什么你总能放得那样的高，而我不行。你只是看了我笑了笑说："因为你也是一只风筝，哪有风筝放飞风筝的呢！"一句玩笑话，当时我很纳闷，我是一个活生生的人啊，怎么会变成了一只风筝呢？望着我一副纳闷的神情，你笑了。并且指着天空被线拖曳的风筝问我："如果风筝线断了，那么风筝还能不能在天空中飞啊？"那时我竟是如此地天真："那风筝一定会哭的，因为它失去风筝线后就不能自由自在地想飞哪就飞哪。那个风婆婆一定会欺负它的。"你听后，依旧是笑而不语。

断　线

每一个春天，你总会带我去放风筝。你说，你最喜欢放风筝。喜欢看风筝在蓝天下自在地飞翔。因为风筝总是勇敢地飞向天空，从不畏惧前方是否有着荆棘。即使是断线它也不会停留，还是会坚持一直展翅。

而今风还是那样暖和，又是一个放风筝的好时节。可你却再也不能陪我放风筝……医生说，你的生命将结束在这个风筝满天的季节。

自始至终，潮起潮落，一切都像一场梦。梦中，你苍白的脸上一双深邃的眼睛望着我，然后渐渐闭上了眼睛，再也睁不开了；梦中你的手是那样冰冷，然后从我的手里滑落，最后这冰冷的温度也不给予我；梦中，你那英俊的容颜被那块白布蒙上了……

啊，人生如梦，我多希望这是一个真正的梦。或许吧，它是一个梦。只是这场梦中，你再也醒不过来了……

飞?

我如一个断线的风筝在破碎的天空里摇晃着。我觉得有点茫然。我还能飞吗?

窗外有几只风筝在天空嬉戏着。空地里，孩子跟着父亲开心地跑着。铜铃般的笑声在我听来是那样地刺耳。我仿佛看见从前的我。可是，如今已经物是人非。阴阳两隔，思念像一把利剑。每次都把我刺得伤痕累累。

悲哀，隐在无边的黑暗中瑟抖；麻木，躲在心的角落哭泣；灵魂，早已自由，在美好与丑陋中，编织着自己的归宿。

你知道吗? 我真的很想你。我再也找不到从前那个优秀的我。我再也飞不高。我不能和你分享什么，也不能再与你一起放风筝。我只能在梦境里，苦苦寻找着你模糊的身影。我恨上帝，我恨命运，将这一切给予我。

难道生命真的是这么脆弱的吗? 仅仅是一个过程，一个转瞬即逝的过程，短暂得如天穹中一颗消隐的流星?

天空仍是如此灰暗，再也恢复不了神话里的那般美丽。我茫然，我消沉，我不知道我该何去何从。

独自飞翔

十五岁，失去爸爸的第一次生日。妈妈给了我一盒磁带和一封信，她说，这是你给我留下的。

女儿：

生日快乐！我知道此时我已不在你身边。再也不能和你一起放风筝。你也不会再像以前那样。

其实你是一只风筝，一只属于爸爸的风筝。或许以前爸爸是你的风筝线，是你的天空，带你飞翔，保护着你。而现在风筝线断了，天空也有了阴霾。但是不要害怕。没有风筝线的风筝依然会飞翔，即使是在阴霾的天空中，风筝也能飞得很高很高。十五岁你也应该长大了，你要勇敢地飞，虽然起飞的时候很困难，飞行的时候会遇到挫折，但是相信自己，只要你能飞你就能成功。爸爸会陪伴着你一直一直……人世间的爱不会因为死亡而结束。

I Believe I Can Fly，爸爸希望你做到。

爸

很短的一封信，可包含着太多的爱。看完信我已泣不成声。我知道这是你在生死挣扎时，给你所牵挂的女儿留下的。爱，博大，深沉。爸，十五岁，我的天空虽然不再完美，但我依旧会飞。因为爸爸在，因为我相信我能飞……

If I can see it	I believe I can fly
Then I can do it	I believe I Can touch the sky
If I just believe it	Spread my wings and fly away
Then there nothing to do it	

【简评】 欲扬先抑的笔法已见得太多了，但叶涵潇有点不太一样。一开篇便是关于风筝的故事，但内中包含了生命与爱的真义。

在"我"与"你"的对话里，都突出了风筝的话题。而"我"的心室充满了暗淡的阴云，皆因不测的命运给人生道路增添了变数。

文中的"你"，正是"我"的爸爸。而"你"的离世是一个重击，只是那封信件鼓起了"我"人生的风帆。

在平易的铺展中有了起伏，而信的内容让情感在这一刻达到了沸点。叶涵潇的文字是一种内在心灵的写照。

爱并不是外化的口号，而是实实在在的情感支撑。作者在几个小标题里寄托了一种更为真切的情怀。"天空虽然不再完美，但我依旧会飞。"人就这样在爱中长大了。

（李迎兵）

青春的伤疤

[一等奖]

辽宁省锦州市第八中学　朱曼宁

一

英子从小就很开朗，学习成绩不但很好，在班上人缘还非常棒，总之，她是个很招人喜欢的女孩。但是，命运却在这时要求更改。

4月21日，英子永远也忘不了这个日子。曾经在她心目中高大的爸爸，因为被怀疑有贪污公款的嫌疑给带走了。爸爸走时对她说的最后一句话就是：

"爸爸对不起你，英子，你一定要好好学习，不要恨我……"

家中的沙发被搬走了，冰箱被搬走了，电脑也被搬走了……看着家中一片狼藉的英子！笑了！她笑得那么冷，那么可怖，让人心中发毛。

英子的性格开始变化，她变得深沉，学习开始下滑，见人爱搭不理的；她开始背着妈妈、老师和同学，学会了喝酒、赌博，还有——抽烟。

二

"看啊，那个女孩的爸爸可是个贪污犯呢！"

"是吗？哼，看她装模作样的，真不知道她自己是个什么样的人。"

大家开始对英子指指点点。

课堂上——

"英子，这道题的答案是什么？"老师问道，英子站起来，不像以前那样先嘿嘿一笑，再说出这道题的多种答案，而是目光呆滞地望着老师，一脸无所谓的表情。老师无奈地摇了摇头："坐下吧。英子，你得快点恢复过来啊……"

同桌桑涛在下课时写了张纸条传了过去。

你怎么了？不舒服吗？

英子看了一眼，揉了揉纸团，就顺着窗外扔了出去，继续在桌子上趴着。

班花何梦雅走过来！对桑涛笑呵呵地说："涛，我们去打羽毛球吧！"桑涛看了何梦雅一眼，说："你去找别人吧。"何梦雅被浇了一头冷水走了，走之前，还瞪了英子几眼。

三

还有三个月就要中考了。从爸爸被带走的那天起，英子还没有去看过爸爸。

今天放学，何梦雅带着几个人堵住英子对她说："我告诉你，以后少缠着桑涛，你以为你有多好吗？嗯？"英子回敬道："鬼才缠着他！"何梦雅看英子要走了，大声对英子喊道："你这个犯人的闺女——小犯人！"这句话激怒了英子，英子回身就揪住了何梦雅的头发使劲拽下了好几缕，然后只听——"啪"，好响的一声！何梦雅的脸上多了英子那修长的手印。何梦雅哭着跑了。

第二天早自习时，老师走进教室阴沉地对同学们说："预习，何梦雅、英子，你们俩到我办公室来一趟。"

办公室中就她们三个人。

老师开门见山："英子，你昨天打何梦雅了？"英子无所谓地说："对！"而且声音像是底气十足，理所应当。

"为什么？"

"她骂我。"

……

放学了，桑涛看见英子走在前边，刚想追过去，却被何梦雅缠住了，桑涛把她一推，追上了英子，何梦雅气哭了。

英子对桑涛大吼："你干什么？跟着我做什么？你以为你长得帅？"

英子跑了。

四

还有一个月就要中考了。

午休时，桑涛找到英子，送了她一个粉红色的唇膏，然后走了。

英子打开唇膏，看见了里面夹着两张写满了字的纸条。

……

下午，英子对桑涛灿烂地一笑，英子恢复了她那原有的开朗。

五

今天是中考。

英子发挥得非常好，她进了省重点高中。

中考过后，英子自己做了最拿手的蛋炒饭，第一次去看了爸爸。爸爸一边吃着，一边哭。英子说："爸，不哭了，好好改造，争取早放出来，我和妈妈都等您！"

唇膏中的两张纸条里分别写着：

英子，我们都很喜欢你，回来吧！我们还要做好朋友的！加油！我们的快乐天使！

底下是全班同学的集体签名，包括桑涛，包括——何梦雅。

还有一张是这样一段话：

英子，我知道你的脆弱，我只想好好地照顾你。因为我的父亲也被带进去过，但值得高兴的是，我父亲是被冤枉的！而那时我也已经六年级了。我希望你能重新快乐起来！我需要你灿烂的笑容和温暖的目光！

桑涛敬上

【简评】　　生活总是出人意料而又在情理之中。朱曼宁《青春的伤疤》里的抒写，突出了少女英子的伤疤故事。其中，爸爸被抓，导致英子消沉，到最后桑涛带给她写有全班同学签名的纸条。大家都在关心她，这一切让她重新燃起生活的勇气。

小说人物故事并不复杂，但由于朱曼宁是贴近生活写的，于是在文字里就注入了一种真切、自然的味道。

作者力求不带任何感情色彩，尽可能采用白描的笔法，从而使小说具有了特殊的艺术张力。

结尾一节所展示的正是一种正面价值的导向。英子就在这一刻发生了改变。爱的奇迹就这样出现了。小说结构上比较完整，只是在节奏上还可以更为紧凑一点。

（李迎兵）

葡萄藤下的天空

[一等奖]

浙江省嘉兴市秀中分校　孔秋实

　　有一个小女孩从小就很活泼，甚至有点顽皮，而她家楼上的小男孩也很调皮，但是按冰心奶奶的说法就是调皮的男孩是好的，调皮的女孩是巧的。小男孩与小女孩在小时候成天在一起玩耍，因为女孩的奶奶在家中后院里种上了葡萄，于是小女孩就常常带着小男孩来院子里玩，亲眼瞧着葡萄藤一点点长长，长绿，蔓延出了院落那高高的墙头，奶奶又支起了架子，剪去偷偷翻出墙去玩的藤儿，渐渐地藤儿便顺着架子长啊长。时间长了竟倚上了架子，再也无心去墙头外了，于是便顺着架子铺满了醒目的翠绿，有几根藤枝沿地方去了，便软软地挂下，再或则竟绕在架子上，柔柔地缠上几圈，再漩涡似的绕下去，将杆子抱住了。那拥抱真的很缠绵，绕的圈儿不紧但也不松，好像找到了至爱一样，温柔地缠抱着杆子。而这长满葡萄藤的架子下成了小男孩与小女孩的乐园，那是块小小的空间，因为藤很密，所以遮住了夏日的骄阳又挡住了冬日的冰雪。他们在藤下的泥土上挖着小洞洞，寻找着蚂蚁，然后又捉住它们把它们放在藤上。那黑色的小东西便顺着藤儿往上爬。小男孩又用手碰了碰藤条，于是小东西便又在上面开始了它的秋千时光。小男孩与小女孩就在下面开心地看着小蚂蚁抱着藤条乐悠悠地晃荡着。后来叶子便伴着藤铺满了架子，一片片随着藤蔓张开去，这下杆子可如穿上件华丽的衣裳。

　　有了这个空间，小男孩与小女孩便不再去别的地方玩耍，小小的他们更喜欢待在这葡萄藤的"小屋"下。一次当他们在愉快地玩耍时，忽然听见了墙角似乎有一声微弱的猫叫声，胆大的小男孩探身来到那个有点暗的墙角，发现有一只很小很小的白猫缩在墙根，见有人来又叫了声，跟在后边的小女孩说："它真可怜，我们照顾它吧！"于是葡萄藤下的空间里又多了一只名叫"翎"的小白猫。"翎"是小男孩取的，他说这是他所学到的最难理解的一个字，或者说对于那时的我们来说这个字算难写了。但它却有很好听的发音。

闲暇的午后，搬几张板凳，小男孩与小女孩坐在葡萄藤下，小女孩依偎在奶奶身上，或看着奶奶织毛衣，或看着小男孩逗弄着翎。奶奶总是戴着一副深色框的老花眼镜眯着眼，布满皱纹的双手却捏着针灵巧而飞快地织着。小女孩又轻轻唱起了童谣，小男孩抱着翎静静地听着，小白猫翎却始终盯着地上那个滚来滚去的毛线团，看着它变得越来越小，而奶奶针下的毛衣越变越大。有时爷爷也在，其实爷爷奶奶早把小男孩看作自己的小孙子了。于是小女孩和小男孩便又趴在爷爷的膝头听他讲故事。爷爷总是半躺在藤椅上，手中拿着台小收音机，眼睛不知看着何处，然后慢悠悠地讲着故事，调皮的翎则抱着奶奶的毛线团玩个尽兴。

四月了，葡萄开花了，很小很小，只有米粒般大小，一串串的是那个淡黄中央有绿色的，似青涩的青苹果一样的颜色，好嫩。在葡萄花下奶奶在院子里浇花，用苍老的手去碰碰几株植物的叶子，看着又嘀咕几句便取来小木瓢舀几瓢水浇上去。而此时她身后必定有两个小尾巴，跟着她，小女孩嗅嗅枝头绽放的花朵，看得出来她很喜欢它们，而小男孩则顽皮地折下一朵最漂亮的递给小女孩。"给！你戴在头上一定很好看哎。戴上我看看。"小女孩脸一下子羞红了，说："不戴就是不戴，戴上干吗呀？又不做你的新娘！""可我就要你做嘛！"说着小男孩伸手要去戴，小女孩羞红着脸推开他跑掉了，于是他俩便嬉笑着在葡萄藤下追来跑去。奶奶则笑呵呵地看看两个嬉闹着的孩子。

日子一天天过去了，枝上的几串青青的葡萄越来越紫，地上的毛线团越来越小。终于，入秋了，葡萄全紫了，是一种饱满的紫红。小男孩和小女孩都高兴得蹦起来，于是这一年的秋天他们嘴中都塞满了甜甜的葡萄，连翎也都快爱上吃葡萄了。

一切都在变化，都在长大，小男孩小女孩也一样，包括翎，而爷爷奶奶却一天天老去。男孩女孩都长大了，学习也忙了，他们再也不能像小时候那样天天在一起。又是一个四月，女孩捧回了一个第一名，奶奶很开心，眯着眼乐呵呵地瞧着女孩。女孩仍像过去一样跑到葡萄藤下仰面看着那淡青黄的葡萄花和那螺旋如瀑布般的藤儿，没有男孩陪伴。

这一年的秋天，葡萄熟了，女孩并没有像往常那样同男孩一起帮爷爷奶奶摘葡萄，而是将摘好的一大篮葡萄送到楼上。男孩开了门，接过葡萄微笑着说："一起吃吧！"于是，那个午后仿佛又回到了小时候，他们有说有笑，只是不再是你喂我一颗，我喂你一颗那样的淘气吃法。而是独自吃，有一段沉默的空隙。这是男孩和女孩最后一次在一起吃葡萄了。因为第二年，男孩随父母搬到了另一个城市，走之前他没有告诉女孩，怕她伤心，只是最后一次去葡萄藤下看望了翎。而几乎在男孩走的同一天夜里，翎也消失了，从此再也没有回来。在女孩来看，她一下子变得孤独起来，这一年秋，葡萄依然成熟了，丰满圆润，一串串挂在藤间，泛着光泽很诱人。女孩一人坐在藤下一颗一颗慢慢地吃着葡萄，剥去皮放入嘴中，葡萄酸甜的汁顿时流出，流满口腔，此时思念也溢满了整个心房。

一切都在一年年变化，唯一没变化的是葡萄藤还在，那块小涵曾和小左一起玩耍的地方还在。小涵最爱的还是葡萄，藤儿依旧结着果儿，因为小涵不会忘记和她一起玩耍的小左和那个葡萄藤下的属于他们的天空，不会忘记翎，不会忘记当初奶奶种葡萄的那颗心。

小涵时常惦念着在另一个城市的小左。"不知小左他怎么样了？不知他有没有曾想起过我，想起过我们的葡萄藤和翎？"

而昔日那个活泼的甚至有点顽皮的女孩，就是我小涵，那个调皮的男孩就是小左……

【简评】 作者跳出了原有童年的生活圈子，来回望那些美好动人的情感记忆，就有了一种难以言说的滋味。

孔秋实《葡萄藤下的天空》是对美好人性的真切记述。作者所还原的生活情境，是我们所熟悉而又容易被忽略的故事。

小女孩和小男孩的成长经历，伴随了诸多童趣。有爷爷奶奶，还有一只叫翎的流浪猫咪来无踪去无影，以及藤条上乐悠悠的小蚂蚁，等等。这一切组成了一个全然不同的世外桃源。

童年，是人生的一个起点。但也是一个让人奋发图强的支点。一些不经意的情感元素，一些细小感人的生活画面，一些恬淡纯真的情境再现，无不让作者的写作指向了一个明确的方向。

作者所能开挖的生活内容，正是由于自我的介入抑或自我的童年经验。

(李迎兵)

你一定看到了

[一等奖]

上海市金苹果学校　陈　熙

　　兰和莎是好朋友，课余饭后，二人总是形影不离，谈笑风生。

　　一天，二人聊得兴趣正浓的时候，兰忽然说要拿一件东西给莎看，并且一边说着一边去解书包纽扣。可是刚要拿出东西时，兰又迅速把书包合上，双肩颤抖了一下，眼睛瞪得很大很大，满脸的微笑霎时变成满脸的惊慌。

　　然而很快，兰又恢复了镇定，但是却用犀利的眼光直视着莎，非常严肃地质问："你说，你刚刚看到了什么？"

　　莎被吓了一跳，随即不解地看着兰。兰迫不及待地把刚才的质问重复了一遍："你说，你刚刚看到了什么？"

　　"啊？我看到了什么？"刚刚一切都好好的，空气为何骤然变得紧张？莎被兰突如其来的做法搅得犹如"丈二和尚摸不着头脑"。

　　莎带着诚恳和一脸的惊愕摇了摇头。

　　兰狐疑地扫了莎一眼，仍不肯罢休，上下牙齿咬得紧紧的，将声音逐字逐字地从牙缝里挤出来："你一定看到了！"

　　莎好迷茫："刚刚没有什么特别的东西啊！"

　　"没做亏心事，不怕鬼敲门，何况我们又是好朋友！"莎自言自语。于是便没在意，也没多想。

　　第二天，莎依然兴致勃勃地和兰谈天说地，而兰却心不在焉。二人之间的距离似乎要渐行渐远。

　　放学了，莎很想像往常一样拉着兰一起去吃晚饭，可教室里却没有兰的踪影。

　　"兰呢？"莎焦急地问周围的同学。

"好像和婷一起走了。"

莎听了，心里"咯噔"一下："好朋友走了居然也不打声招呼！"

不过，莎安慰自己，兰可能有急事吧。

晚自修排队的时候，莎后面的女生清和排在莎前面的兰开玩笑。故意打了兰一下。兰回过头，目光在莎和清的脸上上下打量，然后板着面孔，厉声吼道："谁打的？"

莎回头看看站在自己后面的清，清装出一副事不关己的样子。

兰打了莎一下。

莎不解地说："不是我打的，为什么打我啊？"

莎见兰没说话，便还了兰一下，当然莎也只是觉得有趣而已，在兰肩膀上轻轻地拍了一下。

没想到兰再次回过头，用凶狠的眼神瞪着莎："我最讨厌我后面那个！"

"最讨厌我？"

短短的一句话却像箭一样刺痛着莎的心。

"长这么大，还从来没人对我大呼小叫过，你这是怎么了？"莎登时感到十分委屈。

回想着这几天来的点点滴滴，莎实在是想不出究竟自己做错了什么伤害了兰。想来想去，想了好久，倒是想起了一句几乎忘却的话："你一定看到了！"

"我看到什么啦？真是奇那个怪了，我竟然变得比窦娥还冤！"

从小在校寄宿，一星期回家一趟，莎从不想家。然而此时的莎，真想一下子扑到妈妈的怀里大哭一场。

坐在校园的一角，莎的眼泪像断了线的珍珠一样。

受了伤害的莎，开始躲兰。

几天之后，兰似乎觉悟到了什么，每天眼睛都红红的。

兰试探着接近莎，莎没理对方。"哦，后悔了，然后向我道歉一下？任凭三言两语，就能'赔偿'我的真诚、就能把'讨厌'二字驱除？这么简单？'你一定看到了'，莫名其妙！"莎的态度非常坚决。

后来因为要参加一个比赛，二人不得不一起讨论比赛的事。

渐渐地，二人之间的沟通多了起来；渐渐地，二人又一起手拉着手有说有笑。

谈笑间，兰说："当时我以为你看到了那件东西，以为你撒谎，我错怪你了。"

莎清了清嗓子："我一向跟别人不说谎话，怎么会跟我的好同学、好朋友说谎话呢？"

兰内疚不已。

为了弥补心中的惭愧，兰坦言道："前段时间，我爸爸在欧洲出差，买了一款高级时尚手机，我'一见钟情'，就厚着脸皮将手机放进书包占为己有了。那天本来想拿出来让你欣赏一下，可是刹那间，我突然意识到，我在校园里使用手机一事如果被学校知道了，学校肯定要处分我。受到处分的我在升学时，就意味着与'保送'与'推优'无缘了。"

"那现在……你的手机呢？"

"仅仅那个星期带过一次，后来便一直放在家里了。"

"唉，你呀……"

【简评】 一对好朋友，仅仅因为一句"你一定看到了"引发的信任危机，而开始疏远了。

这个情节，十分真实，给人留下了较深的印象。

从人物对话上看，具有较为浓郁的生活气息。陈熙的这篇小说着眼于细小之处，并由此而突出两人的性格。

兰的多疑和莎的单纯，以及互相设防，到顿释前嫌，突现了作者的观察力。

实际上，现实生活里的各色人等。都有各自的话语方式。性格特征、生活用语，以及相关情境再现，主要通过语言内质来表现的，仅仅过于表象的揭示还远远不够。

从小说的切入点看，能够体会到作者的用心良苦。而整体看，内容似乎还可以拓展。作者有自己的发现了，只是缺少相应的变化。

（李迎兵）

等待电话

[一等奖]

海南省洋浦实验中学　吴易泽

一

风沙过后，空旷无垠的沙漠里就只剩下了我和一个6岁左右的小女孩丽莎！就好像一场风暴将旅游团的二十多个人都"刮"跑了。

丽莎跑过来拉我："梅阿姨！"

我有点慌慌的，强作镇定："宝贝，我们不小心和大家走丢了！所以我们要一起去找爸爸妈妈！宝贝答应阿姨不能哭哦！爸爸妈妈在等我们呢！"

丽莎听了我的话果然没有哭闹！她安静地站着！真是个天真的孩子！

我起身收拾大队留下的东西：水、食物和帐篷，对孩子说道："丽莎，现在我们要开始加油啰！像玩游戏一样，只有赢了才可以见妈妈喔！加油！"

面对未知的征途，我能选择的东西实在太少！总之，多待一秒钟就好像死神在向我们微笑着招手！

背着行囊，我拉着小丽莎开始盲目地寻找出路！

……

没一会儿，孩子的体力已经透支，我也坚持不住了！我们在干枯的胡杨树旁搭起了帐篷，无奈地"享受"着上帝多施舍给我们的几个小时！

……

接下来，第二天，清晨，中午，下午，每一分钟对我们都像一次生命的轮回。

……

我们的资源所剩无几！身心疲惫！我几乎都想放弃了，想干脆就找一块地方，安静地死去算了！

终于，我忍不住问丽莎："宝贝！万一我们输了！你愿意到上帝那儿吗？"

丽莎坚定地说：

"不！阿姨！我们会赢的！上帝那儿没有爸爸妈妈！丽莎不想去！"

"好！"我鼓起勇气重新牵起丽莎的手向前方迈去！

二

第三天……

第四天……

我们在迷糊、昏眩、乏力之中耗尽了最后一滴水！

我们扔掉了所有可以扔的东西！手，却不曾分开过！

大手牵着小手！踩着若隐若现的骆驼脚印！我们，竟来到了一个小屋！

好温馨的小屋！我以为自己真的到了天堂！

"梅……梅……阿姨……这儿……有，有水。"丽莎竟昏迷了过去！

我赶忙去舀了水给她灌下去，把她抱到床上……

我仔细打量这个小屋！奇怪在这荒无人烟的地方怎么会有一个小屋！还有水！难道有人常到这儿来么？

原来，屋顶上有一个小孔，有一个透明的管道，中间是过滤的装置！——我们喝的是雨水，我恍然大悟！

三

我竟不知道自己是怎么倒在丽莎旁边的！总之我好像舒适了几个世纪！睁开眼，看到丽莎在桌边摆弄着一张纸条！她递了过来。

亲爱的朋友，欢迎来到幸运小屋！请在小屋里补充您所需要的水！门边上系着一条红绳，沿着红绳的方向就可以走出去。桌上的小盒子里装着一个移动电话，是目前国际上最先进的救援设施！拿上它，走出小屋，请相信有人会救您出去！然后请从抽屉里取出另一个盒子放在桌上！谢谢！

我刚念完，才恢复一点活力的丽莎雀跃起来！我小心翼翼地取出电话，按下"开机"。

"此地区无信号！"

"此地区无信号！"

我明白了！我们要走出去！我取了点水，把抽屉里的盒子放出来！牵着丽莎继续上路。

四

我们满心欢喜地走着！速度也快了不少！只是大半天过去了，我们还是没有等到那电话！我取出电话，再一按。

"救援队员已收到信号！请配合我们继续向前走！"

我们的心里又燃起了希望！喝了口水，继续向前走！

渐渐地，又过了一个晚上！虽然我们知道沙漠有多大，但我们坚信会有人来救我们的！

第六天，我发现我带的水还是太少！我又担心自己等不到救援队员了！

我悲观地对丽莎："孩子！我想阿姨等不到救援了！"

丽莎的嘴唇已经干裂，鞋底也磨破了一半！她拿出电话，第四次按下电话机。

"救援队员正火速赶来！千万坚持！请相信，上帝与你同在！"

我一下瘫倒在了沙滩上，全身无力！丽莎都快哭出来了："梅阿姨！你怎么了？"

"阿姨累了！宝贝！阿姨不想走了！"一滴泪，从我眼角滑落，与汗水融为一体！

"阿姨，您有宝宝了吗？"

"有，他和你一样可爱！他叫Joe！"

我又想起了我身陷沙漠后想得最多的人。临走前，Joe搂着我的脖子说妈咪，要早点回来哦……可是现在，Joe，妈妈还能见到你吗？

更多的泪，从眼角滑落！骄阳却不给它们丝毫发光的机会！

"阿姨！我听到爸爸妈妈在叫我！还有……你听到了吗？有人在喊妈妈！"

我……似乎也听到了！我的心在颤抖："孩子需要我！我死了！他怎么办？孩子在哭，我却在坐以待毙！我竟然……不如丽莎……"

"阿姨！我们走吧！"

丽莎牵着我的手，艰难地站了起来！迈开步子，脚上竟像绑了十包沙袋一样沉重！

拿出水瓶子——天啊！最后一口！

丽莎望着我，无力地推开我递过来的瓶子，眼睛里闪烁着坚定！

"不行的！"

我硬给她灌了下去，把她拥入怀抱！

丽莎哭了，她拉着我的衣角，让我蹲下，用她的嘴唇滋润着我的嘴唇……

五

我们没有了水！

水！

"救援队员在赶来呢！"

想起了唐僧历经九九八十一难才取得西经！我们虽非圣人！但历经的磨难也坚定了我们走出去的信念！况且，我们不能让救援队员们白来啊！现在，他们正在赶来，多走一步，我们就多了一份被救出去的希望！

接下来的两天，我们竟发现了仙人掌，它真是上帝的恩赐，是"生命的果汁"！

……

丽莎又拿出了手机，望眼欲穿地看着！仿佛会有人从里面跳出来似的！

"请再往前走二百米就进入雷达监测区！加油！"

丽莎高兴极了，苍白的脸上竟透出了太阳的色彩。

"阿姨，我们……再……走二百米！就……一定有，有救了！"

我的脑海里浮现了救援队员高大的身影，他们像骑士一样将我们抱起来……还有，Joe的微笑！

于是，我们开始艰难地向前爬行！

十米……二十米……三十米……四十米……二百一十米……

……

醒来时已在洁白的病房里！丽莎在我旁边！她爸爸妈妈也来了！

"我们终于出来啦！"

丽莎笑了："梅阿姨！游戏结束了！一定是救援队的叔叔把我们救出来的……"

丽莎的妈妈好疑惑："救援队员？什么队员？"

"快十天了，我们……我们都以为再见不到你们了……可你们竟然走到了沙漠边！是被土著居民救的啊！我们……没有听说什么队员哪！"

"啊？"

我疑惑地拿出那个手机一按。

"请坚持！再往前走！"

"啊？"

……

六

丽莎不甘心，又按了一下！

欢迎您使用Scott公司生产的仿真手机！相信您已经顺利走出沙漠了！愿上帝保佑您！

Scott玩具公司总裁 Mank Scott

丽莎大惑不解！

我却已热泪盈眶："原来，没有什么救援队员，没有什么雷达检测！给我们鼓励的竟只是一个玩具手机！"

丽莎不明白。

"总之，您很快就会见到Joe了！他会成为我的好朋友！"她快乐地在床上蹦了起来！

叮叮咚……手机唱起了《平安歌》！

拭去眼泪，我骄傲地对丽莎说："宝贝！游戏结束了！我们战胜了自己！——捧着自己坚强的信念！"

日子又恢复了平静……

后记

其实每个人的手心里都握着一份信念！坚定信念，你终会走向成功。

【简评】　　　"其实每个人的手心里都握着一份信念！坚定信念，你终会走向成功。"信念来自哪里？来自心里！这是不容置疑的。但是有的时候，信念需要外在的力量，支撑和引导。在这篇小说里，引领"我"和"丽莎"走出沙漠，走出绝境的，是一部仿真手机，一步一句鼓励，一步一个方向的指引。一句话，一步路，是她们走向希望的动力与信念。

在小说中，"我"和"丽莎"遇险沙漠，两人相依为命，直到粮断、水绝，在饥饿、干渴、疲惫、绝望中，两人意外来到了一座小屋中，屋顶上装有一个漏雨的装置和一盆雨水，还有一部仿真手机，一张纸条。两人就拿着这部"手机"的提示：

救援队员已经收到信号，请配合我们继续朝前走！

救援队员正火速赶来，千万坚持！

请再往前走，二百米就进入了雷达检测区，加油！

正是因为有了这样的手机提示，使这两个濒临绝境的人走出了沙漠。

故事似乎很神奇，但又是真实的，必然的，因为信念在她们心头燃烧。

整篇小说充盈着励志的精神。

（王慧勤）

亲爱的四
月，请让
我离开

我寻找的小孩

[一等奖]

浙江省桐乡市求是中学　徐纯纯

　　你知道么，隐藏一片树叶最好的地方是树林。

　　生长，纵然不过是万千生长方式的一种，在淡淡的白日梦里，很想拥有花的娇柔和树的落拓，还有阳光晃眼和清风拂面。

　　啊哈，我想起了那只可爱的小猪麦兜心心念念的马尔代夫——椰林树影，水清沙细，蓝天白云。

　　我希望我的成长就是这样明媚晴朗的模样。让人欣喜、微笑。

　　我不会说故事，我也不会探究和分析自己，只能在散乱的梦境与零碎的语句之间寻找自己。

　　我是写散文的散人，请谅解。

PART　1

　　天是宝石蓝的，

　　草是祖母绿的，

　　我的心是不经打磨的。

　　我有一个草绿色的散淡灵魂。

　　忽然之间发觉，距离我真正的成为一个大人只剩下4个月。

　　2006年6月23日，我希望你可以来得迟一点。

　　我不记得第一次说话，妈妈说我第一个叫的人是外公，我叫他"嗲嗲"。却还记得小学时，第一次演讲忘记了准备很久的发言词，站在讲台上假装不停咳嗽。

我不记得第一次走路时候是怎样一个笨拙模样。却还记得小时候走路总是不稳、摔跤，被取笑为"软脚蟹"（我们这里的俚语）。

我不记得第一次知道和懂得"爱"是什么时候，却还记得小学一年级时，用"情"字组词"情人"，爸爸看到，语重心长地教育开导一番。

我不记得生活什么时候变成现在这个模样，却还记得每一本日记本的封面与记录的时期，它们很不小心地透露了成长的来路与思想的去路。

我的成长，仿佛是一路走来很稳妥很自在的样子。

从小都自由自在的，没有严父也没有严母，他们都很尊重我选择的成长方式，在物质上满足，在精神上支持，在高中之前，从来不过问我的学习。自己觉得，虽然在生活上，有点像温室里的花朵，没怎么体验过生活的艰辛，甚至也从来不做什么家务。而在思想上，大概，就是像野外自由飘荡的一棵小草一样。从小到大，可以随便看自己爱看的书，做自己爱做的事情，爸爸妈妈不会干涉。十几年的自由自在，养成了我草绿色的散淡灵魂。

有时候我在想，等到很久以后，我有了自己的孩子，会不会干涉他的生活呢？要不要跟他讲，嘿，小子，这些书对你一点好处都没有，看看这些吧，你会喜欢的。

我回想自己，我是在自己跌跌撞撞的探寻中渐渐地发现适合自己的东西，喜欢一些，抛弃一些，又喜欢一些，直到书中有些东西也变成了我灵魂的一部分。就像三毛说的：读书让我多活几度生命。

而这样的事情只有自己才能为自己做，任何一个人都不可以也不可能为你选择。就算最了解你的人也不能做到。我庆幸此时此刻懂得了这一点。并且，我深深地感谢我的爸爸妈妈。他们同样散淡的教育方式，让我学会了自己思考和自己选择，并且选择了就不后悔。他们使我成为今天的模样。每个人的活法不是别人安排出来的，都是在日复一日的实践中探索出来的。

后来，爱上文字和摄影，身边有一群同样热爱的朋友，我们会用最简单最凌乱的文字和摄影去记录原生态的生活。在我们心爱的老歌里互相倾诉，在文字中触摸彼此心底最真实的想法。很年轻的时候，好像就是追寻一种叫做"感觉"的东西，对人对事，感觉对了，就是喜欢，不对，就会不屑一顾或者厌恶。很奇怪，不知道随着年龄与阅历的增长，"感觉"会朝着哪一个抽象名词过渡。但是，那种一瞬间被震撼到的欣喜是永远无法替代的，我们用文字与影像来记录我们平淡的日子，来记录我们内心的华丽的冒险。我们的内心世界总是在理想与现实之间来回跌宕，因为诚实，它们变得坚强。

关于我的成长，最惊奇的一点就是，我是怎样从一个常常被人认错的假小子变成了今天的模样。骨子里还有配合当年假小子模样的大大咧咧、粗心、乱七八糟……看起来么，竟然也文文静静地扎起马尾辫，懂得简简单单的穿衣搭配技巧了，不再会下午两点去露天泳池肆无忌惮地暴晒……

啊哈，成长是个惊奇，我的存在是个惊奇，而这，就是人生……

在自己面前，应该一直留有一个地方，独自留在那里，不知道为什么，不知道是谁，不知道如何去爱，也不知道可以爱多久。

成长是一场奇迹，属于充满爱的生命。

PART 2

何其幸运，我遇见了你们。

我从这人世间汲取的力量。

总是想，不管是年轻还是不再年轻，我一定要发自内心地狠狠喜欢一些东西。它们让我内心温暖，让我手脚有力，让我相信这个世界的温暖和美好，以及灵魂与灵魂之间，可以是那么近的距离。当然，一定是有距离的，像不羁的风自由自在。

你不可能也不可以生来就喜欢喝咖啡的，所以，你尝试了很多很多，在你的有生之年，直到你遇到咖啡；你不可能也不可以生来就喜欢听莫扎特的，于是，你听了各式各样的音乐，直到你遇到莫扎特。

你何其幸运，你遇到你钟爱的与你灵魂相通的，并且决定坚持着，一直爱下去。

学习的时候，虽然偶尔会有点厌烦，但大多时候，都是保持着旺盛的好奇心，就像是"你读的书越多，发现自己越是浅薄"。

常常止不住地感叹：人类的文明与智慧真的只好用"神奇"来形容！

何其幸运，我们的灵魂可以通过那些透彻的文字、曼妙的乐符、迷人的画面……互相拥抱，互相取暖。

我永远的枕边书是《小王子》，对小王子与他的玫瑰，对那只孤独等爱的小狐狸深深地着迷。它教给我什么叫做爱情、叫做驯养、叫做独特、叫做坚持。抬头看天上的星星，想到小王子清脆的笑声；低头看那些美丽动人的玫瑰，想到遥远的612小行星上最特别的那一朵。从《小王子》中甚至可以读到经历过的淡淡爱情。就算从头至尾我都只是那只孤单的小狐狸，我起码拥有了麦田迷人的金黄色。经营自己的生活要像对待心爱的玫瑰那样。"我为我的玫瑰奉献这么多时间，她才变得如此重要。"在因为心中的爱而悲伤的时候，想到这个简单的故事会更加悲伤，但随后便释然了。从《小王子》中学到的简单的人生哲理，让生活变得宁静而甜美。

我和我喜欢的作家许佳一样，总是想把《小王子》这本书送给身边亲爱的朋友，她比我疯狂，竟然手抄了好几次《小王子》。总是觉得，喜欢《小王子》的人都是心灵相通的。我也深深喜欢许佳的书。《我爱阳光》是成长途中看过最多遍的书，每次的体会都不一样。在读《最有意义的生活》时，脑子里就会这样想，埋下一粒种子，能够得到一朵花，我向上天许一个愿望，他能不能给我一个襄没城呢?! 随着书页一张张轻巧地翻过，从中能够看到自己的模样，与清浅的时光。

很爱很爱法国电影，仅仅是因为"浪漫"吗? 大概不是。它们带给我很多甜蜜的惊喜与想象。

首先遇到的是《天使爱美丽》，比一个美味无比的冰淇淋更让人欣喜。很佩服法国人天马行空般的想象力。Emily向河里掷石子，激起的波澜让幽静的河水赋予生机的动感，恰似我们的生活。只有你主动积极地想去改变，才有机会获得你想要的结果。她不需要一片天空，依然可以使自己的生命绚丽多姿，依然可以创造奇迹。

然后是《两小无猜》，好听的法文与窗外的风声纠缠在一起，混合成某种奇妙的声音，直抵心灵深处的城堡。是一场华丽又绝望的爱情旅程，颠覆了传统意义上的幸福，那让人张皇失措的爱情与结局，如同仓促的青春般，戛然而止。好过自由，好过生命。在凝固中，幸福永垂不朽。

最近看的《放牛班的春天》，又一次轻易地把我打动。相信了音乐的确有着救赎的力量，迷上了法国合唱团里的领唱、90年代的小帅哥JB，天使的脸蛋动人，天籁般的歌声让人仿若在云上漫步。"风中飞舞的纸飞机，请你别停下，飞向大海，飘向高空，一个孩子在望着你呢，率性的旅行，醉人的回旋，纯真的爱呀，循着你的轨迹，循着你的轨迹飞。"

我从这人世间汲取力量，你们是我内心永恒的地图，让我不会迷失自己的方向。

渴望成为一个外表平静而内心繁花似锦的人。

PART 3

因为某个人而变的重要的夏天
这个夏天永远是
与生命最初的爱有关的季节。

我喜欢夏天。夏天总是给人温暖冗长的感觉。

如果生命缩小到一点，我希望它是一个迷人又散淡的夏日午后或者傍晚。雷阵雨过后的清新空气和彩虹。

我们的生命中，总有某个东西值得记忆，我们会记得，一个夏天，我们突然就变得重要，某个人突然对我们变得重要，我们突然就变成了大人。

我喜欢的一句话：THIS SUMMER IS FOREVER.

夏日终年，你就一直在我身边。

如果很不幸有一天，秋天来了，我们离开，我们就长大了，不动声色。

曾经很认真地喜欢过一个人，认真地为他写过字，虽然写字的大多时候总是这样：我们写的字感动了自己，感动了不想感动的人，却惟独没有感动我们要感动的人。但是，我为将来的我留下了一些密密麻麻的诗章，与可以回味的美好记忆。

喜欢很美好的事情，起码在我的本子上，留下了这样温暖的语句：我喜欢每个与你在一起的瞬间，像在奔跑的花粉和尘埃中无声地望着你，很静很静，周围是假想中铺满金盏花、蒲公英的山谷，飘浮柔白的云雾，身边有你温暖的气息，我希望时间就停在这里了，我愿意看这无聊的电影一直到死。只因你在身边。

让我日后想起来，会觉得自己真正地活过。手心还会有温度，心中还会有涟漪。

这样细微的发现里，漏进冬天的冷风，让回忆在温暖的催化下更为疼痛。这样的疼痛，证明了我的青春曾经在场。

曾经因为喜欢而没有选择在一起，直到这喜欢不能进行下去。曾经因为彼此而难过过，但是这样的难过，竟然变成日后成为最好的朋友的默契与福气。

会一直记得，一场整个剧场只有我们两个人的电影，不好看，却对我有意义。

会一直记得，我们一起喜欢的歌，我听了很久很久还没有厌倦的《游乐场》。

会一直记得，一起坐过的那片草地，那天淡淡的阳光，手里的一本《苇间风》。

会一直记得，很多个晚上，用你的声音度过夜的漫长，总是不舍得放下电话，第二天睡到中午。

我一直在路上。

不曾停留地走，不曾忘记地找。

是不是我们都知道拥有的不仅仅是这个夏天。

命运是奇妙的，谁也不知道以后会发生什么。所以就耐心等待。

直到有一天我懂得了。我想要的是这样的喜欢：喜欢，是喜欢对方那一颗温暖可爱的心灵，与自己投契、相安快乐的灵魂；喜欢，是喜欢那些最最自然的小习惯，与自己向同一个方向眺望的目标与理想。

这样的话，的确，一直到现在，从来没有遇见过。一点小小的错觉也没有过。我们的心，从来未曾靠近。拥有的，只有看上去稍有感觉的样子与气质，还有听上去不很厌烦的语言而已。

好吧，继续向前。不能在一起的人。我会找到愿意成为我的小王子的人。而你，会有一朵美得一塌糊涂的玫瑰只为了你绽放。就算暂时没有，也不会影响我们快乐。

读波德莱尔，最喜欢的只有那句：我的青春，是一场晦暗的风暴。

生命最初的爱恋，有的人经历的，是一场晦暗的风暴。我的呢，就像一幅云淡风轻的水墨画。当然，各有各的好处，遇见哪个就是哪个，没得选择。毕竟，那是这部叫做"成长"的电影中最吸引人的情节呀。

PART 4

为什么，我不可以，就这样沉沦?！

这世界很公平，最舍不得的东西，铁定就是对你最不好的东西。

说真的，有时候，很想，就这样沉沦，沉沦在就算只是第一眼喜欢的事物。什么都不去想，什么都不分析，也不去抗拒那些会让我不小心就上瘾的东西。

可是，此刻的我，懂得，这样不可以。此刻的我，也许会想，现在不可以，到了迟暮之年也许可以。

但是答案也许是：永远也不可以。可以享受暂时的迷醉感觉，但是不能醉生梦死。

说真的，我最欣赏的人是那些头脑很清醒的人，他们知道，什么事情现在应该做，什么事情现在不应该做。他们遵循内心的行为准则，他们听从和跟随良知的声音，用更多理性来经营自己的生活。是的，他们往往是成功的，也许他们失去的是一时的兴奋快乐与艳羡目光，但他们得到的是长久而淡定的幸福，是一场温润却不张扬，并持久闪耀着的光芒。

很赞同李碧华说的那句话：任何以青春做赌注的人，一定输。

很赞同"凡事应该要事为先"这个道理。

不喜欢身边的男孩子抽烟，不能绝对地讲，抽烟这件事与做人这件事有什么必然的联系。或者，只有坏孩子才抽烟。只是因为不想看到他们表现出来的那种与他们的年纪不相称的老成与颓废。他们在"吞云吐雾"的时候在想什么呢？觉得自己非常Man么？

曾经非常迷恋一个网络游戏，很投入地玩过一段时间。那个时候，一放长假常常是长时间地沉浸在游戏里，颠倒了正常的学习生活与游戏哪一个更重要，哪一个更需要我用心去经营。庆幸后来就突然醒悟了，并且做出了取舍。

当一次期中考试的数学成绩像一只有力的手轻轻拧开我心底的水龙头，一边流泪一边读着梅思繁的《朝北教室的风筝》，我知道了，既然我不能聪明地把两者很好地处理，那么我只有选择放弃一样。高中三年我与数学的一场持久战，我只有去面对，没得选择。曾经热爱过的那个游戏，也许一辈子不会再碰，那种心情永远也不会再有，但是，我不后悔。看朋友的日志，说"今天勇敢了下，把电脑里所有的游戏都删了，一年半以后再见了"的时候，心底由衷地为他高兴。我们都懂得了选择，现在最重要的是应该干什么。

当一个男孩子认真地问我"为什么你就不能喜欢我呢，不能试一试在一起吗"的时候，我无法回答。我不讨厌你，真的，一点也不。如果现在不是高二，而是在一个漂亮的地方，度一个悠长的假期，和一个一眼看过去觉得不错的男孩子，也可以谈一场快乐又甜蜜的恋爱。

只是，现在这个时候，我懂得我要的是什么。

现在这个时候，就算是超喜欢的人，大概也不会选择和他真正地在一起。

"为什么，我不可以，就这样沉沦?!"有时候我会这样想，但是同时，我为自己的小理智感到高兴和满意。就像是我无比喜欢喝可乐，但是它们会让我变胖，对我的身体和牙齿都没有好处，所以我只可以适可而止，不可以肆无忌惮。我无比喜欢看电影，每次看之前都会在"豆瓣"上研究一番，我尽量挑选那些构思独特、意味深长的看，也许那样会错过一些，但是我的时间有限。并且，我拒绝那些冗长的连续剧。很多年没有完完整整地看一部连续剧了。

生活还是很美好的，有一些沉沦有益身心健康，沉沦在大自然的欣喜与轻盈里，沉沦在浩瀚无边的智慧与爱里。

成长教会我什么是取舍，教会我什么是要事为先，教会我什么是必经的温暖旅程，而什么又是迷惑我的分岔路。

PART 5

我轻轻踮起脚，朝前张望。

是不是每一条路都有

不得不这样选择的方向?!

嘿!我寻找的小孩,我的亲爱。

啊哈,现在是2006年2月19日,妈妈的生日。亲爱的妈妈,生日快乐!

现在是下午,外面的雪正在嘶嘶嘶地融化,天空呈现一种干净又透明的模样,天气有点儿冷。我坐在这里给你写信。

等你再一次拆开它的时候,是2013年6月23日。你25岁,我不知道你在哪里,在干什么。

希望那时候,你的生活处在你最渴求的那种状态:有事做,有人爱,有梦想。我希望你一直在成长,直到生命的尽头,用一些实际的行动与思考来充实自己的生命,就像是水边的一株野姜花,不论你曾经得到过什么、失去过什么、遭遇过什么、离别过什么……时光的水流会浸润你的根茎,充实你的花叶,让你飘荡迷人含蓄的清香。

提几个要求哦!那是我的愿望,只有你可以替我去实现的小小愿望。

学习法语,可以毫无障碍地阅读法文原著的《小王子》,可以站在JB面前展现一个迷人微笑,更可以用法语来和他沟通、教他说中文。

坚持写字和摄影,坚持跟随自己内心的声音,以更完美的方式来记录自己的内心,来记录我们的生活与世界。

坚持与身边的家人与朋友的和睦、融洽。尽力地把自己心中的爱带给身边的每一个人,让他们感觉到来自你我的温暖与快乐,让身边的人高兴,就是这样简单而已。

更多的游历,去到不同的地方,体验不同的感受。在旅途中一路学习和充实自我,在旅途中遇到最真实的自己与最轻盈快乐的内心状态。很喜欢"游学"的形式,在旅途中的学习,更接近内心与自己的真正意愿。

用自己的行动,为这个世界做更多的事情。用自己的行动,来尽力感到温暖和美好。

对于未来,说真的,此刻的我,没有清晰的目标与蓝图。

而一切美好但必须用心寻找的东西,都值得我们继续去等待,然后,证明它的存在。

我们一起努力！

我寻找的小孩，我轻轻踮起脚，朝前张望，想看一看你的模样。

你说，我拥有的当下的每一天，我选择的度过每一天的方式才能决定你的模样。

我想，我懂了，你的意思。我们没有办法选择生命的开始，但是我们有勇气走到生命的最后一步。对吗？

　　祝

安好

【简评】　　春天的花开秋天的风以及冬天的落阳
　　　　　　忧郁的青春年少的我曾经无知地这么想
　　　　　　风车在四季轮回的歌里它天天地流转
　　　　　　风花雪月的诗句里我在年年的成长
　　　　　　流水它带走光阴的故事改变了一个人
　　　　　　就在那多愁善感而初次等待的青春

这是罗大佑的《光阴的故事》，不知道现在的少年是否还听这首歌，但我敢肯定他们会喜欢这样忧郁的曲调、喃喃重叠的诗句和淡雅轻逸的情愫。

光阴里总是满蕴着故事，但是流水的光阴清清亮亮地流过，让故事变得透明无痕，人在光阴里改变，或大或小的改变，但是改变也是水到渠成，不留痕迹，唯一的印记只会留在年少的生命里，有意无意的，少年就这样长大了。

徐纯纯的《我寻找的小孩》就是一个关于成长的故事。

就如同游戏的无拘无束一样，成长是散散淡淡的，自由快乐的，这是年少的生命的风格，也是作者的风格，不逼仄，不激烈，日子就这样一天一天过，可是，四季轮回，平凡的生命和平淡的生活幻化成动人的旋律，少年们踏着旋律而来，又渐渐远去，人一生中只有这段日子如歌、如梦，让人动容。

因为动容，我再一次打开徐纯纯的《我寻找的小孩》阅读起来。冬日的暖阳在杯中咖啡上晃动出一股醇香，罗大佑的歌声如同林中落叶般簌簌作响。读着读着，竟然视线模糊、泪眼婆娑了。

成长的时光就像树影下细碎的光斑，无法捡拾。任凭簌簌的落叶层层积压在那些光斑上。年少的时光不再倒流，也便不再轻易回首。

可是，是什么悄悄地在心底留下了纹理，会让眼泪潸然？

是忧伤吧?!

忧伤在青春的底色上静静流淌。

忧伤沉淀成了清晰的纹理，就像绘画一样，无论上面涂染怎样绚丽的色彩，也无法改变画布上铺陈的质朴本色。

成长可能是勤勉的，也可能是散淡的；可能是火红的，也可能是苍白的；可能是激越的，也可能是平凡的。无论怎样，忧伤早已经晕染成了成长故事的底色。你可能会忘记具体的时间、地点和事件，甚至忘记你曾经很重要的人，但是，忧伤的情愫会静静地流淌，涤荡着尘世的尘埃。

忧伤是纯净的蓝，让成长变得如此透明。隔着岁月的尘埃，我只能惊叹那纯净是如此神圣，如此遥远！

读着青春的故事，任凭忧伤在杯中流淌。

可是，读着读着，成长在一瞬间戛然而止了。令我猝不及防！"成长教会我什么是取舍，教会我什么是要事为先，教会我什么是必经的温暖旅程，而什么又是迷惑我的分岔路。"这样的语调与云淡风轻是多么不同啊！成长意味着走向成熟，但是，我却不能接受简单的是非标准。

成长是一个谜，是一场危机的漩涡，顺畅地泅渡并不一定是理想的结局。

美国著名的黑人女作家玛亚·安吉罗说：体验成长就像"独自一人被留在年轻无知的绷索上，既能体验到绝对自由之美，又能体验到无所适从的危机。只有极少的人能够从青年时代幸存下来，绝大多数人屈从于含糊而又杀气腾腾的成人世界的趋同性。自杀或者回避冲突，远比坚持与强大的成熟势力抗争要容易得多"。这种对成长的看法是多么不同凡响！

成长让每一个人在周围的世界中获得了一个席位，我们应该为这个胜利欢呼。但是，我们往往忽略了人在成长中，外界的干扰和破坏的力量也会很强大。

作者将成长过程中自己与外界力量的冲突，因这冲突而引起的心理的挣扎和苦闷置于读者的视野之外。我们只是看到了曲曲折折的成长和灿烂的笑容，作者并没有把自己的彷徨、苦闷、不知所措和矛盾等等成长中的艰难痕迹很好地表现出来。

我想，这些不仅仅是在读者的视线之外，也在作者自己的视线之外。这是让我感到非常遗憾的。

写到这里，我开始不安起来。面对这个比我年少的生命，面对着每个人成长的挣扎，我自己也陷入了困惑中。虽然我也经历过同样的挣扎，明了并践行过同样的"业精于勤，荒于嬉"的道理，为此，我成长得很顺利。但是，生命的清晰轨道究竟该向哪里延伸？这对于我来说，依旧是一个谜！

我自知，谜底是不能够轻易给出的。

（王　玉）

亲爱的四月，请让我离开

[一等奖]

浙江省杭州市余杭区乔司镇中学　陆楚薇

每当抬头，总能看到蔚蓝的天空，很任性地让这些蓝一点一点迷漫在自己的眼球，泛滥成灾。想要对天空大声说，却又有一种不知名的东西堵塞我的喉咙，发不出声音……

现在进行时是飞翔，飞翔向那没有尽头的远方，永不停息。

I'm flying……

停留在四月的自己：

第一次给你写信，却不知道你在哪里。四月已过，却每天都在大提琴低八度的华丽下祈祷着你的出现。即使知道这只是徒劳，一种无谓的徒劳。因为五月已经到了。

到了末尾的初中，一段以前想都不敢想的岁月……

感觉现在很匆忙，每天都背着很重的书包，穿梭在熟悉的大街小巷，但又很陌生，似乎那个世界未曾出现过。

骑着单车，碾过无情的时光。对于这一切，我明白，我只是一个过客。

我就像站在山顶，俯视脚下的这一片光怪陆离，却没有属于自己的地方。而高处不胜寒。一个人的寒冷，又有谁了解呢？一手书包，一手可乐的空虚，又有谁知道呢？

可是，我就那么快地长大了，就在风中一点点成长，不知不觉。让风穿越过我单薄的青春，弃下身后的一切，渐行渐远，义无反顾向前跑……

每天都在复印着五号字体的试卷上，机械地写下自己比画很多的名字，然后机械地做题，让鲜红的思维不停歇地流动着。刚从文印室捧来的试卷的味道在鼻孔周围弥漫，上面余温尚在，对着我们的精神食粮，不禁感慨万千。曾听说过"上有火海刀山，下有初三高三"。以前，还总是在怀疑是否夸张了些，但现在才真正体会到这种心情。所谓"问君能有几多愁，恰似一江春水向东流"。（无语）

还记得吗，你在小时候，信誓旦旦地说要当一个伟大的发明家，为祖国争光。

就像你很喜欢的小王子，他拥有这世上最纯真的心，去寻找属于自己的heaven（天堂）。希望你不要失去了它。

至于我，虽然曾经有过承诺，可是时间抛弃了我，让那些话语，那些花落满地都埋葬在了那灰色的玻璃城中。可是我，还是依然喜欢下雨天，相信有天使的神话，相信一定会真正有小王子的存在。可是，这一份坚持最终还是被扼杀在了N年前的那次大火中，只剩下面目全非的残骸，被封了厚厚的尘。

看不见，找不到，寻不了，断了线……

喜欢听韩文歌，听那些似懂非懂的歌词，只有旋律，没有文字的干净，没有任何杂质，将生活演绎得很是淋漓尽致。

可是，我想，我身上的那一种单纯已经冬眠了，抑或是死亡了。

一盏黄黄旧旧的灯时间在旁闷不吭声寂寞下手毫无分寸/不懂得轻重之分沉默支撑跃过陌生/静静看着凌晨黄昏你的身影失去平衡慢慢下沉/黑暗已在空中盘旋该往哪我看不见/思绪不断阻挡着回忆播放盲目的追寻仍然空空荡荡/灰蒙蒙的夜晚睡意又不知躲到哪/一转身孤单已躺在身旁……

五月，就好像一只透明的玻璃杯，一不小心滑落，就会摔得支离破碎。也好像踩在深秋落下的枯叶上，一声声的心碎不堪入耳……

依然想念四月的生活。

但是，回不去了，放了长假之后，似乎明白了许多。

我不会因为上课不认真而问同学借笔记了，因为我很认真地在听老师讲的每一个细节；不会在电脑上写文章写到夜阑人静了，因为我还要写作业还要上课还要背单词；不会在骑车时看到有人边走边背书而大惊小怪了，因为我也是这样，这是人的本能；不会为了 I don't know 是什么意思和小B争半天了，因为我们明明知道的；也不会为了看球赛而诸事不顾了，因为无论火箭怎么努力，还是无法突破历史，冲破诅咒。

酸雨会腐蚀建筑，而时间腐蚀了当初。

这一切的一切，真的像断了线的风筝，到处流浪，不再回来……

一个月的落差，秒钟滴答了2678400下，就让人感觉是一个世纪那么久远。

而且，现在好像已经进入了夏天，在马路边看了一个春季的绵雨停了，伞收了。雨是没有归宿的，它们会一直轮回，生生世世永不改变。可是，你，还有我。我们的归宿又在哪里，是天涯还是海角，是碧海还是蓝天？

断，断，断。似乎听到琴弦在嘶吼，在愤怒，最后一根根疲惫地断掉。

祝福你到永远，比永远还要远，一直fly。

五月的自己

五月的自己：

收到你的信很开心，感觉这是意料之中又出乎意料的事。

属于四月的时光真的过去了。接下来的时间是你的，要好好把握。

不知道你现在是不是还在买每一期的《萌芽》，伤感或是欢笑？还是依然爱去买一支支相同外套的圆珠笔，看着管中蓝蓝的液体一点点地缩短，就有一种成就感，然后把它们遗弃在角落里，那个谁都找不到的角落？是不是还是那样与世无争地傻傻地笑，可以在人群中笑得比谁都灿烂？

也许我永远忘不了那个微笑，那段抹不去的记忆。可是，你真的不能再那样笑了吗？

你说过，你不会寂寞。因为你的朋友们是最可爱的，他们不会让你感到你是一个人的。而最爱你的父母，那你最爱的人，无论怎样，你们是分不开离不散的，因为连着你们的一种东西，紧紧地锁住了你们，那叫"血缘"，是没有琴弦那么易断的。

你要记得，他们所有的人，都是你命中注定的天使。

你就是这样一个固执，任性，一直望着天空的小孩。我也不知道在将来，时间会不会腐蚀了这一份纯真。

还有，不要轻易地说出死亡这两个字，因为万物都是永生的，没有死亡，它们会轮回。就像你爱坐的摩天轮一样，一圈一圈地旋转着，即使外面的世界物是人非，但在属于它的水晶宫殿里，他却是forever king（永远的国王）。这，你一定要相信。

不要太固执了，记得秋天冷了要穿衣服，要用温水洗手，要吃早饭，胃疼了一定要吃药的。不要忘了睡前要喝牛奶，不要睡太晚了。身体一定要注意呀！要学会照顾自己，学会一天一天慢慢长大。

安妮宝贝曾经写到过"很多人不需要再见，因为只是路过而已。遗忘就是我们给彼此最好的纪念"。我们从来没有相遇过，因为我们行走在两条无尽的平行线上，但我又可以那么真实地感觉到你的存在，就像感觉到自己的存在一样。

所以，请你一定要好好地生活着，一定要快乐，一定不要畏惧飞翔。

现在我很想睡，却比任何时候都清醒。Why？又或许是不需要理由的。By the way，现在的你在干什么呢？一定还在挑灯夜战吧，那个沉思中的你；你也一定会偶尔抬头看看天吧，看那星星闪烁，勾起那一段不同的记忆；桌上一定会有一瓶百事可乐吧，记得那可是你的最爱。好了，时间到了，早点睡吧。明天还要上课。别忘了。一定要继续fly，飞破云尘。

替我，也为你自己。

四月的自己

停留在四月的自己：

很感谢上天能让你看到我的这封信，也谢谢你对我说了那么多。

我或许已经明白了，这样的生活是谁也逃不掉的，我要学会一个人面对。其实也还好啦，虽然忙了些，但让人感觉很充实，不会太孤单没有事做。

现在回头来想想，也没想象的那么恐怖，就像是充满了黑色幽默般。一切适应了就好。我已经学会了在等车的时候背单词，在下课的时候聊化学方程式，不再去固执地寻找生命中的黄金分割点……真不知道是应该对自己感到悲哀，还是庆幸自己长大了太多。

听说摩天轮带着你转到最高处时，许个愿，一定会成真。可是从前的自己，年少天真的梦，紧握双手的温度，那些似曾相识的画面却未曾出现过……

你应该会告诉我，反正过去的只能用来回忆，而再回忆也是没有用的，再也不可能回到我的16岁了，对吧。明天又是新的一天。

常常听张韶涵在《梦里花》里用她穿透着力量的声音高唱：唯一纯白的梦里花/盛开在琥珀色月牙/就算失去所有爱的力量/我也不曾害怕/天空透露着微光/照亮虚无迷惘/在残垣废墟之中/寻找唯一梦想/古老的巨石想象/守护神秘光芒/清澈的蓝色河流/指引真实方向/穿越过风沙/划破了手掌/坚定着希望去闯/唯一纯白的梦里花/盛开在琥珀色月牙/就算失去所有爱的力量/我也不曾害怕/穿越千年的石板画/刻画着永恒的天堂/轻轻拭去漫布全身的伤/我从不曾绝望……

梦里的花，心里的家，永远跟着心的足迹寻找天堂。漂泊。

现在我要离开，不是去旅行，而是永远地离开，不再回来。我知道，我要的，我的梦，这里都没有。在那边，太阳升起的地方，我要去那边追寻自己想要的。

一边奔跑，一边期待着心中不舍放弃的那份永远。

这才是真正的生活……

五月的自己

四月，随飘落的叶子一起被埋葬下了土地。再也找不到它的痕迹。

未来，才是我所要追逐的云彩。

亘古不变。

即使是像夸父逐日一样。

因为我不再任性了，我不再是孩子了。写到这里，手指突然变得僵硬，苍白无力。我不再是吃着棒棒糖，望着湛蓝的天空大呼我要长大了的那个小女孩……

那么，亲爱的四月，就请让我离开，我要向天边fly……

请让我永远地离开……

Dear April.

PS：

曾经的曾经，一直以为只要我愿意，就可以不长大，永远生活在自己亲手制造的琉璃宫殿中。但是，醉了，醒了，伤了，痛了，才明白，那是小时候的童话。

王子和公主的故事还在依旧继续，天使的神话还在一代代流传，但走着走着就丢失的，是我的年华和那些纯真的梦想。

面对人生最重要的第一个五月，我们别无选择，或上天堂，或下地狱。

所能做的，就是沿着被搁浅的那份梦想的方向，等待一路花开……

【简评】 陆楚薇有着自己的时间维度。从行文里就可以看出作者对时间有着不同于他人的解读。

时间在改变人。时间在改变人的生理情况，也在改变人的心灵世界。在不同的时间维度里，同一个人会有难以预料的变化。

作者让四月和五月进行对话。这种不同的生活状态，在此时此刻有了一种比照，更有了一种对应关系。

因为，我们"所能做的，就是沿着被搁浅的那份梦想的方向，等待一路花开"。作者满怀了人生的梦想，怀抱着"亲爱的四月"，然后走向五月。

而五月又有一个更加热烈的地方在等待着我们。作者所希求的正是这一点。只要走过现在，就会拥有一个美好的未来。文字里的感性触摸凸显作者的个性。

（李迎兵）

那些花儿

[一等奖]

重庆八中格致中学　郑世妍

"我们以自己的年华为代价和时间打赌，买大买小都赢不过宿命。"

"那我们是平白输掉了年华么？"

"后悔了吗？"

"后悔……能改变些什么吗？"

……

她

她是住在我家隔壁的一个大姐姐，十八岁，读高三。长得不算漂亮，近视度很高却很少戴眼镜。我问她为什么，她说凹透镜成的是虚像，但她想看到的，是真实的世界。我不知道她从哪听来这歪理，但我喜欢这个回答。

因为彼此是邻居，所以我俩多少有些往来。高考那阵子，她来我家的次数越发地少了。我去她家，她也不招待我，自顾自地沉浸在书海里。

她的钢琴过了九级，只要再过一级，就可以毫无遗憾地结束了。她很喜欢音乐，每天都会在家里练琴。她曾经告诉过我，音乐，便是她精神食粮的全部。但从她进了毕业班的那天起，我就再也没有听到过隔壁传来手指敲击键盘灵动的乐声。

而且，她也再没有跟我提起自己如何在网上叱咤风云，如何把班上的同学整得尴尬之极，如何在轮到自己值日的时候装病，如何……

事实上，我多多少少是有一些失望的，这样一个与众不同的人，却像那些普通的高三学子一样拼了命的复习，有什么用呢？不过是为了考上个好大学，将来找个好工作有口饭吃而已。人活着的意义，应该不止这样才对。

我问她，你不觉得这样做会失去很多东西么？

她愣了半天，最后笑着说。是失去了很多东西，但只要能离自己的梦想更近一点，失去再多的东西，也是值得的。

啊，梦想么？那是一个多么遥不可及的词语。

她！

她是一个远房亲戚的女儿。初中毕业，就跟着表舅去广州打工。没有人强迫，是她自己选择了放弃学业。事实上，在山区是没有几个女孩念过高中的。

在一道出去的打工妹中，她无疑是最出色的一个。每月寄回最多的钱，连带着那些价值不菲的物品。问她在广州做什么。她说做生意。

没有人知道她在广州那个夜夜笙歌，纸醉金迷的城市做些什么交易。但无论如何那些财物都足以令她那含辛茹苦独立支撑将她养大的母亲找到前所未有的自豪与自尊。这个早年丧夫，在村里没有半点地位的女人终于可以挺直腰板，放大嗓门，在同乡面前夸耀自己那个在城里出息了的女儿。

后来，家里摇摇欲坠的茅草屋拆掉了，建起了比从前好看百倍的砖瓦房。新房建成的那天，她回来了。名贵时装，挑染碎发，浓妆艳抹，一举一动，一颦一笑都尽显了都市女郎的妖娆动人。

就是这样一个人，她倒在自己母亲的怀里痛哭。当着所有乡亲的面，所谓的高雅，所谓的颜面都不复存在。恍然间，她仿佛又成了从前那个清秀单纯的乡村少女，人们默然了。

晚风中，她的呜咽声显得特别沉重，以至于人们难以听清她耗尽最后一丝力气吐出的话语。但终是有人听见了，一字一句，哀怨痛楚。

妈，我怀孕了……

我不曾看见过那惊心动魄的一幕，仅仅只是听到了别人不经意的复述。但我想，有些东西，眼睛看不到，心却感受得到它的存在。像她，还有关于她那个平凡而又不平凡的故事。

现在，她十八岁，很好的年华。她的女儿，一岁，只是一个不谙世事的婴孩，这么小，即使没有爸爸也不会太重要吧……

她？

她是我在无意中熟识的同校大姐姐。人长得很漂亮，成绩也很优异，书法绘画，钢琴舞蹈，无一不精。因此，她在学校的高中部小有名气。老师们都说，这孩子考清华北大不成问题。

我之所以有幸能认识这么一个优秀的近乎完美的学姐，仅仅是因为我们两个都喜欢宋词，喜欢南唐后主李煜，喜欢"问君能有几多愁，恰是一江春水向东流"。但我一直固执地认为，我们的相遇是因为寂寞，因为彼此守着相同的寂寞。仅此而已，与所谓的缘分和宿命无关。

在过去的一年里，我从未在她脸上见过认真的笑容，她是一个忧伤的孩子，并不是不会笑，只是不知道为了什么笑。于是，有人说她故作清高，更有甚者，当面骂她无病乱呻吟。她不语，然后转身离开。

知音少，弦断有谁听？

她不是"为赋新词强说愁"的那一类。一切的忧伤，都源于那个支离破碎的家。她的母亲不爱她的父亲，她的父亲也同样不爱她的母亲。但他们不能离婚，因为谁都想得到家产的全部，而不是二分之一。所以，有了无休止的争吵。

一次周末回家，我们并肩走着，身高的差异在别人眼里绝对是一件相当滑稽的事情。于是我俩都把头埋得很低很低，就这样一直走，谁也不说话。到了她所住的小区门口，她仍然没有停下来的意思。我提醒她，你家到了。她说，我没有家。我笑了笑，指着不远处隐约可见的三层高的小洋楼说，那么，请你告诉我，那是什么？她扭头看了一眼，漫不经心地回答：哦，那是我父母的房子。

是这样的么？没有了爱，心就无家可归了么？

不记得从什么时候起，我开始发现她和一个男孩走得很近，并且我在她那里看见了笑容，那种两三岁的孩子从母亲那得到棒棒糖时满足的笑容。然后，在我替刘主任送文件去高中部的办公室时，我无意中听到了她的班主任跟其他任课老师提起她成绩下降的事情，因为所谓的早恋。

越是缺少爱的人，就越是渴望爱。我知道，所以没有像其他人一样劝说她。我俩都是寂寞的孩子，因为相遇，所以更加珍惜。我只想要看到她快乐的样子。

高中毕业，她没有像老师所说的那样，考上北大清华，而是跟着那个男孩去了北方的一所本科学院。临走前，她跑来告诉我，她的母亲成功了，这个家终于彻底瓦解了，她和她的母亲得到了全部的家产，以后可以过和平安宁的日子了。

我笑着回答说，这很好啊。

等她离开后，我才想起，这天是8月13号，她十八岁的生日。

她……

她是我伯父的女儿，算起来是我的表姐。因为她住在四川老家，所以我们并未见过几次面。在我的印象中，她是一个很内向的人，沉默少语，笑起来的时候，有着江南水乡的女孩特有的灵动。

她的父母都是庄稼人，现在城里的孩子大多都认为所谓的庄稼人就是那种没读过多少书却淳朴善良得不行的大好人。其实不然，没读过多少书是真的，淳朴善良也是真的，但大好人却绝对是假的。没有文化的人注定要与迂腐，古板，封建为伍。虽然也有例外，但她的父母显然不是例外。

这年她十八岁，花季刚过，雨季就来了。她没有参加高考便休学在家替她的父母照看他们新为她添的弟弟。伯父早不想让她上学了，超生所罚的款给她的辍学做了一个恰如其分的说明，家里再没有钱供她读书了。

春节回老家过年，父亲抽了个空去劝伯父不要让她放弃学业，这孩子成绩好，将来会有出息的。

伯父坐在院子里的小板凳上，一脸陶醉地抽着叶子烟。待父亲说明来意后，他微眯着眼，操着乡音问："你说这女娃子读这么多书有啥用啊？反正迟早得嫁人嘛。"

我站在父亲身旁，看着伯父无知的样子，不禁有些愤怒。女孩子又怎样？女孩子就不用读书了么？

环绕了院子一圈，看见她安静地坐在门坎上，手里抱着她那几个月大的弟弟。她的目光时不时地瞥向我们，眼里却不抱任何希望。

我走过去学着她的样子坐在门坎上，问："想读书么？"她看了我一眼，不语。然后，她把目光转向天空。乡村的那片天，清浅明净得如同一池秋水，绝望，且忧伤。偶尔一只惊雀从我们头顶飞过，显得那么的仓皇。

有那么一刻，仿佛整个世界都安静了下来，但我听到了，一声长长的叹息，很长很长，一直延伸到那遥远的天边。许久，她缓缓开口："没有想与不想。只有该，与不该。"

这一次，沉默的人，是我。

"丫头，"在屋里生火的伯母回头对我说，"你不是这山旮旯里长大的孩子，你不懂。"

是吧，我不懂。我俯身逗弄她怀里的孩子："宝宝，你要快快长大哦。"小家伙被弄得咯咯地笑，伸手要来抓我的头发。

我站起身，对父亲说："爸，我们回去吧，家里该吃饭了。"

父亲点点头，随我一道离开。

我非圣贤，不能改变些什么，因为有很多事情，我们无能为力……

那 些 花 儿

记得在很久很久以前，外婆家的阳台上也像别家一样栽满了鲜花。这种开放期很短的植物，往往只是一季的动人，三季的凄凉。小时候，时常会抱怨花期过短，外婆总是抚着我的头，慈爱地说，一生，只要美丽一次就够了。

突然发现，她和她和她和她，也正如那些花儿。虽然以不同的方式活着，却是同样地美丽过人。

每个人，都有一段属于自己的花季。这个年龄的孩子，看似成熟，却仍然对这个世界懵懵懂懂。或许很多年以后，她们会对自己的花季怀有遗憾。但无论如何，都不应该有什么后悔的。

哪，你看，花儿的翅膀要到了凋零才懂得飞翔。我们的生活，也是这般的真实啊……

【简评】　　欣喜地发现郑世妍的写作视野比同龄人有了更多的拓展。她的目光投向了四个命运迥异的少女，字里行间有了一种悲悯情怀。

这个"她"，既有按部就班把高考当作梦想的大姐姐，又有初中毕业外出打工挣钱的远房亲戚的女儿，以及心无所系无家可归的同校大姐姐，还有辍学在家的表姐，等等。从她们不同的生存状态，透现出人生的悲欢离合。

散文既是风霜濡染散落于心灵之谷的片片红叶，又是闪现在缭乱梦境之中的颗颗寒星。总之，郑世妍的文字里有了更多写实的成分。离生活更近了，而又有一种超脱于客观物象之外的境界。

文字里透视出的灵性是自然生成的，只是在内容上有待于进一步开挖。

（李迎兵）

寻找幸福的青鸟

[一等奖]

湖南省长沙市雅礼中学　曾嘉欣

传　说

如此的梦，不知有多少人做过。

在缓慢流淌的历史长河中，它们是即兴的小花朵，虽转瞬即逝，却流传千古。

有一朵泛着青光的浪花，被我采到。这是一个关于飞翔的希望，与幸福的信仰，简单纯粹的传说。

如此的传说，不知让多少苦难的人，向它寻求心灵的慰藉和支柱。

他们都想拥有一个关于自己的传说。

但我们可曾想过，这些沉甸甸的祈望，岂是它幼小的身子所能承担？刚启程，便会摔得粉身碎骨。

与其把心中的愿望托付给虚幻的梦，不如自己接受自己的寄托。

能够完成我们梦想的，只有我们自己，只有我们坚定的信念，和勇敢地向前走。

所谓传奇，所谓传说，便从我们迈开的步子中，沉稳、矫健地拉开了无声的序幕。

沿　途

比起平日的风景，此时此刻，它的衣衫对人似乎更有诱惑力。

葱郁树木投下的阴影，将明亮的阳光阻拦在外，因此树下格外凉爽。却也叫人看不清自己的影子，看不清太阳的馈赠。

缤纷的野花一片连一片，一朵更比一朵美。风是花的伙伴，它帮助花朵搔首弄姿，引诱一个又一个不知情的人，步入森林深处。

时光在悄悄流逝，生活却已脱离原本的方向，失去了目标。

因为无法承受太多的想望，才会选择用这样的方法，让心意不坚定的人一步步走进它布置好的陷阱。如此，它才能展翅飞翔。

它是幸福的渊源，是快乐的种子，沿途风景皆受其恩惠，都甘愿为它效劳。

于是，在同样的奋斗目标下，终究会有人与之错过；在追求美满结局的路途上，注定有人要退出。

我缓缓行进在沿途充满馨香的人生旅途上，前方还很模糊，我也很迷茫。

未来会怎样，是一直向前，到达幸福的彼岸，还是留恋于沿途风景，悔恨一生，我无法预料。

岔　路

原本窄窄的小路分成两条支路。

一条宽阔明亮，春色满园，鸟语花香；一条阴暗晦涩，冷风四起，伸手不见五指。

很多人以为，这是上天安排的考验，便自然而然选择了黑色的小路。

他们坚信，黑暗之后，必有光明。

我违背上天的意愿，转身走向宽阔的大道。

这里阳光和煦，有着淡蓝的苍穹。我踩着松软的土地，感觉自己置身于一幅调色均匀柔和的画。不时掠过天空的飞鸟划出一道道弧线，仿佛诉说着庄重的誓言。

我无法得知那些黑暗中的人怎样，因为我处于一个同他们截然相反的世界。我不知道他们是何等的努力，就像他们也不知道我是何等的舒适与自由。

如果说上天的考验是真的，那么我也相信，在不远的前方，必然有着比我们所能想象的，更晦暗阴冷，更没有生气的一段考验在等着我踏入。而在那深不见底的黑暗深处，也一定有着希望与光明。

这也是必然的。

正如在岔路口，无论谁选择怎样的开始，只要有所醒悟，有所坚持，最终都会迎来一个被幸福环绕的结局。

黑　暗

像浓浓的黑咖啡，不加白，不掺水，深不见底。

不管是任何人，在生命的最初，面对这片阴晦的空间，都是会害怕的。

我们已经在黑暗中待得太久了。当我们终于冲破黑暗，哇哇大哭着来到这个世界上时，第一个迎接我们的，便是光。

光有着宇宙间最快的速度。而光所到达之处聚集的黑暗，也同样是这个速度。

没有谁会真正喜欢黑暗。之所以不介意世间的混沌，躲在角落里瑟瑟发抖，都不过是受伤之心的寄托与发泄的理由。

这样的人，往往无助与寂寞。

他们还年轻无知，不懂得什么是真正的黑暗。当那些如潮水般涌来的滚滚黑流包围他们的时候，才又想起曾经有过的快乐与幸福。

世界上最可怕的不是黑夜，而是被黑暗笼罩，找不到方向的心。

人可以有这样一个特性。不管在多么暗的地方，总能清楚地看见自己。

一颗千疮百孔的心，是无论如何都不能看清暗室中的自己的。因此，也从未发觉过，自己便是黑暗中的一抹亮光。

这光芒，只有我们自己才能看得到。尽管微弱暗淡，但足以散开方寸黑暗，指明方向。

这是心灵之光。眼睛办不到的事情，由它来完成。

我们应该感谢黑暗。屡屡在无意中，教会我们在迷茫与失落时，如何寻找光明和希望。

如何，寻得隐藏于黑暗中的幸福。

梦 幻

倘若在沙漠中突然出现一片林绿水清的绿洲，或是在荒山野岭里突然冒出一座繁华热闹的城市，你是否还会相信自己的眼睛。

幻觉常常让人不敢相信，却又不由自主地去相信。到最后觉醒时，已成一梦。

我们常常沉醉在自己创想的幻境里，不能自拔。总以为自己是不会伤害自己的，殊不知，我们最大的敌人恰恰是我们最信任的自己。

所谓的美梦，令我们沉沦。

梦就像野蔷薇藤，紧密缠绕在栅栏上。幻境是鲜红的蔷薇花，骄傲地开在藤外，迷惑一个又一个行人。

我们有时会被各种无形的藤蔓束缚了脚步，寸步难行，以至于错过自己本该去追寻的东西。于是，我们失望了，放弃了，绝望了。

若当真到了那么一天，请试着摘下一朵蔷薇，将它变为自己的。

幻境不会阻碍创造它的人，只是人们会利用它来摧残自己。

他们以为在梦幻中感觉不到疼痛，以为在梦幻中死亡是一种幸福。

不过，确实是这样。有时，虚幻的幸福，胜过真实的痛苦。

笑 颜

东方露出鱼肚白，黎明的曙光悄悄笼罩着大地。它们像一群顽皮的孩子，放肆地笑着。

无声的笑意，几乎感染了所有人。

大家清晨起来，朝对方微笑着打招呼，这是多么让人惬意的场面。

树上的小鸟开始欢唱，落叶一片一片随着它们清脆的歌声翩然起舞。这般和谐的景色，令人感动。

世界在欢笑，地球更是带劲地不停旋转，围着她的母亲转圈儿，努力想将她此刻的兴奋传达。

笑是快乐的体现。不论是善意地给他人微笑，还是接受他人温和的笑容，都是幸福。

它温暖，动人，可爱。它使两个本不相识的男女相遇，相知，相爱；它填补了破碎的友情；出现感情裂缝的家庭，也因为它，开始相互理解，相互退让。

面对它，那冰封的心，也要蹿起火花。

在他人幸福时微笑，无论自己有多少辛酸苦楚；在心迷茫时微笑，无论失去的东西有多么重要；在好友离别时微笑，无论还有多少话没来得及说。

只有微笑了，我们才会开始懂得如何去用心珍惜，如何去勇敢面对。

这是得到幸福的开始。

当我们展开笑颜，撒播幸福的青鸟便会出现。

幸　　福

传说不再是梦，因为已经出现。

青色的羽翼，淡淡的光晕，带着无数人蓝天般的向往，在我面前，抖动绿光莹莹的羽毛，跳起苍穹之舞。

这便是传说中能给予人类幸福的青鸟么？它是多么漂亮，多么高贵，多么神秘！

可是，不知为什么，在它的眼里没有熠熠生辉的水晶般的光芒，也没有幸福的笑意。唯有，说不尽的疲惫。

我们总以为，找到自己的幸福，这一生，便无憾了。

于是，为了得到自己想要的幸福，我们不惜一切代价，开始了所谓的扫除眼前的障碍；开始变得为了自己的幸福而付出所有，变得歇斯底里，却总忽略了对方的冷漠与厌烦。

最后的最后，换来一场空。

到底该怎样，才算得上真正的幸福？

只要自己满足，就好了吗？

谁又知道。千百年来，如此真谛，就连传递幸福的青鸟都无从得知，更何况受其恩惠的我们。

也许，在荒漠中看到一泓清泉，便是幸福；在陌生环境中遇见相识之人，便是幸福；五百年的佛前修行，终换得所爱之人回眸一笑，便是幸福……

我们一直活在幸福之中，只是从未用心去感受。

青鸟拍拍翅膀，飞向遥远的天边，很快消失不见。

我站在原地，不知所措。

我们已是幸福之人，那么，青鸟的幸福呢？

是否在那寻不见的地方，等待着它去寻找？

【简评】 对于幸福的理解与认识，在作者那诗性化的描述里，幸福是精神之光的闪烁，具有哲思的意味。

文章分成七小节，犹如七个乐章，而每一个乐章的情感音色是饱满的。"传说"，青鸟的寻找是传说的开始，过去、开始还有将来。而幸福往往就在我们身边，幸福就是我们自己，在寻找的路上。每一个寻找幸福的人，都在坚持，都在朝前行走，也就成了永恒的传说，不老的传说。"沿途"，走在路上，在每一个旅途，风景就在沿途铺开，诱惑也在我们心底打开，有人在目不斜视地走，有人却是模糊了方向，我们才成了真正的沿途风景。"岔路"，世上的路有很多条，选择是多么地重要，但只有自己知道所走的路是多么舒适与自由，哪怕是岔路。"黑暗"，当你进入黑暗，最要紧的是找到光亮，不必害怕黑暗，因为光明就在我们心里。同时黑暗又是包容一切的色彩，包括幸福。"梦幻"，是一种无我的幸福，又是真我的追求，因为"虚幻的幸福，胜过真实的痛苦"。这不是逃避，是让自己活在美好里。"笑颜"，微笑从心底里涌出，渗透每一个角落，融化世界万物，像阳光一样普照大地笑颜如青鸟的翅膀一样徐徐展开。"幸福"，传说不是梦，幸福就在我们的寻找中出现，然而幸福为何有倦意，寻找是重新审视自己，而我们看到的青鸟重新飞远，等待人们再次寻找，还是青鸟自身的寻找？

此文的每一个章节都可以独立成篇。相比较来说，"沿途"与"黑暗"两小节的想象更独特一些，另几个章节的角度与深度还是一般。但在总体的结构与气韵上是连贯的，比较有诗意与节奏感。

（王慧勤）

在布料路上前行

[一等奖]

福建省泉州市实验中学初中部　凌冰清

由衷地喜欢抚摩布料时所带来的依赖感，总是会有一堆的联想。

想着它们，写着它们，它们是与我同行的布料们。

黑白灰，短牛仔，海盗船

我穿着大圆领黑底白LOGO长袖T恤，套了灰色HIP-HOP徽章中袖长外套；长至膝盖上方的牛仔短裤，它上面有朋友喜欢的黑色金骷髅皮带，小腿由黑白袜套保护着，然后是黑色底星星高帮鞋。

我待在朋友家里，霸占着她的纯白色书桌，问她要先写哪一个STYLE。她说，我还是对你的海盗腰带比较有兴趣。我笑说，那叫皮带，你看还真像鳄鱼皮，还有啊，那个是骷髅，骷髅不一定代表海盗啊。她随便点了一下头，继续看她那本有关紫禁城的盗版书。

我特别选了一个冬季回温的日子第一次穿上这套新衣服。记得第一眼看到灰色外套的时候就很有感觉，心里想这就是我找了很久的HIP-HOP外套啊。购买这套衣服（除袜套和鞋子）是在高端消费街道DX街新开的ONLY店铺，这也是我有史以来买的最贵的一套衣服。

妈妈说阳光很暖人，天空不高不低才算是真正的冬天。冬季的阳光，在穿着白色线衣的时候总觉得它很空洞，可是现在身上里黑外灰的上半部分却是在不断地吸收阳光，肆无忌惮。当半截手臂因为没有外套中袖的覆盖、只有黑色T恤轻轻遮挡而觉得轻微地热时，就觉得精神振奋。

灰色外套，颜色昏沉，不过仔细感受它的质地，不经意地加上了绒，显瘦而且保暖，很难得；黑色T恤，如果没有白色LOGO会觉得很深很沉闷，但是它会吸收阳光，白色LOGO也成为了它出彩的一部分。

嗯，很适合消沉的时候穿呢。尤其是几近绝望的时候，觉得自己只能被困于原地的时候，只看到悲伤的时候，黑白反差和灰色昏沉的保暖效果，不就是希望么。

黑白，短布裤，公主袖

从朋友家回来后刚到的公主袖长衫，是我在网上订购的。据网店里提供的数据，衣长82CM。据《MINA》（东京原创流行杂志）提供的参考建议，我决定找出去年十一月买的长至大腿三分之二处的短布裤，深蓝的。还有"元气日屋"生产的黑色衬裤。鞋子是红底白头帆布鞋。

不知道为什么，冬季到来后尤其喜欢帽衫。公主袖的那件就是黑色V领加帽子，帽内衬和第二层V领都是黑白条纹。简单，但是有隐隐约约的张扬。一开始在网店购买时几乎断货。

一直在想，为什么那么多故事都是悲伤的结局？但是没想到经过五千多个日子的流逝，自己随着成长也渐渐喜欢写这样的故事。这套衣服，就是写故事和读故事的最佳选择了。

回想在朋友家住的两个晚上，她告诉我她的外婆和奶奶都很可怜，我问为什么，她说外婆生下的第一、二个孩子都夭折了，接着有了朋友的妈妈、两个小舅舅。可是朋友的四舅舅因为绝症自杀了，最小的舅舅在4岁的时候，从山上滚下，掉到河里淹死了。奶奶因为爷爷的养父待她不好，几乎没怎么吃东西，得了食道癌去世了。朋友说，奶奶是对她影响最大的人，教她唱戏，教她历史。可是命运却没有给奶奶任何优待，连去世时都是万分痛苦的。

我十三年多以来第一次在听完别人的讲述后沉默不语。我躺在床上，跟朋友并排，想这真是我听过的最悲惨的一个故事了。然后我庆幸我的外公外婆、爷爷奶奶还健健康康地生活着。有的时候，不仅仅是亲人需要我们陪，亲人也在陪着我们。

而现在这件黑色的公主袖长衫，穿在身上走有一点高贵和可爱相融的味道；大片的黑色让人一看觉得悲伤像深不见底的海一样，黑白条纹就代表着回忆。每一个失去的东西都会留下回忆，可是回忆总会变得浑噩而不清晰，所以不管怎样我们总会抛开它们向前走。就好像我将这件衣服穿上后，因为是公主袖，所以看起来觉得自己的肩膀很宽，那就是我承受困难的资本。

带着悲伤前行，我可以承受更重的困难。

我带着悲伤，继续写着悲伤的故事。

黑灰，中长裙，高腰带

去一家叫"理惠"的韩装店铺买的。也是"元气日屋"产的黑色高领秋衣，搭韩国泡泡短袖灰色中长裙，特别喜欢的是今年流行的高腰装饰——黑色高腰带。腿上可以穿衬裤或者牛仔，黑色布鞋。

看着镜子里异常淑女的自己，真有点不习惯呢。回想一下，已经两年没穿裙子了。

小学三四年级的时候曾经想过，选择漂亮衣服的思想本就依附于女孩子身上。女生可以穿裙子或者裤子，男生只能穿裤子。五六年级的时候，意识到自己胖，穿裙子丢人，现在喜欢的冬季短裤装扮那时候也不敢穿。奇怪的是那时候我从不羡慕穿裙子的女孩，而是自己买布裤穿。不过现在那些布裤我基本上不穿，因为太宽了。

两年的时间自己瘦了很多，穿裙子的次数应该会更多吧。小学的时候曾经和外号叫野驴的朋友约定不穿裙子，我没有告诉她我遵守不了这个约定了。

长大的话题，很多人说了很多遍。我是一个不容易忘记的人。现在在镜子前端详又一次穿上裙子的自己，想到从前，想到总是穿宽布裤的日子。学业让从前的朋友分离，把从前的朋友和我有关从前的历史从毕业的那一天抛弃。

只是穿裙子，让我回望并寻回那段历史。

原来记起容易被遗忘的东西和从前的自己，只要穿上裙子。

我是一个会穿衣服的人。

过去和未来的时间，在我脑海里都是用布料铺成的。它们柔和温暖，就像一切喜怒哀乐都会变成柔软的记忆。它们在与我相遇时组成衣装，我迈出下一步时，它们铺成一段路。

它们带给我人生的味道。

所以我喜欢抚摩布料时的感觉，让我觉得充实，让我面对未来充满期待而不是害怕，因为那是柔软的未来。

【简评】　　所谓生活化，决非一个空间的概念，而是一种全新的追求，比如这"在布料路上前行"的本色体现。

凌冰清的衣着打扮里体现了一种个性和另类，也体现了一种时尚与品位。作者的布料色彩，有了自己的选择。黑白灰里融入了更多的生活元素。

这样的随意和率真，让我读到了一个自信、沉稳而又快乐的清纯少女。尽管，在我们身边随处可见这样的形象，但作者的描绘和勾画里展现了更多新生的希望。

现实的色调里，又有几绪理想的光亮。衣料只是一个外包装，而人的精神面貌体现在一个人的心灵。

正因此，作者才有了一种刻意的低调，也才有了更多的血脉贲张，乃至她所有的情感寄托和追求梦想。

（李迎兵）

重拾的记忆

[一等奖]

北京市第四中学 罗 琪

星 子

星斗满天，该是怎样的一种壮丽和辉煌？

对于我来说，那样的画面尚属于想象的空间。记忆中见到星最多的一次，仅只有二十余颗——一个有点可怜的数字。仿佛早已习惯了，深紫靛色的天空，几颗微弱喘息着的星在云间挣扎。然还是愿意，将星空拿想象的软件编辑一下。

夜披着深紫色华丽的天鹅绒斗篷，悄悄地站在夕阳的身后。你看她蹑手蹑脚地伸出手来，待夕阳要没入山谷的时候，便猛然用斗篷将他盖了。然后，仿佛恶作剧般的，她面上放出光来，玫瑰色、深红色、橘红色交织着，而又渐渐散去了。

这时，请看吧！斗篷里原先藏着的小粒的钻石般的星子，被她一高兴，散得满天都是了。许是憋得久了，这些闪着华彩的小精灵调皮地跑开去。夜伸手要将他们收回怀里，他们却躲在云后或是借着山的庇护，调皮地向她眨着眼睛："让我们先玩会儿么！"

夜大概是倦了，于是任由他们闹去。奇的是星子们却也安静下来，有的拽了暖和的云彩作被子打盹儿，有的围着广寒宫给嫦娥和玉兔儿打灯笼。更多的则乖乖地呆在空中，扑闪着大眼睛看着地上的世界。当某个孩子忽然想起了星座的古老传说而仰望天空时，他们便大气也不敢出地在自己的位置上站好，生怕因为自己而给那孩子造成麻烦似的。

"多么美丽的星空啊！"孩子这样赞叹着，于是满天的星都高兴起来了，将云驱到身后去。满天的星，全都璀璨地放着光彩，在孩子的眼睛里，点亮无数盏梦想与憧憬的灯。一个小星子偷偷地想到人间去，却被孩子发现了他闪亮的弧线形的脚印。"是流星啊！"孩子惊喜地说着，虔诚地许一个愿。

而满天的星，在他的明净的眼眸中闪耀。

"我们会帮你指明方向……"星温和地说。

在　路　上

我们一直在路上。

说这句话的时候有一种漂泊感，但亦有一种归属感。

因为有一个明确的目标。

路应该是和我们关系最紧密的物体之一。先不谈人为修建的物质的路。从刚刚出生的时候，摆在我们面前的就是路——各种各样不同的道路。我们统称为人生道路。

修建人生道路的人（或者是神鬼？）肯定是煞费苦心的。那数不清的岔路口，数不清的遭遇，都要从一个原点开始，又都要在一个终点结束。每个人站在原点上，都以均等的速度向着终点前进。在这条单行线上，交通规则是严明的，没有谁能向后退，没有谁能停在原地，没有谁能在路口一直彷徨。选择似乎成了自然而然的事情，在我们不经意间。

很多人走着这条路，就那样走过了——了无痕。另一些人走着，却在不停地思考，不停地创造。他们走过的时候，留下深刻的足迹。后人们再次路过，便在那里怀想。怀想曾经，几度夕阳，几度春回，几度世事变迁。时间的流水可以冲刷掉无数的印痕，而能够穿过漫长的沧海桑田来到我们面前的，值得深切地敬仰。

他们的路走得轰轰烈烈，而我……

如果可以选择，我希望这条路是古朴的青石板小道。有一些坑洼，有一些坎坷，但路边的野草野花送给你理解的微笑和淡淡的清香，送给你快乐。

如果可以选择，我希望这条路是园林里的曲径通幽。路上是有风景的，虽然也有荆棘拦路，虽然也有虫蛇骚扰，但终究是美丽的。

如果可以选择，我希望这条路上，有来自爱的温暖。也许孤独过，也许绝望过，但有了信念，就可以坚持着，走到黎明。

光　明

混沌是在什么时候结束的？在有了光的时候。

很多动物和植物有趋光性，人亦如是。我们的身体也许隐藏在暗夜里，但心永远追随着光明。

因为光明是我们心里的希望。它天生地具有牵引我们的力量。

我喜欢在闲暇的傍晚坐在柔和的灯下，看看书、听听悠扬的音乐，享受温馨的感觉，也喜欢强烈却不刺眼的光，华美地四散成星的形状。喜欢让自己沐浴在光下，也喜欢坐在阴影里，看阳光在地面上投射着树叶儿优雅的剪影，看微小的浮尘在光下随风舞蹈。喜欢看画里烘托着主体的微亮的背光，也喜欢强烈的光暗对比制造出的震撼和明晰。喜欢光带给我们的丰富美丽的颜色，喜欢光带给我们的清朗明澈的世界……

总是觉得光里藏着冥冥玄妙，看见壮美的天光时，会有强烈的崇拜和敬仰的感觉。那是造物用以告知我们的渺小的么？

为什么不再混沌？因为有了光。

在外界没有光的时候，在心里点燃一点小小的热情和希望的火苗，再给一点燃料，等着它燃烧成你的太阳。这个太阳不会下山，它会一直，陪着你。

树　灵

我相信树有灵魂。

那些目睹了几百几千个春秋的老树，那些努力地生长的小树，那些默默站立在天地间的树。他们不曾说话，不曾哭，不曾笑——只是安静地站立，安静地举着双臂，用身体诠释着沧海桑田。他们的灵魂，安详地盘坐在那儿，从容地面对风霜雨雪，面对岁月的侵蚀。每年的春天勤生绿叶，而后茂盛几季的风华。他们耐得寂寞，亦愿意奉献。

我眼里的树是母亲般的。花、叶、果，就是她们的孩子。

春天，当草本植物们恣肆地开放着满地姹紫嫣红的时候，树是不愿落后的。印象最深的是梨树，它们的白色纯净的花，在某个有微风的午后散落在新草上。如满地的春雪，纷纷扬扬的。恍惚忆起多年前那个梳着两把小刷子的小女孩，拿着口袋和妈妈一起拣梨花的花瓣，最后收集起一大袋轻软清香的白。那时的单纯的快乐啊。

夏天，那浓荫间的声声蝉鸣连同骄阳、假期、冰棒和老人手中的蒲扇一起，在编织一个个燃烧的日子。而在哪里寻得清凉与阴影遮蔽？去找蝉鸣的来源，那些有着宽阔绿伞的大树。至今，我走在被暴晒的街道上时，还是不禁希望路边出现一棵像"鸟的天堂"那样的大榕树，好爬到上面嬉戏乘凉啊——虽然不知以我的身手能否爬上去。在校园里，起风时能听到白杨哗哗的掌声；在公园里，下雨时能听到柳树沙沙的笑声。这样的时刻，应最合适出现那种乳白色或者淡绿色发光的小树精吧。

秋天，我最喜欢的金红交织蔚蓝的季节，树叶的华章断不可少。不记得歌颂过多少次落叶的美，直至现在尚未词穷，可见其丰富多彩。幼时觉得落叶很奇妙，儿时觉得落叶很忧伤，现在觉得落叶很单纯——只是美丽。飞舞天地间以盛大谢幕的美丽。秋日是我最虔敬感谢树的时候——没有树，就没有果子吃了。最爱的水果是苹果，很普通，但是实在。就像行道树，很多见，但是极实用。那些迎接城市第一缕阳光的行道树。

冬天，树更多是给我剪影的印象。在灰白的天空中瘦峻的剪影，苍凉而美丽，似乎有一种隐忍的坚持。乍一看断绝了生机，但是仔细瞧时，就看到了细小的芽苞。它们悄然从枝条深处萌发，面对冬的霜雪严寒微笑着。恍惚中树灵在舞蹈，那是很轻柔、动作很小的舞，却自有极强烈的魅力。正是这样一种无声细小的、浸染着浓郁生命气息的舞蹈，格外地撼人心魄。

你可愿意静下心来，用心观看一次树灵的舞蹈？

离离原上草

很多时候觉得草就和人一样，既坚强又柔软。

草在坚强的时候拥有相当的力量。离离原上草，一岁一枯荣。生命神秘的轮回间，草渲染着那一泓优美的绿。也许它们是大地的织工抑或裁缝吧，缀连自己的身躯，缝成牢固的绿衣和坚实的翠绿软甲。野火烧不尽，春风吹又生。面对灾难它们是不会毁灭的，它们在为大地穿衣的同时又是大地的卫士，有着忠实卫士的坚忍不拔与顽强执著。草色烟光残照里，草色的纯度和亮度不高，不是那种鲜艳夺目的色彩；但是当这一种颜色浩浩荡荡地向地平线无限延伸时，它自有一种惊人的气势和广博。并且，它不是凝固静止的颜色，它是生长着的，每一秒都是崭新的。

草给我的印象更多的是柔软。或许草那纤弱的质地，是不适合经历大苦难的；或许正是由于这种纤弱，面对灾难它们才能以柔克刚。清晨时草尖点缀着晶莹露珠，起风时随风拂动的绿色波浪，幼小时姐姐编织的狗尾草花环……那些时候的草是少女般的。喜欢野草花，就是那些彩虹一般绚丽的、星星点点的小花儿。它们不曾拥有华美富贵，它们是最平凡的，是风雨中历练出的花朵。但也只有它们，给温柔的绿衣锦上添花、点缀色彩。我最喜欢一种微小的花（大约比一粒绿豆小一点），它们矮得紧贴地面，小得无人注意，像是小人国的植物，可是它们拥有惊人的精巧。那样纯澈的洁白渲染浅蓝的花瓣雕刻得细致，一点鹅黄的花蕊，深绿的茎叶衬托着它们，好似草的天空里细小的星星。当我兴致勃勃地向家人说起此事，他们竟一脸惊异地说："没注意过啊！"有多少美丽就在不经意间，被我们的眼睛、心灵漏掉了呢？

蒲公英的绒球该是印象里的精灵了。鲜黄色花儿凋零后生出洁白的绒球，那是很多褐色"小伞兵"用自己的白色降落伞组成的。微风拂过，成熟的伞兵们随风飘起，降落伞的绒毛蓬松着，给人浪漫的遐想。见过很多孩子手里举着连带半截茎干的蒲公英绒球吹着玩，我亦经常为它们传播种子。但是我从不将它们掐下，而是凑上去吹；或者就只抚摸一下，任风与它们打闹。即使是一株小草，亦不应伤害。请让它们安静地生息轮回，把那湮没在城市烟尘里的自然，还给它们吧。

【简评】　新奇的想象会让写作者思绪舒展，视野开阔起来。

有着丰富想象力的罗琪，带着诗意和饱满的热情，描绘她心海上的风景。

《星子》一文，作者以童话的形式构想了星斗满天的缘由，富有童趣。

文中的星子顽皮，像孩童一样有好奇心，"扑闪着大眼睛看着地上的世界"。天上人间，星子编织着美丽的梦，孩子陶醉于星斗满天，人与大自然构成了一幅美轮美奂的图画。

满天星斗的夜晚，多么令人神往。

客观世界里的光让大地清晰，心灵上的光明让我们充实。《光明》一篇里，作者传达出各种有形或无形的光带给我们快乐和力量。"我们的身体也许隐藏在暗夜里，但心永远追随着光明"，很有感染力。该文的指向明晰，显露出作者的思考能力。

而《树灵》与《离离原上草》便是对植物的深情触摸，她是真正进入了植物的内心世界。

有人说，自然的一切皆哲语。树的四季和草的荣枯，已经向我们透露出生命的义谛所在。

唯愿每个喜欢写作的孩子都能以这样的一颗诗心亲近自然，那么你的笔下才会呈现出丰富的大千世界。

（董　胜）

零碎脚步

[一等奖]

浙江省桐乡市求是实验中学　沈晨怡

风可以给我冗杂的暖意，只是它带不来我的天堂；

枫可以给我葱茏的淡定，只是它带不走我的心伤。

风和枫，透明的和火红的，坦然的和炽热的。

转身离开，回归之后爱依然存在。

有人领我走进夏天的领域，懵懂的我像是囫囵吞枣般地打量这样的季节。我可以看见，人们都学会脱下厚重的外套，穿着单薄的衣衫在人头攒动的地方，招摇过市，事实上，这些五花八门的衣服，只是用来充当一些武器，走马观花一般的。

我会不由自主地感慨这世道是越来越虚伪了。我们总认为将自己牢牢伪装，就可以遗忘过往。心情郁闷的时候，穿成黑色狼藉的短装，一个人形单影只。欢欣起来，就将大红大绿地都往身上扛，就差点没把复色光都给分解了。之后，就挽上一帮人的手臂，大摇大摆地出现在那些热闹至极的街道上，一道很亮丽的风景线就这么诞生了。宛如爪哇国一样的奇怪。我是从来都不喜欢这样的，尽管形形色色的人很多，像分子一样数不完的，恐怕只有潜心研究这种东西的人才会有这样的耐心的，但我知道我是不会的。很简单，我是很急躁的。往往就是急躁的人，是很看不惯那些成天搞上百上千个花样的人。要是哪天搞成个妖精样儿，再也变不回来，那也是他们罪孽深重罢了。

我喜欢很随意的行装、动作、言论。"随意"分解出来的谐音便是"随心所欲"了。这是个色彩纷呈的词语，总会以为包罗了各种的绮丽。只是，再想想，那是一种随风而散的美丽了。于是，我的衣着在学校都是单色调的校服，回家之后，也一贯都是少于三种颜色的衣服。我是很不喜欢那些一件衣服N个色彩的，太夸张，像是掉进染缸一样的。说不定，染缸这么一染，比这个还要鲜明，生动呢。

我的口头禅就这么的变成了"随便"。我也会很奇怪地发现自己已经是改不了，这个习惯已经在我的意识中根深蒂固了，什么都取代不了。每当有人问我需要什么时，妈妈总是很不厌烦地说："随便吧。"妈妈的回答，是在我没来得及说的前提下客观存在的。我想想自己也蛮好笑的，竟然就这么带出了个徒弟，是我妈妈就先不说，这个徒弟还很油腔滑调地叫我："沈随便。"前者呢，是我的姓，后者便是我的口头禅了。她是不止一次地提醒我不要老把随便两个字挂在口头上，看上去很没主见的。我却不以为然，仍旧是我行我素地随便着。

有时候，我总在想，随意到底等不等于随便呢？想了很久，得出的理论是不等。我想，更多端庄得像瓷菩萨一般的人会更喜欢，更倾向于很随意的人。他们会以为，这样的人群是十分具有亲和力的，容易接近，甚至可以平易近人到任人摆布。性格呢，也是很温顺的，没有丝毫的脾气，脸上总是带着微微的笑容。衣着打扮，接近于最朴实的基层底部。言语举止，也是颇为随和的，总之是很文气的样子。

而那些呼吁随便的人呢，会让人以为这仅仅是种敷衍，可以和流氓痞子混为一谈。于是，就会立马引起人的各种联想。衣服大得拖到大腿上，松懈地连扣子也扒掉，裤子左右是补丁，杂乱地拖着丝带。头发蓬蓬的，连同那些玉米烫，离子烫，真可以称得上本世纪的发型三绝了。说话的时候，喜欢装可爱，甜甜地卷着舌头，或是拖泥带水地像周董那样说了半天，根本听不懂是说了什么。这样一来就麻烦，说不定还得找个翻译。要是哪天碰上这样的人，无论长得多么甜美或是多么帅气，只要一看打扮，一听他的谈吐，就可以自认倒霉，还是18辈子以上的。

我分析了这么久，鉴于我爱说随便，就归纳为第二类。这样我想，这是不是我以后的一个征兆呢？万一我哪天要真成了这副成事不足，败事有余的模样，那归根到底都是小时候学坏了，步入这样的歧途。这下子，我的心就立刻给揪起来了，想象以后的这副装扮，N年之后必然还是心有余悸的。我便暗暗地发誓，从此不再说"随便"二字。这样的修行是辛劳的。比如在说话的时候，要让自己警惕些，不要一激动，就又"随便，随便"地乱吼。即使有时脱口而出也会出现这么两个字，但毕竟到现在已是不经常性的事情了。我于是很白痴地明白一个凡人都明白的道理，任何的错误，例如我的口头禅，只要下决心去改掉，就一定能够改正的。有句话是说："有志者，事竟成。"

我能明白这个道理说明了三件重要的事情。一是证明我还蛮有决心的，虽说希望越大，失望越大。但这个好像在我身上得不到明确的表现。二是证明我有极高的悟性，能够在短时间内，将自己百念不厌的口头禅迅速抛弃。三是证明我十分的没有良心，可谓是众人口中常常念叨的喜新厌旧，见异思迁。这三个事实，足以说明我是个有耐心，聪明，却良心黑漆漆的人。根据这种奇怪的心理加行动特征，可以想象今后的我，会成为一个驰骋商场的高手，却因为偷税、逃税而最终在高墙中度过自己荒芜的人生。想想这也蛮可怕的，但是，我的预感告诉我，良心好坏并不是与生俱来的，有句话是说："人之初，性本善。"那么，可以见得良心是能够改好的，何况我那么有耐心，悟性这么高，单单这个简单的问题，不可能成为我脚底下的绊脚石。于是，我又对自己充满了信心。

事实上，这些都是我在胡思乱想中，归纳出来的一些荒谬的理论，但细细看来，还是有些道理的。最近爱上长篇大论地教导同学怎么做人，怎么处事，也是因为某些社会舆论的影响。我是比较容易融入社会的，接触得频繁了，自己也就咿咿呀呀地学会一些了。往往我一说起来就停不了口，说到后来就越发地激动。同学会很无奈地叫我长舌妇。然而我不管，我可以用一亿个理由来证明，绰号之类的东西，也只是社会舆论的一种。

我开始渐渐爱上将文字七拼八凑地写成文章，表达不出什么内容，或者接近于抽象派的，我不知道我算不算自恋，但我能很有把握地说，我是极具有艺术感观的。我喜欢像小家碧玉那样踩着碎碎的脚步走路，影子在阳光下左摇右摆的，像极了扭秧歌的老太太。似乎，我所拥有的都是些碎裂的东西，比如走路的样子，比如短发，比如思想，再比如文字。我的宿命，一开始就注定了是碎裂的。

头发是最先开始碎掉的。狠下心将走伴过自己十年的长发，看着曾经在风中可以飘逸飞扬的秀发，在那时纷飞，它们是解脱了，我却收获了一阵刺骨的寒冷。我想起那头离开了我半年之久的长发，心中总是酸酸的，佳说这样可以了却了自己的烦恼，我却以为，长发散了，我的悲哀就无处躲藏了。

接着游离的是文字。往往在不久之前，我可以很畅快地挥笔疾书，然后接踵而来的是赞叹和羡慕。科学老师说我是笔下生花的。我有些得意，却不至于忘形。可是现在，我总有一些的恐惧感，老认为自己的思路在哪一天突然地僵硬，我的文字就再也写不出往日的辉煌。那是件多么哀凉的事。语文老师讲了《伤仲永》之后，我就更加地内怕，甚至开始怀疑自己的水平。

再后来的便是思想。牵引着文字走下去的就是思绪。我的思绪常常是千丝万缕的，我会这样形容自己：剪不断，理还乱。我记得过去的自己并非是这样的，我会有条不紊地将某件事情的前因后果想个明白，即使想不明白，也要很努力地去想。可是现在呢，我发现我更倾向于胡思乱想，总想一些与自己搭不上边的事情。是不是青春期的少女都会这样呢？

至于走路，是最后才演变成这样的。夏天的阳光很温暖，也很惬意。谁用剪刀将阳光剪成碎碎的丝带，编织成各种的形状一泻万里？影子也随之变得支离破碎。校园里随处可见的是低头踩着碎步的女孩子，她们的背影很好看，像是极需要别人怜爱的那种。我于是也习惯地这样走路，没有丝毫的理由，更谈不上为谁去特意地改变。只为了好看，为了让自己的背影有些别人的怜惜。

妈妈总说："你现在才15岁，可你的样子看起来像17岁的。"我笑，我说："15岁和17岁，只存在于本质上的差别罢了。客观来看，这样的年龄，都是处于花季的。"妈妈便很疑惑地看着我，她应该是惊讶我能讲出这样的话来吧。可事实就是这样的。我仿佛看透了很多，花季的心思在某些时候会垂暮，却在我心中异常地清晰。我明白，这种时候，是心理最冲动的时候，只有牢牢地把握，才不至于会最终毁掉自己。

【简评】 晨怡的很多散文都来自心灵的漫步，她在行走中，不断地对生活有新的发现，对生命有新的感怀，因而她常常驻足思考，这些思考的结晶就成为了她的青春断章。

从这篇散文中，能明显地感到她心智的成熟，比如她会思考随便和随意的区别，会找寻自己爱上写作的真正缘由，这些都是她的一种自我追问。她坦率而真实地把自己内心的感动、感情、感觉真实地传递给大家，在阅读的时候我们会自然地叩问自己的心灵。阅读在很多时候是在别人的箴言中找寻最真的本我。

在青春刚刚起步的时候，我欣喜于晨怡面对许多问题的坦然，唯祝福她在行走中捡拾更多的智慧的种子。

（王　岩）

梦醒时分

[一等奖]

广东省东莞市党城英文实验学校　梁漪懿

半夜的时候突然惊醒，世界瓢泼大雨，一声声雷，一闪闪电，再也睡不着了，于是裹着被子，掀开蚊帐看着窗外的天光一秒一秒地占领苍穹。默默传来下床同学孤单的钟声，一下一下像是敲给天堂听的密码。回忆的神经抽搐着晚自修时仍未完成的数学题，最终竟将那一个又一个函数关系式羽化成一段又一段华丽的故事，不料插上翅膀的思想再一次朝已逝的光年划去，黑白的玄机卷集着落地尘埃，尽管留下的仅是没有痕迹的文字——

Part 1：蹒跚

穿着温暖的毛毛鞋一步一步走向客厅，满腔欣喜地向父母炫耀今天的战果——又从老师手中得到的"小红花"，再三听到那么多的夸奖后，才一心满足地连蹦带跳进入书房，开始一笔一画地在作业本上留下较为工整的"文字"、唯一不开心的是，今天又多了一页作业。写到快要吃晚饭的时刻，例行公事地打开电视机，"小丸子"永远比中文字要吸引人。总爱在餐桌上再言今天的新鲜事，尽管事情说得没头没尾又不清不楚，但爸爸妈妈总不忘要给他们的女儿一番鼓励和微笑，最终这天又在爸爸有节奏的呼噜声中和妈妈美丽的童话故事下降下温馨的帷幕。

Part 2：盼望

在凉席上睡出汗水的印记，翻个身听到稀薄的蝉鸣漏进窗户，再然后愈来愈清晰，睁开瞳孔就看到满世界撒下的阳光。打开冰箱拿出半个西瓜，勺子插在上面像是胜利的旗帜。拿出暑假作业听爸爸讲不懂的数学题，房外的妈妈看着这一大一小，端来冰凉的果汁，于是那个小听众愉快地偷偷地在"老师"教学热情极度高涨的情况下解决了两杯甜到恰到好处的夏日饮品后，口渴的演说家终于拿起了杯子，才发现那个调皮的小家伙正拼命忍着笑和自己正辛勤地吸饮着杯中的空气，果然，一场"老鹰抓小鸡"游戏再次登场!!!

Part 3：彷徨

夏天是最后仓皇地离开，不知道为什么突然就毕业了。彼此沉默地签写着纪念册，都在用最欢乐的词语来掩饰遮盖最深沉的难过。在这一个烈日当头的日子里，大家纷纷站在学校大门前拍毕业照。周围站着三五个同窗好友，本来想笑的，可表情却格外僵硬，于是一生第一次的毕业照中，显得是那么木讷。灿烂的阳光照亮了每一个人的身影，却照不亮他们的眼睛。因为潮汛来临，一瞬间把人包围，犹如滔天大水，世界一瞬间模糊，这时才真真正正地发现，6年的欢笑沮丧吵架眼泪，已离开了所熟悉的地方，全部化入苍白年轮的碾下，等待再一次无意地想起，刻骨铭心地想起，才痛彻心扉。毕竟要离开的终究不能长留。

Part 4：盘旋

在4楼左边第三间教室，墨绿色的黑板，上面有值日生没有擦去的粉笔迹。于窗边阵阵微风里，轻微地掉落了些许尘埃，夕阳在窗外打出了倾斜的毛茸茸的光。头顶的风扇生涩地旋转，听着嘎吱嘎吱的旋转声独坐，在蔓延浓郁的书香中，反复解读。无奈只有虔诚的数字与鲜血般的红，在一张已非白纸的"成绩单"上盘旋。

盘旋……

郭敬明于孤单时说："寂寞的矿泉水瓶，当它心里的眼泪哗啦啦地流淌完，它就被抛弃在喧闹的马路旁边。当它还有眼泪，当它内心还有忧伤，别人就把它抱在手里，当有一天它决心要做一个快乐的矿泉水瓶。它对别人讲了它的秘密，它内心所盛得满满的快要溢出来的泪水，可是它忘记了它存在的意义，它的存在就是为了让人们知道，其实有个人比我还不开心，所以它就被人丢掉了。"——矿泉水瓶，一个可爱的悲剧小丑。也许真的，当你觉得你的生活有了太多的失落与悲伤，而你又终于下定决心将它们掩埋于某一被遗忘的国度时，你才重新发现它们已无法从你记忆里消失，只因陷得太深的依旧是支离破碎的情感及其无言的泪。

形形色色的起起落落，并不妨碍世界一切美好地存在着，但在这，我却成长了许多，或许在若干年后，我就把逝去的真的真的丢弃了，但那一天，我是哭了，还是笑了？

刚谱响年华的前奏，却如同历经了漫漫长程，毕竟今昔，留下来的，有乐，有望，有爱，但这三种，其中最多的，还是爱。

天蒙蒙亮了，不知湿漉漉的，是汗，还是泪，但这一晚，我是梦过了，还是难过了？

【简评】　　文学写作的代际关系，一如这一次次的电脑刷新。刷新之后，新一代和旧一代的文字总有一些不同的变化。

梁漪懿《梦醒时分》里的抒写，就验证了这一点。

我们从中读到了更多感性的触摸。作者更关注事物表象之后内在心灵的悸动，所以才有了"蹒跚"和"盼望"的抒写，也有了"彷徨"与"盘旋"的映照，一如矿泉水瓶的作用。

作者所抒写的正是内在心灵空间的细微变化。这一过程，具有相当的代表性、涵盖性。

而在梦里的捕捉，其实则是现实的一种对应。作者能够真切地展现这一点，还是相当不错的。

（李迎兵）

这个季节，
我们成长

绽放在那里

[一等奖]

福建省福州市三牧中学　叶思尧

因为要在外婆家给表弟庆祝生日，我又回到了这久违的地方，曾经有她陪伴着的地方。

走过一条细细长长，弯弯曲曲的巷子，那里的尽头，便是外婆的家。

巷子两旁的墙，是用石砖砌成的，摸上去冰凉冰凉的，很舒服。在走过那条巷子的时候，头顶上总有阳光，雀跃在我的脸颊、鼻尖和睫毛上，弥漫着温暖的味道。仰起头，天空总是碧蓝碧蓝的，偶尔有一两只燕子携着微风飞过。在巷子通往外婆家的路上，向外延伸出一个小操场，篮球架外框的红色涂料已经被风和雨磨掉了颜色，篮板也都裂开了许多缝。操场后面是一个破旧的电影院，房顶很高，交叉错杂的房梁下悬挂着四架很大的绿色吊顶风扇，窗户上贴着彩色的玻璃纸，就像是一个庄严的教堂。

外婆的家是一座老房子，用木头和黄土砖搭砌成的，屋顶上生长着绿色的爬藤植物，像一面屏障，严严实实地盖住了半个房子。每到春夏之际，它会开出黄色的小花。

和她一起在那里度过的几年时光，是我与阳光最为接近的日子。

穿过巷子，我停留在操场前。驻足了一会儿，几片泛黄的梧桐叶飘落在我身边，我嗅到了她的气息，走了进去，靠着生锈的篮球架坐下，望着前方空无一人的电影院。在从前的记忆中，这篮球架和电影院的距离似乎要更远些，是操场变小了么？

一阵夹杂着午后的闷热的风轻轻拂过我的衣角，思绪不禁回到几年前，我还只有四岁的时候，那个微风抚摸过的夏夜。

外婆家离电影院并不远，可我这个小懒鬼就是不愿意自己走。于是外公便蹲在地上，让我爬到他的肩上坐着，我便上去了。外公很高，足有一米八几的个头，他站起来的时候，我不禁放声尖叫起来，咯咯咯地笑。外婆说我那时候就像是一个小精灵；外公的肩膀很宽大，我毫无顾忌地坐在上面，抱着外公的头，我觉得很安全。

外公于是就带着我上路了，那是一个月亮高挂，有星星陪伴着的夜晚，天空澄澈明净，很远的地方飘着一片很淡的云。夜风吹得梧桐树叶沙沙作响，吹起外公白色的宽背心。暑气早已散尽了，一路上我快乐地唱着幼儿园教的歌谣，外公也跟着调子偶尔哼上几句，我们欢快的歌声轻轻回荡在小巷里。

噢，她那时应当也扬着眉毛和我们一同歌唱吧，这是当然的。

一会儿就到了电影院。当时的电影院和现在可不一样呢，里面摆放着的都是些最简单的长条板凳，也有的是从自己家里搬来的。墙上一块幕布挂在正中，有一些皱褶，还蒙着些灰尘，图像不很清楚，是黑白的。但看电影的人仍特别多，前排的坐着，后边儿的站着，大抵是捧着西瓜叉着腰的，或是喝着豆浆撇着腿的。我在外公的肩上，位置很高，能够看见整个屏幕。

依稀记得，那时上演的是抗日时期的战争片，我听见里面说着"同志，同志"，回家后就对任何一个我见到的人叫着这个"名字"。我还听到电影里面老说着什么"火药"呀"炸弹"的，但也不懂，便问外公，外公说是用来杀敌人的，于是我就高兴地拍手。虽然完全不明白放映的内容，但听外公说，我当时倒是也看得兴高采烈。

她那时是不是在旁边看着我的样子偷笑呢？我想不会的吧，她应当也和我一样热血沸腾地看着中国人如何战胜侵略者！她自然是应当和我一样这么做的吧。

影片连续播放了两三个小时，听外婆说，外公再把我背回来的时候，我早已经睡得很熟了，嘴角挂着哈喇子，沾湿了外公的衣襟。

在梦里，我仿佛听见她银铃般的笑声，其实她分明也打了好几个哈欠，怎么可以取笑我呢。

回忆起这些，我的嘴角爬上了一抹鲜亮的弧度，起身，又接着向外婆家走去，这可是从前我每天都要走两趟的路。

是幼儿园快要毕业的那段时间吧，我大概五岁的时候。每天清晨，露珠还没有退去，我就早早起床，走过那条巷子，跟着外婆去买菜。那条路的两旁开满了粉色桃色的杜鹃花，外婆的大手牵着我的小手。太阳初升，温暖的阳光和着杜鹃花清新的香气，弥漫在潮湿的空气里。回来的时候，我们会在路边的摊点吃一碗热腾腾的锅边，有时还有一块炸得颜色金黄的芋头糕。接着，在路过幼儿园的时候，我就去上学。调皮的她，也跟在我的身边。

外婆晒过的衣服都有一种奇妙的香气，又或许只是太阳一时粗心，把阳光遗失在了空气里。我那条大波浪花边的紫色毛线裙上，这样的气味尤其明显，于是我最喜欢穿那条裙子。所以，当有一天，我发现它实在短到无法再穿出去，我仍旧固执地要穿它出门，甚至因此与外婆发生了争执。我抱着裙子在角落蹲了很久，终于对外婆说，那是外婆的味道……

那天，我看到外婆似乎落了泪。我也同她一起落泪，是因为心底一种莫名的委屈与不甘，当时似乎还不晓得无奈的含义就是如此，更不可能明白时间不会驻足片刻。总之，我还是没能穿它最后一次。那以后，就再也没能穿过。那时候，她的眼中似乎有同我一样的忧伤。

离开外婆家时，我坚持要把那紫色的裙子带去现在的住所，大人们都感到奇怪，因为在他们看来，那只是条已经不能穿了的裙子。但外婆什么也没有说，我终究是把它带了去。

这是大人们无法理解的偏执，是他们无法理解的小小忧伤。但我知道外婆是懂得的。一直同我一起的她也一样明白。

终于到了外婆家，大家聊了一会儿天，已是黄昏。为表弟庆贺过生日后，我打算留下来，在这里住一宿。她似乎也回到了这里。不，她几年前就消失不见了不是吗？但我的确是感觉到了她的存在。

晚上洗漱过后，我和外婆并排躺在那张再熟悉不过的床上。翻了个身，我侧向外婆的脸，伸手像从前那样摸着外婆厚而柔软的耳垂。外婆呵呵笑着给我摇起了大蒲扇，开始对我说她年轻时参加文工团的故事，说她实际上是想去念书而不是唱歌，说她的无奈，说穷人的无奈。接着，她又唱一首小曲儿。外婆的声音比许多年轻的妇人都要动听。

一切都那么熟悉。

过了一会儿，外婆手中的大蒲扇轻轻落下，贴在我的胸前。抑制不住的泪水，终于从我的眼眶中流出，湿了绣着鸳鸯的枕巾。扇下轻柔的风，外婆慈祥温和的言语，仿佛我一直都在这里，从未离开。

从未离开。

梧桐叶散落了一地。

牌子已经掉了一半的杂货店里卖着没有经过卫生检查的彩色糖果。

一阵风吹过，叶子旋舞在空中，泛起金黄色的回忆。

碧色的天上高高飘着蓝色的风筝，线的这一端，是举着很大卷轴的小女孩，旁边那两个如同孩子般欢乐的，是她年迈但幸福的外公和外婆。

叶子飞去了很遥远的地方，除了我和她，没有人知道的地方。

五角钱三根的批发冰棒，甜腻的糖水弄湿女孩小小的手指，和阳光的温度，一起融化了那些飞扬着的时光。那些与明媚最为接近的日子。

叶子飞去的地方叫做"回忆"，就像我们说的"我曾经……"

我曾经是四五岁的小女孩。

我曾经在那条巷子里起舞，在梧桐树叶飘落的季节，望着天空发呆。

我曾经和外公外婆，走过那段和她在一起的，漫溢着幸福的日子。

你是想起了什么吧？幼时清澈明媚的眼眸，午后粉色的印花连衣裙，阳光穿过树枝在地上投下斑驳的影子。

我还会继续长大，时光依旧在变。但是我明白，她——我的童年，一直都在那里，戴着红头巾，挎着篮子，满脸微笑地拉着我去摘草莓。几十年后某个不眠的雨夜，我仍会怀念起那时候的天空蓝得很透彻，那时的阳光明晃晃的很耀眼，那时的日子离她很近，离现在很远，那时和外公外婆的生活很惬意，那时的我如小公主般单纯幸福。

那明媚的阳光，我又听见它绽放在通往外婆家的那条小路上，伴着细碎的声响。

【简评】　　这篇文章有着巧妙的结构，以"我"与外婆家的表弟庆祝生日为主线，然后在其中倒叙对往事的回忆。好的结构就决定了一篇文章的成功。

作者很有语言能力，作品中对具体事物的描写极为细致、到位、传神。表明了作者对生活、世界有着超出常人的细心观察能力，感受能力，并且能将它们表达出来，使之更为有力。

例如："在巷子通往外婆家的路上，向外延伸出一个小操场，篮球架外框的红色涂料已经被风和雨磨掉了颜色，篮板也都裂开了许多缝。操场后面是一个破旧的电影院，房顶很高，交叉错杂的房梁下悬挂着四架很大的绿色吊顶风扇，窗户上贴着彩色的玻璃纸，就像是一个庄严的教堂。"这样的语言可以称得上令人欣喜，很老练了。语言是作品最大的基础，语言好，作品便生辉。

作者的写作能力是很强的，她能把回忆、事情、人物（外公外婆）、情感行云流水般融为一体，并且能表现出自我独特的悟性。

对于写作而言，能感受什么、感悟什么非常重要，它甚至决定了写出的作品成败。

"那明媚的阳光，我又听见它绽放在通往外婆家的那条小路上，伴着细碎的声响。"这种通感能力并不是人人都具备的，作者的这种感受非常人能及，希望作者好好发扬这种灵性，将来会写得更好。

作品中写人和事，例如"我与外婆外公的故事"表达得有趣、有情、有意义。形象生动，栩栩如生，令人难忘。

文章充分表达了值得珍惜的心灵，对于成长来说，一切美好的都是十分宝贵的。

（肖复兴）

外婆的红苹果

[一等奖]

吉林省长春市第四十五中学　陶泓序

"摇啊摇，摇啊摇，摇到外婆桥，外婆夸我好宝宝，我请外婆吃年糕。"

这是外婆教我的一首儿歌，也是我自呱呱坠地以来学会的第一首歌。每当我唱起这首儿歌，就会情不自禁地想起我逝去的外婆。

自我懂事开始，外婆就已年届古稀，老态龙钟，满脸的皱纹刻写着世纪的沧桑。佝偻的背，驼得厉害，走起路来一步三颤。虽然，岁月无情地丑化着她的面貌，可在我眼里外婆始终不老，始终那么亲切，那么温和。

我的童年是在外婆家度过的，外婆喜欢种些花花草草，有米兰、君子兰、茉莉……这使得我的童年充满着四溢的芳香。

外婆很疼我，知道我喜欢吃苹果，便到超市买了一大兜又红又大的苹果给我。只要家里的苹果吃完了，便再到超市买，风雨无阻。有时，我考出了好成绩，正巧赶上家里的苹果吃完了，外婆又像变戏法似的从背后拿出了一个大苹果，递给我，裂开嘴笑了。

父母离异，父亲弃我们而去，母亲为了生计四处奔波，我亲爱的外婆将宽厚的父爱和温柔的母爱一起给了我。就这样，我在外婆家住了13年，外婆简直成了我生命中的一部分。有外婆呵护我的那段日子成了我生命中最幸福的时光。

小学毕业那天，妈妈打来电话：外婆不行了。听了这个噩耗，我仿佛天塌地陷一般，全身的每个细胞都在颤抖。我飞快地跑回家，跪在外婆床前，摇着外婆的手，把成绩单和毕业证书拿给她看。外婆从怀里掏出一个东西———一个红红的苹果。

外婆笑了，我却哭了，哭得泪流满面。外婆的手渐渐松开，任凭我的哭声在屋内回荡，却始终没能再看一眼她舍不得的外孙女。

转眼间，外婆已经离开我一年多了，可她的笑容会永远留在我的记忆中。

每当看见那红红的苹果，就像看到了外婆对我那最后的爱。

【简评】 这是一篇写人的作文，但又突破了传统作文六要素的束缚框架，没有直接写人物的外貌、年龄、体态，开头、高潮、结尾等，但不失为一篇好作文。

红苹果映照的是一代人的爱，是鲜明的祖孙情，尤其是在父母离异的情况下，外婆对外孙女的爱就显得弥足珍贵，也别有滋味了。

陶泓序这样写她外婆：佝偻的背，驼得厉害，走起路来一步三颤。这三句人物描写让老人的形象木刻般展现在我们面前。让我们肃然起敬的是，一个如此普通孱弱的生命却用尽全部心血抚养另一个生命，大爱无声。

从某一点上来说陶泓序是不幸的，但她又是幸运的，因为外婆用红苹果给了她一个鲜红温暖的童年。而童年可能影响一个人一生的走向，我相信陶泓序的人生应该是快乐明朗的，因为她童年就得到了爱的滋润心中就会永远有爱。

（张天芒）

我的幸福

[一等奖]

北京市 142 中学　霍树正

　　在我8岁的时候，爸妈便离婚了。我是个男孩，多希望爸爸陪我踢足球，学骑车，哪怕写作业在一旁嚎我呢。可是，从那以后，爸爸突然从家里消失了，望着爸爸曾经睡过的床，我仿佛还能感觉他的气息。我觉得生活一片黑暗，幸福也离我远去——爸妈离婚后我一直跟妈妈一起生活，妈妈为了照顾我，又当爹又当妈，又做饭，又送我上学，甚至她还要把一桶矿泉水搬到饮水机上——我深深体会到妈妈的辛苦，妈妈的艰辛。渐渐地，我恨上了爸爸，恨他为什么抛弃我和妈妈，可是我多么希望爸爸妈妈能和我边吃饭边聊天，或者一起出外郊游呀。我永远体会不到别的家庭所能拥有的幸福。

　　后来，我慢慢长大了，每当爸爸和那位站在爸爸身旁的阿姨来看我时，我脸上总会不经意地露出不屑的表情。

　　上了初中后，爸爸好像对我好了许多，经常过来看我，给我钱来上补习班，虽然我知道要想恢复到原来的家庭已经是不可能的了，但我不知不觉中对爸爸的恨意逐渐消退了。

　　我曾经问过妈妈为什么离婚，妈妈说：爸爸负她。问爸爸，爸爸却说：妈妈负他。我晕了！真的不知道是什么情况，只是恨自己没有早点懂事，没有做好家庭的黏合剂。

　　虽然并不了解当时的情况，但我现在终于知道爸爸妈妈都是爱我的。记得那天，踢球时，把脚弄骨折了，一向坚强的我，一步也走不动了，妈妈急忙背我到了医院，爸爸知道后也开车从很远的地方跑来看我，带着我做了很多检查。我躺在医院的病床上，他们跑来跑去，一起围坐在我的床边，目不转睛地看着我。我看着爸妈焦急的目光，我反而乐了，在这一刻我感到了从未有过的幸福，我多想让时间永远停在这一刻。

爸妈虽然不在一起了，但给我同样的爱，我终于看见一个幸福的我！

其实，每个人眼里都对幸福有着不同的定义。穷人，希望能吃饱穿暖；难民，希望停止战争，过上和平的日子；明星，希望自己经常出现在镁光灯下，受人追捧。

而我呢？

我只希望平平淡淡，快快乐乐地生活，只希望拥有最普通平凡的幸福，只希望父母能在我人生的道路上共同帮我成长，只希望面朝大海，看繁星明月，面向大地，望春暖花开！

【简评】　　这篇文章不长，语言很朴实平易，但很耐读。

一个离异家庭的男孩子在母亲身边长大，体味母亲的辛劳，体味父亲的不易，尽管他希望拥有完整的家庭，但他理解父母对生活的选择，因为他知道自己依然在父母的爱中生活，他也很满足感恩。这一点让我很欣慰，对生活中的不如意接受和超越比什么都可贵重要。

文章第五段的最后两句话让我无言心痛。

我喜欢霍树正，他的相声说得很好，少年起就师从马季、李金斗等大师学艺，他现在是中国曲艺家协会最小的会员。他在舞台上把笑声带给观众，在生活中把笑声带给父母、自己，这就是他的幸福观，也是他对幸福的理解。

（张天芒）

让时间去遗忘

[一等奖]

广东省汕头市棉城中学　姚欣洋

刚回到家，姐姐就兴奋地对我说："下午我看了《这个杀手不太冷》。真的很好看！"

我说："哦，是吗？呵呵。"

姐姐对于我的冷漠不予理会，仍然兴奋地上蹿下跳："让·雷诺的演技真是帅呆了！他并不英俊，却始终散发着一种令人无法抗拒的魅力！"

我说："哦，是吗？呵呵。"

虽然我的冷漠足以冷却姐姐的热情，但她并没有停止诉说她对让·雷诺的崇拜之情："他的眼神迷离而温暖，我喜欢看到他眼中弥漫着的柔软的善良，那让我感到心疼。呵呵。啊，让！你代表着法国男性的优良传统……"

"够了啊！"我开始有些愤怒了。

"怎么了？"

"你居然把黄健翔评格罗索的词儿套用在让·雷诺身上！"

"那又怎么样？！"

"拜托请回想一下下。2006年世界杯决赛的对阵双方分别是谁！你觉得这合适吗？"我握紧了拳头。

"意大利VS法国。"姐姐皱了皱眉头。"你用得着吗？！就因为法国淘汰了巴西，你就把对法国国家队的恨迁怒到所有法国人身上？！"姐姐对此似乎很不满。

"法国也淘汰了西班牙呀！"我用一种漫不经心的口气进行回击。"齐达内把劳尔的生日都搞砸了。"

姐姐咬着下唇，她的眼睛似乎开始泛着泪光。她目不转睛地盯着墙上劳尔的海报。劳尔的脸那样英俊，却终日忧郁；他的眼睛那样明亮，却了无笑意。

我说："对不起啊，YY，我不应该那样任性的。"然后我抱住她。"我只是无法忘记在巴西与法国的那场比赛中，当齐达内优雅地向世人展示他的'马赛回旋'时，他背后不远处卡卡无助的脸。他俊朗的脸上浮现出的少有的无奈和忧伤，让我很难原谅法国。"

姐姐说："我明白。"然后她也抱住我。

"我很自私和任性是吗？"我将头倚在姐姐肩上。"事情都已经过去了这么久了，我居然还是念念不忘！"

"没有的事！"姐姐安慰我道。我感到她温热的眼泪滴落在我的肩上，慢慢地浸润开来。

"YY我该怎么办？"

"让时间去遗忘。"

那个优雅的男人，温柔地在海上演奏着他的生命之歌。生于斯长于斯死于斯，大海是他永恒的归属。

是废墟里的一架钢琴，是望天空而笑的一个表情。1900用他修长的手指在钢琴键上灵动地跳跃出他残美的一生。

音符美丽而又寂寞。

"他既然选择了这样传奇而平静，华丽而真实的生命，似乎就应该以如此不可思议的方式结束他的一生。"姐姐在影片结尾时，安静地吐出这么一句，她说得那样平静，但我分明看见了她眼中的闪烁泪光。

"这是什么逻辑？"我感到疑惑。"他是神吗？他难道就无法世俗一点吗？他一定得将他的一切献给音符和大海吗？"我是那样任性，我无法忍受1900就这样离去，却留给我们无尽的回忆和眷恋。

"他像个精致的寓言。大海的童话。"

"就像海的女儿一样是吗？"我开始感到愤怒。"不愿伤害她的王子和爱情，纵身大海化为泡沫，最终在阳光下流下凝聚她一生伤痛的眼泪。可是她没有想过她年迈的祖母吗？她没有想过她慈爱的父亲吗？她没有想过她那五个为了她而牺牲掉飘逸长发的姐姐吗？不管是美好的爱情，抑或是不死的灵魂，都是属于她一人的！她为何不想想她的亲人！她真的好自私！"我逐渐变得歇斯底里，眼泪夺眶而出。

"1900，他想过他的朋友吗？他想过那个清纯脱俗的女孩吗？他想过……我们吗？"

"可1900并不认识我们啊！"姐姐微笑了。

"童话会给我们带来单纯简单的快乐。但童话却总是以残忍伤害大多数善良人们的心灵为代价来成全一两个人的幸福。童话单纯美好的背面，是无尽的黑暗与痛苦。"姐姐像是在念诗。

1900，他会在大海最深最冷处施舞起海洋最大的漩涡，哪怕他只有两只左手，也一样可以演奏出最美的曲子。只是怕那天籁之音会成为温柔海波心中最深的痛。

"我们总是那么轻易地就被伤痛。音乐、电影、书都可以轻而易举地就让我们感到难过。YY我们该怎么办？"

"让时间去遗忘。"

西班牙，有很温暖的阳光。那里的人们，脸上总有温和的笑容。Spain是姐姐一直的向往。

"总有一天我会到西班牙去。我会操着一口生疏的西班牙语与人们交谈，而他们会微笑地原谅我的口音，亲切热情地与我打招呼：'Si。'"姐姐的梦很美。

"那我呢？我应该去意大利还是巴西？我应该学习美丽的意大利语还是温暖的葡萄牙语？"我晃了晃脑袋。

"我要去寻找那个笑容富于诗意，单单是双眸中流动着的高贵而温情的色彩，就可以令孩子们难以放弃梦想的男子。我只希望能多看他一眼，比别人都多看他一眼，然后就此融化。"姐姐的眼里满是希望。

"哎，我问你话呢！怎么都不回答我？！"眼看着姐姐正陷入她那无比浪漫的少女情怀中无法自拔，对我却不加理会，我有点生气。

"哎，这个……随便啦！"姐姐打着哈哈。

"什么叫随便？！"

"就是什么都好喽！……"

……

我们都有很美的梦，很多的憧憬。但我们有个很爱我们的妈妈。

妈妈有多爱我们？她溺爱我们以至我到现在连方便面都不会煮，她想让我们永远在她的怀中不必飞翔。妈妈怀中有简单安全的梦，她的格言是：简单就好，安全最好。

然后，我们会安静地睡着。关于梦想，关于追求的一切的一切——

在梦中梦吧，在梦中追吧。

我知道姐姐的性格，她会不顾一切地向着太阳飞奔而去，奋不顾身。

但我呢？我只能苦笑，坚守在原地。因我是家中最小的，我是家中最温顺的，我是家中最无野心的，我是家中最无勇气的。

是否像只受伤的羔羊？

所有所有我的梦想，不切实际也好，漫无方向也罢，因为目标是在远方，而我又须留守在妈妈身旁，于是一切都只会是奢望。

我不可以让妈妈伤心和孤单。因为当一切都不复存在时，她的小女儿，我，可以代替一切。不是因为我最重要，更不是因为其他都是次要。而是因为，当别人都选择飞向天空时，我一定会选择留下。

没有被迫。被动早已转化成主动。我是自愿的。

只是——

"YY，心会痛！"

"我的妹妹，让时间去遗忘。"

后记

其实YY，我真的很讨厌你对我说这一句话，因为它让我觉得自己是个懦夫，只能让时间去遗忘一切伤痛，最终让时间也遗忘了我。

【简评】　　《让时间去遗忘》这篇文章截取了生活中的几个片段，从不同的侧面展示了"我"和姐姐的性格、爱好、追求，以及观念的不同，从而也表达出作者对理想与现实的思考。

文章有了深度，思想趋向成熟，本该为作者欣喜。但叙述基调未免过于沉重。十四岁，正是无忧无虑、做着五彩缤纷的梦的年龄，而她的文字里却过早地渗透了生活的重担和忧患。就连那些经典的童话，在她现实、理性的尺度下，也变得幼稚而不符合逻辑。这些，仅仅用早熟这个笼统的概念来界定，恐怕就有点以偏概全了。

　　少女心态是一种模糊、不易把握的写作素材，作者能够细致地体察内心的矛盾、忧虑、迷茫以及向往等情感，并且错落有致地表现出来，显示了作者捕捉生活信息以及驾驭语言文字的功力。

（宁竟同）

秋 之 韵

[一等奖]

河北省廊坊市第六中学　窦宇萌

秋·叶

我一个人，孤单地走在一条长满树的道路上。

风吹起满地枯黄，我抬手一夹，正中了一片似乎刚落下的秋叶。

你们，也有着灿烂的那一天吧，我抬头，看看满树衰败，仿佛正看着满树繁花，还有一片碧绿的海洋。

树上的黄叶们迎着风轻舞飞扬，仿佛下一刻就会飞到那一片蓝天之中，成为幸福快乐的天使。

可是你们，却都没有放开手啊，狂风吹过，叶子们仍执著地紧紧抓住枝干，拼命地相互鼓励着，"加油"，"加油"。

即使真的可以撑过秋季漫漫寒冬，你们也只能是一树姹紫嫣红的陪衬而已啊。

你们可曾哭过痛过苦过悔过！"没有。"叶子们借风儿传来了自己的回答。

我叹口气，轻轻松手，一片黄叶随风飘走，凄美得如同断了翅膀的黄色蝴蝶。

坚持是一种美好一种快乐，但我们不做无畏的坚持。

在你们之中，一定会有几片特别努力特别坚强的，能够熬过漫长的秋季和严冬，在一片繁花中得到快乐、幸福和美好。

而被风吹走的叶儿们，不要难过，不要伤心，在你们的后辈摇头晃脑吐出嫩绿的一刹那，它们会得到你们执著坚忍的灵魂，你们会与它们一起努力，试图熬过我们生命中最美好也最寒冷的季节。

秋·景

"阿尔卡迪亚"的秋是很美的。

而现在，我正陷在它的秋景里。

我是个极爱秋的人，我不爱春的华丽，不爱夏的热烈，不爱冬的萧寂，只爱秋这一抹浓重的哀思。

顺手托住一片风中的落叶，放在手中抚摸，一如抚摸这久未谋面的密友——秋。

直起身，在鹅卵石上打几个旋，脚下感觉滑滑的，硬硬的，我不会踩痛了你们吧，复又躬身，指尖与地轻触，感觉到了鹅卵石冰冷的肌肤。

我轻笑着，跳上了一旁的秋千，"请带我乘风吧。"

秋千"吱呀吱呀"地应着声，带我飞上了天空，风儿轻吻着我的脸，我干脆拉下了发绳，让满头长发也享受这片刻的自由，我要与秋风、落叶、溪流一起狂欢，一起纵情跳舞。

即使被认为是疯了，那也不要紧，与我的秋朋友们一起快乐才最重要，风儿让大家都笑了起来，我也不例外，含着笑看着叶儿草儿等好朋友，连冰冷的大楼似乎也想加入我们的行列，巨大的黑影仿佛轻轻地移动了一下。

不觉中，天暗了，风儿吹累了，我低头看看表，"我该回去了呢。"我说，大家轻轻摇着手与我道别。风儿吹着我，推着我向家走去，我回头，看着一地萧瑟，经过刚才的快乐，不少叶儿无奈地松开了手，不少草儿轻轻地低下了头。

风中的等待越来越瘦，瘦成墙角那朵黄花，成为叶的梦外千秋！

再见了，我的朋友们。

明天又是新的一天，

明天又是新的一景。

注："阿尔卡迪亚"是廊坊最大的住宅区的名称。

秋·思

梦昙。

梦见了昙。

午夜里，昙花忧郁而繁华地开着。

宛如蝴蝶。

白色断翅的蝴蝶，在梦里轻盈地舞着。

人生若只如梦见。

梦见什么？昙花么，蝴蝶么。

像冬天里飘渺的雾气，浅浅地笼住了梦中一切，什么，都看不清了。

唯有那一枝昙花，孤独地在梦境中盛开。

我想，昙花的花语，便应该是"梦见"。

是的，宛若雾般迷蒙而又如此灿烂的花儿，便该有个与其相配的花语的。

午夜里，昙花忧郁而执著地开着。

人生若只如梦见，梦见，一切美好的事物，似乎天注定了只能从梦中看见。

人生一梦，梦断山河，梦空了心。

梦一场，醉一场，恨一场，空一场。

到头来，还得要往前行去，走吧，走吧，不管前边是什么艰险，总会有路可走的。

午夜里，昙花忧郁而神秘地开着。

梦不醒，梦不醒，舍不下梦中几多繁华。

如此看来，倒不如一睡不醒。

只是不能总活在梦中啊，一枝昙花的繁茂，一夜间尽数舍去，又谈何容易啊。

人不能不如一枝花儿啊。

午夜里，昙花忧郁而苍白地开着。

爱与死，梦与醒，原来就只在一瞬之间。

【简评】　　　自古伤秋悲秋的作品俯仰皆拾，但窦宇萌的《秋之韵》却充满了生命强盛的足音。生命需要坚持，生命在等待中新生，化梦中的美好为现实等等，彰显了作者积极乐观的人生态度和精神追求。

语言赋予跳跃，有空灵感。

（张天芒）

这个季节，我们成长

[一等奖]

福建省福州市鼓楼区屏东中学　林心怡

　　我抬起头，望见了整个明净的天空。只是不经意地一瞥，便深深喜欢上了这种感觉。任凭事物如何消沉，都有一团红色的火球远远地滑过天际然后落下，好像遵守着一个亘古不变的约定。

　　我站在荒僻的小巷里，凝视着这惊艳浩瀚的美丽。

　　于是周围的人都抬起头，夕阳把每一个人的脸映得通红，这其中有拎公文包的绅士，也有衣衫破旧的清道夫。他们在霞光里是如此地安详和宁静，直到最后一束光芒洒落在他们的衣领上，满脖子金色。

　　于是，这一天就在我的凝望中过去了，再也找不回来。

　　很多时候，我感到我的世界开始荒芜了。有的时候坐在竹椅上看着远处破旧的房屋和房屋上用松垮的木头搭成的楼梯，竟会流下泪来。

　　这如此古旧的气息。我是经受不住时间的沧桑的。常常是用笔把它们记录下来，然后叹息。

　　成长啊，究竟是什么呢。成长的时间，总是抓不住的。

　　我说，你知道么？

　　小曼说，我也不知道呢。也许成长，是命中注定？

　　我说，也许吧。

　　……日子就在升起和落下中循环往复，而我们，这些迷茫的孩子们，却依然没有找到答案。

　　每天听到老师说，你们啊，长大以后怎么办呀真让我操心。所有人都若无其事地翻课本，翻练习卷，翻复习提纲，漫无目的。我也开始绞尽脑汁试图记下似曾相识的物理公式和拗口的文字。为什么？不知道，一样的漫无目的。

时间过得好快，快得我没有办法思考。我真希望在冬天过后还有第五个季节，我就这样蜷缩在温暖的树洞里，等到有了答案，再出来。是的，等到不再迷茫了，再出来。

小曼说，不要总是一副迷茫的样子，我也不知道成长是什么，但是不管怎么样，都要努力长大。因为迷茫里面过去了日子，就再也回不来了。

小曼说，我从来没有在成长的岁月里觉得孤独，因为有好多人陪我一起走，你也一样。

我说，我会努力长大。

校门外有一条小桥，桥下是一条细长的溪流，带着这里泥土的味道顺着山路一直蜿蜒到天边。昏黄的落日，向所有忧伤的人倾吐着情愫，树林山野都在这委婉凄美的告白中黯然失色。每一天我都看到一位母亲带着她的儿子来看夕阳，在余晖里，笑得很开心。

"妈妈，那个红红的落下去了。"

"别怕，它明天还会升起来的，而且未来的每一天，它都会一如既往地升起来的。"

我听着他们说话，嘴角微微上扬，然后把头转向东边，我从来没有如此地看过太阳升起的地方，我的脸，总是转向西侧。

晚自修的时候所有的人都拿出泡面和酸菜，这时候的开水就比波斯湾沿岸的石油还要值钱。口重的男生们摇晃着瓶瓶罐罐往面里加盐，还不时有调料包从头顶上方飞过。这大概是一天里最放松最愉快的时间了。我同桌说，你动过手术，多吃点。然后周围的人都往我盒子里夹各种牌子的酸菜，于是我的饮食品种总是很丰富。

日子就这么过下去了，毫无理由，但，却是很快乐的一天又一天。于是，成长的日子就这么快乐地无限延长了。

春天快要来了。细致而稠密的雨轻旋着落下来，落在我的鼻尖上、脸上，顺着头发浸润到薄薄的长袖衫里去，那是无比凉快和惬意的。

我记起小学时代经常听到这么一句话：成长的季节是春天。

成长的季节是春天。我在日记本里写下这句话，然后看着外面阴雨蒙蒙的天开始放晴。春天是连杂草也可以努力生长的季节，连杂草都可以抱有希望，我们也一样。

我知道时间是不可以停下来等我的，我也知道了我永远不可能有第五个季节。头顶上的这一片明净的天空，也只有这个现在才有，所以，要好好珍惜。姐姐说成长的孩子是最幸福的，无论是胖的瘦的高的矮的，都可以拥有明天。我想了想，也许这是对的。

我们都是成长中的幸福的孩子。

阴霾里走不好的路，可以回过头来重新走过。因为在成长的季节里，没有颓败，没有消沉，只有每天每天重新升起的崭新的朝阳——我们拥有未来每一天的希望和光明。

小曼问我，你知道成长是什么吗？

我抬起头，广袤的苍穹下是一轮初升的红日。

【简评】　　文章的题目很耐品。

首先它很有诗意，同时也奠定了整篇作品的语言基调；其次它包含了作品的内容主旨，是写少年成长的，同时把成长和时间季节相容。对于篇幅不甚长的文章，题好一半文，这也是起题目的技巧。

文章中有句很形象很哲理的话：成长的季节是春天。

春天是给人以希望的，对于成长亦如是。

全文没有生硬的关于成长的说教和感慨，作者只是用感性的触摸形象表达自己的内心感受，自然，真实。

（张天芒）

断　　想

[一等奖]

吉林省长春市东北师大附属中学　罗唯佳

关 于 感 动

感动从来都不需要预演。"忽如一夜春风来，千树万树梨花开"。

有些事每天都在发生，对于麻木的心灵，这不过是一种日复一日单调的重复；而对于敏感的心灵，却是充满灵性的生命的萌动。"感时花溅泪，恨别鸟惊心"也好，"桃花潭水深千尺，不及汪伦送我情"也罢，人世间的种种感动皆发乎心，止于心。感动就像敏感的泪腺，不会麻木，不会丧失功能。

崔健曾经撕心裂肺地唱着："因为我的病就是没有感觉。"如果没有了视觉，就只有无边的黑暗；如果没有了听觉，就只有死一般的寂静。如果没有了感觉，又何来感动呢？

刻意追求的感动是无法触动心灵深处那最柔软的部分的。不经意的感动则能使人泪流满面。是谁吹皱了一池春水，不是风，是心动。

因为感动着，才能被感动。你对世界怎样，世界就会对你怎样。感动使我们学会付出和宽容，使我们得到精神上的充实。

关 于 孤 独

孤独可以让人在落寞中虚度此生，也可以让人在执着中体现价值。孤独是一柄双刃剑，与其在病态的孤独中沉沦，不如在超然物外的孤独中昂首前行。

"众人皆醉唯我独醒"是一种高傲的孤独；在飞短流长的议论中坚持己见是一种自信的孤独。坚持真理而不偏执，我爱这样的孤独。

不管风吹浪打，在知识的征途上"孤身走我路"，在山重水复中探寻柳暗花明，我尊重这样的孤独。

孤独有很多种。我祈盼：世界上最有力量的人、最有智慧的人、最有价值的人、最为崇高的人和最具美德的人，结成一个强大的"孤独的人阵线联盟"。

地　平　线

就像鸟儿憧憬笼子外面的世界，挣脱束缚是人潜意识里涌动的潮水，奔流不息。

安逸过后渴望挑战。地平线之外的诱惑，刺激着不安分的神经，催促我们开始远行。

走不出心的樊篱，满目都是地平线。视线所及之处总是在有限的空间，于是，不停地向前走就成了人生一大主题。

所谓的"横看成岭侧成峰，远近高低各不同"，一切境况皆由心生。远方的地平线是你永远也走不出去的视觉围墙，但绝不应该成为你永远也走不出去的心灵围墙。

在枯燥的循环中学会美丽的坚持，以永不放弃的胆识勇敢地突围，对地平线的爱恨何尝不是对生活的深刻体味呢？

换个角度看世界，妙处就在转瞬间。当你把一个个地平线抛在身后，每串脚印里都会有飞扬的蒲公英、灿烂的太阳花、咿呀的风车木轮紧紧地跟随你。

在奔向下一个地平线的路上，从来没有寂寞、孤独的行者。

人的囚徒困境都是因为自设的牢笼。很多时候，是我们自己捆住了前进的脚步，束缚了飞翔的翅膀。

关 于 友 情

寂寞分为两种：一种是身边的寂寞；一种是心中的寂寞。和前者相比，后者显得更加可怕。但是在独处时，更有利于思考。

没有磨难和痛苦的人生是不完整的人生。人生正是因为有了痛苦才显得更加完美。有了磨难和痛苦，人就有了前行的动力。

如果"快乐"没有了"痛苦"的衬托，那么"快乐"也就失去了它原有的意义。

有了痛苦，就会让自己重新接受一次命运的洗礼；有了痛苦，就会让人更加珍惜幸福。

情感不仅弥漫在每个人的心灵深处，更洋溢在心灵与心灵之间，成为这世间最灵敏的媒介，感染着每一颗跳动的心。

"即使受了小小风寒，我的心依然为你取暖。"

丧失了朋友的自我是可悲的。因为爱自己的朋友并不是一种负担。

友情并不是和朋友形影不离，重要的是一份精神与精神、心灵和心灵之间的交流、鼓励和碰撞。没有必要去有意识地追求朋友之间的形影不离，因为那时在一起的，或许只是两个影子。

缺少了友情，心灵必将失重；缺少了友情，身体必将失衡。当友情将你托举、扶持，逆境也不是那么艰难。

友情绝不是刻意的装饰，为了惹人关注而粉墨登场。有什么能比遥远的思念和默默的祝福更能丰盈你我的情感世界呢？

朋友就是这样，不论你远在天边，还是近在眼前，她都紧紧地将你围绕，不论何时，不论何地。

我 很 重 要

当我们想要发表自己的感想和言论时，往往更多地会顾及到"别人不会认同吧？"或是认为别人会反驳自己的意见。这样大可不必，因为对于这个世界，你不可能没有自己的想法。

每一个生命都是一个奇迹，每一个奇迹都需要尊敬、正视与珍爱。难道"我"真的不重要吗？嘴上这么说，但心里不一定这么想。一个人如果连自己都不重视，怎么会得到别人的重视，怎么会去重视别人呢？

每个生命都来之不易。否认自身重要的人是可悲的，因为我们的价值决定了我们的重要性，自我价值是无法否定的。不要为了逃避别人的批判或为了一味追求大众化而违心地承认自己不重要。每一个人对于世界来说，都是美丽的，哪怕是平凡的生命。连小小的飞蛾在遇险时都会有强烈的求生欲望，都自己承认了自己生命的重要，更何况是人！

生命的美丽就在于它的独特，否认重要与独特，就是告别自己的个性。

"我"重要与否，不在于地位的尊卑，影响力的大小。"希望，并且为之奋斗，请把这一切放在你的肩上。"担当起道义与责任，"我"才会很重要。

关于信念

只要埋下信念的种子，即使是在偏僻寂寞的山谷里，在罕无人迹的断崖峭壁上，即使是一枝野百合，她的心里也有春天，也有萌芽、开花的理想。只要努力、坚持，就终有绽放的一刻。

当非凡的卓尔不群遭遇了世俗的飞短流长，稳如磐石的就是信念。这信念不是固执的孤芳自赏，而是对生命尊严的执著守望。

能让非议闭嘴的，是花开的事实；能让嘲讽折服的，是内在的力量。

哪一次成功不是伴着欢笑的泪水？信念的种子一旦飞扬，绽开的必将是满野鲜花。引人注目的不是怒放的花蕾，而是灵魂的芳香。

花开花谢，从终点又回到起点。每一次启程都不应该忘记最初的愿望——是花，就以花开来证明。

【简评】　　是一些看似琐碎的思想片段，其实却有机地组合成一个整体，那就是青春女孩真实、丰富、细腻的内心世界。关于感动、关于孤独似乎都是青春敏感期的话题，罗唯佳的抒写就具有了典型的代表意义。

她是冷静而沉着的，如同坐困愁城的一位生活的智者，看着红尘中上演的多种剧目，依然是一副泰然自若的表情。我想这是因为她在生活中的思考，这样的一种思考让她的想法不会流俗、不会肤浅，而具有了与这个年龄不相称的成熟和睿智。

往往我们苦苦寻求的生活哲理不在别处，不在彼岸，而在生活的自身，罗唯佳的思考其实就是最好的证明。

（宋健强）

一起走过
的日子

散场后的爱

[一等奖]

上海市西南位育中学　罗旭雯

一

说好离开的时候不哭，却还是做不到如此的释然。"无言独上西楼，月如钩，寂寞梧桐深院锁清秋。剪不断，理还乱，是离愁。别是一番滋味在心头。"我独自一人在窗台上看着没有月亮的夜空，轻吟着李煜的这首《相见欢》。我本不是悲悲切切的女孩，只要有一点点快乐，就会满足。这一次，我躲不掉的，再快乐的人在离别时也免不了感伤。

泪，无声地滑落下来。

二

三年的感情就这样结束了吗？我不甘心的。总是傻傻地对着朋友们笑着说"我们要做一辈子的朋友"，然后总是有人拍着我的肩无奈道："不可能的。没有永远，没有一辈子的。"每每听见类似的话，我总是倔强地笑着。这个道理，我又何尝不懂？一辈子，是一个承诺，我们负担不起的承诺。有多少人向我、我又向多少人许下过这样的承诺，我们做到了吗？是，我承认，没有人做到过，包括我。可是在离别之际，我总是有许诺的冲动，就算是给我一份责任吧，给我一个心愿吧，让我在想放弃的时候，能有最初的勇气。永远有多远？一个朋友曾说"永远只比等待多一天"。我问自己，一辈子是多久？仅仅就是一个人从出生到死亡么？连我也不知道这个一辈子的承诺，到底有多久。

三

那天，因为一次意外，触到了离别这个大家的痛处。我看着周围的人，有的抱在一起放声大哭，有的埋着头哭，也有红着眼眶强忍着的。我，眼泪不停地在眼眶里打转，却始终没有落下。看着周围朋友们的泪，忽然想起了那句歌词"我们可不可以不勇敢，当爱太累梦太乱没有答案，难道不能坦白地放声哭喊？要从心底拿走一个人很痛很难。"我们总是用坚强掩饰着自己的脆弱，有勇气毫无顾忌地哭出来的人，是真正坚强的。我们总是以为不哭就是坚强，不哭就是勇敢，不哭就不会让人担心。我们错了，能想哭就哭的人比起我们来要坚强得多。我突然开始羡慕起那些抱在一起痛哭的人，我做不到。我想哭，怎奈何欲哭无泪？经历了太多，人反倒是麻木了，竟然连怎么流泪都不知道了。我开始害怕，害怕自己成为不会哭的人，害怕自己"却将多情换作无情肠"，还是说，我本就是无情之人。我不知道，只是陷入深深的害怕。

四

电影有结束的时候，梦也总有醒来的一刻。梦醒，痛苦的过程。三年来的一场梦，就这样被现实冲散了。"曾经年少爱轻狂，一心只想往前飞"，我们有做梦的权利，不是吗？梦，而已。再美的梦，醒来即碎；再浓的爱，分别即逝。我不想的，可我又能改变些什么呢？我们能做的，只有默默承受而已。梦醒的刺痛，是这一场梦唯一留给我们的。人家说，梦醒了就会忘记，可是为什么我却忘不了这个梦，这个美而纯的梦。彼此间的爱，又岂是说断就断的？怕是藕断丝连，徒增困扰罢了。三年了，共同走过的，那如梦般的岁月。我拼命拼命地想要记录下一点什么，因为我害怕，害怕自己会遗忘，遗忘这段像风儿的爱；有人说它刻骨铭心，有人说它痛彻心扉，有人说它温暖清新。太多太多忘不了的理由，可我仍旧是怕。或许是太过在乎，所以人也有些浮躁、烦乱起来了。但乱不掉的、错不了的是爱。

五

"散场了，我是哪个角色？说过了什么，有没有人会记得，空荡的房间，断了发条的音乐盒。"散了，都散了。曾经的爱与恨会不会随着时间而淡去呢？我一直相信"真正绚烂的色彩，是泪水与时间所冲刷不去的"，那么这段爱可不可以算是这样的色彩呢？就让时间去证明它吧。大家还可以联络的，却不知为什么都如此感伤。是我们太贪婪，问上天要了心的故乡，还想要身的故乡吗？大概吧，我们是贪婪的。对于感情，谁又不是贪婪的呢？对于离别，谁又能是洒脱的呢？我一直相信世界上确有潇潇洒洒走"江湖"之人，却从没有相信过有在离别时还能一样潇洒的人，除非，他根本不在乎。有人试着笑着说"没有多少日子了，笑着去面对吧，让记忆自始至终都美好一点吧"。我们跟着笑，然后又都变成了苦笑。美好的记忆？有的，有太多太多。离别，美好？我从不相信离别是美好的。是的，离别能让我们有机会去相识。可那是离别之后的事了，那是我们各自和另一群人之间的又一个故事了，一个不属于这个家的故事。

六

散场后的爱，淡而远，像一片云雾，随着风飘荡，随着阳光消逝，随着黑夜的来临出现。一次又一次的，在我们身边提醒着我们，曾经的爱，还在萦绕着我们的心。

电影院里，有一个空空荡荡的放映厅，只有那个微微泛黄的银幕和那一排排旧了的坐椅在告诉人们，这里曾经的辉煌。老人们说，这里已经十几年没有放映过电影了，可不知道为什么，一直没有人把它拆去，竟还总有人来清扫。我笑着说，那是因为，最初坐在这个厅里的人，至今还没有忘记。

【简评】　　　在李煜的《相见欢》里，作者沉浸在中学时代即将结束的离别气息中。

女作家唐敏说：写散文时心中有个魔瓶，这只魔瓶指使作家不断倾倒出一些什么来，就变成了文学。这只魔瓶，实际上就是作家的心。罗旭雯的《散场后的爱》也让我看到了作者一颗真诚的心。

在离别情绪的铺垫下，文章的语言宛如水浸泡过的一样，清澈透亮，也把读者的心浸软了，文章写出了情感和气氛。

（张天芒）

凤凰涅槃

［一等奖］

浙江省绍兴市第一中学初中部　金潇逸

我匆匆跑进教室，面对的是一双双忧郁的眼睛，雨水顺着我的脸淌下，一阵阵阴冷的风向我袭来。

老师手中"白色的精灵"随着我的到来戛然而止，一团火辣的烈焰在我脸上燃烧，奔涌。

"进来吧。"老师淡淡地说道，不带任何感情色彩的脸扭曲而变形，他在黑色的世界中写下一长串方程式，手上的青筋有节奏地跳跃着，仿佛知识的火光在摇曳。

我迈开湿漉漉的脚，在沉默与悲哀中跨进了我的第一课堂。

函数的图像演变成千万条风情万种的曲线与直线。在我黯然消逝的眼神中眼花缭乱地张牙舞爪，我困惑，仿佛走进了一条迷蒙的雨巷。流水在飞溅，而路却是绵延无尽头的。闷郁的空气，携带着淡淡的书卷气与腐朽的气味，形成一团刺鼻呛人的烟雾，袅袅婷婷地散升，包裹着白色凌乱的日光灯，映衬着苍白的脸颊。

伴随着我的思想，欢乐之神终于扯开它高贵的嗓子，缓慢而低沉地唱起一支凄美的舞曲，下课了。

我蓦然回首，眼下我又学到了什么呢？我是否一次又一次地在岔道口迷失？在一次次挫折中困惑？

翻开作业本，无奈！我的眼前不禁升腾起一片雾花。

春天，是多么奔放的季节！乍暖还寒的，春日的雨仍不断地下着，夹杂着腥湿的泥土的气息，我抬起头，合上作业本，望望窗外的操场，依旧是鲜红的血的颜色，而雨的无情却把一群人唯一的欢乐隔离了，又把一群人的思想套上一副锃亮的手铐，缺少放逐与渴望。

有人说衣服洗多了就会褪色，生活经历多了就会洗去一路漂白的往事，而晶莹的雨丝却把跑道洗得更加清新，是蓬勃的血肉的筑成！于是我们的心中便有了一道固若金汤的城墙，带着一些深远的问题，作为守护心灵的屏障。

初三的学子们，在一片片硝烟弥漫的战场上角逐，在心灵最深处厮杀，在最黑暗处奔跑，他们，即便是我们或许每晚都要在咖啡弥漫的书房中度过，当我们步入那临近而遥远的战场前的那段忧郁而伤感的日子，也许喝下的是咖啡，吐出的却是三分疲倦，四分心酸。

同桌也曾问我："现在熊猫是不是越来越多了？"

我无语，心想是啊，昨晚很多同学也是浴血奋战，挑灯夜读，斑驳的岁月仿佛一只硕大的拳头，在左边捣上一拳，不对称，又在右边捣上一拳，便成了如今这副模样了。

同桌的话语不多，却刺得我的心好痛好痛，仿佛一把锋利的匕首刺入我心灵的最柔软处。像是那种鲜血淋漓的痛楚，携带着苦涩的泪水，痛到伤心处，凛冽的风却不经意间堵住了流血的伤口……

又是考试！我颦蹙的双眉一下子舒展成了柔美的线条，颤抖的双手一下子又摆脱了往日的僵硬……试卷发下来了，93分！我暗自思忖着，在以往的日子里，我撒下多少艰辛与悔恨！在艰苦的岁月中，我慢慢地像红军长征般跋涉在荒辽的土地上。

生活，是我的第二课堂，然而这些时间又有多少呢？我曾读过郭沫若先生笔下的凤凰涅槃，凤凰向着一座更高的山峰挺进，痛苦地用翅膀扇着火星，然后在炽热的烈焰中羽化。此时，任何历史便成了定格，一对新的凤凰将展开它的羽翼飞翔，飞向一片未知的天空。这是新的种族在繁衍，向着一个崭新的未来，凤凰的牺牲将是下一对凤凰诞生的标志，就是铺展它辉煌的邂逅。你可以想象，想象着一片阴影后是一片更小的阴霾，画面的重叠与交错，是何等壮观！这虽是一瞬，然而这一瞬却是痛苦与欣喜交错的旋律，是牺牲与诞生悲喜交加的画卷！而那对新生的凤凰，此时与你我融为一体，在尽情地欢唱，欢唱！

凤凰涅槃只是一个遥远的传说，然而传说又是多么扣人心弦与精彩。

凤凰在绝望的处境下新生，靠的不仅是勇气，还有在绝境中自焚的牺牲的力量，在之前它们做出过多大的决心啊！在炽热中消融，在彷徨中清晰，在徘徊中坚定，那是一股缓缓形成的力，一阵慢慢舞动的风！

每到傍晚，我每每想起这个传说，便不再依靠桌子的支持力，在眼皮前架起一座何等坚固的桥梁！每个梦境，都会闪现出凤凰的身影，是多么伟岸！然后这个图片渐渐地消散，再然后，一个渺小的身影掠过被雨水洗得发白的玻璃，划破了寂静。

"什么？又迟到了？"老师的尖声厉问使我紧紧咬住双唇，仿佛剜出血般地坚韧。

"进来吧！"老师淡淡地说道，语调明显地降低了八度，像是一把笨重的音叉敲在很薄的铁片上一样。

我惶然地抬头又低头，瞥见一道道箭似的目光向我袭来，于是在同学们带有蔑视的目光下，我仓促地坐下来，眼中还带着倦意。迟到的屈辱在我的心中又画上了一条挥之不去的印痕，于是，班中又多了一只熊猫！

雨水与咸涩的液体滴落下来，打在语文书上，打在那个遥远的传说，打在郭沫若的脸上，打在凤凰的羽翼，打在白底黑字的纸页上，打在我微微颤动的鼻翼上，一股淡淡的心酸从深处袭来，我猛然醒悟：今天的语文课正是在上凤凰涅槃！

老师在教室里平静地踱步，轻音乐般地吟诵着课文，与窗外的风雨声相映成趣，水乳交融。

我看见老师的镜片上泛起一阵淡淡的潮意，朦胧着凄美的意境。老师穿着一件白色的衬衣，在零乱的雨丝下形成一圈透明而圣洁的光辉，黑色的皮带和蓝色的裤子带着遥远的深沉，似乎述说着一个扑朔迷离的梦境。我忽然觉得老师是那么的可敬可亲，原来人的印象可以随着感情的变化而变化的，我猛然想起我头脑中无形的净化，原来改变一个人的印象只是一瞬间的事。

我猛然抬头，黑板把黑板上方的墙衬托得格外圣洁，墙上的国旗鲜红而庄严，老师身后的世界地图广袤而无垠，我的心忽然奔涌起来，仿佛一股炽热的岩浆要把万物消融，消融在一片无边无际的火光中，我知道这是凤凰涅槃的前兆，同学们的脸上透着一股韧劲与坚毅，这是思想与思想碰撞出激烈的火花，预示着一个精彩的过程，眼前一个巨大的阴影在逐渐消散，一个崭新的未来铺展在眼前……

【简评】　　这是一篇写成长中学业压力的作品，让我想到蛹化成蝶、丑小鸭变白天鹅、灰姑娘的传说故事。我想等待金潇逸的也会是个美好的明天，因为她能理智面对今天而向往明天，这种执著精神很可贵。

文章充满真实生活气息，语言干净利落，将叙述、描写、议论结合得恰到好处，自然天成。显示了极好的文字功底和语言感觉，相信以后创作还有提升的空间。

（张天芒）

枫的记忆

[一等奖]

浙江省上虞实验中学　钱雨彤

选择遗忘会比较好。我对自己说，很安静地对自己说。

不知道什么时候学会了安静，在别人看来，我很开朗，甚至开朗得有点疯。比如放学路上，和朋友一起张扬地笑，或者在课间没心没肺地笑。

安静的时候，我想做的，只是写文章。但是很失败，向来是呆坐很长时间也没写出点什么，于是放弃。开始上网，挂QQ，开始聊天，开始对一个不认识的人讲我的心情。

不认识的人，对于枫，这样的定义或许不恰当。至少还知道彼此的名字，学校（我们同校），班级。然后，发现我们还有一个早已经淡忘的关系，幼儿园同班。6年多前还认识，6年多没见面，6年后又在QQ上认识，我觉得不可思议，这种类型的还有一些，只不过枫是最早的一个，也是记得最牢的一个。

枫的Q名是繁体字，我一直没看懂，笔画太多，也懒得翻字典，又老是忘了问，以至于我一直不知道他的Q名是什么，只是记得很牢，那个Q名和那个头像。

和枫聊天大多是在下午。因为我喜欢睡懒觉，放假基本上都是8、9点起床，而枫向来是早起的，等我上的时候他已经下了，他再一次上线一般是中午。于是我学会在爸妈叫了好几遍后还在电脑桌前，学会了每个假日看他上线的惊喜及认错人的郁闷。

刚开始聊天的时候，我打字很快，毕竟和对方还不认识，好几分钟打十几个字总觉得挺对不起人家，后来发现这个决策很英明，因为他打字比我快得多得多。不过他还是会说："想不到你打字挺快，本来还想边玩边和你聊，现在我有些都不玩了。"我会很得意地笑。

我不知道是枫先告诉我他的经历，还是我先告诉他我的心情，总之我们知道对方没几天就开始各自讲各自的经历，彼此听对方的心情，他讲多些。有次他问我喜不喜欢他讲的这些经历，我说不喜欢，他汗，我调皮地笑笑。我问他为什么把这些故事讲给一个陌生人，他说不怕我说出去。然后我问自己，为什么这么相信他？因为他也讲他的经历吗？不是的啊，我说不清楚为什么，只是跟他说的时候心情会很好，嗯，很好。

枫说过的，他是放弃游戏来和我聊天的。现在他或许也忘了吧，至少当时我真的是感动了好一会儿，于是我对他说谢谢，他说这也要谢？免啦。我说你是我很想聊的人，他说是吗？我说嗯，我和依说过我聊天和枫聊的次数最多。我说这话是很久以后了，自然没有告诉他。

枫的文章着实很好，又特悲伤，他说他空间里写的都是不快乐的。他的悲伤，有些不寒而栗，然后又觉得他是一个很好的孩子，于是有种冲动，想见他。他说对自己的长相还是有信心的，我笑。可是一直没机会，于是一直到2007年，还没见过真人。

他一直是悲伤的，我只是一篇篇转他的文章，我和他一样的。

他问我喜欢写快乐的文章还是悲伤的文章，他说他喜欢写悲伤的文章。

我觉得悲伤的文章比较容易写好。

而快乐的文章要写得诗情画意，我觉得挺不容易的。

一样！

我在心里惊叹，自己就是个安静些许有些忧伤的孩子，在外面有些隐藏。于是在QQ上宣泄，只是对于枫，我们都是一样的。

于是在QQ上写文章，仅仅是因为枫的缘故，想让他看我的文章，且是唯一一个可以看我空间的人，不知道是不是我自负，至少我很相信他，尽管还不认识。

空间里的第一篇文章叫《想着》，题目是随手取的，故事倒是半真半假，可以确信的是我的字体是因为一个人而改变的，原本是蓝色的，字的规格也要大些，而和枫聊天的时候字体已经是最原始、最简单的那种，枫也是。我让他去看我的文章，他说和他有点像，我笑。他问我："你的字体也是因为一个人而改变的吗?"我说:"是!你也是吗?"他说:"是的,我原来的字体是这样的。"他把是这样的几个字用他原来的字体发过来。我愣了,我们原本的字体也是一样的!嘀,看来我们还真有缘。

一直是他写一篇文章我转一篇,每次他进我的空间,然后说"额~~你又转了我一篇",然后发个流汗的表情。我只是笑。只是和枫聊天,学会了用"表"代替"不要",学会用"靠"代替"晕",学会用"省略号"代替"无语",学会在一句话中加几个"额~~"进去。学着他的口气说话,没学像,于是放弃。

每次打开空间,看见一大半他的文章,总想自己写几篇,而我是个很懒的人,我不愿打一篇文章,于是写诗,很短的诗,有些诗一看就觉得假。尽管我是有些忧伤的孩子,可是不符合我的风格,枫说过,你是快乐的——我想我伪装得很好。但那是真的,至少都是有感而发。枫会说"额~~很好",等等,枫是我第一个读者,也是唯一的读者。我和枫说他是唯一可以看我空间的人。他说"是吗?很荣幸~~",我依旧是笑。

然后我依旧固执地写几首诗,跟他不一样,就算都是悲伤的,我没有告诉他那是真的,说了恐怕他也不会信。他的文章算是触景伤情吧,而我只是莫名地想到一些人一些事,就写下来,我不会遗忘,有些事是遗忘不来的,即使忧伤也无所谓。

——毕竟是和他不一样的。

期末考临近那会儿,我上QQ的次数逐渐减少,也就是趁爸妈不在偷上一会,不巧,我上的时候枫不在,很多人都不在。大伙儿都用功读书去了,我笑自己,果然不是个用功的人,我给枫留言,尽管我知道是徒劳——没有谁回过我的留言的。我希望枫是个例外。

"最近几次上线你都不在,很忙吗?期末考快到了,加油哦,考得棒棒的!"

再次上线距期末考还有7天,是期末考之前最后一个星期日。然后一上线就看到有头像在动,我知道是枫,不免一阵惊喜。

"最近没上,快期末考了,今天好不容易上一下,你不在~~算了~~""在。"他说:"额~~我看你最近没怎么上。"我说:"是。""是不是某次考试考砸了?""不是,快考试了。""是啊,好好复习。"我怀疑,应该是我问他的啊!无语。然后他说:"下礼拜这时候我们已经在考试了。"我说"是。好期待~~""我也期待啊,要放假了,就会有更多空闲时间来聊天了。"——枫,会有更多时间和你聊了,包括讲我的心情。

期末考还不错,班里第4,不知道算不算达到要求。枫也没考好,娜说他这次班里11名。枫只是说了一句,"我考砸了",倒是我,因为英语砸了伤心了半天,也只是和他说了。我记得后来我们很少提到考试了,提到的时候也是互相郁闷着,说me too。真的是一样啊,都是自以为成绩不错,结果总没有想象的好,我为自己找理由,说我到初三再爆发,心里不平衡着呢。于是发现聊天的好处,什么都可以说,上线开始疯狂,再加上是寒假,就更狂了,从早上挂到晚上,而他也是上得够多了。聊天,进空间,只是进他的空间,看着他朋友们的留言,也跟着评论些什么,或者他根本不知道哪个是我,没关系,至少我知道他在我空间的评论,都是第一个且唯一一个。

一段时间里他没发什么文章,我问他怎么了,他说没什么呀,就是不想写。然后也记不得是哪天,他发了一篇,一如既往的,又是悲伤路线。我说"你要快乐一点啊",嗬,我自己又何尝不是呢?他说"晓得老",老是错别字,也不知道正确应该怎么写。我呢,空间里写几首诗,让他看,他说:"看了,还不错,有我当年的风范,呵呵。"我汗得不行。

再次说到Q名的时候是寒假末了,我想起这个很久的问题,于是问他的Q名什么意思。

"枫尽~~"

"? 我不懂。"

"额~~枫尽,秋天的结束,冬天的来临。"

"什么意思?"

"无意义,就是比较凄凉和伤感,无穷尽~~"

"冬天来了,春天还会远吗?"

"额~~春天来了秋天也就不远了。"

我惊异他会说这样的话。

"我不喜欢春天,甚至讨厌春天。"

"那你喜欢~~"

"秋

深秋

所以我最喜欢枫叶，很多文章我都写枫。"

"比较凄凉和感伤。"我说。

"嗯。"

深秋枫尽。我有同感了，尽管我喜欢的是初冬。

我开始想象他的样子，觉得这样一个忧伤的孩子（或者，不是一个孩子了）应该是很好很好的，说不上为什么，想见他，他不同意。我说："是你对我没信心吗？"他说："不是。"学校里也没有见过他，或者说见过也不知道是他。周一升旗的时候他让我看，说最高的那个就是，我问他多高他说175，我汗，我差他近20厘米。但是升旗的时候前排同学挡住了，于是放弃；后来他问我周一看见他了吗？我说没有。他汗。或者这是唯一一次见到他的机会，但是我错过了。

后来学校有个文学社，我和他都加入了，我想我的骄傲仅仅是作文了吧。枫说他仅仅作文比较好，或者连作文也不算好。没关系的，枫，如果真的没有骄傲了，至少还有空间可以写，可以宣泄。第一期出的时候看到他的文章，还是那么悲伤。就像歌词中唱的："走吧，走吧，人总要学着自己长大……"看他文章的结尾，那么你是不是也是一个人长大呢？在你所喜欢的字中有个寂字，可是希望你是快乐的。

猛然看到封二上几张新社员的照片，1班2班……按这样轮下来，他们班的照片应该也有。马上翻到最后一页，那个中间最高的，应该是他吧，我想着，不免有些惊喜，真的是他吗？一下课我就拿着书找依，问依哪个是他。"这个。"依指着中间那个。不是吧，真的是啊！尽管猜到了，还是很意外。嗯，真看不出他是个忧伤的孩子，不过这个个子的确是猛啊。等等，这个人我怎么在哪里见过啊，汗！聊天多了有些似曾相识吧。我笑自己。

依问我："你觉得他长得怎么样？"我说："还好，比我想象的要帅。"依说："那张照片效果不是很好。""那么他比照片上的要好看吗？"我笑，枫倒是显得无所谓，"长得好又怎么样？"我无语。"真的没什么，只是看上去你是个安静的孩子，安静得叫人不放心。而我不是的，我的沉默只是没有表情，如果现在我们擦肩而过，你会知道是我吗？我们还没有这么默契吧。尽管我上别人的号你也能猜出我是谁，而且确定是我，我承认我是惊异了，但是不一样的呀，我的话实在太明显了。"

今天才知道有首歌叫《枫》，《十一月的肖邦》里的，JAY唱的，那个我最喜欢的歌手。我知道枫也喜欢他的。

缓缓掉落的枫叶像思念/我点燃烛火温暖岁末的秋天/极光掠过天边/北风掠过想你的容颜/我把爱烧成了落叶/却换不回熟悉的那张脸/缓缓掉落的枫叶像思念/为何挽回要赶在冬天来之前/爱你穿越时间/两行来自秋末的眼泪/让爱渗透了地面/我要的只是你在我身边……

不想他也这么伤感，快乐一点。或者，不变的，你说孤独是一种性格，那我是不是呢？娜说有时寂寞亦是一种快乐。

那么，祝你快乐。

【简评】　　这篇文章用流水的清晰线条写了男孩和女孩两小无猜的友谊，也让我们走进他们的内心世界。

用网络交往的形式写友情的发展，看似不可及却真实可信自然。文章有作者自己主观的介入，读来脉络分明自然天成。

如果生活中发生的事件不能打动自己，那么写出来同样不能感动读者。钱雨彤谙熟这个写作道理，所以她这篇文章写得很成功。

清水。芙蓉。天然。无雕饰。

（张天芒）

军训七天小插曲

[一等奖]

辽宁省沈阳市第 107 中学　闫佳美

1. 送被

军训的第二天，文文奶奶急匆匆地来到了军营，手里抱着大被，找到教官，不容教官说话就把被子塞到教官怀里，告诉他赶快给她的孙女送去。

原来文文奶奶不知听谁说，军营里由于床位有限，有一部分同学需要打地铺，被子不够用，所以特地来送被子，唯恐她的孙女被冻着，弄得文文好尴尬，哭笑不得。

2. 打架

军训的第三天，一女生家长怒气冲冲来到军营，看到教官就是一顿狂轰滥炸，大喊大叫，指责教官打了她的女儿了，弄得教官一头雾水，丈二和尚摸不着头脑。

原来是练习立正时由于站得不够标准，教官常常用膝盖去亲密接触一下同学的腿，结果就有人受得了，有人受不了，有人能忍气，有人不吞声，所以打起来了，来了一次大闹军营。经班主任老师一顿费力的解释，一场风波才得以平息。

3. 礼品

汽车要离开军营时，教官来到八班的车前，把联欢会上变的那个大礼品盒送给了同学们，让同学们在车开出军营以后再打开看，同学们哪里等得到车离开，车门一关就迫不及待地打开了礼品盒。

看到盒中花花绿绿的礼品，女同学们又眼泪汪汪了。这个礼品盒就是联欢会上教官变出的礼品盒，盒中的礼品，就是她们夜袭小卖部时，被教官没收的小食品，不过里面又多了许多礼品，还有一段真诚的祝福。

"祝愿今天的学员,明天会成为优秀的教官。"

4. 我第一

一女同学带了一个小游戏机来军营,同学们常常借来玩,从第一天起就设了一个排行榜,大家说好等军训结束时再揭榜,看看谁能排第一。在军训结束回家的路上,同学们看着还在津津有味地打游戏的她,便想起了排行榜的事,于是大家就要求看一看排行榜,到底谁排第一。

"不用看了,我第一。"此女生一边漫不经心地打着游戏机,一边很肯定地说。

"怎么那么自信,连看都不看就知道你自己第一。"众同学不服,纷纷要求看一看排行榜。

"告诉你们不用看就是不用看,因为排行榜上没别人,我早把大伙的名单从排行榜上删掉啦。"

这也可以,众同学晕菜。

5. 自言自语

一女生特别爱讲话,见到什么说什么,不说难受,怎么也憋不住,弄得和她站在一起的同学,常常陪她被罚站、罚跑步。后几天就没人和她说话了,谁都不愿意理她,以免被罚,她也跟着好了两天,可到了第三天她又被罚站了。

大家会说,没人和她说话怎么会被罚站?这姐们,实在憋不住,自言自语被教官抓了个正着。

6. 高,这招真高

一天晚上,教官来宿舍查铺,一女同学为了抗议教官白天的魔鬼训练,故意给教官捣乱,从教官进屋她就开始唱歌,可是因为她是闭着嘴唱歌,弄得教官查了半天也没看准是谁,教官只要一到她面前,她就停下来不唱啦,教官一走到门口,她就又开唱,教官始终也没有抓着她。

最后,教官气急败坏地摔门而去,众同学起床欢呼:"高,这招真高。"能人哪。

7. 要钱,要命

一女同学特爱唱歌,每天军训回宿舍,她都会情不自禁地唱几句流行歌曲,一般人唱歌分好听和不好听两种,不好听无非是有的人唱歌跑调,有的人唱歌忘词。可这姐们唱歌的特点是，既不好听又跑调还忘词，最可气的是她从容不迫，旁若无人的表情，头几天大家不好意思说，只能忍耐她的歌声，到后几天，大家实在受不了啦。

"喂，我们大家给你点钱好不好?"菲菲大声嚷道。

"为什么?"这位大姐一脸迷惑。

"别人唱歌我们给钱是因为好听，你唱歌我们给钱是为了保命，给你点钱让你赶紧把嘴闭上，否则你会要我们的命。"

8. 到点报时

美美的爸爸从日本给美美带回了一块新手表，军训前没来得及调好就戴上了。此表到整点就报时，美美调了几次，也没有把表调明白，每天报时不误。

一天，教官正生气地给大家训话，本来就是越说越生气的时候，此表又报时了，教官怒目圆睁，很温柔地说："美美同学你那个破表能不能不响了，我都已经忍了你好几天了。"

"报告教官，不能，因为它是日本人做的，所以我管不了它。"美美同学一脸平静面无表情。

9. 打死也不练

一天早晨，一同学说什么也不起床，任凭教官、老师、同学怎么叫她也不起来，她的理由很简单，就是太累啦，不想起来。她非常理直气壮地说，教官没有理由对同学们进行这么严厉的军事训练，我们是学生，并不是士兵，我们需要的是学习成绩，而不是训练成绩，将来考重点高中又不考军训。所以没有必要军训，更没有必要接受这么艰苦的训练。

大家好的坏的都说遍了，最后她也是没起来，教官遇到滚刀肉了，众同学佩服，人才呀。

10. 一次没逮着

一女生特喜欢照镜子，时刻注意自己脸上的每一点变化。本来长得就已经很漂亮啦，还是天天手不离镜子，镜子不离脸。每天军训那么忙，她却时刻也没耽误照镜子，绝不会因为军训忙，而怠慢了她那张精致的脸。最重要的是，在那么严厉的教官眼皮底下，谁都可能一不小心犯一回错误并且被罚，可她别说被罚，竟然连一次也没有被教官发现过，真是高手令人佩服，又一人才也。

11. 想文静

一女生对一男生印象很好，于是，就委托其他女生，去打探那个男生到底喜欢什么样的女生，传回的话说是：那个男生喜欢文静的女生，这下可把她愁坏了，因为她的特点就是喜欢打打闹闹，做起事来风风火火，说起话来粗声大气，想让她静下来，每天像淑女一样作文静状，那真是比登天还难。

一天，军训回来她在寝室里走来走去，故作淑女状的拿姿势弄景儿，嘴里还念念有词地在嘀咕着：怎样才能做一个文静的女生呢？只听"砰"的一声，再看她四脚朝天地坐在了地上。原来是她想坐床上，可只顾拿姿势弄景儿没看准一屁股坐地上了。整个一野蛮女友，真愁人。

12. 美不起来

一天，美美和一女生聊天说起名字的好坏，她说：她有个小妹妹名字和美美就差一个字，所差的字就是那个美字，就因为少了这一个美字，弄得她就什么事都美不起来。

美美会琴棋书画，她只会胡来胡闹；美美会打架子鼓，她会和小朋友打架；美美会吹葫芦丝，她啥都不服只会吹牛；美美会弹吉他，她会弹玻璃球；美美不爱说话，她可是说起话来没完没了，而且是粗声大气；美美跳了两次级，她却降了一级，难道名字差一个字差距就会这么大吗？

谈话的结果是，军训回家的第一件事就是：建议她的妈妈给她的名字加一个美字，以便缩短差距省得美不起来。

13. 就差一个字

说起名字来，美美还有一段不好意思提的事，来军训的第一天，就有一个同学和她说：她有一个姐姐，名字和美美也是差一个字，差的是一个佳字，虽然人家名字里少一个佳字，可是人家却什么也不差，样样都最佳。

据说这位姐姐说起话来文文静静，办起事来认认真真，学习成绩更是名列前茅。最重要的是：这位姐姐学习从来不用人来管，对自己的学习成绩从来都是不满意。说来相反，美美的特点是：从来不认真学习，更不能自觉学习，而且对学习成绩好坏不是很在意。

嘿，别说就差一个字，这差距还真不小，刚刚说的那位小妹妹的妈妈，如果听她姐姐的建议，可以把名字加个美字了，可是美美不能加，因为美美和那位姐姐差的是姓。

14. 咱不偏科

一天就寝前，大家一起谈学习的事，有的同学说喜欢学数学，有的同学说喜欢学语文，还有的同学说喜欢学英文，总之，每个人都会有喜欢学或不喜欢学的科目。大家讨论的结果是：这样考试容易偏科，偏科会很耽误事的。

正当大家讨论得很热烈时，一同学说："我就从来不偏科。"此话一出口，便迎来了众多同学羡慕的目光。此同学面无表情继续说："我考试时每科的成绩基本都一样。"大家一致赞叹道：厉害，高手。此同学又说道："你们知道我每科考试都多少分吗？不了解情况就不要瞎赞美，我每科成绩从来都是五六十分，怎么样不偏科吧？"

众同学全体晕倒，无话可说。

15. 人才流动

每天就寝前是大家谈天说地的大好时光，今天文文说起了她的爸爸：一位著名的外科医生。

文文的爸爸是某医院的一名外科医生，并兼外科主任。由于自以为和院长关系不错，于是就在一次院务会上，给院长提了自以为很合理的建议，这两毛钱意见提完之后，便被调到一"轻松自在"的岗位接受考验，据说是人才流动。从此文文爸爸所津津乐道的便是：给一老者做了文眉外加矫正罗圈腿，再不就是给一老妪割了一次双眼皮外加赠送耳朵眼，基本都是"大手术"。据说工作还挺忙，深受众多老者欢迎，这真是干一行爱一行，气死同行，人才流动就是好。

16. 一百零一丑

一女生天生一对赵薇似的大眼睛甚是好看，而且皮肤很白，俗话说得好：一白遮百丑。她还有一个特点就是，长得白白胖胖，这在大人眼里就是非常健康、非常可爱的一个女孩，在女生眼里她也是非常讨人喜欢的。可现如今流行骨感美，女孩一和胖字沾边，无论你怎么漂亮那也是不好看，有两个男生对话为证：

男生甲：你说×××她是好看还是不好看，她虽然胖点可是她很白，毕竟一白遮百丑。

男生乙：一白是遮百丑，可她一百零一丑，没遮住。

这真是防不胜防。

17. 左右不分

一天晚上，一同学在打游戏，众同学一边围观一边支招，一会你喊上一会她喊下，还有的一会喊应该左，一会喊应该右，这看游戏的比打游戏的还着急，喊来喊去寝室里乱成了一锅粥，弄得打游戏的不乐意啦。"你们不要乱喊了好不好，我打游戏有你们什么事呀！再说啦，你们一会喊上一会喊下，我忍你们啦，还喊什么左啊右啊，我左右不分难道你们不知道吗？"

众同学没电了，嘴上没说，心里想：你左右不分你告诉谁啦。

18. 快憋死啦

一同学特爱咳嗽，每天晚上睡觉前都要咳嗽一会，时间长了大家也就习惯了，可她却是一个非常讲究的人，常常是咳嗽一半又憋回去，不好意思总咳嗽，这样弄得别人反倒不舒服了。

一天晚上，她又是咳嗽一半憋回去一半。"唉，我说你要是咳你就快咳，通透一点，你这么咳一半留一半快把我憋死了。"邻床的同学不乐意啦。

听了同学的话，该同学不明白啦，自己憋着不咳嗽，怎么还把别人给憋着啦，真是没处说理。

19. 绝对不赖

一同学无论玩什么都爱玩赖，每玩一次游戏都会让她弄得不欢而散，所以没有一个同学愿意和她玩，无论她怎样死皮赖脸地求别人。

一天晚上闲来无聊，她想玩跳棋找谁谁都不和她玩，最后她来求美美和她玩，美美说什么也不同意和她玩，可她磨起来没完，美美没有办法只好对她说："玩可以，但是不能玩赖。"她很爽快地答应啦，可最后说了一句话，差点没把美美鼻子气歪。她说："只要你不赢我，那我绝对不赖。"

20. 算你一半

一同学由于住在上铺不是很方便，所以她每天就很自然地吃在下铺，躺在下铺，看书也在下铺，弄得下铺的同学没地方躺没地方坐，还不好意思说。

一天，她躺在下铺一边吃零食，一边对下铺的同学说："其实咱俩不分你我，你的床就是我的床。""什么时候我的床变成了你的床啦。"下铺的同学不乐意啦。还别说上铺的同学还真挺大方，"好啦，别生气了算你一半。"下铺的同学又不明白啦，什么时候自己的床就剩下一半啦。

21．习惯戴手上

一上铺同学因没有戴手表，所以总是问她下铺的同学："几点了?"时间长了下铺的同学就有点不耐烦了，上铺的同学便向下铺的同学建议道："喂，把你的手表放在桌子上怎么样? 你我看着都方便。"听了上铺的话下铺不乐意了，心想："什么叫你我都方便，分明是你方便我不方便了，凭什么我的手表让你说了算。"可表面上又不能表现出来，于是下铺面带微笑地对上铺说："不好意思，我还是习惯把手表戴在手上。"

【简评】　　读之有趣、品之有味、思之有意，这正是闫佳美文章的阅读体会。她善于从日常生活中截取一些断面，让我们与她分享那瞬间的快乐、瞬间的感悟。其实军训的题材并不新鲜，越是平素的生活，越难发现新鲜的东西，而闫佳美不同，她笔下的军训生活带给了我们耳目一新的感觉，让人读来忍俊不禁，似乎每一则故事都有它的引人之处，让我们在笑过之后忍不住重读一遍，仔细体味。

这篇作品给人的感觉就如同装修中用好多不同色系的马赛克装饰了一面墙，形成了一个美的完整的图案。有人说，写作重要的还是发现，正因为有了发现才让我们的写作轨迹不是一味地重复，而是无畏地创新。

（王　岩）

一起走过的日子

[一等奖]

浙江省上虞市实验中学　俞熠颖

　　"当……当……"毕业典礼的钟声响起了，坐在会场里的同学们，刚刚还沉浸在即将放假的兴奋中，又一下子安静了下来。我们清楚，结束了毕业典礼，意味着六年的小学生涯就将告终，就将告别母校，踏上新的征途。台上，是校领导热情洋溢的毕业致词；台下，是那一个个朝夕相处的身影，一张张多么熟悉的面孔。55颗童心，就如同55个跳动的音符，组合成一曲骊歌，在你我心间流淌。

　　听着，看着，用心感受着。想起就要分别，我禁不住泪眼婆娑。忽地，六年的往事在眼前铺现开来……

　　刚进入小学校园的我们，带着天真与稚嫩。那时的我们，还不懂什么是真正的友谊，只知道能和小伙伴们痛快地玩耍，就是快乐的。因此，也常有一些小吵小闹。

　　随着年龄的增长，年级的增高，知识的增多，以前顽皮、不懂事的孩子已渐渐长大、成熟起来了，文静起来了，也有了自己的知心朋友。

　　在从前的（5）班，有一对"三剑客"，那就是我和小叶、小楠。也不知是怎样结为了诤友，从此，形影不离，说夸张点儿，简直成了"三者合一"。小叶稳重、能干，是我们三个中的"老大"；小楠开朗、阳光，一头齐耳的短发，整个"乐天派"；而我呢，文静+外向。我们三个呀，真是绝妙的"黄金搭档"。

　　俗话说：朋友之间，有福同享，有难同当。我们三人亲如一家。六年的风风雨雨，我们一起走过。

　　四年级的那会儿，小叶被挑选赴绍兴市参加少儿歌唱大赛。我和小楠主动提出加入拉拉队的行列，全程陪同小叶参赛，还特地做了几块标语在现场为她加油助威。经过层层角逐，经历了复赛、决赛，小叶的努力没有白费，终于如愿以偿地获得了三等奖。

每年我的生日，总是热闹非凡，因为有好朋友的陪伴。不去肯德基，也不去大饭店，总喜欢这样，在家中相聚。每次吃完生日大餐，总要来个激烈的"奶油大战"——往彼此脸上涂蛋糕。随着一阵阵"惨叫"，个个都成了"猫脸"，然后，爆发出一阵大笑，飘荡在"战场"上空……

五年级的"六一"前夕，学校正紧锣密鼓地准备着六一汇演。小叶参加民乐队，我参加舞蹈队。每天，训练都很辛苦。中午要练，晚上要练，小楠就会在傍晚留下来，忙着两头跑。排练结束，我们三人同行在夕阳余辉之下，那么默契的三人。

六年的故事，道也道不完，叙也叙不尽。一起参加夏令营，领略大都市的繁华，浅尝自立；一起当选班干部，为班效劳；一起参加作文大赛，一起获奖；在学习上同样是愉快的竞争对手。春天，和煦的春风里，有我们共同放飞的梦想；夏日，沁人的栀子花香中，有我们彼此的祝福；秋天，那条落满黄叶的小路上，有我们的串串脚印；冬日，漫天的雪花中，有那最温暖的欢笑声。

太多美好的回忆，现在却为何带来淡淡的愁绪？

花开有声，岁月无痕。也许在不远的未来，我们将天各一方。但我们都曾记得：从前，有这样三个女孩子，一起走过了花一样的六年……

【简评】　　夏天对于学子来说是别离的季节，离别一段校园生活，更是离别一段友谊。所以一起走过的日子就显得珍贵而留恋，俞熠颖的《一起走过的日子》就表达了这种情绪。

作者较聪明地选取了几个小学生活"亮点"回忆，参加歌唱大赛、过生日、六一汇演等，让读者可观可感，也避免了直白的抒情和论说。

如果将感情进一步沉淀发酵后再写，文章会更好。

（张天芒）

冰是睡着的水

断　　线

[一等奖]

华南师大附中番禺学校　夏梦雪

　　缥缈的风筝难以把握着的人，纠缠一根线，我们隔着一整片蓝
天。

　　风筝随我飞腾，一直陪我走，有没有可能，来一阵风，让我有
理由去等。

　　牵着我的手，牵着我的爱，不能断，不断拉，可不可能，掌心
却好疼。

　　我总以为它，会让我控制，谁知断了线，我一直无法忘记。

——题记

　　放假了，刚从书海走出来可真是一身轻松，冬天的广州并不冷，阳光懒
散地照耀着，草坪上有的人在放风筝，有的人在嬉戏，还有的人在享受冬日
的阳光。而我呢？一个人欣赏着，任阳光晒去我的书油味，就这样蜷腿坐在
草坪上，我的世界宁谧。爽朗的笑声掺和入安宁，一对放风筝的好朋友闯入
了我的世界，让我想起了什么……一幅画面逐渐在脑海中清晰呈现，"唉，
你白痴啊！！风筝要掉下来了啦。""你那么厉害，又不见风筝能飞得更
高？！"两个女孩打打闹闹，好不快活。想着想着，我的嘴角悄悄地向上翘
了，那美好的回忆总让人忍俊不禁，可再跟着回忆走下去，我，沉没了。曾
经的我和她，是可爱的。

　　我恨那天，夏日的骄阳火热，夏日的鸟儿欢闹，夏日的人们快乐。可当
白布盖上那沉睡的脸后，我再也感觉不到了。一个人的世界里，冰冷，沉

默，我害怕可是一滴泪水都没有流下。她的话语在耳边回响，淹没了病房中的哭声，安慰声，惋惜声。"梦梦，我们永远是好朋友。我真的不想离开，你要坚强，快乐，不许哭，嘻嘻……"余热，渐渐退却，你的躯体冰冷，笑容却幸福，停止呼吸的你，完美得像一尊雕塑。天使飞走了……快乐的。

他们看上去像是小学生，天真的笑容并不像我们带着一点点的忧郁、紧张。忽然觉得，我被隔绝在那欢笑外面，学习的繁忙，竞争的激烈，好久好久没有放纵在太阳下……

阳光把病房照得通亮，她的身上呈现出一道美丽的光环，仿佛你已经通过这条阳光大道走向幸福，这一刻是安谧的。机械地走出医院，抬头仰望，阳光依然灿烂，可好刺眼，好刺眼，伤口暴晒在太阳下，真的，只想用泪水去填补。可我答应过你，不哭。漫无目的走着，不知不觉，就来到了小学。

不知为什么，他们的一举一动都吸引着我。似乎是曾经熟悉，他们一起嬉戏，你追我赶，没有最终的胜利者。只是笑，还是笑，真是羡慕他们啊！两个人追逐完，又继续放起风筝，一个人拉着风筝，一个人托着风筝。一声令下，拉风筝的人快跑，另一个人随着风筝的前进而放手。他目不转睛地望着升高的风筝，似乎与风筝心系一线，望着渐渐升高的风筝又笑了，高兴原来是这么简单。他们拉着绳子，坐在一旁，任由风筝在空中飞，自由的，不自由的……

望着静肃的校园，在围墙外，我已成为局外人。一个月前，我们曾庆祝我们毕业，还没来得及祝她身体健康，她已随着毕业而远离了。求求你，不要那么狠心，告诉我，告诉我，你就躲在那片浮云中，默默地陪着我。你也很难过，对不对？何时你才能感觉到，我的话满载唇间，想和你分享。

他们坐一边注意着风筝的动向，一边在聊天。看他们眉飞色舞的样子，也许聊得很开心……猜猜他们聊什么，也许聊他们的学校？他们将会去哪里旅游？讨论一起去哪逛街？描述他们的未来？呵呵，那是他们的世界。只有拥有真心情谊的人才会明白。

很早前，我们就认识了，她总是像个小男生保护我。我们总说自己是绝代双骄，牵着小手嘻嘻哈哈地笑着。有时，我会取悦她，说她一点都不淑女，却有一个淑女的名字。还记得，我们正为自己秀发自豪时，她却两三下把长长的秀发剪掉；我们在那做手工时，她喜欢疯疯癫癫地跟在男生后面去打篮球……她不在乎别人怎么说。QQ资料上，她说她是条鱼，别人以为鱼不会流泪，可那只是鱼生活在水里罢了。那时，我狂追问她为什么。她总是笑而不答，直到那一天，我知道了原因……

我想我应该不会明白，因为，曾经我有过真心情意，可是我没有好好珍惜。让死神悄悄地从我身边夺走她。他们能这样无忧无虑，真的很羡慕。多希望，他们转过头那刻，看到的是小时候的她和我并排坐着。

我后悔那天的到来，和男生吵架，很激烈，不争气的泪水又流下来。正好被在篮球场的她看到了。她生气地一个篮球投过去打那个男的，挑起事端。他们两个火气很大，她先出手打了那人。当那人打回她时，她却突然倒下了。旁观者在起哄，那人在嘲笑。而她却一副很痛苦的表现，仿佛五脏六腑在她身体中破碎。我哭了，我呼唤着她的名字："嫒嫒，嫒嫒，醒一醒！郑嫒绮，你再不起来，我可要生气了！不理你了！"可她依然没有醒来。有人告诉老师，老师慌忙跑了过来打了120。在老师眼中流露出来的是紧张、严肃。后来从老师口中得知，她，肿瘤晚期——我的那片天倒塌了，沉默地不知道说什么好，阴霾……

忽然刮起了大风，他们幼小的手抓不牢风筝线，风筝在空中挣扎了一会，想飞得更远，可又摇摇欲坠，最终还是慢慢妥协飘了下来……很庆幸。

再后来，我去医院看她。她刚动手术，很成功，我祝贺她。可她躺在那病床上显得多么渺小啊！因为治疗，她连那短发都没有了，身体变得单薄，面无血色，似乎一朵花提前凋谢了。那一刻，我真不敢相信我的眼睛，这就是从前那个凶凶的，对那些欺负我的男生挑战的那个假小子嫒嫒吗？我和她之间隔着一层雾——我的泪水，转身流下泪水，再转身依旧是那笑容。我真的不知道说些什么好，祝她快乐？祝她健康？可这些大家都明白是不可能，你的死亡书已经判了下来。说对不起？可这只会让你用悲伤的心情快乐地安慰我，但现在最需要安慰的是她啊。突然间，我觉得自己好虚伪……好想脱下那伪装，想说什么就说什么，想干什么就干什么，而不是像套公式一样：来医院探望病人，祝福她，净说一些没有用的奢望，离开医院……我只是感觉到，世界的美丽在我的手缝中一点一滴地消失，最终被黑暗吞噬。我抓不住幸福，苦涩。

虽然风筝掉了下来，他们却可以重新再来，承载他们的梦，转呀转，转

呀转，转呀转，不曾完整，却越来越像一盏灯。可生命一生只有一次，没有后悔，后来再后来的结果只有自己默默地承受……

许多事情注定了结局，是永远都改不了的，相片的边角泛着微黄，才发现事情过去了很久，我们依偎着笑着，可那永远定格在过去。那年，那天如一张书签夹在了童年那一页。虽说时间能冲淡感情，可是时间却冲不淡我的记忆。记得，曾经有两个风筝在天上飞，有一个却断线了……

夕阳西下，他们牵着手快乐地回家了，踏着阳光，伴着歌声，无忧无虑。纯洁的情，深深的意……那身影，就像从前的我们。我伸手，伸手触摸那空气的你，我笑，笑声却那么的空洞，我等待，等待人死会复活。一直就那么傻，傻傻地守护着失去的。

在睡梦中，她来了，她告诉我，她从未忘记过。谢谢你，有你我好幸福。我们的距离，很远，很近。如果有来世，我要和你共享这蓝天，答应我，你可以做到的。风筝，飘呀飘呀……一人的飘飞，好寂寞。

我也要回家了，站起来，拍拍身上的灰，吸一口新鲜空气。一个人，孤孤单单。我相信，暖暖是天使，就在我的旁边保护着我……

【简评】　　这是一篇情真意切的文章，作者从见到小伙伴放风筝的情景，油然而生对亡友的一种哀思，触景生情，讲述一个非常感人的故事。

"我"和"暖暖"是两个非常要好的同学与朋友，一起玩，一起快乐，一起拉着手放风筝。一起看着风筝飞，一起让风筝在手里忽而自由，忽而拉扯住，就如两个人的愿望，两个人的友谊。可是老天不公平却让一个鲜活的生命，如枯萎的花一样无情地凋零，这是多么令人痛心的陨逝。

作者的情感是沉郁的，沉浸在一种感伤的氛围中，风筝是一种象征。生命如线，友谊如线。这一切都断线了，不知到哪里去了，无法寻回。追思和感念，融合在字里行间。非常感人，读来感到一种哀痛。

本文文字细腻，非常感人。

（王慧勤）

拼图游戏

[一等奖]

山东省阳信县幸福中学　毛中宇

我好像总有很多记不住的事情，有的时候觉得脑子里一片空白，隐约的有一点印象，却怎么也记不起来。偶尔我也会为此而庆幸，记得太多的过去，或许并不是件好事，当然这并不代表我的过去就一定是惨不忍睹的。我不喜欢总是回头看，尽管这是件身不由己的事。我记得在一部电影中有这样的一段台词：我不去想是否能成功，既然选择了远方，便只顾风雨兼程；我不去想身后会不会袭来寒风冷雨，既然目标是地平线，留给世界的只能是背影。我最喜欢的就是这最后一句，既然选择了地平线，就要义无反顾地朝着它走去，不去想身后的世界是否在伤心难过。以前还小的时候，一个人走夜路总是很害怕，总是觉得身后有脚步声，忍不住地想要去看。可是现在长大了，见到的事情多了，想的事情也多了，也变得更勇敢了，只是在走夜路的时候还是会害怕，不过我已经明白，最能克服害怕的办法就是，不要回头去看。

我的思想就好像断流的长河，在一双双饥渴的眼睛面前迅速地消失，却束手无策，眼睁睁地看着它残忍地蒸发，化成时刻游走于身边的绝望。河床干裂着张开巨大的口子，将一切灵动的生命吞噬进无底的深渊。无规则的纹理印证着滔滔大浪曾经流过。

耗尽所有的能量才艰难地生长出来的小小生命，是这世界唯一的一点鲜动，却还是被当作救命稻草紧紧攥在手心中，用尽力量不肯放手，被炙热的阳光烧烤着，想要撕裂的身体，连挣扎都没有就枯萎死去。

没有风的世界，连空气都凝固，呼吸都消失了。

我记得几年前我写过一篇名为《鱼没有了鳃，那又怎样？》的文章，那是在上课的时候写的，所以并没有写完，只留下了很小的片段而已。那是一段很阴暗的日子，我现在无法想象我到底是怎样度过的，但是它确实存在过。我写下的东西就是证明。那段时间我几乎每节课都在不断重复地在纸上写下这篇文章，那时的我好像陷进了一个漩涡里无法自拔。当我现在再看到这些片段时，我唯一能做的只是为当时的愤怒而感到可笑。

鱼失去了鳃，它该怎么办？它已经无法呼吸了，被憋得无法动弹，好像被千斤重的东西压在身上。是愤愤地向上帝抱怨，还是躲在一个角落里自怜自艾？不，它不能这么做，也没有权利这样做。它能做的，只是微笑着默默接受上帝赐予的一切。也许它会受到同伴的嘲笑与讥讽，可那又怎样？它已经是一个异类了，没办法再回到原本平凡的生活。既然是异类，就做一个伟大的异类，不要再过从前碌碌无为的日子。也许，亿万年后，它会拥有千万个伟大的子孙。

我是一个人，不是鱼。我本来就没有鳃，也不可能谈到失去。可是，我的性格注定了我的一切，因此我失去了辉煌。但是，我又能怎样？可怜兮兮地向人们诉说我的不幸来博取丝丝同情？我也不是上帝，也没办法改变一个人的命运。

没有什么能阻止我奔向幸福，无论是在梦中还是在醒来的时时刻刻，我都这样对自己说，并且我一直这样相信着。

好像有这么一句话，"这是一次奔向幸福的长跑"。我想当站在长跑的起点时，终点应该是无处可寻的，遥遥无期的。我想途中会有飞扬的尘土，溅起的石子拍打着我的脸。我想我可能会心力交瘁，连喘息的力气都耗尽。我想我说不定会在终点前倒下，前功尽弃。可是我想我在奔波的途中也终究会明白，我最大的幸福是沿路的点点滴滴被装进了一个巨大的袋子，而这个袋子就是我的心。

我忽然变得害怕寂静了，害怕自己坐在某个地方无所事事。因为这样我总会陷入看不见尽头的思想的漩涡中。我觉得生活是如此的混乱，乱得像一团麻，或者说更像是初学者织的毛衣，乱七八糟的针脚。许多许多的事情都纠结在一起，我不知道该怎么解开它。我好像分不清是非与对错了，我看着这个世界，看着都长着相同的脸的每个人，没有人告诉谁是好人谁是坏人，人人都麻木了，我也分不清，不知道，不明白。《疾走罗拉》中说："每一分每一秒都决定着你的人生。"可我的每一分每一秒都在混乱中度过。恍恍惚惚,看不清楚我自己,也看不清楚别人。我不明白自己是怎么了,从前的,现在的,未来的,它们好像一起出现我的眼前,一起在我的耳边响起,让我什么也看不清,听不清。我好希望有谁能"叮"的一声把我敲醒,让我能从这混乱的世界中逃跑。

就像这世界一样,我是有很多很多个我组成的。他们有许多矛盾,在一起不停地冲撞。但最终还是和谐的。就像我喜欢玩的拼图游戏,那些零散的碎片,最终组成了一个完整的我。

【简评】   一位哲人说:"人是一枝会思想的芦苇。"去思想的人有时受情绪的困扰,产生些许失意的念头,或者无所适从的想法。一个个凌乱的思绪如散在桌面上的拼图,不妨让自己做思维游戏,整理出清晰的方向。

毛中宇善于思考,她在文中写下的句子,带有普遍性,如篇首"有的时候觉得脑子里一片空白",往往挺熟悉的名字和事情,在特定时刻却记不起来,但这并不妨碍脑海闪过灵感的火花。

文中的叙述挺随意,带着少年思想河流上假想的伤痕。青春刚刚开始,诗意的青春只想一个人静静地走过。

习作中有的句子较费解,有的句子有种感染力。"我最大的幸福是沿路的点点滴滴被装进了一个巨大的袋子,而这个袋子就是我的心",思维的妙处就在于心灵感受的愉悦。

作者在文中流露出对生活浅浅的感悟。看似凌乱的思绪,有一条无形的线牵连着。

由无鳃的鱼写到"我"的性格,作者的心绪有些伤感。

我从一篇篇文章中,看到中宇同学来自心底的语言真挚而铿锵。

(董　胜)

谁动了我的琴弦

[一等奖]

浙江省平湖市实验初级中学　谢陈方

谁动了我的琴弦唤我到窗前/流水浮舟你在深夜的那一边/谁倚着我的琴枕梦昼夜满月/还以为各自两边只能做蝴蝶/谁让你我静似月/只能在心里默念/檐下燕替我飞到你身边/谁让你我静似月/各自孤单错弄弦/沉夜的遥影四处风吹面

望着那片高高的落叶松林，恣意的枝丫，飞扬的叶片，斑驳的树影，那样单纯，耳畔是醉人的牧歌，像吉卜赛的歌声流浪到远方，何处是终点？乡村的土地没有掩盖，完全是朴素的橙灰颜色。

我的方向在哪里。土地上被野火烧焦了的草根在风中翻飞着，一切都在化为灰烬，怎不是寂寞又憔悴？太祖母又去得匆忙，来不及向她道别，想起来，仍是心酸和不舍。维是我小时的伙伴，她从小没有父亲，她是个有趣的家伙，我们算是形影不离。她的母亲在这里是出了名的凶，想想维还是怪可怜的，她就在一旁安慰着我，然后用吉他低低的声音似乎在说着什么。

清晨的第一缕阳光射在了我的脸上，有一种酸涩的味道，我脆弱的脚步和叹息贯彻了全身，昔日的人影化成今日的泪，听到阵阵小麦的沙响，空荡却温和，怎么，为何鸟绝了鸣歌，泉断了水声。

袅袅的炊烟缠绕过人家的屋顶，漫漫的长路上音尘俱绝，水泥新砌的路面洋溢着白天的干燥，我和维穿过嫩黄色的田野，香樟树的影子划过脸颊，密密麻麻地织满了泥土，维会弹吉他，她自己破费买了一个不错的，它可几乎成了维的宝贝，我还是做她的听众吧。午后的阳光开始变得灿烂，树影像朵花儿一样。

维说弹吉他手指会有些痛。我说："难不成你想用我弹琴用的那种弹片？"维笑起来，就像天上的棉花团云一样可爱。"那可像魔爪，我可受用不起。"她的眼睛里面永远是那么清澈。

只要你不怕你的纤纤玉指血迹斑斑就行了，我说。风中带着些暖人的气息，就像小孩子一样，在维的手中，六弦琴的声音显得静谧、安详。于是，这些日子，我天天邀维到家里来玩，而漫天的云就这样和着吉他明快的节奏消逝在蔚蓝无际的天空，是预兆也是过去。

暖阳下的叶子落在我的头顶，肩上，维在错综的阡陌上向我走来，我笑着望着这个瘦弱的身影，便听到维低声说，吉他被母亲没收，她不允许我再碰。我似乎不明白其中的意思，只是觉得不真实。我们木然地站在路上，这被麦风拂过的路上，空气像被冰冻了。

"那么，你打算怎么办？"我说道。

"恐怕以后再也不能弹了，我也快走了。"维叹了一口气。沿着长长的小道离开，那个背影在纯色的布景下，有失落的色调。

　　　　昏黄的光线/照射陈旧的水面/映出谁的思念散在地面/撕落的岁月/又一天又一年没感觉/风吹破欺骗你无法兑现/你走的那天我决定不掉泪/迎风撑着眼帘用力不眨眼/一个人荒芜了空间

那年在海边的时候，我们赤着脚丫奔跑在金色的沙滩上，即使那些萌生在沙中的砾石会磕痛脚底，但总有海浪来为我们抚慰，浪花儿会在我和维幼小的视线里成长出彩虹般的梦境，它们就像点点的香脂缀满了水绿色的天空。

维总是很快地跑到海边最大的岩石上，向我挥手示意，我呢，也飞快地跑上去，维那个胜利者的姿态至今都记忆犹新。

我们俩一起闹过的事，吵过的架不计其数，却在结尾的时候总能画上完美的句号。

而现在呢，我们却要说再见了，可能这将会是永远的诀别，但我们的友谊不会到此为止，你说过，候鸟在天空飞的时候，一定是你在想念我了。它们不知道你和我的早已遗失的美好，却在偶然间发现自己的肩上已负重累累，或许我们的错开就是命运的注定。

吉他的弦响，拨动着流浪的歌，飞过远方的牧群和吉卜赛的灯火，闭上眼睛，远方吹来的风总是姗姗来迟，停在十四岁的年华，我们空白，残损，听到多年前的笑声，又是一种凄凉。

站在这悲伤的尾巴上，是寂寞与我为邻……

【简评】　　这篇文章的结构耐人寻味，用两首（段）诗介入其中，再写出"我"与"维"的友谊，友谊音乐化了。琴弦是友谊的道路。整个作品洋溢着音乐的气息，甚至读者可以闻到心灵也是音符的化身。

从小长大，一个人的成长历程上，往往一种爱好就倾注了大量批发出来的情感和心灵。

文章的优势在于铺陈大方，叙述精密，读者读起来有深刻的印象。我们可以跟随阅读文章，了解到"我"的内心世界以及"我"的朋友"维"的生命状态。

成长就意味着告别过去，朋友也有聚散的时候。把吉他的弦响写成"听到多年前的笑声，又是一种凄凉"。修辞写得妙，体现出了创作的才华。

谁动了我的琴弦？是对青春、成长的发问和追寻。

此篇文章做到了形散而神不散，中心内容一目了然并富有阅读价值。

（孙云晓）

我长大了

［一等奖］

广东省江门市景贤学校　伍咏薇

　　不明白，我这个如此热爱樱花的女孩，怎么会出生在一个樱花完全凋零的日子里。我生活的地方，是很难看得到樱花的。

　　樱花，娇嫩而凄美，它的花会沁出甜甜的香气，但却十分脆弱，一阵风过，洋洋洒洒地纷纷飘落，扎在泥里粉身碎骨，唯有那甜甜的气息，荡漾在春风中。

　　我是在电视上认识樱花的。樱花就像一个软弱的女子，她的倩影，似乎只该在美丽的春天飞舞。我爱上了樱花，一发不可收，且慢慢地变得像樱花一样，脆弱。

　　上小学三年级时，有一天，我养的小仓鼠死在笼里了。我一看见它的尸体，"哇"一声号啕大哭起来，哭得惊天动地，脑子里却不明不白地浮现了樱花飘落的粉红。

　　六年级时，有一次班上测验，我考得很不理想。我拿着批改后发下来的试卷，手在颤抖，心里也十分难过。上课评讲时，老师让我来回答卷子上的问题，我站起来支吾了好半天，心里紧张得不得了，我的同桌探过头来看了一眼我的试卷，大声说："老师，她这道题做错了，她不会做！"我敢保证，他当时是全无恶意的，但他的话引来同学们对我的注目。我真想地上有条缝好让我钻进去，我一咬下唇，眼泪就无声地落下了。我的同桌没想到会这样，吓傻了，愣在那里。噢，那是四月初，樱花开始凋零了吧？

　　同学们都说："你太脆弱了吧？像个瓷娃娃，一碰就碎。"是的，我是那么脆弱，被别人说一两句就哭，看见稍微严重一点的事故也哭，不知从什么时候起，我像林妹妹一样，动不动就"泪花涔涔下"了。

……回忆间，从番禺旅游回来的妈妈拿了刚照的相片给我看。里面有好几张是樱花的。樱花零零落落的，就像插在地上的桃花一样。"这和日本的樱花是不同种类的吧？"我自言自语。我所认识的樱，是高大的树干和盛开的花儿。

现在的我，已经不是那种像樱一样的人。那是因为我认识了她。我跟她邂逅在一个晚上，我一下子就记住了她，那蓝色的身影，那清香的味道，在风中的妖娆舞姿，让我深刻地记住她的名字，那么淡雅而深情的名字：勿忘我。

别人说，处女座的幸运花是勿忘我。我相信这一点，因为正是勿忘我改变了处女座的我。

我与她第二次邂逅是在商场。那时的她，已经制成干花，放在售花茶的玻璃柜子里。她变了许多，唯一不变的是那深邃的蓝色和甜美的清香。她的上方放了一块小卡片，上面写着勿忘我花茶的疗效。具体的我不记得了，只依稀记得最后四个字：美容养颜。呵呵，女人的宝贝。

站在我身边的售货员说："你不买几两回去试试吗？勿忘我可是一种美丽又坚强的花儿。"我一惊，暗中捏了捏口袋里的几块钱，飞也似的逃了，脑子里却记下售货员的话：勿忘我是一种既美丽又坚强的花儿。

我渐渐喜欢上了勿忘我，不仅喜欢她的娇美，还有她的坚强和用处。

我终于明白，像樱花一样的脆弱是不行的，我只是个小丫头，还有一段很长的人生路要走，若像花瓶一样生活着，我是活不下去的。我要像勿忘我，坚强，而有作为。

于是，我一天天地学坚强，试着把樱花的软弱从我的骨子里剔出来。于是，我坚强了，勇敢了。只有一个人在家，我也不怕；即使被别人嘲笑谩骂，我也平淡以对；甚至有时被朋友孤立，我也不会哭。这似乎会很难过，但只要笑一笑，没什么事情过不了。我要坚强地笑，笑着过生活，就像勿忘我一样，以独有的姿态，做出一番成功来。

上帝造人，把人成长的痕迹抹得几乎无处可寻。但我知道，从樱花到勿忘我，揭示着：我长大了。

【简评】　　"我"从樱花到勿忘我形象的转变，告诉大家的信息是：软弱是不易成长成才的，只有坚强，才能奋斗向上并取得进步与成功。

"我"用两种花朵樱花与勿忘我来表达性格的转变，以物写人，角度巧妙。

文章有着积极的意义，对同龄人同样性格的孩子应该有很大的启发。

"我"对自己进行自我超越，挑战自我，战胜自我，自己收获最大，自己也最受益。

锻炼自我，有了坚强的意志，显示出宝贵的精神财富。

它完全称得上一篇优美的文章，让人眼睛一亮，让我们为成长喝彩与祝福。

"我终于明白，像樱花一样的脆弱是不行的，我只是个小丫头，还有一段很长的人生路要走，若像花瓶一样生活着，我是活不下去的。我要像勿忘我，坚强，而有作为。"字里行间有着很深刻的哲理，从小就能感悟人生，相信以后会有幸福的前途。

（张绍民）

紫藤花下

[一等奖]

上海外国语大学附属浦东外国语学校　周雨婷

对于在小学时的印象，已在光阴的冲刷下成为朦胧疏离，邈远绵长的故事。有一个人曾经说过，回忆总是成为最美好的东西。我们曾在那片小小的地方留下足迹，撒播天真，埋下回忆。

让人印象最深刻的还是那一石架的瑰丽。雅紫透粉的花瓣，蜿蜒盘绕的古藤，紫藤花永远是我的挚爱。我曾驻足吮嗅过那迷人的芬芳，曾跳跃着伸手去够碰紫藤架，曾依靠在紫藤上和伙伴们谈天说地。

那一次，只记得班长大喝一声："去紫藤架下面集合！"无论男女都十分不情愿，拖拖拉拉地走出了教室。

又见紫藤花，我的心突然释然了。

正值春季，紫藤盛开了满满一架。或是稠密积聚簇簇团团，或是轻盈垂下莞尔微笑。架下不阔不窄的石路，花瓣铺满了一地，形成一条浪漫粉色的小路。

大家寂静地坐在架下。我们很难有机会集体并坐共享花香，今日却有了这般闲暇这般雅致。

"首先呢……"班长站起，颇带郑重地说，"我们也快毕业了，总该留下点什么值得纪念，值得回味的东西吧……"她面露微笑，却情不自禁地流露出了点悲伤。

此时，男生嘴里满是不屑的话语，眸子里却不自觉地撇开对方的眼神。

女生们则也是更愁伤，叹气的、沉默的身影，都融进了花的颜色。

"所以说呢，我有一个主意。"班长感到了周围凝固的气氛，便打破死寂，"大家看，地上有这么多漂亮的紫藤花瓣，我们可以把名字写在花瓣上，然后装进瓶子里埋到土里去。"

我的心情是说不出的抑郁。为什么气氛变得那么凝重？为什么大家突然都沉默不语？为什么紫藤花瓣的凋零会显得那么伤感？

班长起了头，她俯身拾起一瓣紫藤花，打开笔盖，在光滑的质地上落下了娟秀的字迹。她又将其放进了一个早已准备好的精致的长瓶。同学们见状，便接二连三地捡起地上还没有枯萎的花瓣，默默地写上了自己的姓名。

我的掌心躺着一片微粉的紫藤花，纤细美丽，娇嫩欲滴，就如同我们这群天真无邪的孩子，小小的、芬芳的。

我的心中溢满虔诚，不知为何，我将这次活动看得无比重要。是紫藤花留下了我们的回忆吗？我轻轻地拿掉笔套，将花瓣靠在光滑的木椅上，小心翼翼地划勾着我的名字的一笔一画。

"周雨婷。"也许我从未一丝不苟地写过我的名字，却在这淡雅的紫藤花瓣上烙下我认真而虔诚的印记。

我记得一年级学"āōēīūü"，记得二年级背"9981"；记得三年级在蘑菇亭下玩追人而撞破唇皮；记得四年级第一次跑400米；记得五年级学会自己回家，天天走过紫藤架。

我看见有人满含泪水地把"印迹"放进瓶子；我看见瓶子里装满了花瓣。

花，依旧不停地开不停地落。我主动从班长手中接过瓶子，悄悄地在花坛里挖了个坑。我不记得手指在挖过土后有多脏，我只记得，我满怀虔诚地把"我们的瓶子"缓缓地放入坑中，再满怀虔诚地把泥土缓缓地盖在那上面。

那一年春季，紫藤花开得特别艳丽；那一年夏季过后，我从此再也没有看见过如此美丽的花。

我希望那一瓶花永远不会腐烂，字迹永远不会抹淡。我更希望几年以后，我再次返回母校时依旧可以找到童年的象征。

她记载着我的小学，我的过去，我的成长。

所以，我同那次一样，虔诚依旧，满怀祈祷，祈祷成长的印迹永远存在。

【简评】　　周雨婷的这篇《紫藤花下》，写的是毕业分别的故事，但是，读起来还是觉得相当的新颖，作者用紫藤花作为同学分别的情感载体，有不同一般的意味。

同窗学子，坐在紫藤花下，度过分别的时光，为了寄托情谊，在地上捡起飘落的紫藤花瓣，写上各自的名字，用小瓶子封好，埋在泥土深处，这似乎有着黛玉葬花的多愁善感，但所埋藏的是每个少年的纯真的心灵，往事的回忆和缠绵的情愫。

这本身就是一个很美好的创意。

春天，在紫藤花下，依依惜别，将自己的情感和内心埋藏。多么虔诚，多么纯净的情谊啊。紫藤花，成为生命中最美好的见证。

此文描写细腻传神，内心的情感与故事结合得很和谐。文字淡雅，情味浓郁。真切自然，富有灵机。

（王慧勤）

年轻的夜

[一等奖]

湖北省武汉市武昌水果湖第二中学　刘伊曼

关于年轻的夜。

若是你仍然一定要知道，那么，请你往回慢慢地去追溯，仔细地翻寻，在那个年轻的夜里，有些什么，有些什么，曾袭入我们柔弱而敏感的心。

在那个年轻的夜里，月色曾怎样清朗，如水般的澄明和洁净。

——席慕容

十五岁的夜色是少女秀发披肩的柔顺，流苏似的温情。推开天窗，我凝望浮云飘逸的舞姿，我相信生命的尽头是重生，记忆被重新洗刷，忘记混沌无知的过去，褪去杂如乱麻的焦虑，时光静止在这一刻，纯净的灵魂拜访今夜的月华。

你还记得么，昨夜你来过我的窗前，有一朵小小的矢车菊为你静静地绽开。你来得这么安静，仿佛只是一阵微风，却抚绿了墙角的野草，野草弯了弯细嫩的腰肢，向你问好。嘿，你是谁呢？拥有一双充满魔力的手，抚平了我心中的浮躁，让它们渐渐化作一片蔚蓝的大海，在日夜交替的时候给予我新生的渴望。

有时候，我会感觉很孤独。总是看着一群飞鸟在屋檐嬉戏，而我只是坐在一棵枯了藤的榕树下翻着一本泛黄的诗，一遍又一遍地将自己身处于诗中那个伤感的角色。可我无能为力，我不喜欢这个城市的喧嚣，就像原本美丽的花丛中横七竖八地长满了疯狂蔓延的杂草，我想举起一把锋利的斧头，狠狠地把它们通通除掉，而当闪烁的霓虹灯把夜空染得通红时，不知不觉，心有种刺痛的感觉。无奈还是麻木？也许是太怀念小时候在郊区山坡上看到的那片宁静的夜空吧，如果它还没有离开，请你带我去找它，好吗？

我知道我们都是夜的孩子。只是记忆里，你总是若即若离。很长一段时间里，我被考试的压力掩埋，昏黄的光线一直照到天明，一晚上手里的笔没有歇息，我好累。我不喜欢这样的夜，双眼为一张张套题打工，神经也一直疲惫得要崩溃，手好颤抖，身体开始抗议着机械的生活，猛地推开书桌，墨水瓶被打翻了，洒了一地的深蓝，淌在地上，像夜一样，静。

你说，我不该逃避生活。尽管此刻它显得那样残忍，似乎吞噬了夜的安详。可我们还年轻，除了学着去默默忍受无数煎熬，还要去适应它，做生活的主人，而不是被艰难屈服。固然渴求美好的往事重现，但当自己面临"深渊边缘"时，不得不把握住自己，在黑暗的夜里，点燃一把希望的火炬，照亮未来的路。一切环境都会改变，别忘了，唯一不变的，是记住超然地面对人生。

夜色如水，我试着去回忆儿时和院子里的伙伴们一起摘下鹅黄的桂花，把它们放在清清的水里，笑着看它们旋转着花瓣漂浮在水面。暗香扑满心扉，你化作无形的空气，却弥散着花香包围着我，仿佛将我带到另一个世界，一个充满梦幻、纯真的国度。

因为年轻，我可以呼吸到你带给我阳光般的朝气，即使是幽静的夜里，闭上双眼，还能感受到你温柔的气息。我坐在枯藤的榕树下，借着今夜的月光，手里捧着一本席慕容的诗集，耳畔似乎听见你吟唱出她忧伤的词句：

总是
要在凋谢后的清晨
你才会走过
才会发现昨夜
就在你的窗外
我曾经是
怎样美丽又怎么寂寞的
一朵

我爱也只有我

才知道

你错过的昨夜

曾有过　怎样皎洁的月

【简评】　　本文诗意浓郁，有很强的诗歌元素，读起来温馨可口。开头结尾引用席慕容的诗与文，形成一种前后呼应的文章结构。

作为一篇美文，该文文字优美，文采十足。文中有着散文诗般的音乐旋律，如歌的散板，读起来如品一杯好茶。

本文抓住了两个关键词进行写作，即"年轻"与"夜"。许多句子都有着非同寻常的质感。

如开头"十五岁的夜色是少女秀发披肩的柔顺"，用通感把夜色变成了一种青春少女的美。对夜的抗议写得有幽默味道，"我不喜欢这样的夜，双眼为一张张套题打工"，学习压力的加重使得夜色变成一种枷锁禁锢着年轻的心。"墨水瓶被打翻了，洒了一地的深蓝，淌在地上，像夜一样，静。"体现了语言的能力与智慧，句子简洁有力，很有分量。

本来是美好的夜，有着音乐的质地，却因为学习的压力而使每一个夜晚变成了死读书、死用功。建议把学习化为快乐，就很好。正确的学习是必要的，但过多的学习并不是青春的全部。

我们要辩证地看待一个问题。

（石　英）

青春纪念日

［一等奖］

上海市杨浦区民办存志中学　门　蕾

　　这两天一直在读一本书，伊能静的《生生世世》。不厚的书我却将近看了一个星期，其实如果按我的习惯我可能只需两个小时可以一口气从头读到尾，但这次是个例外。

　　以前，我对伊能静"才女"之称并不在意，认为这不过是娱乐圈"矮子堆里拔高个"的现状加上媒体过分炒作的结果。买她的书纯属意外，在书店的时候，首先吸引我的不是作者，而是书页中那些夹杂在文字里灰暗色调的照片，简简单单的景物却让人陷入无限的遐想，所以毫不犹豫地买下了它。

　　闲暇时翻上几页，却让我不由自主地被她温暖而清澈的文字所吸引。读她的书就像是见证一段青春，因为她总能那么平静那么淡然地回忆自己成长时的伤痛与美好，一点一滴那么清晰可见，而她的青春却又是那样的透彻，幸福和疼痛直接明朗地交织在一起。她是个有故事的人。所以，读她写下的文字是要用心去体会的，而体会对我来说需要时间，这就是我为什么读了一个星期还没有读完的最大的原因。

　　我有个奇怪的习惯，读这类的书我总是喜欢把地点安放在公车里。因为在公车里，坐在颠簸的座位上，我不用想很多，脑袋被放空一片，只是用眼睛看着窗外不断从视线中流逝的景象，一种简单却直指人心的快乐。在那段时间里我常常有一种被安定包围的感觉。所以我选择用它来读书，这样有大段大段的空白留给我发呆，有时可能只是为了一幅图，一句话，一个词而凝视窗外很久，直到汽车到站，书还停留在那一页。但我总是觉得很满足，这样的阅读让我的旅途变得愉快且让我的心很快地沉淀下来。那对我来说，是一种幸福。

我记得她在"十九岁"的那一章里写过这样一句话:"那些大人都说我无病呻吟,但他们不是我,怎么知道我有没有生病?"

就是这句话让我坐在公车上从家一直发愣到学校,心里隐隐地疼。

我和曾经的她是那样的相似,有着自己的叛逆和骄傲,同时也总带着未曾恢复的病痛和伤痕。

我总是习惯用文字记录下一切,随时随地。可能是在日记本里,可能是在博客空间里,也可能在学校的作文本,甚至出现在期末考的作文考卷上。所以,总会有不断的人用他们引以为豪的经验来告诉我,我有多么的幼稚,我所作的一切不过是孩子们不分场合自以为是的胡闹。我知道自己是那么傻,在这个学生"视分如命"的时代,竟然还敢在"性命攸关"的时刻拿自己的固执和任性来和分数过不去。所以,我总在他们劝告我的时候,很仔细地听很认真地思考,然后在动笔写的时候却又把他们都抛到脑后,由此可见,我不是一个乖孩子。

但很多时候、很多人都没有想象中那么幸运,常常是身边来来往往热闹非凡却没有人可以在你内心世界下起大雨的时候为你撑起一把伞。所以,我们往往只能用左手温暖右手,用眼泪覆盖疼痛的心。像是受了伤的小鹿,注定只能自己舔舐伤口。所谓的温暖,也不过是自己仅有的那点温度。

想起了范范的一首歌,我们可不可以不勇敢,当伤太重心太乱无力承担?

答案好像并不重要,因为无论我们勇敢与否,未来还是会慢慢地靠近,直至走到你的面前,并且带来一切的馈赠或是伤害。

于是,一次又一次的伤痕,一次又一次的无力覆盖,层层叠叠,终于有一天,伤痕累累的我们在泪水的冲刷中穿上了一件厚厚的盔甲,冰冷而坚硬,带着无所畏惧的冷静,百毒不侵。我们拥有了所谓的金刚不坏之身。

那时候的我们,或许就会对于伤害无所畏惧,对于感情不再敏感如故,心也不在漂浮不定,而是慢慢沉淀像是安然的湖面,平静得没有一丝波澜。我常常会静静地迎着午后的阳光想象,那是一种怎样的沧桑,又是经受了多少的历练才雕琢出的从容与释然。

但是我敢肯定的是,从容的背后是注定需要交换的,而条件就是那曾经滑过脸颊的那一滴滴苦涩的泪,和我们单薄而脆弱的年华。

也因为如此,我总是钟爱用文字真实地记录下现在的我感受到的一点一滴，一丝一毫，甚至是一抹淡淡的气息，我都不愿错手失去，我爱惜他们像是爱惜自己的青春。因为这种伤感这种脆弱其实也是值得去珍惜的，去挽留的。因为，当我们终于成长了，终于不再畏惧了，终于可以释然面对一切伤痛了，那是不是意味着，我们已经老了呢？

人总是这样，得到一些就必须付出一些，没有人可以贪心地把这世界上所有美好的东西全部拥有。所以，我们能拥有的好像只有眼前的一切了。青春像是一条单行道，永远没有回头重来一次的机会，无论是幸福或是伤害都是独一无二的，那么我们是不是可以把伤痕当成旅途的留念呢？

我想说的是，无论到了什么时候，无论这个世界会变成怎样，无论在我面前摆放的是什么，我们都应该好好地把握好每一天，因为，每一天都是我们青春的纪念日，都是值得庆祝的年华，不是吗？

【简评】 生命在于表达。这篇文章写出了作者对青春的一些理解、表达。这种表达更可能是思想性的，表明了人对生命的思考。

在公交车上读一本引起共鸣的女性读物，表明了一种阅读的姿态，而这种姿态带有青春、个性的色彩。

青春有它的美，也有它的痛。作者在文章中便说出了这样的心灵。细腻的语言写出了真实的生命感觉。所以说，作者的文章贴近生命，贴近青春，贴近心灵。

作者喜欢用文字记录，写出的文章具有个性，写有个性的文章是写作的一大优势，个性要有特质，才能成功。作品中所呈现的个性有许多都恰恰是青春的共性。

作者是有才华的，她写出了"左手温暖右手"这样很优秀的感受和句子，使得语言表达一下子有了分量。

有思考，有负责的精神，文中"我们都应该好好地把握好每一天，因为，每一天都是我们青春的纪念日"便表明了这一点。可以看出这篇作品文采很好，作者写出很好的散文是不成问题的。

（白　描）

冰是睡着的水

[一等奖]

陕西省西安市高新中学　付　尧

　　所有的冰都是冬眠的水，夏天的气息渐渐浓郁，冰也会渐渐醒来。

　　2006年的那个夏天，我对温暖的家许下了"一个星期后见"的约定后，就开始幻想自己去住宿后的情形。

　　当我进了宿舍，不知是我幻想得太好还是现实太残酷，二十几人的大宿舍，几扇窗户连天都望不到的小，床与床之间只能容一人经过，看着这"新鲜"的宿舍，似乎可以闻到夏天宿舍里的汗臭味。家的影子在脑海中回荡。眼泪如受了天大的委屈一样，流个不停。看看舍友们也是满面泪痕的样子，就更伤心了。依依不舍地告别了送我的奶奶后，哭得更伤心了，似乎地板都被我的眼泪滴出了洞。于是我开始沉默，每天除了正常的生活外，电话也是打个不停，向奶奶说着这儿乏味的生活和对家的思念。有时对着那小小的窗户发呆，很久很久，直到遇见了她。

　　那一次，我又在发呆了，一个比阿姨大比大妈小的人出现在我面前，她拍拍我的肩膀，像朋友一样说了声"你好"，我笑了下问："你是?""我是生活老师，我姓王。"她答道。我用很惊讶的眼神看着她，她是我们宿舍的生活老师，我怎么不知道，看到她和舍友们说话，聊天，还以为她是来陪读的家长呢!没想到老师也可以这么轻松自在地和学生聊天。但也可能是因为心情低落的缘故吧，只是打了声招呼就用打电话的借口推托掉了下文。这是我第一次了解她的身份——生活老师。

　　印象最深的一次相处，让我有个想法："她真的是老师吗?"

　　那一次是快期末考试了，作业异常的多，手下很慢的我没写完，也算正常。我回到宿舍后就开始张罗我的第一次挑夜灯计划。晚上11点时我开始写了，心脏跳得欢快过头了。汗如雨下，也下得过头了。一秒，两秒……时间一分一秒地过去，眼看差一张就写完了，一个黑影过来了，本来就做贼心虚的我现在更紧张了。当我的眼睛从光明转向黑暗时，什么也看不到，不过两秒后就适应了。原来面前这个和我差不多一样高的黑影是王老师啊！她关掉了我的手电，我虽看不见她的脸，但也一定是和平常一样，小小的眼睛斜斜地瞪着我，眼睛里透出杀人似的目光，嘴里会说出一大堆带有教育性的话，还有她那最招牌的两手叉腰的造型。她开口说话了："你怎么现在写呀！大家还都没有睡安稳呢！"我窃喜着，我猜对了。接着她又说："你也得等大家都睡着再写啊！这么亮，谁能睡得着啊！两三点时写吧！"我本来已闭上的眼睛又睁开了，生活老师居然会说出这种话来，好不可思议啊！但还没到两点，我就呼呼大睡了。不知不觉中，我睁开眼睛，是早晨了吗？作业还没写完，我死定了，没想到是王老师在叫我，"两点半了，快写作业。"模模糊糊我听到了这些，尤其是对作业两个字最敏感。不管三七二十一，就开始写了。快速地写完，又开始睡了。到了早晨，老师叫我们起床了。我瞥了一眼，看到了王老师在对着我笑，我想起了昨天晚上的事，想起了不属于一件老师会做的事。

经过那件事后，我开始和宿舍的氛围慢慢融合了。开始放弃那些悲伤的映画，明白了接受现实也是快乐的。她好平凡，平凡到相处一室居然不认得她。她好不平凡，一个晚上改变了我的处事态度。

冰是睡着的水，春天叫醒了它。我曾经也是冰，你唤醒了我，就像那片湖。

【简评】　　付尧同学这篇散文的题目意味深长。

冰和水原来是同一种物质，只因为环境的温度不同，出现了两种截然不同的状态。

付尧文章里的冰和水，正是这样的反映：我离家一个人住校生活，遭遇条件简陋与家里无法相比的住宿环境，叫苦不迭，因与生活老师的认识，理解，心中的坚冰被融化。事实上，冰心里也是有温度的，冰是温度的收藏者，不肯轻易地泄露这种信息。

"冰是睡着的水，春天叫醒了它。我曾经也是冰，你唤醒了我，就像那片湖。"每个人都是睡着的水，每个人都是醒着的冰。重要的就是要收藏内心的温度，真诚地唤醒自己，唤醒别人。

（王慧勤）

行　　人

[一等奖]

浙江省杭州市外国语学校　楼宣宏

路上人来人往。

车子在一个十字路口前停下了。

我从车窗里望出去，我能看到行人走过。我饶有兴趣地望着他们。

一个母亲推着婴儿车走过来了，脸上有被操劳所磨损出的细细的皱纹，却依然掩不住满眼的慈爱。她走得很慢，很小心，尽量不让车里的孩子感受到颠簸。整个世界，尽都包含在了一辆小小的婴儿车里了。

她和她的婴儿车走得很慢，确实很慢，于是很快地，她们便被迎面走来的几个小学生挡住了。

我可以感受得到他们身上的朝气，他们说笑着，身上散发出的快乐足以让我触摸到。我抓住它，把它捏成一个球，放进嘴里细细咀嚼着。很好的味道，是一种恰到好处的甜。

小学生蹦蹦跳跳地走了，带着一身的快乐。一个中年男子过来了，低着头，看着脚下飞速移过的地面，以及那双永远锃亮的皮鞋的鞋头，一尘不染的样子。

又是一个中年男子，腋下夹着一个公文包，另一手拿着手机，不停地点头，满脸是谦恭的神情，好像和他通话的不是人，而是神。

我有点厌恶地把目光从他身上收回，投向了一个刚走过来的姑娘。她长得很秀气，拎着一个很漂亮但不花哨的皮包。她虽没有怎样的表现，但仿佛有一种特殊的气质，有一种震慑力和自信，仿佛她不是人，而是神。

我带着敬意送走了她，一位很"前卫"的小伙子走进了我的视野。我开始仔细地打量起他来。

　　小伙子的头发染成了金黄色，耳朵里听着所谓的"Mp Pthree"，很悠闲的样子。他上身穿了一件"T-shirt"，下身穿着一条海蓝的牛仔裤，双手插在裤袋里，橙色的宽大的衣袖随风摇摆。

　　他迈着极具韵律的步子走了。这时候，一个满头银发、拄着拐杖的老妇人颤颤巍巍地走过来了。她每走一步都仿佛用尽了全身的力气似的，走一步，缓一口气，很累，让人不禁为她担心会不会突然倒在路上爬不起来。但她依然这样走着，虽然很累。

　　老人终于艰难地、一步步地挪出了我的视野，我不禁为她，也为我自己松了一口气。

　　我还想继续观察下去，但车子开动了，那些人们顿时被远远地抛在了车子的后面。

　　迎接我们的是一行骑着自行车的中学生，很严肃，又很兴奋，几个人互相讨论着，没有笑声，紧张的学业让他们把快乐埋藏在心里。

　　学生们穿过繁华的街，径直去了。两辆三轮车，一辆坐着人，一辆无人坐，但不管车上有无乘客，车夫们都踏得很认真，很卖力，渐渐地，无人的那辆车慢慢地赶上了另一辆。我嘴角露出一丝嘲讽：不公平竞争。

　　车子转了个弯，继续前行。

　　几辆电瓶车，车身的颜色互不相同，但车上的内容有着某种相似：母亲骑车，车后坐着一个孩子，孩子背着一个书包。他们无疑是想利用这双休日最后的空闲去上那些兴趣班。我带着怜悯望着他们，他们的脸上没有笑意。

　　车子更快了，我再也看不见电瓶车了。不过我看见了一个人，倚在墙上，抽着烟，吞云吐雾地，烟雾把他的脸笼住了，模模糊糊地，看不真切。

　　又是一位，单手把车把，一手拿着手机，把自行车骑得摇摇晃晃地。他就这么跟着车子一起摇摆，身体摇摇晃晃地，手机也摇摇晃晃地。最后大概手被晃软了，"砰"的一声连人带车撞上了栏杆。不得已，只得推着车打手机，满脸的无奈。

　　小女孩拉着妈妈的手走进我的视野，女孩嚷嚷着，似乎在坚持着要买什么东西；一对夫妻逛街，女的兴奋无比，男的却提着大包小包，一脸苦相。我幸灾乐祸。

　　车子驶到了河边，河边有两个人在钓鱼。正当我准备将目光投向另一处时，其中一人欢呼一声，一条鱼被扔进了桶里。我突然很同情那条鱼。

因为我觉得我就是那条鱼。

一辆小轿车与我们并驾齐驱，却正好挡住了我的视线。我皱了皱眉头，对轿车内进行观察游戏。

车主系着领带，西装笔挺，嘴角上看不见一丝笑容，手骨消瘦，分分明明地在手背皮肤上刻画出了手掌的模样。而他的脸，也像他的着装一样严肃、不苟言笑。

小轿车嗖地加速，超过了我们。我正满怀兴致地看小孩子在马路边玩蚂蚁。

突然车子停下了，我"砰"地撞上了前座。牛顿第三定律啊！我暗想到。

是红灯了呀。

街道两边的人顿时蜂拥而出，有老人，也有小孩。

最后，我没有再观察下去。因为我在思考一个更重要的问题：在别的行人眼里，我又是什么样子？

我现在思考着。

我一生都将思考着。

路上依然人来人往。

【简评】　　作者在文末这样写道：在别的行人眼里，我又是什么样子？这让我想到了卞之琳的《断章》，一种彼此的参照便形成了生活的一种辩证。

很显然，楼宣宏的观察、体验和思考已经超越了一个初中生的思想，他的充满了智慧的双眼看到了匆匆行者的音容笑貌，更用他的逻辑猜测着每一张面孔背后的故事。他的目光或近或远，思考或深或浅，都能看到一种智慧渗透其中。

以"路上人来人往"开头，以"路上依然人来人往"结束，思考一下有深意蕴涵其中，而此时的行人已经不是我笔下的行人，也许只有变才能让路上的风景，让我们看似平淡的生活不断地出新。

（王　岩）

自然的
温柔

韩国小录

[一等奖]

福建省厦门市同安第一中学 蔡宗智

1. 天仁号邮轮

我和爸爸来到了天津的客运码头，等待着把我们载向韩国的邮轮。

我这次是以中国青少年艺术交流团成员的身份，和艺术团一起去韩国参加书法交流。听起来似乎是满不错的，但事实上，我自己心里真正的目的是去韩国游玩，而书法交流就变得次要了。

经过了漫长的等待，在办完繁琐的出境手续之后，我们终于登上了驶向韩国仁川的轮船——天仁号客运邮轮。天仁，顾名思义，就是从中国天津到达韩国仁川的邮轮。

天仁号不愧为中国豪华的客运邮轮，外形非常庞大。我从小在海边长大，我见过的小船小舟多得数不清，却从来没有见过这么庞大的邮轮。

登上了天仁号。彬彬有礼的服务员用中文轻轻地说着："欢迎光临天仁号。"

我找到了我的房间，是一间大的包间。不看不知道，一看吓一跳，小小的一个包间居然要住64个人！在这么小的地方里，个人的空间就只剩下了一张小小的床了。我把所有的行李塞进我的床位里，放下了床帘，就走出包间在船上到处走了一圈。

在邮轮上，有免税店，有杂货店，有百货店，也有电子游戏厅，儿童娱乐区，真可谓是应有尽有。

走进了杂货店，买了一瓶可乐。这外包装都是韩文，一瓶小小的可乐花掉了我7元的人民币，真让我心疼。其实，这瓶可乐用韩币买的话，需要700元韩币；而人民币和韩币的大致汇率是1：120，所以，如果用韩币买可乐的话，就更划算了。于是，我用500元的人民币去找人换了一些韩币，当时在邮轮上换的汇率是1：119，所以，我共换得了59500元的韩币。于是，我身上就有5万多元的钱了！呵呵。

我和爸爸一起来到甲板吹风。海上风平浪静的。此时此刻，我才真正地理解了什么叫一望无际，什么叫水天一色。我一直想找到在这茫茫大海中除了天空和海水之外的其他东西，可惜没有，连一座小岛，或者说连一只鸟都没有。这里，全都是天空，全都是海水。天空环绕着海水，海水倒映着天空，如此单一，却让人百看不厌。

2. 不锈钢筷子

早有耳闻，韩国是个环保的国家。

这几天在韩国的餐厅里，才真正理解了这一点。这里的餐具全都是不锈钢的。不锈钢的筷子，不锈钢的勺子，还有不锈钢的碗。却没有看到在中国使用的木筷子，更不用说看到一次性的木筷子了。我想，制造木筷子需要砍伐很多的树木，会造成环境的破坏与污染。韩国国土面积小，不能够大肆地伐木来生产木制品。

不过，这不锈钢的筷子也不是那么好使用的。表面上看上去挺小巧可爱的，其实，它是很重的，比一般的木筷子要重很多，而且它的头是扁的，所以拿在手里的手感很不好。

初次使用，是在天仁号邮轮的时候，我真的是洋相百出。

夹一片泡菜，我很不熟练地拿起了不锈钢筷子。很夸张的动作，这是我爸爸告诉我的。我也能想象我当时的动作有多么夸张，因为拿起筷子的那一刻，我觉得我从来没有使用过筷子，觉得我已经不会使用筷子了！

我勉强地把筷子伸到泡菜碗里面，一夹——什么也没有夹到，再夹——还是没有夹到……在我反复使用这个动作直到第N遍之后，我终于夹起来了。于是，筷子迅速移动，目的地是我的嘴巴。眼看着泡菜已经距离我的嘴巴只有0.1厘米的时候，泡菜居然掉了！气死我也！还好泡菜掉在了桌子上，可是我已经被气得失去了理智，居然用手，抓起了桌上的泡菜，送入口中。这一动作真的是有损我的形象，还好当时在场的目击者只有我的爸爸。

然后顺便说一下，千辛万苦才送到我口中的泡菜，那味道简直可以用"可怕"一词来形容，又辣又酸，难以下口。"泡菜"这个名字挺好听的，其实也就是腌制的萝卜和大白菜。热爱韩剧的妈妈爱屋及乌地喜欢上了泡菜。妈妈这一次没有一起来，要不，我想她一定会改变对泡菜的看法。

不过，我在韩国使用了5天的不锈钢筷子，竟然习惯了，而且喜欢上了这样的不锈钢筷子。于是，我竟然舍得花2000元的韩币买了5双不锈钢的筷子回国做纪念。

3. 买电话卡

我们下榻的宾馆是韩国的四朵花宾馆——维多利亚酒店。和中国的星级评定酒店的质量一样，韩国是用花来评定酒店的质量。在韩国的最高级酒店是五朵花酒店。而我们住的是四朵花酒店，在中国也就相当于三星级的酒店。韩国地方很小，宾馆也不多，而我们住的宾馆在市中心附近，是个繁华的地带，这是很难得的。

我和爸爸一来到旅馆，把行李放进房间之后，我们就去宾馆附近走走，欣赏欣赏韩国首都首尔的夜景，顺便要买张电话卡和一些饮料。我们还得打个电话回家给妈妈报平安。

走在首尔的街道上，我却一直没有感受到所想象的异域风情。我反倒觉得走在首尔的街道上是那么地亲切。

或许我们都拥有同样的肤色和头发吧？其实，韩国和中国都拥有相近文化。

我们并没有逛太久，因为已经很晚了。直奔目标，我们找到了一家杂货店，我想，里面肯定有饮料和电话卡。

于是，我们走了进去。

"安宁哈些要"，女老板热情地打招呼。"安宁哈些要"是"你好"的意思。幸亏我提前学了几句韩语，于是我也说："安宁哈些要。"我的心中充满了自豪感。可是，接下来，女老板说的是什么，我一句都没有听懂！

现在是卖弄我的肢体语言的时候，于是，我做出了一个喝水的动作。

女老板的手指向了一旁的冰箱，示意我们自己挑选。于是我挑了2瓶可乐。再接着，我又比出了一个接电话的动作，不知道她是没有理解还是她的店里没有出售电话卡，她一直摇头，并说着："No，No，No。"

"How much are they?"我问。

看来这位女老板是没有听懂。于是，我指着这2瓶可乐。

她给出了一个"4"的手势。真是便宜，才400韩元，这些可乐是大包装，很划算的。

当我掏出400元的时候，女老板直摇头，经过爸爸的提醒，我才恍然大悟——是4000元！天哪！

相当于人民币32元！太可怕了。韩国的东西真贵啊。

没有买到电话卡，我和爸爸就提着可乐回宾馆了。

宾馆大厅的公共电话，居然有个与我们同团的人在打电话！我激动得不得了，等到他挂了电话以后，我才向前去问他："你的电话卡在哪里买的？"

"嗯，是在书报亭买的。"他说。

"谢谢啊。"说着，把可乐放在房间里，又继续出发。这次的目标十分明确——书报亭，电话卡。

走出宾馆几步，就看到书报亭了。原来是近在咫尺的，我们却都没有想到。

我再次做出接电话的动作，报刊亭里的老人便拿出了三张卡，一看，有面值3000的，5000的，还有10000的。于是我们选择了5000的那一张，付了钱，我连跑带跳地蹦到了宾馆的公共电话旁。

插卡，拨号，电话通了！

显示器上显示剩下余额5000，妈妈接起了电话，显示器上马上显示为4900，哇，电话跳得还真快。

爸爸跟妈妈通了话，大概意思是说我们晚上6点到韩国，现在已经在宾馆了。

我一直想和妈妈说几句，可是，在爸爸说完话之后，就霸道地挂了电话。再看看显示器——剩下余额3500！

才说了几句话而已。现在通电话可谓是一字千金啊。

4. 韩国故宫

听说来韩国故宫参观的人都会失望的，因为它实在是太小了，简直就是中国故宫的微缩景。

今天来参观韩国故宫——景福宫的时候，天空下着蒙蒙的细雨。正好，没有炎热的太阳，为今天的旅途增添了几分凉爽。

景福宫是李朝的始祖——太祖李成桂于1395年将原来高丽的首都迁移时建造的新王朝的宫殿，位于首尔北部，因此也叫"北阙"。

我们的一路旅程都和这毛毛雨相随。这么小的细雨，所以我们并没有在意，也没有带伞。终于，我们下了旅行车，走进了韩国的故宫。尽管没有中国故宫的气魄与雄伟，却也有着几分帝王的尊严和威严。韩国至今还保留着不少的中国文化啊！

雨帘之中，时光仿佛错综穿梭，我似乎看到了眼前高丽王朝的繁华盛世，仿佛看到李成桂太祖在朝上批阅奏折。

我又似乎看到了日本鬼子猖狂肆虐地侵犯，将景福宫南面的殿阁都拆除，建造了日本总督府大楼。然后又看到日本鬼子最后的狼狈投降，并拆迁了日本总督府大楼。

眼前的一切，都是韩国历史的见证，都是韩国兴衰的见证！

我的思想正在穿越着时空，这时，天公却不作美，忽然雨下大了，打断了我的思路。

我们连忙跑到宫檐底下避雨。还有很多同我们一样来参观游览的人也在宫檐下避雨。

雨越下越大，丝毫没有要暂停的意思。

于是，我也静下心来，席地而坐。我看到了矮矮的宫墙外面，有着高大的现代化建筑，现代化的高楼大厦与古典的宫殿形成了强烈的对比。是的，我们不仅要记住历史，更要去开拓未来。

忽然，我旁边的一位老人，是个韩国老人，他把一个可乐瓶扔在地上的行为引起了我的注意。

我心里想，他究竟想要干什么呢？

他忽然用脚把瓶子踩扁，踩得扁扁的。

呵呵，老顽童，我想。

正当我笑出声来的时候，老人忽然弯下腰去，把已经被踩扁的瓶子捡了起来，装进了他的口袋里。

在韩国故宫这种庄严而有历史意义的地方，我看到了这样一件小事，却让我忽然从心里对韩国人感到佩服。环境保护，他们真的做得很好。

5. 光复节游行

61年前的8月15日，随着日本的投降，韩国遭受了日本帝国主义36年的压迫之后，终于摆脱了亡国奴的命运，并在此后成立了自己的国家。

可是，这也是朝鲜半岛分裂的开始。在美国和前苏联的冷战下，光复之后，朝鲜半岛就面临了分裂，美军占领半岛南部，就是现在的韩国；苏军控制半岛北部，就是现在的朝鲜。

战乱，分裂，使朝鲜半岛伤痕累累。

导游向我们介绍说，韩国之所以有今天的发展，全都是群众的力量。

韩国有着三流的政治家，二流的商业家，但是却有着一流的人民群众。的确，人民群众的力量是最大的。在1997年亚洲金融危机中，韩国外汇储备资金严重不足，濒临破产。团结的韩国民众，把自己家里的美金全部都拿到银行去存；美金还是不够，他们就把自己家里的金子奉献出来，捐给国家。最终，韩国逃过了这次金融危机。

今天是8月15号，光复节。

但是，日本的首相小泉纯一郎却在今天——在这个日本正式投降的日子里，不顾世界各国人民的反对，坚持到靖国神社去拜鬼！

真让人气愤！让所有爱国的人们气愤！

于是，韩国人民纷纷出来游行示威。导游介绍，这次示威的规模很大，发动了好几路队伍，要包围住首尔的几条重要街道。

今天，坐在旅行车上，我第一次身临其境地看到了示威游行。

如此近距离地看到了这样壮观的场面！

一列列整齐的队伍，穿着同样的衣服，举着巨幅的字条，横立在大街中央，他们大声呐喊着，抗议着，声音震耳欲聋，气势磅礴汹涌！他们的脸上充满了愤怒，他们的内心充满了愤怒！他们愤怒日本首相小泉在韩国的光复日——也是日本的投降日去靖国神社去拜鬼，他们更愤怒日本曾经对他们进行的禽兽般的侵略与羞辱！

我身体里的血液开始在沸腾，开始在燃烧。我的心中燃起了一把浓浓的爱国之火！

日本，曾经也对中国进行过侵略！他们却至今都不承认，并且篡改了他们的历史教科书！愤怒！愤怒！

我忽然有一股冲动，想跳下旅行车去和韩国的群众一起示威游行！

忽然之间，我觉得中国和韩国的距离又拉近了一步。忽然觉得韩国是多么的亲切友好。是的，我们和韩国群众，有着共同的厌恶对象——日本！

此次的游行，韩国的政府派出了许多武警部队来维持秩序，但依然无济于事。就是这样，导致了首都首尔交通堵塞了将近1个小时。我们的旅行车不停地绕路，以至于原来20分钟的路程行驶了40分钟。

亲眼目睹了这样的游行示威，让我从心里感受到了韩国的民主，以及韩国人们强烈的爱国之情。这使我深受震撼，原来，爱国的力量是那么的伟大。

6. 药店奇遇

晚上回到宾馆的时候，忽然发现爸爸的眼睛血红血红的。并不是因为睡眠不足引起的血丝，而是真真正正的血，淤积在眼睛里。

在异国他乡，我们语言不通，也不能去医院看看医生。

我们先找到导游，导游说可能是眼角膜炎，可以去药店买瓶滴眼液来暂时消消炎，等回国再说。

可是，我们怎么会知道药店在哪里呢？

导游说，在韩国，药店是很容易找的，每个小社区一般都会有药店。我们这里附近也有几家药店的。而且韩国的药店与医院的标志和中国不大一样，中国的标志是红色的十字架，但是在韩国，红色的十字架是代表基督教教堂或是基督教信徒们的活动地点，韩国医院药店的标志是白色的或是绿色的十字架。

我点了点头，便走出了宾馆。

药店，白色或绿色的十字架。我不断地在脑子里闪过这两个词。

我走了一段路，没有发现药店。然后开始往回走。我不敢走得太远，万一迷路了，那可是很严重的事情，因为这个时候，我没有把导游的电话带出来。

往回走。每当我看到十字架的时候我都会很惊喜，不过每一次看到的十字架都是红色的——那是基督教教堂。看来，在韩国，有很多人信仰基督教。

走着走着，我的眼前忽然一绿——绿色的十字架！

我忽然觉得很激动，药店！我找到了！

说真的，看到绿色的十字架我真的没有什么反应，或者说是反应不过来。所以刚才过来的时候才没有发现。不过庆幸的是，我最终还是找到了药店。

但是，在药店的门口，我犹豫了一下，我正在想应该怎么来交流。终于我还是什么都没有准备地走了进去。

药店的老板是个老人，戴着老花镜，正安详地看着报纸。见我走了进来，他便放下了手头的报纸，站了起来。他说了一些话，我都没有听懂。

于是，故伎重演，我用手指着眼睛。

或许是动作有点滑稽，老人居然笑了，然后摇了摇头。他的意思应该是没有看懂我究竟在做什么。

于是，我又做出了滴滴眼液的动作。

呵呵，这下他终于看懂了，走进柜台里，拿出了一盒滴眼液。

于是，我用了最简单的英语问："How much?"

想必老人是不懂英语的。他伸出了五个手指头。

应该是5000元。因为500元想在韩国买一个像样点的东西是不大可能的。

我掏出了面值5000元的韩币。

老人接过钱后，说了一句话，当时没听清楚，但后来终于明白了，他说的应该是句英语："One day four times."

我摇摇头表示没听懂。韩国人忽然用英语讲话，我有点反应不过来。

老人又拿了张纸，在上面写着"1日4用"。

我左看右看，终于看懂了！那是汉字啊，可是，出自韩国人的手，却变得那么地别扭，差点就认不出来了。

我惊叹于韩国老人的英语，更惊叹于韩国老人写的汉字。

我说了句"Thank you"便走出了药店。

手里拿着药，揣摩着那句英语，其实那句英语是我们英语老师所说的"中国式英语"！那么，也就是说，韩国老人说的英语也是不标准的，正确的说法应该是"Four times a day"，一天四次。原来韩国人讲英语也是这样的。我想，我回国的时候，就可以骄傲地告诉我们的英语老师，其实，不只中国人讲"中国式英语"，韩国人也讲"韩国式英语"，万一哪天出现了"外国式英语"取代了正宗英语的现象，也就不奇怪了！哈哈！

7. 地铁

今天的行程有点紧张。但是在早上，我们的旅行车居然坏了，绕了一大圈的路又开回了宾馆，准备去维修。为了节约时间，导游临时决定乘坐地铁。韩国的地铁网是很健全的。我还真的得感谢旅行车坏得及时，因为这才使我们有机会亲自去体验一下韩国的地铁。

我对地铁是喜爱的，应该是由衷的喜爱。地铁，快捷而方便。在黑暗中奔跑，然后不一会儿，到站了，于是一片明亮。

地铁在偶像剧里充当的是男主角和女主角最完美的邂逅的背景，而韩国恰恰又是生产偶像剧的国度，于是，我认为的浪漫地铁之行开始了。

买票，然后进站。这里必须说一下，韩国的地铁门票的检查是机器自动的，而北京的地铁则是工作人员手动的。

但是，我们团有一个人因为插票方式不妥，居然没有过检票口。我们整个团都过去了，导游叫他直接跨过检票口。他还真的跨了过去！呵呵。

于是我忽然发现，其实这里的检票口似有似无，要跨过去其实很容易，但要看看能不能对得起自己的良心了。韩国人的自觉，铸起了一堵自动的检票口。

相比北京的地铁，我觉得韩国首尔的地铁也差不多。导游向我们介绍说，韩国新建的第四路地铁会更新更现代化一些，我们乘坐的第二路地铁，相比之下，会比较陈旧。

坐在地铁里，拥挤而冷清。每个人都安静着、沉默着。我的眼前是一张张陌生的脸，我和他们有着这样的一面之缘，却又彼此不相认识，我想这就是所谓的擦肩而过。

很快，到站了。下地铁的时候，我忽然有股冲动想要抱一抱地铁，多么美好的地铁。

韩国地方小，但是车却有很多。所以韩国首都的交通也就相当拥挤了。这点和北京也很相似。于是，韩国就修起了地铁，用来缓解交通压力。所以，有很多人上班更愿意乘坐地铁，因为韩国的地铁出售月票，价格不贵，而且首尔地铁的分布非常广，坐地铁要比自己开车还快。这样就可以有效地缓解首都交通的压力了。

走出了地铁站，心情舒畅，美好的一天的旅程开始了！

8. 乐天世界

天气阴暗，好像要下雨的样子，导游改变了原计划，我们要去乐天世界。乐天世界是乐天公司下属的游乐场，是世界上最大的室内游乐场。所以，即使下多大的雨我们也不怕了，我们要去的是室内游乐场。哈哈。

一听说要去游乐场，旅行车上的小孩们都欢呼起来。我也不禁欢呼起来，太棒了。

旅行车终于到了乐天世界。

导游买了门票，带着我们进去了。然后他说，让我们自由活动，晚上7点准时在这里集中，并告诉我们，这里是南门，千万别走错了，乐天世界还有东门、西门和北门呢！

多么美丽的一个童话世界啊！我闻到一股烤面包的香味，淡淡的，美美的。我一直很向往童话的世界。纯净，快乐，胜利永远属于正义。或许这里就是那样的一个世界吧？

我抬头仰望，屋顶是个白色的半圆形顶棚，就像纯净的天空。好大好大的乐天世界啊。我数了数，整个乐天室内区有3层楼，还有个地下的购物商场，而且还有个很大的室外区。

我和爸爸看得都有点晕乎乎的。

于是，我们缠着导游，让他带着我们去玩。没想到，我们的提议导游居然接受了，旁边许多与我们同团的人也纷纷加入我们的行列。

我们跟着导游，来到一个神秘的山洞里，我们拿着门票走了进去。导游说："你们自己进去吧，我到出口处等你们。"

于是，我们走进了阴森森的山洞。尽管山洞阴森森的，但却并不可怕，因为来的人实在是太多了，排队排得严严实实的。我跟随着队伍，慢慢地蠕动着。山洞两边，有些机器人在表演，应该是在讲述一个故事。

仔细一看，原来这是个古老而美丽的神话——阿拉伯神灯！这是《天方夜谭》里的一个神话。

我继续随着队伍前进着，忽然，我听到了流水声。哦！我们刚才所看到的仅仅是一个前奏，真正的好戏还在后面呢！

我们继续前进，终于，我看到了前面的小船。四个人坐一只小船。我和爸爸坐在了船头。梦幻而又刺激的旅程开始了。

小船先是缓缓前行，忽然眼前一片黑暗，这时候，船开始加速，溅起的水花喷得我浑身湿漉漉的。在黑暗中，我隐约看到了强盗，恶魔，以及一些恐怖的画面，配合上鬼哭狼嚎的声音，气氛十足。正当我看着两边的强盗正要对着我们的小船开枪的时候，小船又加速了，而且从一个很高的地方以45度角滑下来，我的心脏被提得老高老高的。刺激！就这样经过好多刺激的地方，我们小船后排的女生吓得快哭出来的时候，经过了一个转折，眼前的黑暗变成了光明，船速放慢了，悠悠地荡着。船的两边，尽是些金银珠宝，还有王子和公主的幸福结婚的画面，最后，我看到了一盏泛着微微烛光的神灯。正义获胜了！终于，我们来到了出口，下了船，我们意犹未尽，留下的纪念仅仅是被溅得湿漉漉的衣服。

我们又到了"法老的坟墓"。埃及的古老传说，神秘的金字塔，让我血液沸腾，激动不已。可是，这个项目太热门了，排队排了好几十米远。在排队队伍的一旁，还有专门的提示，"60 minutes"，意思就是还要过60分钟！太可怕了。但是，我想这么热门的项目一定是很刺激和惊险的，所以我坚持排队。导游说，你们可以只有一个人排队，其他人暂且到队伍外休息，等队伍快到的时候再插进来。于是,爸爸和同团的几个人到队伍外休息去了,而排队这个光荣而艰巨的任务就交给了我。我觉得有点不公平。导游还安慰我说,其实从这里排队仅仅需要30分钟,提示牌上的60分钟是让人有心理准备的。可是,30分钟也是很久的!终于,队伍排了20多分钟就到了。我暗笑,哈哈,还好没有让我排太久。

首先是走金字塔迷宫。我排队已经排得晕晕的了,再加上走在金字塔的迷宫中,我真的晕乎乎的。终于来到了登车口。我舒了一口气。

这次是开着越野车进行冒险的。这次的冒险更刺激,其中有一处蜘蛛吐丝的地方,车里居然真的喷出了蜘蛛丝,让人觉得怪恶心的。还有一处毒蛇吐舌头的时候,车子里喷出了一股气,让人感觉似乎真的有毒蛇在舔你的脚。我们越野车上的8个人,其中的两个小女孩被吓哭了。

下了越野车,我还想玩些刺激的游戏。但是,我看看手表,已经6点多了,表演的时间快到了。在乐天世界,每天都会有一场大型的游行表演。

很快的,工作人员开始在乐园的过道上维持秩序,为即将开始的游行演出清出道路。终于,乐天世界的灯光暗了下来,鼓乐声响起——游行演出开始了。

我看到了随着鼓乐声的渐近,有两队身穿盛装、金发碧眼的年轻人,他们随着音乐的节拍,款款而来。他们的服装更是人们的焦点,小伙子和姑娘们的衣服上不但颜色艳丽、明亮,而且还被安装上了七彩的荧光器,在灯光暗下的乐天世界里闪烁、狂舞,令人眼花缭乱。

游行演出的队伍很长,有好几辆彩车,每辆彩车后面都有舞者相随。游行队伍有时还会停下来,舞蹈者会主动走近过道,与正在观看的人们握手,并且合影留念。过道被挤得水泄不通,我好不容易挤了进去,却错过了和舞蹈者握手合影的机会。但是,舞蹈者却转过头来,送给我一个长长的飞吻。

听着激昂的鼓乐,看着这盛大精彩的游行演出,这种气氛下,让我也不禁要和着这音乐跳起舞来。

9. 舟中交流

经过了几天的游览与观光,终于迎来了此次来韩国的最重要的一天——

今天要与韩国的小朋友进行书法交流。

我们的团长介绍，我们要在汉江上租一艘固定的大船，并在里面进行书法交流。

我向往这样的交流，在汉江，在船上。

汉江是首尔重要而且著名的一条江。它把整个首都分成了南北两区。汉江以北是首尔的北区，以南是首尔的南区。首尔的北区比较旧，北区开发得比较早，街道也就比较狭窄，楼房也都比较老旧。而南区是后来开发的，街道宽敞，楼房很高而且很新。

我把交流所需要的毛笔和宣纸带下了车。但是，我观察到了，我们同团的人都带了一大堆一大堆的东西，装了满满的一大袋子；而我，却只带了一支毛笔和几张宣纸。

我们来到了一艘船上。进了船舱，做了一个简短的仪式，我们便开始现场交流书法。

这个时候，我才知道我有多么的可怜。别人带了墨汁、墨盘，居然连毛毡都带了！而我却认为这种比较专业的现场书法应该会配备给我们墨汁、墨盘和毛毡的。可是，里面居然什么都没有配备！

完了！

墨汁和墨盘是比较好解决的，因为可以和别人共用。但是毛毡就比较不好解决了，因为别人是完全不可能带来两片毛毡的，而且毛毡又不可以共用。

一时间，我手忙脚乱，不知道该如何是好。

最终，我还是勉强用报纸代替了毛毡，把报纸铺得厚厚的，但是报纸始终是比较硬的，写起来不是很好写。但我还是写好了一幅作品。

我不得不说说韩国小朋友写的字，他们写的也是中文，但是字却不是"写"上去的，而是"画"上去的。当然，他们或许也都不知道自己写的中文是什么意思呢，只是依样画葫芦地照着字帖写，已经失去了书法的韵味。所以我觉得，如果是这样来练书法，干脆就不要练了，浪费时间。

现场交流之后，我走出了船舱。呼吸一下汉江新鲜的空气。刚才的书法交流不是那么的顺利，但也勉强过关了，哈哈！

我走出了小船，到了汉江岸上。我眺望着汉江对岸——我看到了高大庄重的奥林匹克体育馆！辉映着下午的霞光，画面异常美丽。

我忽然一下子爱上了汉江，如此安静，美好。在江岸上散步，享受着迎面吹来的凉风，让我在这种炎热的夏日里感受不尽的清凉。

我多么想高歌一曲，或者是低吟一首小诗，可是，歌和诗都表达不了我此时愉快的心情。

爸爸按下了快门键，"咔嚓"一声，让这一刻成为了永恒。

10.　中国制造

今天晚上导游没有安排活动，说是要让我们好好休息。

真是搞笑，出门旅游居然还休息？真是浪费我们的大好时光。于是，我们团几个人自发组织，晚上要出去玩！

别提我有多兴奋了。不过，兴奋之余，安全工作还是首要的。先是带几张宾馆的名片，然后是抄下导游的电话号码。

就这样，我们反复商量着要去哪里，最后，一个人说要去购物。那好吧，反正也没有什么事情可以做的，就去购物吧。

但是，要去哪里购物呢？于是，我们请教了导游。导游说可以去明洞购物。那好吧，就去明洞了。导游还帮我们写了些韩文，他叫我们把他写的韩文拿给出租车司机看，出租车司机就会把我们载到明洞了。

万事OK，于是我们就出发了。

我们叫了两辆出租车，因为我们总共有9个人，其中4个家长，5个小孩。首尔的出租车还是很不错的，坐上去很舒服。可是，付钱可就没有那么舒服了。

我们先是把导游写的那张字条拿给司机看，他点了点头，表示他明白我们的目的地，于是我们就上车了。一上车，车上的计程表开始跳动，很快很快，像打机关枪一样。

我们心疼啊。终于到达明洞了。下车时，看了看计程器——8000元！8000的韩币相当于64元的人民币。天哪，几分钟的路程而已！后来我才知道，我们坐的是韩国最高级的黑色的出租车。

我们开始逛商店。无聊透顶。居然有个女家长说要去买衣服。我在心里暗暗地笑，真是个傻瓜。韩国的衣服多半都是中国进口或加工的，来韩国买中国的衣服？太可笑了。

于是，我们其他的8个人就跟着这位女家长逛啊逛。在一家百货店里，女家长看中了一件衣服，并要将它买下的时候，一个同行的小女孩轻轻地拍了拍我的肩膀，说："看，'made in China'！"

我仔细一看，在衣服里的商标里，清清楚楚地写着"made in China"一句，十分醒目。我不禁大笑起来。太搞笑了。中国制造。

于是，我开始在百货店里把衣服的商标拿出来看，几乎全部都是"made in China"。这是在韩国著名的购物街明洞啊！看来韩国人穿的衣服几乎都是"made in China"了。

那个女家长最终还是左手一包右手一袋地拎了一大堆东西。真是受不了。我们并没有把"made in China"的事情告诉她，要不然她保证会尖叫的。让她回到家以后再尖叫吧。

可是，这位女家长还想要继续逛，继续买。

最终，我们兵分两路，一路专门去买衣服，另外一路就是我们——自由活动，想干什么就干什么。规定了晚上10点要在街头集合。

然后，我们就行动了。我一直认为我们应该到韩国的超市看看，买点便宜货回家做纪念。可是，我们就是找不到超市。最终，在9点20分左右的时候，我们惊喜地发现了一家开在角落的超市。呵呵，功夫不负有心人哪！

进了超市，里面仅剩下一位收银员。

看样子是快下班了。她说："What is the time?"然后指着她自己的手表。应该是现在已经很晚的意思，他们要下班了。

我当时没有听懂，这句话是我后来反复想才想出来的。遇见很多次这样的情况，每当韩国人忽然开口讲英语的时候，我就觉得措手不及，脑子和思维一下子都会反应不过来。

可是，这个超市里的东西实在是太便宜了！相对于免税和批发市场，都要便宜得多。于是我庆幸，还好我没有在免税店和批发市场买东西，赚到了。

于是，我在超市里狂扫了许多便宜货，可是由于超市要打烊了，我不得不匆匆结算出来。要不，我还打算多买些东西呢！

10点，很准时，集合，坐车，回宾馆。

当我看着那位女家长手中又多了许多"made in China"的衣服的时候，我又不禁大笑起来。可是，当我拿起我骄傲的便宜货的时候，我的笑容也僵硬了，我买的糖果居然是"made in China"，不锈钢筷子居然也是"made in China"！气死我也！

唯一值得安慰的是，咱们中国的产品在韩国是那么的普遍。

11. 海上日出

经过了5天的韩国书法交流之旅，我们要在今天告别韩国，回到中国。

5天的时间，竟然让我喜欢上了韩国这片土地。快要离别的时候，竟有那么一丝的不舍之情。

天仁号把我们载到了韩国，又即将把我们送回中国。我们是在下午登船的。大概第二天的晚上就会到达天津港。

一来到船上，开始把行李塞进我的不足3立方米空间的小床里，然后就开始睡觉。在船上睡觉是最明智的选择。在船上睡觉是很舒服的。这样不仅不会晕船，而且还能养神，让我回国的时候有个好精神。

晚上，我被爸爸叫起来吃了晚饭，然后洗了洗澡，船上有个公共的观景澡堂，感觉还挺不错的。

爸爸叫我早点睡觉，因为明天要很早很早起来看日出。前一趟来韩国的时候，我们没有起来看日出，所以要珍惜这次机会，一定要看日出。

于是，我早早地睡了。

第二天，爸爸在北京时间4点的时候把我叫醒。现在我已经把韩国时间调回了北京时间了。洗漱之后，我们便来到了甲板上。此时的天空一片阴暗。但是甲板上已经有不少人在等待着日出了。

一阵风吹来，冷得我瑟瑟发抖。现在可是盛夏8月份，可是我真的冷得不行了。我看见甲板上有些人穿着长袖的衣服，有些人更夸张，把晚上睡觉盖的毛毯披在了身上。

最后，我们还是受不了甲板上的寒冷，回到了小床上，我穿上了我带的大衣和长裤，爸爸也多添了件衣服。

然后，我们又重新来到了甲板上。此时的天空已经开始泛红。

虽然我还是很冷，但为了看日出，我还是忍住了。

接着，海水也被染红了，海水的涌动把一大片的红色分割得支离破碎。眼前一片红通通的。

不一会儿，听见了谁的一声大叫："太阳升起来了！"于是，甲板上的所有人都鼓起掌来。太阳像个怕羞的小姑娘，红着脸，一点一点地小心翼翼地爬出了海平面。

我不知道，人们的掌声是要献给那位大喊"太阳升起来了"的人，还是要献给这伟大的太阳？我不得而知。但是我知道，我的掌声是献给太阳的，是献给神奇的自然界的。

当太阳完全爬出海平面的时候，天空渐渐地亮了起来，多么简单多么传神的一幅海上日出图啊，让我心如止水，让我抛掉了所有的杂念，爱上了美丽的大自然。

当人群渐渐散去的时候，我又回到小床继续睡觉去了。

睡梦中，我梦见我再一次来到了韩国游玩。

醒来时，我轻轻地念着："再见了，美丽的韩国，有机会我还会再来的！"

【简评】　　《韩国小录》应算是旅游日记，它记录了作者出行韩国的所见所闻所感，值得一提的是，它为我们展示的不仅是异域风光，更多的是民风民情，这一点让人感觉真实地贴近了生活的本色。

由于是作者的亲身经历，写来显得从容适度。他一边行走一边思考，拾取了一路的智慧，而不是风景，所以我觉得这是篇具有思想含量的游记散文。这种异域的行走会给我们平凡的生活开一扇窗，让我们领略到从前没有观赏过的风景，也许这就是旅游的浅层意义之一。然而走仅仅是一个过程，是为了达到某个目的地，所以说行走或流浪其实是一种身体的出走，心灵的回归。

很多观点作者没有明说，但他一刻也没有停止中国和韩国在很多方面的比较，他的思考值得尊重。

（宋健强）

香仔树·大鹏古城

[一等奖]

广东省深圳市南山区蛇口育才二中 张 棉

香 仔 树

传说一

相传曾经有棵香仔树坐落在天后庙旁，附有伯公神位。由于它的年代久远，枝干逐渐枯萎，最后成为一棵通心树。一天，有一位善信因他儿子学业成绩欠佳，于是他前来诚心参拜，许愿祈求其子学业能有所进步。结果其子的学业真的突飞猛进。于是，后人称这棵香仔树为许愿树，顾名思义，就是能令人愿望成真。

传说二

昔日，有一位妇人身染怪病，药石无灵。一晚得仙人报梦说诚心到林村土地参拜，并将七彩衣纸抛在大树上酬神，便可痊愈。妇人照做后，身体果然康复过来。从此，香仔树灵验的事迹便一传十、十传百。于是村民及水上居民都将那树视作神灵，经常在伸延广阔的根部燃点香烛膜拜，以求神明庇佑。而每到农历新年，村民更以石头系上红纸或吉祥物，投上树顶悬挂，象征许愿祈福。同时，此习俗也吸引各地游客远道而来，在天后庙祈福之后，将神符用绳绑好，系以橘子，抛于香仔树上，祈求好运。

我是犹豫了许久，才将题目改成"香仔树"的。其实许愿树的前身是一棵大樟树，而村民却又将大樟树称为香仔树。

前面两则传说并不是我想要写的中心。接下来，我想要写的是许愿树，我生平第一次对之祈福的许愿树，在深圳大鹏所城内恣意生长、繁盛葱郁了近百年的香仔树。

关于深圳的这座小小古城，之前不大听说过，是来了后才逐渐了解。然而古城毕竟是古城，我无法看到发生在这座古城中，在每一个宅屋中每一条巷子里所发生过的一切历史。对于古城的所有，我们除了聆听、体会、触摸，却无法亲眼证实。我们可以轻轻踩踏着历史的青石板小路，我们可以用手细细抚摸历史的砖墙，我们可以安静体会阳光在百年之前是如何在这小巷中跳跃舞蹈。风，可以吹起在这里散落一地的历史的细尘。可是，尽管是百年前的细细尘埃，它们也只是漂浮在百年后的阳光下，无法拼出自己原本的形状。这便是在古城中，轻声叹息的历史。

可是，那棵巨大的香仔树，大抵是承载着近百年的愿望。这些大大小小凡世的愿望，拼凑在一起，是不足以说明古城的历史，却可以说明它自身的历史并衬托着古城的历史。

近百年前，有多少人经过停驻在它的面前。有一些人会满怀伤感满怀期待，长久地站立在它面前；有一些人会带着平静的心，在它的面前停下来，仰望一下泼满白色颜料的天空，再离开；有一些人会满眼漠视、瞥一眼它，不作任何停留傲然离去；有一些人会带着一辈子的感谢在它下面坐着乘凉相互交谈。谁在小小的古城楼上，郑重其事地虔诚写下愿望，然后紧握着挂在红绳另一头的金橘和这头的愿望，举起手臂，向前诚心一抛，那葱郁的枝叶摇摆了一些，告诉许愿的人它已经承载下了此人美好的愿望。

无论它是否记住这愿望，是否实现这些愿望，它那矜持的摇摆，也已让许愿的人安心了许多吧。

我也如同大多数人一般，在红纸上写下愿望，手握金橘，用力抛向许愿树，等待它那摇摆。我是成功了，自然是满心欢喜。然而同行的女伴却十分沮丧，因为她投了三次才投上这树，而且还是一旁的人帮着投上去的。她觉得这不是一个好兆头。我自然是没有什么立场去安慰她，所以便没有多说什么。

其实，我也只是愿意去相信这从古至今关于香仔树的美好传说。许愿，是让自己安心些而已。也许许愿树真的可以实现我们的愿望也说不定。可是我觉得，许愿，只是人们对美好事物、吉祥如意敬拜的一种形式啊。无论形式中，在哪里出了错，心中对美好事物、吉祥如意的向往追求也一样热烈虔诚，这就够了，这就足以让我们在生活中继续努力奔跑寻找这一切了。许愿树，是我们心中美好事物的载体啊，它是我们用祝福细心装点成的香仔树啊。所以，无论投中抑或是没投中，这棵香仔树都在我们心中最温暖柔软的地方，撒下美好的种子。

许完愿后，在古城楼上仔细看了看这棵香仔树。它的枝叶向四周潇洒地延展开来，将深深浅浅的青绿点染在空中。那旺盛的生命力感染着周边的人，使他们的热情逐渐高涨起来。卖香火的小贩们显得尤是高亢兴奋。我探过城楼上的石墙往下看，是久居古城的居民。他们有老有大有小。老的在乘凉，坐在香仔树的大树根旁，拿着把小扇子，格外悠闲；大的在互相交谈，抱着小儿小女在膝上，一点点的幸福拂过脸庞；小的在追逐打闹，好奇地抬头张望，一脸天真无邪。这棵巨大的香仔树，于他们而言，不过是生活的一部分罢了。他们无所谓相信这棵香仔树是否真是许愿树，因为他们已将愿望注入对它无尽的感谢中了，在他们内心深处，也早已埋下愿望的种子了。

古城印象

既然来了这座古城，便一定要写下些关于古城的东西。

大鹏所城，坐落在深圳东部的一个古城。虽然说比之于中国这样历史源远流长里的其他各处的古城，大鹏所城都不算排在很前面了，然而说到历史分量，便不可用排名来定夺它了。

大鹏古城建于公元1394年，为广州左卫千户张斌开所筑，它是明代为了抗击倭寇而设立的"大鹏守御千户所城"，简称"大鹏所城"。刚建成大鹏所城约10万平方米，城墙高6米、长1200米，城墙由山麻石、青石砖砌成。据说，古城中的城墙经过几代的多次修葺，我们依稀可以从建筑城墙的砖石上找到不同颜色的砖石。深圳今天的别称"鹏城"也是源于大鹏所城。大鹏所城中，除去庙宇与居民住处外，有约十座清代的将军府。我们所见到的第一座将军府便是最为著名的"振威将军第"——赖恩爵将军的府第。赖恩爵是领导鸦片战争的中国英雄林则徐将军的副将，他曾经成功指挥了"九龙海战"，这场海战拉开了鸦片战争的序幕，同时也是中国近代史上抗英战争中取得的第一次胜利。在鸦片战争期间，大鹏所城市也在抗击英军上发挥了重要的作用。

既然是深刻体现了华夏民族的不可践踏的自尊以及坚强的意志的鸦片战争，那么大鹏所城的历史分量就不能算小了。所以说，无论一座古城的历史有多悠久，它都有它自身的记忆和历史意义，在它受着凡世风雨洗刷的下面，都深藏着一段沉重或古老的历史，正是这些深浅不一的历史，才逐渐堆砌出现在的中华文明。尽管大鹏古城的历史，早被新装上的天线、水管或是新建的现代水泥瓷砖住宅渐渐洗去了原本浓郁的古香古色，但是它却依旧安然地用陈旧的小巷、斑驳的城墙、退色的宅门，对路过的人们喃喃着这段历史。

我想，发生在大鹏古城中那些沉重的历史并未羁绊住此处居民悠然自得的生活。倒是在这里流淌的时间，似乎常被历史绊摔一跤，才慢悠悠地流过去。古城里，正因时间如此悠然、优雅地放慢了脚步，这里人们的生活才能若此般闲适啊。

【简评】 作者身处一个现代繁华时尚的城市，能触及有文化意义的题材，证明作者极有眼光，选材到位。

写树写城，都能做到紧紧抓住中心事物，把树的传说、故事作为楔子，来写许愿树与人的情感交流。树在中国文化中历来被视为心灵之树，树神行善之事颇有民间基础。许愿树能寄托人的心灵，更重要的是以此为动力，进行脚踏实地的奋斗。这就是作者想告诉我们的一个哲理。

古城的文化，历史与现实以及我思我想能完美地融为一体，这篇短文因而可以称之为文化散文。

这两篇短文写得行云流水，读起来引人入胜。语言细腻，叙述与抒情相结合，充分表达自己的想法、观点、情感。文章因树、古城而更显光辉。

(张绍民)

西藏之旅

［一等奖］

湖南省长沙市第一中学　戴子青

期冀中的旅程

我站在西安的机场的大屏幕之前，手里提着那份属于自己的行李。这是离家的第二天了，昨天刚从长沙赶到西安。机场里人来人往，川流不息，偶尔带来的一缕风吹起我心中阵阵涟漪。踏上飞机，它坚实的双翼就要载着我以及我的期冀，飞向那个离天很近但离世界很远的地方——西藏。

模糊但闪耀的第一印象

总算是看着飞机缓缓穿过洁白的云层，稳稳当当地降落在西藏这一方净土上。不知道是这一路飞过来睡得太沉还是见到这一方净土后太过兴奋，总之我有点昏昏沉沉的。按照坐飞机时身边好心的记者叔叔的说法，我把所有的动作都放成了"慢镜头"，在他的建议下我也乖乖地戴上了墨镜。信步踱到机场口，隔着墨镜依然感到阳光的炫目与灿烂，让人油然生起一种想要与它亲近的冲动。我松了松墨镜，阳光立马就从缝隙中泄入眼眶，满眼都是闪着金光的阳光，如此温暖却微微有些刺目。我手一松，阳光便又回复了平静的炫目。身旁藏族大叔很热情地招呼我们坐他们的车，于是我们一行六人分两批坐着出租车向旅馆赶去。一路上和善的藏族大叔用他那不大熟练的普通话滔滔不绝地向我们描绘着、介绍着，我侧身向着窗外，雅鲁藏布江的磅礴之气以及简单明快的蓝天白云确实很吸引人，蓝天白云倒映在水里展示出来的类似油画的效果更是难得一见，但由于机场的那一次"亲密接触"，我始终不敢拂去眼前的墨镜，任凭江上的光斑旋转着、跳跃着、舞蹈着进入眼帘，烙印成我对西藏模糊但闪耀的第一印象。

"朝圣"的旅途

终于是站在了朝思暮想的布达拉宫正门下，它美丽简约的红白二色在透明的阳光的映衬下比起头天晚上灯光下淡橙色的感觉又别有一番韵味。回头望见不远处的白塔前遥遥望着布达拉宫"五体投地"地跪拜的人们：双手合十（但中间有空隙），高高举过头顶，眼光也随之抬起，再跪下将手停在眉心，垂下眼帘，深深地、响亮地磕上三个头，然后再慢慢地往前一扑，再重新起身……如此重复，不计其数地重复。这些人个个都衣着朴素，有男人，有女人，有饱经风霜的老人，也有稚气未脱的少年。动作不是那般的整齐，却从骨子里透出那种让人叹服的虔诚。

或许是受到了那些虔诚的人们的感动吧！我们不顾阳光的灼热，抱着自认为虔诚的心情冲到了毫无遮挡的布达拉宫石梯前。石梯歪歪扭扭的、极不规整，很多时候都是一级高一级低的，于是我们也就一脚深一脚浅地踏着它开始了今天"朝圣"的旅途，眼见着天空越来越迫近，心里竟然升腾起一种莫名的感动。

等到我们气喘吁吁地爬完那一段崎岖的石梯，大家算是浅尝了朝圣的辛苦。斜倚着喇嘛红的栏杆，抬头望着墙壁，上面全是精美的壁画：神态各异、姿势不同的神佛、菩萨，个个盘着腿、打着坐，低垂善目、微翘双唇，想必是在考虑普度众生、造福众生的事吧！而威严的金刚们则摆出他们的怒容——圆睁着大眼，粗而浓的眉毛倒立着，脸部的肌肉也一条条怒气冲冲地横起，威武地拿着他们的武器，大概是在想着怎样更好地守护人间和天堂、打击黑恶吧！

稍作休整，我们又迫不及待地开始了接下来的路程。站在门槛前，我拉着同去的朋友的手，两个人一起很郑重、很认真地抬起左脚，又很郑重、很认真地把脚落在门槛里。随着这一步，布达拉宫的肃穆气氛倏地一下包裹了我们。一切都有种波澜不惊的感觉，连颜色都是那么祥和。没有了阳光的照射，宫内自有一种安然的明亮。大家都很沉默，一切都很沉默，仿佛真的来到了佛的身边。蹑手蹑脚地走过一尊尊佛像，安静地放上一点香火钱，同样很安静地拜上几拜。偌大的布达拉宫里酥油灯火一闪一闪地摇曳着，映着神佛的面庞，我偶尔抬头，受宠若惊地发现神佛似乎在望着我们，微笑。

就这样一言不发地走完了布达拉宫的旅程，一出来我们便直奔"宝贝公园"——罗布林卡。一踏进罗布林卡，大家心里就一阵欢快——如此欢快的色调，自然会让人有欢快的心情。而身边无处不在的精美雕花，让我们像在布达拉宫一样只有连连惊叹的份。像走迷宫一般，我们毫无目的地在罗布林卡瞎晃悠。见到寺庙就拜的我们在这高原地区，早已拜得头昏眼花。我一个人冲在最前头，突然听见朋友一声惊喜地呼喊："就像在拍戏一样！"我丈二和尚摸不着头脑，一留神，发现身边居然飘满了一种白里夹着淡淡的粉色、轻轻的、柔柔的一片片翩翩的飞絮。再顺着朋友妈妈手指的方向一看，一棵高大挺拔的不知名的树上布满了这种飞絮，站在树下，看着飞絮落满一身、飘满目光所及的所有地方，我们都觉得心里除了欢快之外，又平添了一份亲切的舒畅。

于是我像跳舞似的，旋转着，依旧走在最前面。路过一堵很踏实的黄色的长墙，忽然间飘来一阵阵时有时无的歌声。我们循声望去，看见一群藏族妇女正蹲在墙上的一个平台上，一边劳动，一边歌唱。歌声悠长而淳朴，不加任何修饰的成分，悦耳动听。我突然有些愤恨，愤恨自己身边只有一台相机，无法记录下这如同天籁般伴随着劳动、伴随着汗水，也伴随着美好的歌声。我们不能为歌声驻足太久，毕竟，前途还有更多的美景、惊喜等待着我们，我们只能继续前进。直到我们恋恋不舍地走到罗布林卡的门口时，隐隐约约似乎还能听到那有些渺远的歌声。

到大昭寺的时候，大家都有些疲倦了。但一看到身边三个夏威夷来的老爷爷，居然背着他们那硕大的背包，精神抖擞地冲到了我们前面，大家又都提起了精神。一进到里面，我们才觉得多亏了那三个老爷爷。大昭寺里佛像自是不必多说，就连旁边的"雕梁画栋"都不尽相同，让人咋舌赞叹不已。我们按着顺时针的方向朝左边走去，一拐弯就体会到了别有洞天的感觉：长长的走道上一排木架子上悬着似乎没有尽头的金灿灿的转经筒，紧凑地，有致地，庄严地，闪烁着同样无尽的光芒；如同鸟张开的翅膀一般的屋檐下、转经筒边的墙壁上是已有些斑驳的壁画，尽管斑驳，却仍光彩逼人、精美绝伦。我们很专注地转着转经筒，很专注地欣赏着壁画。走完一圈，觉得很舒服。

我们又跟着大队人马爬上了大昭寺的顶端，放眼望去，尽是蓝天白云下金黄的屋顶、喇嘛红的房墙和五彩的飘扬的经幡，华贵而又不失庄严，我们能做的只有默默地赞叹。

我们赞叹着离开了大昭寺，赞叹着结束了我们的"朝圣"的旅途。

美景与温泉

"今天心情真是好得不得了，你问为什么呀？因为今天要去看风景、泡温泉啊！"一大早，我就匆匆忙忙地在日记中记下这带点调侃性质的话语，然后匆匆忙忙地赶到我们的汽车上，笑容满面地清点着泡温泉的东西以及相机是否都带好了。一想到等上那么一小会，我就可以舒舒服服地欣赏那如画的风景，再等上那么一小会，我就可以舒舒服服地泡到温泉里，来一个全身心的彻底放松，我这心里的高兴劲儿呀，就别提了！

怀着这股高兴劲儿，我们一路颠簸，直颠到我都感觉自己轻飘飘的、浑身上下都不自在了，司机大叔总算是大发慈悲："巴松错到了！"我三步并作两步地跳下车，首先就为身边成群的小动物而感到欣喜：小猪、小鸡、小狗……嗬，真是和谐社会。我极目远眺："真是美景啊！"只见远处蓝天白云下群山连绵不绝，一层一层一直伫立到天边，而山的颜色又各有千秋：深棕色、土黄色、嫩绿色、草绿色、黄绿色，有的山尖上还挑着那么一层薄薄的雪，闪着晶莹的光彩。稍近一点便是巴松错湖，是水绿色的，浓重而不呆板，鲜艳而不媚俗，清澈而不轻浮。在水绿色的世界里，也倒映着水面上的世界，使得湖中的颜色也丰富了起来。贴着水面架着的白色的小桥，精致典雅。而前面是树林，郁郁葱葱的树林。我们爬上山，再望去，天！透过或稀疏或浓密的枝条，巴松错被切割成许多不规则的几何图形，想不到这样的巴松错又多了一种调皮错落的美。

带着一份对巴松错的恋恋不舍，带着一份对温泉的向往，我们再次踏上了旅程。路上看见了一只狐狸和一只振翅高飞的鹰，大家为此兴奋不已。这一兴奋，可就走到了晚上七八点。拖着疲惫的身子，大家遥遥望见前面不远处不算很高的围墙里升腾起阵阵翻滚的白雾，心里仿佛在燥热时突然间吹起阵阵和风。做好一切准备，我试探性地把脚在温泉里点了点——嗯，水温够暖和，又不烫。我正准备下水，只听见"扑通"一声，水面溅起雪白的水花。原来是朋友抢在我前面跳下水去了。我正擦着脸上的水珠，试图从这种狼狈相中"解脱"出来，不想她立马又发动了第二轮"攻击"……于是，不大的室内温泉池里就听见两个傻丫头吃吃的笑声，远远看过来看见的也只有淘气的水珠时起时落的一片白花花的景象。我们两个一直闹腾到脸庞通红才罢休。哈，第一次泡温泉真是一次美好而难忘的经历啊！

与天的亲近，与地的亲近

西藏的天才蒙蒙亮呢，我们一行人就出发前往鲁朗林海。一路上我一直紧张兮兮地考虑在林海里会不会有很多恐怖的小虫子。到了林海我才发现自己大错特错了——站在木制的观井台上，离自己最近的似乎并不是茂密到阳光都难以渗透的树林而是蓝得透彻、蓝得梦幻的天空，变幻得神奇、变幻得迷离的云，触手可及。我舒了一口气，突然发现眼前的景色确实如画：很好的三七分的画面，上面是天空，下面是真正的林海，微风拂过，深绿色的海浪奔腾着、递进着、翻滚着、澎湃着一浪接着一浪涌过来，海浪上反射着太阳的光辉，无数的小光斑闪烁着、跳跃着，就像无数技艺高超的尽情舞者。"与天的亲近真是一种美妙的享受！"我轻轻唤着身边的朋友，朋友点点头，"表示绝对的赞成。"

我们两个你一言我一语地抒发着心中对这份美好的喜爱，谁料到妈妈的一声大吼打破了这种安宁的氛围："快走了，再不走今天就到不了大草原了！"唉，没办法，我们只能一步三回头地向林海告别、向大草原进发。

一到大草原我就愣了——怎么？大草原还要被围墙圈着。但是既然来了，就管不了那么多了。我们一进门，就听见"嗖"的一声，声音清脆高昂、短促嘹亮。我抬眼一望，居然是一个黝黑的藏族小妹妹在射箭。见到我们来了，她很开心地向我们打招呼，要我们过去射箭。我和朋友都早有此意，听她这么一说，便摩拳擦掌、跃跃欲试。于是站在射箭的位置上，一人挑了一把弓。弓的主要部分都是奶黄色的，有一种厚重的感觉。我选的那把弓手握的部分是青色的，朋友的是木色。挑好了中意的弓，就该拉弓射箭了。我一举弓就差点失手掉了弓——太沉了。好容易稳住手里的弓，我便开始上箭。谁知这箭也不是什么好对付的东西，刚上好一举弓它就掉。唉，这回我算是洋相百出了。

总算是把这难缠的弓箭都摆弄好了，我一闭上左眼，认真地瞄了瞄，调整了一下角度，拉弓，松手——只听"嗖"的一声，箭乘着风，飞快地冲了出去。紧接着"嘣"的一声，就看见一个圆盘应声而落——原来我这一箭射得正中靶心了！这一下我兴趣就真全上来了，一支接着一支地射，直射到手臂酸疼不已才罢休。

这边射箭还没有射过瘾，那边朋友的妈妈就已经扯开嗓门大喊了："快来骑马啊！"直惹得我和朋友草草射完几箭（主要是手臂太疼了）便以百米冲刺的速度跑到了马厩旁边。马厩里的一匹匹高头大马有的低着头，不停地用前蹄刨着地，有的高昂着脑袋，一副不逊的样子。我一眼就被一匹白色的马吸引住了——干净漂亮的纯白色，显得乖巧；脖颈上的毛却是发亮的黑色，显得张扬。配上那好看简洁的辔头、马鞍以及它那双眨巴眨巴的、闪着光芒的深邃的棕色眼睛，真是好看至极。我决定，就骑它了。我左脚踏上脚踏，左手牵着缰绳，右手抱住马鞍，使出了吃奶的力气才算是上了马。藏族的那位姐姐一跃就上了马，坐在了我的身后。她接过我手里的缰绳，用力一拉，伴着一声长长吆喝，那匹马便向前飞奔起来。一踏入草原，一股混着泥味的草香就扑鼻而来。那位姐姐自如地驾着马，马时而飞奔，时而慢跑。我呢，则一路欣赏着风光。草原的草不是十分茂密，却也不稀疏，一色的嫩绿，让人有一种被绿色包围的感觉。本来嘛，放眼望去，没有哪个角落不是充满绿色的。嫩绿中又点缀着许多其他颜色：浅黄、明黄、粉红、曙红、粉紫、深紫、蓝紫……各色高低不一、形态各异的小野花自得其乐地盛开在草原上。再往远一点，就是沼泽和池塘了。池塘里的水不多，但是仍旧很清澈、很透明，池边还有几匹小马驹，很可爱的样子。突然，马狂奔起来，颠得我一愣一愣的。回头看了一眼藏族的姐姐，她笑笑："这才是真正的跑马，特意让你感受感受的。"这一跑就跑到了马厩边，我下了马，又招呼着朋友一起往大草原更深、更美的地方走。

往里走着，才明白刚刚看到的风景不过是冰山一角。草原上有一条不宽的小溪蜿蜒而过，仔细听着还能听到潺潺的水声。小溪上架着的桥也别有一番韵味：两个高大厚实的灰色石墩上引下两条铁索，铁索上悬下细密的网，把供人通行的木板的两边围了个严严实实。奔跑着冲过桥，眼前的景色让我们大饱眼福。四周是忽高忽低的绿色土包（就像小小的山丘，我们戏称为"土包"）和刚才已经远远打过照面的小池塘。朋友蹲在池塘边，突然一声惊呼："有蝌蚪！"我兴冲冲地跑去一看，可不是吗？成群的小小的深褐色的小家伙正欢快地摇头摆尾，似乎在向我们表示欢迎和友好。朋友"不由分说"就捉了四只小蝌蚪，乐得屁颠屁颠地把蝌蚪放在了储满水的瓶子里。我微微一笑，一回头，差点吓晕了——一只牦牛正"虎视眈眈"地站在我身后望着我！我们一看这架势，只得赶紧撤。于是就看见和谐宁静的大草原上，马、牦牛都悠然自得地过着它们的日子，六个旅者却背着大包小包、慌慌张张地踩着石头翻过一条条小水渠、踏过一片片绿草地……与地亲近的旅程就这样告一段落。

感受巨柏之巨

说心里话，一听到巨柏园这个名字也不觉得里面会有多么让人心动的景象，不过既来之，则安之，我也就踏进了巨柏园的大门。我们人手一张介绍柏树王的票，六个人十二只眼睛就以柏树王为目标开始了搜索。一穿过没有什么值得欣赏的门口的小道，我便看见一株让我大吃一惊的大树。这可不是一般的大树啊，树干极其粗壮，大概要那么三四个成年人合抱才能绕起一圈，再一看高度，也不是我们这种"小辈"可以望其项背的。我认定了它就是柏树王，于是抛下淑女形象于不顾，也不管自己身处氧气稀薄的高原地区，我大叫一声："在这里！"朋友很是兴奋地跑过来，仔细看了看柏树前的石碑："喂喂，拜托，这一棵比柏树王要小很多啦！"我凑上前一看，果然如她所说。我不好意思地吐吐舌头，大家继续朝前进发。在拐了几个弯之后，终于看到前面一块石碑上写着"柏树王"三个字。我们仔细核对着票上的数据与石碑上的数据："树高57米，直径5.8米，树龄2600年，相传是苯教祖师辛饶米保的生命树。"一切无误，我便打量起这棵树来。如此古老的树竟然还散发着勃勃生机,树叶绿得那么纯正、那么自然,而树叶的茂密程度让"无孔不入"的阳光也大伤脑筋。树干大概需要十二三个人合抱方可绕起一周。而树枝上、树干上,以至围着这棵古树的石栏上都有虔诚的藏民献上的哈达,那么雪白、那么柔软、那么流光溢彩。遇上这种天下奇观,大家纷纷掏出相机,打算与古树合影留念。这一下可让大家都犯了难——古树那么高大,我们如此渺小,照相的话就只有两种选择:要么古树只能照到极少极少的一部分,要么我们在相片中出现的只有一个小到难以察觉的脑袋。大家思量来思量去,还是选择了第二种方案。匆匆拍了几张这种很奇怪的照片后,鉴于柏树上虫子太多,大家便带着一份不舍离开了巨柏园。

羊卓雍湖的记忆

车子在曲折的盘山公路上颠簸着,山路十八弯的架势对于我们来说早已习惯了。现在满车的人都在谈论着、憧憬着——上到山顶就可以看到羊卓雍湖了。来之前大家都在网上查过的,除了纳木错之外,最漂亮的地方就非羊卓雍莫属了。眼看着山头渐渐近了、天空渐渐近了,我们的心中都充满着期待。

终于,远远看见几辆车停在了前方,司机大叔一踩刹车,大家就以百米冲刺的速度下了车(我还很不幸地撞到了头)。一下车,我们就被眼前的景色惊得目瞪口呆了。眼前的景色很有气势地被分成了几块大而鲜明的色块,而色块间的线条又是那么柔和。远处天空的云还没有散去,原本应该湛蓝而广阔的天空现在被白得那么温顺的云分割成了无数的小块:线状的、几何形的、如丝般的,而颜色也变成了一种华美迷离的蓝紫色。湖对岸的山峰连绵着,统一的绿色,却有着不同的深浅,再加上云层投下的阴影,使得那边的山峰和谐又充满变化。再近一点的羊湖,长而宽,是深邃得如海洋的颜色般的钴蓝色,偶尔也夹杂点缀着丝丝的蓝灰色,而两边则镶嵌着一条细细的粉绿色的"带子",仿佛一匹没有尽头的蓝缎,流淌着华贵的光芒。这边的山峰比起对岸的气势不算特别宏大,但是有着蜿蜒而上的盘山公路的点缀,又是另外一种感觉了。

我长舒一口气,忽然发现自己忽略了身边的小动物。首先是高原之舟——牦牛。这匹牦牛长得还真是有特色，虽说是以黑色为主，可是牛角上、牛头上和背脊上的毛却是奶白色，凑近仔细看看，会发现它居然还有着又长又翘的睫毛。而它的主人又给它戴上了"红缨帽"、套上了刺绣精美的坐垫和项圈，这就给它又平添了几分精致。我绕过牦牛就看见它身后一只怯生生地望着我们的小藏羚羊。说它小真是一点也不为过，它站着还不及我的膝盖呢！再一望公路的对面，我几乎是狂喜到尖叫了："藏獒！好小的藏獒，肯定还没有一岁！"身边的藏民憨厚地笑笑："是啊，五个月。"这只藏獒全身的毛色黑到发亮，脖颈上的毛很神气地竖立着，还套了个大红的项圈。两只炯炯有神的眼睛的上方那两撮金色的毛似乎在向我们炫耀着它血统的纯正。虽然不大，可是它神气十足地站在那里给人的感觉还是那么威武。

我笑笑，努力睁大眼睛，然后闭上，希望羊卓雍湖的记忆可以永远放在我的脑海中。

喇嘛也考试

走在扎什伦布寺里，我们再一次感受到了佛教的肃穆与庄严。七拐八拐走进了一扇门，扶着扶手大家很小心地走到了木制的二楼。突然我发现在一楼的坪里有秩序地盘腿坐着许多喇嘛，在这一群喇嘛的正前方，还有一把铺着黄色坐垫的椅子。喇嘛们三五成群地在说着什么，面庞带笑。也有几个喇嘛站着，在队伍里走来走去。喇嘛们隔那么久还会很整齐地吆喝一声，然后用双手打出很响亮的声音。我疑惑地望望楼下的喇嘛，又疑惑地望望为我们带路的喇嘛，他笑着说："这是喇嘛们在辩经，一年仅此一次。就相当于你们的考试，考得好的就可以提高等级。""可是这些喇嘛的等级有区别吗？"朋友问道。"有啊，但是平常从衣着上是看不出来的，只有听活佛讲经的时候可以从座次上看出来。"朋友本着她那打破沙锅问到底的精神继续发问："那你为什么不参加考试呢？"一听到这个问题，那个喇嘛就很不好意思地一笑："我等级不够。"

嗬，原来要成为一名合格的喇嘛也并不是那么容易的啊！原来喇嘛也要考试的啊！

雪山·寒冷·晨曦·美丽

　　这是我们西藏之旅的最后一站了——纳木错，不过要晚上很晚才能到。司机大叔奉劝我们先在车上好好睡一觉。于是，在颠簸与"昏迷"中，我们离纳木错越来越近。到了凌晨一点多，我们总算是到了纳木错门口。进去之后又是50多公里的颠簸，等到了住宿的地方时，我早已是瞌睡到"神志不清"了。但一下车，过低的温度还是把我的瞌睡通通赶跑了。住宿的地方是个帐篷，没有电，只有蜡烛。跟着被风吹得飘忽不定的烛光，我们缩头缩脑地（冷成这样的）摸索着找到了自己的房间。问了一句看日出要几点起床后，大家就都各自蒙头大睡了。

　　被妈妈叫醒的时候也就那么六点的样子，掀开被子发现外面的温度确实够低。于是大家把能套上的衣服都一件件往身上加：T恤、毛衣、外套、风衣……但即使是这样，我还是觉得寒气直逼到骨子里去了。走出帐篷才发现我们这个帐篷算是最大的了，旁边还有许多小小的帐篷，所有的帐篷围成了一个圈。我们哆嗦着走出这个圈，朝纳木错湖边走去。边走我们边察觉了一个问题：日出东方是没错，可是东方在哪边啊？一看似乎其他的人都在睡觉，没有办法，只好先朝湖边走着再说吧！放眼望去，整个世界都是蓝色的。平静的湖水与布满或厚或薄的蓝色的云的天空是同一种蓝色，浅浅的、夹杂着一点点白色的蓝色。湖中的浅滩是蓝色，很深的、接近黑色且微微带绿的蓝色。远处的山峰也是蓝色，发紫的蓝色。山尖上堆着的雪还是蓝色，与白色完美融合的蓝色。甚至偶尔几只被我们惊飞的水鸟，也是灰灰的蓝色。渐渐地，天边出现了一抹红云，淡淡的、水水的红色，与湖天相接的地方平行。红云上是一道细长的亮黄的天空。大家都很高兴，因为或许太阳就要出来了吧！慢慢地，红云变得越来越多，不再是一抹。我们欣喜而紧张地等待着，等待着太阳从云层中一跃而起。过了不久，我们发现湖对岸山头堆着雪的山峰已经由先前的紫色变为了朝霞的颜色——橘红。我们个个都高兴得开了花，甚至觉得温度都因为太阳即将跃起而升高了。水鸟不断飞起，一群接着一群，我猛然想到了王维的那一句极为有名的"落霞与孤鹜齐飞，秋水共长天一色"。虽然是晨曦，但却与夕阳渲染下的世界有着异曲同工之妙。

大家都很认真地盯着湖对岸,希望看到更多的美丽。可是等了半天,天空不但不继续发红,反倒颜色又再次黯淡下去。我无聊地一回头,惊讶地发现身后那座微型山峰后的天空居然如此耀眼。漆黑的山头上方,一大块天空都是如同正在燃烧的火焰一般的颜色——黄、红相间,灿烂到震撼,远一点的天空火焰的颜色越来越浅、范围越来越小,到了更远的地方,天空又恢复了蓝灰。但是再往上一点,天空的颜色又很突兀地红了起来。一看到这画面我们就明白走错了方向,现在再赶过去也来不及了,冻得发傻的我们只好又回到了帐篷继续睡觉。

再次醒来就已经九点多了。大家骑着马第二次来到湖边,眼前的景色与晨曦中已完全不同,美丽到让人不得不为之一振的地步。沙滩缓缓地延伸到浅蓝且透明的湖水里去了,蹲在岸边,看见湖面由沙土的褐色、黄色变为极淡的水草的绿色,再慢慢变为天空的蓝色、自己的蓝色以及云朵的白色。湖面很宽广,与天空有一种平分秋色的感觉。遥远的山峰上堆着许多雪,很洁白、很灿烂。接近山峰的天空是浅到带粉、带绿的蓝色,越远颜色越深,到了目光的极限所到达的地方,天空的颜色已经变成了蓝得那么浑厚、那么踏实的深钻蓝色,有一种夜的深沉。云层在不断变化,天空也就随之改变,湖面的颜色也就悄悄地跟着移动。待到我们"咔嚓""咔嚓"拍够了全方位的照片后再一看,发现湖面上竟然出现了很淡很浅到发白的金黄色还有一种很透明很深邃的青绿色。我和朋友已经被这美丽到让我们真正感到语言匮乏的景色所深深打动,两个人就撇开大队人马,绕着湖走了起来。

似乎是快走到湖的尽头了吧,我们很兴奋。一回头,明白我们忽略了纳木错旁这一个小小的湖泊的美丽。如镜的水面没有一丝的波纹、一丝的涟漪,也没有自己的颜色,只是完整而真实地倒映着岸上的世界,亦真亦幻。两者仅有的区别就是湖面上几只悠闲自在的水鸟和湖面反射的太阳光而形成的微微有些刺目的白光。我们蹑手蹑脚地走向了那几只水鸟,水鸟的嘴是黄色的,浑身的羽毛除了翅尖是黑色外都是白色的。正观察着,忽然间一阵微风吹来,我紧了紧风衣,回头看见纳木错上起了小到难以察觉的浪,一浪推着一浪,而浪花上也泛起了细小的波纹。而湖面的颜色也变得像宝石一般,那么深却不觉得重,甚至发出淡淡的宝石的光芒。再看看那个小湖泊,虽仍旧倒映着岸上的世界却已不再平静。水面上波纹细密如梭,一点一点汇聚成一个随风摇摆、随风晃动的世界。风吹得更猛了，波纹也就愈发细小，每一个"小梭子"上都有一份属于它们自己的墨绿色块、一个属于它们自己的光斑，白到发亮的阳光在光斑上旋转、舞蹈，而小湖泊底下的沙粒竟也发出了七彩的光芒，一时间小湖泊上波光粼粼但依然不失沉稳，美到让人无法释怀的地步。

再抬头，发现小湖泊与纳木错在远方似乎已经交汇了。我微笑着，正打算和朋友继续前进，却很扫兴地听到了呼喊声："快点回来，再不回来今天就回不了拉萨了。"我和朋友相视吐吐舌头，只能无奈地走"回头路"了。

坐着车出了纳木错，我清楚西藏之旅到此就告一段落了。不舍地回头，不舍地怀念。看着手里的相机，闭眼回放着那些美丽的画面，一种踏实的美好渐渐溢满、充斥了我的心房……

【简评】　　这是一次朝圣之旅，作者在行走中被一种自然的野性的美震撼着，被一种抛却一切的信仰熏染着。读着这样的一种记录，我似乎能听到来自生命原野的一种呼唤。

在天与地之间我们会看到大写的人字，作者在与天地亲近的描写中写到了骑马，那种自由驰骋的快感，让人向往，只有这样的马才是真正的马等等的相关描写，能看出她在用心体验着一种从前未有的感觉，力求让我们听到一种来自遥远天边的深情呼喊，回归自然，回归心灵，回归生命的源泉。

不仅是相机的拍摄，也不仅是文字的记录，一种风景、风情，一种情绪、思想会自然地印在心灵的底片上，让我们在一遍遍的回味中沉醉其中。

（王　岩）

自然的温柔——烟湖记行

[一等奖]

北京市第八中学　周允淇

是一个冬日的中午吧，天空中弥散着很厚的雾，天一直阴着。跟爸爸的几个朋友约好去"烟湖"，那是一个温泉度假村。车子是在中午从大雾弥漫中驶向烟湖的。

到了烟湖的高墙外，烟雾似乎更浓，但烟湖内却是一片清幽。同游者挺多，与我同龄的一个女孩，名字叫月月，是我最好的玩伴。

吃过晚饭，我们就去体验温泉了。穿着泳衣，披着浴巾，推开门走向了夜色里的温泉蒸腾出的一片青烟。青烟缭绕在室外小小的空间，久久不散。水汽中夹杂着未散的雾，使散落在草地之间的几个浴池朦朦胧胧，亦幻亦真；再加上人影幢幢，泉眼样的水流从深棕色的木艺上缓缓而下，弥漫成一片仙境。

迈在台阶上向浴池里走，吹过了夜风的皮肤立刻变得温暖，在温暖的舒适诱惑下让人一步步继续向下走，直到温暖的水覆盖住了身体的每一个地方，渗透进每一个毛孔。水其实并不深，只是那无边无际的温暖从每一个地方向我们袭来，像一张舒适而又无边的大网铺天盖地将我们罩住，却又心甘情愿陷入其中。

坐在那一泓白雾弥漫的温水中，水流向东，雾气将透出的灯光一点点折射成绯红，闲愁万种罢了。珍珠般白色的水雾旋转着上升，轻轻缭绕，环绕在我身边，却叹"今人在谁边"。波光交融，温婉缠绵，勾勒出青色绝恋。烟越来越浓，在我这里都看不到五六米外的爸爸妈妈。一波一波的温泉和一缕一缕的烟竟如此温柔地将我隔绝，我居然没有一丝的恐慌，反而心越来越平静。坐在暖暖的水流下来的地方，让细细的水流从头顶开始流下，最后滑落到指尖，再融进水中。于是暖意便传过我的全身，然后从所有的感观汇聚在我心中。

昂起头，向着水流的方向，看不到夜色苍茫，只能看到涓细的水流折射着晶莹的光；还有那雾一点一点弥散在人间。它们随风缓缓而动，仿佛岁月流逝过一年又一年。烟雾浮在波上，碧色的水柔柔地泛着幽光。想来，对面的高楼也应是灯火辉煌吧，黄色的光晕融进雾中，一滴一滴诠释着华梦的迷惘。而此时，在朦朦胧胧、半梦半醒之中，所有感觉一起涌上心头。真的是在桃源中忘我了吗？还是依旧处于世俗的折磨中呢？不得而知了。只是明白，在烟湖中，会与过去相连，又与未来相连。过去，与未来的距离，又会有多遥远？我们看不到飞机，但为何可以听到它们滑过时的轰响；看不到硬木秋千，但又为何可以听到它发出的古老吟唱？那么我们看不到未来，为何又会有这种迷醉的感觉？但这感觉又是如此真切，而迷醉的又不只是我一个人。在离我很近的角落里，似乎有人对坐饮酒，是自带的酒杯，和一只酒瓶，看不清人的长相，只能听到酒杯与酒瓶的脆响，似乎还可以看到很深颜色的酒酿。透明酒杯中的美酿轻轻旋转，闪动着光亮，仿佛流连了多少轮回的记忆。而此时我的记忆也在脑海里翻涌辗转，和着对未来的幻想，闪动成梦一般永不坠落的星芒。

一阵寒风突然吹来，扑到我的脸上，吹醒了半梦的我。我想到了院里的秋千，就裹上毛巾，向着草地中央走去。硬木秋千果然静静地立在那里，旁边的松树上布满了水雾。坐上去，开始轻轻摇晃。将双脚抬起，惬意得像在夜空中飞翔；拂去硬木上的水珠，听树木的年轮一圈圈放肆地歌唱，像回到母亲怀中的感觉。忽然相信幸福可以延续，历经沧海桑田直到永远。我在夜风中徜徉，似乎变成了一只鸟，翱翔在天地之间，吸取了日月之精华，天地之灵气，渐渐与自然融为一体。

"冷了，回去吧！"妈妈喊道。有风吹过耳际，拂过面颊，水珠蒸发感到一丝凉意。于是，便结束了温暖，重新回到了世间。回房的路上经过其他人唱歌的包房，里面的灯光和音乐逼我不敢回望。回房，夜已深，拉上了窗帘，陷入了宽大柔软的被垛里。那夜的梦境，很甜很温暖……

第二天早上，我们起床后就决定回去了，就此告别了烟湖，告别了蓝天、白云，氤氲的暖雾，沁心的草香，告别了让我无限遐想的自然的温柔。

这次烟湖之旅使我感受到了自然的气息，自然的力量。在烟湖的时间虽短，也算是让我沾满灰尘的心安静了些许天吧。

【简评】　　寓景以情，是写游记的一种境界。本文以流畅的文笔带领读者行走在暖烟梦境，时而静谧，时而骏逸，挥洒自如，体现出作者对文字的驾驭能力和丰富的诗心画感。通过短短千余字，由景入情，为这一次如歌如画如梦的烟湖游添进了思索，添进了遐想。让烟湖之旅真的如它的名字般，充满了诗意，可以看出作者是在用一片真情在体会，享受着游记中描写的那份怡情逸性的快乐。读完这篇小文，相信我们心中的灰尘，也悄悄地擦去了不少。

（李　勤）

走进大西北

[一等奖]

湖南省长沙市第一中学　周 芃

　　小学毕业的那年暑假，我随妈妈走了一趟大西北，尽管已过去一年多了，但大西北的印象时时萦绕在我的脑海，今天终于可以记录点滴了。

一、印象中的河西走廊

　　从兰州乘火车去敦煌，沿途经过两千里河西走廊，西行的列车，速度很慢很慢，我静坐窗口，凝望着窗外。走廊的地面太空旷、太苍凉了，走廊地带没有什么草，只有几丛芨芨草和骆驼刺紧贴地皮。左右回顾，全是白茫茫的不毛之地，"焦干"这湖南方言用在眼下正合适——的确，焦干的，焦干而茫茫。妈妈告诉我这就是戈壁滩，一幅辽阔而贫瘠的画面，太苍老了，苍老得难以寻觅一丝青丝。我突发异想，怎么不把奥运场馆建在此处啊，这样可节约多少土地资源，还可以带来一些生气。

　　突然一阵风沙袭来，拍打着车窗，外面什么也看不清了，只是黄沙漫天飞舞，沙尘暴终于现身了。小餐桌上立马是一层沙土，我想就是这些风沙把千里长廊踢踏得光秃秃的吧。偶尔也会见到一些零散的矮树，一些小小的泥屋，那可是稀奇之物了。

　　值得欣慰的是，沿途我们看到一些小山包上插了许多水管，据说是用来滴灌树苗的，为了防止沙尘暴，改善环境，政府可是投入了大量的人力、物力啊。

二、未湮没的宝藏——敦煌莫高窟

不知熬了多少个小时的火车，终于抵达了敦煌市，敦煌市地处甘肃、青海、新疆三地交汇连接地带，仅有绿洲面积1400平方公里，且被沙漠戈壁包围，属典型的戈壁绿洲区域。在这里我们又换乘汽车前往莫高窟。左右仍是白茫茫的不毛之地，车轮碾在沙漠鹅卵石上。绕过一个光秃秃的山头，出现在眼前的是一排排整齐的白杨，而且只有白杨，莫高窟到了。

只见山的崖壁上，长长的栈道将上下四层的近500个石窟曲折相连，有一公里长哩，在茫茫的戈壁中，形成一道巍巍壮观的奇景。这便是世界上最大的佛教艺术殿堂——莫高窟，那座山就是鸣沙山。

莫高窟又称"千佛洞"，最初开凿于前秦，距今已有一千六百余年的历史了。

我们穿过白杨树林，挨着山边走，依次参观一个个的石窟，里面塑着很多的佛，还穿着五色斑斓的法衣，每参观一个都会惊叹不已。

莫高窟有一标志性建筑——九层亭台楼阁，嵌在石壁上，走进洞去，是一间很大的殿堂，可面壁上什么也没有，再往里一些，只看到一件袍子的下角，不知怎么悬下来的，挨着袍子边朝上看去，吓了我一跳，原来洞内凿成九层高的佛窟，里面立着一尊释迦牟尼的像，佛身披着袈裟，模样十分和气，这尊大佛足足有35米高啊！

在大型涅槃窟，一个横长方形的洞中，一米高的佛坛上平卧着长达15米的释迦牟尼彩塑，他头靠在枕头上，右手枕在头下，双目半闭，神态安详，仿佛一个熟睡的少女，嘴角还留有含蓄的笑意。

我不得不佩服古人的巧夺天工。

在敦煌不但有绚烂夺目的彩塑，精美绝伦的建筑，更有那四万五千多平方米的壁画，美轮美奂，各种形态的飞天、九色鹿和佛教经典中的人物故事，让我目不暇接，惊叹不已。

我去过被誉为"世界第八大奇迹"的秦始皇陵与兵马俑坑，它再现的是大秦帝国金戈铁马的战场风云；我也朝拜过圣人的故乡——孔庙孔府孔林，那是昭示东方儒家文化发祥的圣地；而今天面对碧天黄沙中的敦煌莫高窟，展现的则是丝绸之路上的延续了千年的佛教文化艺术。我想，这些带给我们的，不仅仅是视觉上的叹为观止，更是心灵上的文化追忆。

走出莫高窟，途经鸣沙山，看看那成群成群的骆驼，不免想过过骑骆驼的瘾。我们一人骑着一匹骆驼行进在鸣沙山的大漠中，一路上的欢声笑语夹杂着清脆的驼铃声，把我从远古带回了现实，走了几个小时，骆驼也累了。我又爬上了鸣沙山顶去滑沙，鸣沙山的沙子也有澳洲黄金海岸边的沙子那么细，那么亮。我坐在滑沙板上，从几百米长的沙道冲下山来，那感觉和在亚布力滑雪场差不多，没想到沙子也可以这么滑，和雪一样。我不知疲倦地爬上滑下，不知滑了多少个回合。直到天黑了，起风了，沙子被卷起来了，眼睛没法睁开了，裤子也磨烂了，才恋恋不舍离开了鸣沙山，离开了莫高窟，离开了敦煌。

三、高原的梦幻——青海湖

汽车在海拔3600米的青藏公路上行驶，一路上我并不开心，本来从敦煌返到酒泉，以为可以去参观酒泉卫星发射基地的，没想到酒泉市离发射基地还有200多公里，加之马上要发"神六"了，基地已处在了戒备状态，让我梦想成了泡影，要知道这可是我这次西北之行最最重要的一站啊。窗外，一片寂静，细细的雨丝斜打在车窗玻璃上，只有那些一步三叩的朝拜者，满身泥水朝着拉萨的方向去了。

不知过了多久，司机轻轻地说了声："青海湖到了。"

我连忙抢先跳下车，瞬间，惊呆了，像是无意中走入一幅巨大的画卷。在我眼前，一片镶着露珠的绿茵茵的草滩上，生长着一片片黄灿灿的油菜花，在这绿色和黄色的背后，衔接着一望无际的蓝色湖水。那草滩的绿，菜花的黄，湖水的蓝交融在一起是多么的醉人啊！

青海湖那蓝锦缎似的湖面上，起伏着一层层涟漪，像一面银光闪闪的大镜子，高悬在海拔3197米的高原上，水天一色，波光潋滟，流云雁影倒映湖中，给人一股梦幻般的感觉，十分迷人。

青海湖中有一个大名鼎鼎的鸟岛，这里水草丰美，吸引了大批候鸟来此栖息，这些鸟儿不远万里，越过高高的喜马拉雅山脉及横断山脉，来到这里生儿育女。但如今，我没心情登鸟岛了，因为受禽流感感染，岛上的鸟死了6000余只。

青海湖还盛产一种湟鱼，因遍体无鳞，又称裸鲤鱼，它一年长一两，十年长一斤，最大的可长到10多公斤呢，而且肉质还非常细嫩，看看，口水要流出来了吧。

站在湖边，我深深呼吸着雨后高原甜润的空气，远处的草滩上几匹牦牛在悠闲地漫步，我还是忍不住要破坏这幅画卷的宁静。我一会儿骑到了牦牛的背上，在湖边散步，一会儿跑到油菜地去摆各种各样的pose，也许是好些天没有领略这般绿，这般黄，这般蓝了，我仿佛梦游仙境般兴奋极了。

青海湖，高原上的梦幻之湖。

四、神秘莫测的佛教圣地——塔尔寺

离开美丽的青海湖，我们又马不停蹄来到了神秘莫测的佛教圣地——塔尔寺。

这是我所见过的最大的寺庙，占地600亩，它与我们常见的庙宇不同，没有中轴线，不是以一个主殿向两边对称布局，寺庙的外面是八座白塔，描述的是释迦牟尼一生中的八件大事。塔尔寺是因为先有塔后有寺而得名的。

从远处看，整个塔尔寺金碧辉煌。当听导游说，小经瓦殿的金瓦是由35公斤的黄金铺成的，大经瓦殿则是由398公斤的黄金铺成，我顿时目瞪口呆。在塔尔寺内有僧人600，其中活佛就有10余位。十世班禅三岁就作为九世班禅的转世灵童选入塔尔寺，他在这生活学习了十五年，他居住的宫殿还是仿布达拉宫所建的呢。十世班禅八九年圆寂后他的肉身经防腐处理用黄金铸成，现供奉在西藏经殿供人们朝拜，传说班禅圆寂百日后竟生出了黑发和指甲，直到现在弟子们还经常给他剃发修甲呢，很神奇吧，有机会一定要去看看哟。

在塔尔寺的感觉，与平常所在寺庙不同，那里住满了很虔诚的朝拜者，都是藏民，他们几乎全身伏地叩着头，接着站起，又全身伏地叩头，每天要重复上百次，有的人已在寺庙住了好些年了，都是重复这样一个动作。在他们的心中，塔尔寺就是神的化身，很神圣。

五、荒漠绿洲——湟源峡谷

穿行了几天几夜的荒漠戈壁，在返回兰州的路上，我终于看见许多绿色了，哇，还有一条时隐时现的小溪，是从那雪山上融化下来的，我想她一定是哪个江的源头吧。在小溪的滋润下，周边的绿色也很美，有点我们南方的味道，有山，有水，有树，有人家。我知道那条小溪了，她是湟水河的源头，而湟水河又是黄河的一个支流。我们所穿行的就是荒漠戈壁上有名的湟源峡谷。遗憾的是这条河太小太小了，我很担心，担心她有一天也会干涸，我要为她祈祷，天天为她祈祷，为众多的生命祈祷。

走了一趟大西北，觉得像走在一块失去平衡的地块上，满目皆是悲壮，荒凉，满目皆是寂寞的生命，和催人泪下的生命进行曲。我只想，只想化为一棵草，一棵树，让倾斜了的世界重新平衡，我相信这一天不会太远了。

大西北，我还会再来的。

【简评】 读完这篇文章，深深地感受到作者具有一颗可贵的善心。这也是文章的高贵所在。

作者小小年纪，能写出这么长的行走散文，真不简单。文章语言流畅，叙述到位，表达精致，充分体现了小作者的才华。

写河西走廊，突出了"辽阔而贫瘠"，"我突发异想，怎么不把奥运场馆建在此处啊，这样可节约多少土地资源，还可以带来一些生气"。另外，写不毛之地没有绿色，这样写道："苍老得难以寻觅一丝青丝。"从一句话就可以看到语言的机智，令人赞不绝口。

写到敦煌与鸣沙山时，我们随着作者的旅行，体味到的是文化的巨大力量。行文表述清楚，层次感强。

把青海湖写成梦幻之湖，是作者的真实感受，并且把感受传达给了读者。青海湖在作者笔下生辉。

佛教圣地塔尔寺，在文章中那样神圣，作者冷静主观地写出了它的神奇与对它的虔诚。

文章的最后写到绿洲，写出了希望。

这篇文章结构清晰，各节都有侧重点，体现了一种能工巧匠创造的美。随着阅读，文章展开一幅长卷，读者也在其中进行了一次旅行。

就像开始所说的一样，小作者那可贵的心灵更值得赞美，我们为她喝彩。"我只想，只想化为一棵草，一棵树，让倾斜了的世界重新平衡。"说出了一种非常珍贵的心灵。

（雷抒雁）

后官湖春韵

[一等奖]

湖北省武汉市经济技术开发区第一中学　郭昕洋

　　小鸟歌唱的声音从密封的窗缝中不断传来，它们是想叫醒劳顿了一周的人们。

　　好像开始下雨了，是的，很久没有下雨了，想到外面污浊的空气的确该洗洗了，想到吐绿的柳芽经过洗脸后的清爽，便没有了睡意，干脆躺在暖暖的被窝里听着屋檐下躲雨的鸟叫与雨声的交响曲。

　　离我窗户不远的地方，小区的钟楼也仿佛被雨点叫醒开始报时……

　　雨慢慢地停了。太阳不知什么时候从云层后面睁开了眼睛。走在小区的湿漉漉的沥青路面上，感觉自己好像不小心走进了一幅清美的画面里：垂柳刚刚抽出的叶子，樟树、桂花树、柚子树的水滴，映着初出的阳光，金光点点、闪闪烁烁地跳动着，那些在小草叶尖闪烁的水珠，好似是草儿的一个个梦想，看着小区人家自己种下的各种名贵果树，还有附着这些绿色植物所带来的对生命的热爱，以及主人对生活的热爱和对未来的憧憬……

　　具有欧洲风格的白色葡萄架，在绿色的衬托下颜色是那么分明，雨后的空气清新了，物体轮廓清晰了，人也清爽了。

　　沿着熟悉的青石板小路，很快就来到了宽阔的后官湖湖边。这里是武汉市内目前少有的几个还未被污染的大型湖泊，水域面积达到17000亩，湖面辽阔，站在岸边就可以看到水中的各种小鱼在水底游弋，野鸭在水清见底的湖面悠然地栖息、玩耍，时而潜下水寻觅食物，时而追赶同伴，这种画面让人想起孩提时小伙伴在中游戏的景象，此时叫人蓦然回首。微微的偏北风将水面摇曳得像婴儿的摇篮。站在湖边的我，贪婪地呼吸着带着点甜味的、湿润的空气，心灵似乎也同样受到了清洗、净化，内心的浮躁荡然无踪。下沉式广场的风帆与宽阔的湖面构成一幅即将要起航的图画，现在只是停泊在港湾小栖，雨过天晴就要扬帆出征。码头的基石受到水浪的拍打，人工修饰的湖岸边堆满了各种造型的石头，黄昏的时节我喜欢坐在上面看到夕阳从湖面上消失在地平线远方。石头上的青苔在随着水拍尽情地舞动身姿，尽管没有人去发现、欣赏这种小型水生物的存在，但是它却毫无疲倦地一直地努力，湖边的芦苇在风的吹捧下左右摇摆，相互摩擦，有的芦苇还趴着退水时爬上叶子的蜗牛，蜗牛用自己柔嫩的吸盘牢牢地吸附在并不宽阔的叶子上面，有一种"任凭风浪起，稳坐钓鱼船"的气概，湖对面的岸上隐约有几头水牛在低头享受丰美的早餐，好一派田园风光让人流连、陶醉。

湖面的天空变成了半阴半晴，一半是如碧的蓝天，而另一半堆满了云。白云被太阳镀上了金灿灿的光边，而太阳在云堆里一会儿躲进去，一会儿又跳出来，千万束光芒撒下来，那一层又一层带着生命力的激情从长空滚滚而下。

雨过的后官湖如痴如画，非常迷人，与小区的环境和谐相宜。

【简评】　　用生活中的细微之景让感情生发得水到渠成，是作者写这篇文章的动因，写春天，写湖，写水，写生活环境看似司空见惯的景物里作者写出了不一样的情韵。一花一世界，一树一菩提，体现了作者的审美情感和追求。

这篇情景相融的散文，实则写的是作者的居住环境，让我想到了海德格尔的"人诗意地栖居"的名言，好的居住环境是人的精神存在和需求而不仅单指物质存在，所以才滋养了作者优雅的性情和优美的文字。

（张天芒）

溱潼会船甲天下

[一等奖]

江苏省姜堰市励才实验学校　颜炜钰

红旗高举，飞出深深杨柳渚。

鼓击春雷，直破烟波远远回。

欢声震地，惊退万人争战气。

金碧楼西，衔得锦标第一归。

宋·黄裳《减字木兰花·竞渡》

古有竞渡，今有会船。我的家乡——溱潼每年清明时节的会船已经享誉中外，闻名遐迩。一年一度的溱潼会船节是由一段悲壮的历史故事演绎而成的：相传南宋时期岳飞的义军与金兵激战溱湖，战斗悲壮惨烈；当地百姓在清明节撑船祭奠死亡将士，久而久之，便成了当地的水乡习俗。"每到年年春三月，如云仕女看船来。"此诗恰如其分地描写了会船的恢弘场面。如今，会船已成了民间的一项体育活动，水乡儿女利用会船，比赛娱乐，吸引有识之士，招商引资，发展经济。海内外人士盛赞：溱潼会船甲天下，天下会船数溱潼！

瞧，轻盈的雨从天上飘落到观众们兴奋、通红的面颊上，虽带来丝丝凉意，但仍阻碍不了溱潼会船节这个喜气庆典给人们带来的期盼、激动的喜悦之情。观礼台上，人头攒动，万众欢欣；环湖四岸，人密如织，人声如潮。大家都掩饰不了对会船的热情。会船终于在人们的热切期盼中拉开了帷幕，刹那间，一艘艘穿红戴绿的船只像花朵儿一样在明净的湖水中绽放开来，展示自己绚丽的舞姿和惊人的速度。

赛船来了，篙子船好似蛟龙在激流中穿行，彩旗飘飘，竹篙如林。筏子船犹如彩蝶在浪花中飞舞，千舟竞发，鼓乐喧天。桨手中，有年轻力盛的小伙计，英姿飒爽的娘子军，还有虽已白发苍苍，但身体骨倍儿棒的小老头……他们身穿五颜六色的服装，头系各色各样的毛巾，动作整齐划一，身手敏捷，真的胜似一条条蛟龙在水上争霸；一个个精神焕发，"嗨哟，嗨哟"喊叫着他们的号子，声音响亮高亢，直冲云霄。湖边观众的掌声、呼叫声、喝彩声更似浪涛翻滚，此起彼伏。撑船的、划船的、打锣的、敲鼓的……所有的队员都是满面春风，热情高涨，大家你追我赶，鼓足干劲，力争上游。

花船来了，船身缠绕红布，船边悬挂着写着标语的横幅，船中央扎了个四角塔亭，蒙着绿布，系着黄须，顶尖扎着红花球，翘角上挂着红灯笼，船头插着五颜六色的彩旗，打扮花团锦簇，好不漂亮。船中的姑娘花枝招展，手舞足蹈，船头的艄公头戴破帽，长着八字胡，手拿扇子，摇头晃脑——原来他们在演戏呢！

龙船来了，拐妇船来了，观礼船也来了，他们各领风骚，每一个船都装点得五彩缤纷，那船帮上披着的美丽的、五彩的带字的布条儿在风中自由翱翔，溅起阵阵水花儿，发出清脆的"啪哒、啪哒"声，也像是在为比赛的人们加油。清风徐徐，细雨飞飞，沉浸在热闹气氛中的人们不觉有点心波荡漾，心驰神往。这是何等的享受啊！

夹杂在风中的淡淡花香也使我的心为之陶醉，它似乎包含了玫瑰的热情，栀子花的纯洁，紫罗兰的忧郁，夜来香的沉寂……更确切地说它包含了溱潼会船节的万种风情！

锣声、鼓声、喝彩声，声声震耳；

趣味、情味、人文味，味味倾情。

溱潼会船，天下第一。

【简评】 看"溱潼"这两个字，就知道这一定是个水乡或水镇。上网一查，果然如此，是地处泰州、盐城、南通三市交汇的四面环水的小镇，港汊交汇，宛如威尼斯水城。而且汉武帝年间就有史料记载了。

水和船是连在一起的，所以在溱潼有盛大的会船活动就顺理成章了，也让溱潼的女儿颜炜钰有了这篇描写家乡船会的文章。

文章对船会场面的描写较有现场感，千舟竞发，声浪如潮，也极富地域特色，写出了民情、风情、人情。

现在举国上下对传统文化和传统节日越来越重视了，真是一个好的征兆。希望祖先心血和智慧凝结成的精神财富物质财富文化财富在我们子孙万代手里永远不要遗失、丢弃，就像溧湖水一样生生不息地流淌。

（张天芒）

附录：

部分获奖作者感想

凌冰清 《在布料路上前行》创作谈

我的目标就是让所有读我东西的人都知道我是什么都能写，很狂妄吧，呵呵。

这是我第二次参加"中国少年作家杯"全国征文大赛，这篇《在布料路上前行》不仅是为了参赛，也是想让大家知道我除了会写小说外还能写散文。

写故事写太多其实是很累的，所以这次我就玩了一把深沉，根据我的一大喜好挑衣服写下这篇类似随笔一样的东西。因为挺久没有写过散文类的作品了，所以这次边写边想会不会有点晦涩难懂？不过我还是在稍微添了点东西之后正式选为此次参赛的作品了。

这篇散文记录的是我对最近买的拼贴的三套比较满意的衣服以及我对它们自身一种气质的解读，尽量做到将布料们紧紧联系我的生活，这样的话，文章才有感染力吧。

罗　琪 《重拾的记忆》创作谈

许是贴近生活的缘故，我的"散笔"是越写越长了。敲打键盘时，那些久远的或甜蜜或浅愁的记忆慢慢复苏，在音响里听了无数次的老歌里悠悠回荡。

写起来最感动的是《星子》，见到星斗满天可是我许久的梦想（在文字间终于用想象完成了这个梦，呵呵）。希望有一天能在北京城里见到星空，这座城市离星光的梦幻已经有距离了。写起来最顺手的是《树灵》，本来就很喜欢安静的树，在幻想中与树的精神无限接近真是一种奇妙的体会。对于树的关注源于很小的时候，虽然我不见得见过多少珍奇树木，甚至叫不出常见树的名字，但自认为对树灵已有一定的认识。"不必知道我的名字，不必问我是谁"，只要有那么一点灵犀相通的感觉，便已足够。那么缤纷繁复的记忆要"捡"起来还真是一个漫长的过程啊。不过漫长也好，可以慢慢享受、体味沉浸在美好里的感觉。

那样令人沉醉又清醒的美好的感觉。闭上眼睛，让我们一起倾听来自大自然的声音，那样我们蒙尘的心可以接受一次次洗礼，从而感觉到平实生活的美好。

部分点评专家简介

毕淑敏　　心理学博士、著名作家

曹文轩　　北京大学中文系教授、著名作家

樊发稼　　中国社会科学院研究生院研究员、著名儿童文学作家

汤吉夫　　中国小说学会副会长、《中国少年作家》副主编、第八届"中国少年作家杯"全国征文大赛评委会副主任

雷抒雁　　著名诗人、原鲁迅文学院常务副院长、《中国少年作家》主编、第八届"中国少年作家杯"全国征文大赛评委会主任

孙云晓　　儿童文学作家、中国青少年研究中心副主任、中国青少年研究会副会长、第八届"中国少年作家杯"全国征文大赛评委会主任

白　描　　中国报告文学学会常务理事、副秘书长、第八届"中国少年作家杯"全国征文大赛评委会评委

石　英　　《人民日报》编审、中国散文学会副会长

浦漫汀　　著名儿童文学评论家、中国儿童文学研究会副理事长、全国高校儿童文学教学研究会会长

肖复兴　　作家、《人民文学》杂志社副主编

谭旭东　　文学博士、北京大学青年作家实验班辅导作家

王　玉　　文学博士、北京大学青年作家实验班辅导作家

孟翔勇　　北京大学青年作家班主任、第八届"中国少年作家杯"全国征文大赛评委会主任

张天芒　　中国少年作家班编辑部主任、《中国少年作家》常务副主编、第八届"中国少年作家杯"全国征文大赛评委会秘书长

关登瀛　　儿童文学作家、中国少年作家班编委、高级班学员导师、第八届"中国少年作家杯"全国征文大赛评委会副主任

赵　婕　　北京大学现当代文学硕士

宁竟同　　剧作家、北京大学青年作家班辅导作家

张绍民　　诗人、北京大学青年作家班辅导作家

李迎兵　中国少年作家班编辑

王慧勤　中国少年作家班编辑

董　胜　中国少年作家班编辑

宋健强　北京大学青年作家班编辑

王　岩　中国少年作家班编辑